D1734225

Über die Autorin:

Anna Bell, geboren in England, sagt von sich selbst, sie sei eine hoffnungslose Romantikerin und liebe nichts so sehr wie ein gut gemachtes Happy End. Bevor sie mit dem Schreiben begann, war sie als Museumskuratorin tätig. Wenn sie nicht gerade am Laptop sitzt und am nächsten Roman schreibt, findet man sie in den Bergen beim Wandern oder in einer französischen Patisserie beim Probieren von Köstlichkeiten. Derzeit lebt sie mit ihrem Mann, den sie bei einer Trekkingtour am Fuße des Mount Everest kennenlernte, und ihren zwei gemeinsamen Kindern in einem wildromantischen Haus in Frankreich.

Bislang sind folgende Romane von Anna Bell auf deutsch erschienen: »Eigentlich bist du gar nicht mein Typ«, »Perfekt ist nur halb so schön«, die Hochzeitstrilogie »Sag einfach nur ja«, »Er muss ja nicht alles wissen« und »Ich würd's wieder tun« sowie »Auf dich war ich nicht vorbereitet«.

ANNA BELL

Gib mir ein Herz

ROMAN

Aus dem Englischen von
Silvia Kinkel

Die englische Originalausgabe erschien 2020 unter dem Titel »We just clicked« bei HQ, an imprint of HarperCollinsPublishers Ltd.

Besuchen Sie uns im Internet:
www.knaur.de

Aus Verantwortung für die Umwelt hat sich die Verlagsgruppe
Droemer Knaur zu einer nachhaltigen Buchproduktion verpflichtet.
Der bewusste Umgang mit unseren Ressourcen, der Schutz unseres
Klimas und der Natur gehören zu unseren obersten Unternehmenszielen.
Gemeinsam mit unseren Partnern und Lieferanten setzen wir uns
für eine klimaneutrale Buchproduktion ein, die den Erwerb von
Klimazertifikaten zur Kompensation des CO_2-Ausstoßes einschließt.
Weitere Informationen finden Sie unter: www.klimaneutralerverlag.de

Deutsche Erstausgabe Juni 2021
Knaur Taschenbuch
© 2020 Anna Bell
© 2021 der deutschsprachigen Ausgabe Knaur Verlag
Ein Imprint der Verlagsgruppe
Droemer Knaur GmbH & Co. KG, München

Redaktion: Gisela Klemt; lüra – Klemt & Mues GbR
Covergestaltung: Franzi Bucher, München
Coverabbildung: Franzi Bucher unter
Verwendung von Motiven von shutterstock.com
Satz: Daniela Schulz
Druck und Bindung: CPI books GmbH, Leck
ISBN 978-3-426-52647-7

2 4 5 3 1

Für Evan,
auf den ich mit jedem Tag stolzer werde.

Prolog

Wenn ich gewusst hätte, dass ich Ben an jenem heißen Tag im April zum letzten Mal sehen würde, hätte ich mir mehr Mühe gegeben, etwas Tiefsinniges zu ihm zu sagen. Ich hätte ihm gesagt, dass ich ihn liebe. Und wie sehr ich unsere vielen Streitereien über Kleinigkeiten bedaure. Dass er ein größerer Teil von mir geworden war, als ich je für möglich gehalten hätte. Ganz sicher hätte ich ihm nicht gesagt, dass sein Geschmack bei Verlobungsringen unterirdisch ist und er so langsam eine Stirnglatze bekommt. Aber andererseits – wenn ich gewusst hätte, dass ich ihn zum letzten Mal sehen würde, hätte ich ihn an jenem Nachmittag gar nicht gehen lassen und somit auch kein sentimentales Zeug sagen müssen.

Er war mit mir zu diesem exklusiven Juwelier gegangen, an dessen Schaufenster ich mir normalerweise nur schmachtend die Nase platt drückte. Nie hätte ich mich getraut, hineinzugehen, geschweige denn, mir vorzustellen, dass ich, Izzy Brown, je einen dieser irrsinnig teuren Ringe anziehen würde.

»Heilige Scheiße«, entfuhr es mir, und ich schlug verlegen die Hand vor den Mund. Zum Glück war der Mann hinter der Theke vornehm genug, um so zu tun, als hätte er das nicht gehört. »Bist du sicher, dass der Stein groß genug ist?«

Ich hielt den Diamanten gegen das Licht und erblindete fast in dem funkelnden Glanz. Der Ring war wunderschön, aber viel zu protzig.

»So groß ist er nun auch nicht«, erwiderte Ben. Schweißperlen sammelten sich auf seiner Stirn, weil ihm offenbar bewusst wurde, was hier gerade passierte. Oder er hatte das Preisschild gelesen. »Er soll etwas Besonderes sein.«

»Das ist zu viel des Guten.« Ich schüttelte den Kopf und streifte den Ring wieder ab. »Ihr würde etwas Dezenteres besser gefallen.«

»So in der Art?«, fragte Ben und zeigte auf einen anderen, genauso auffälligen Ring.

Ich erschauerte, nicht etwa, weil er hässlich war, sondern weil es genau so ein Ring war, mit dem Cameron mir in meiner Fantasie einen Antrag machte. Natürlich würde er nie in dieses Geschäft gehen. Er würde nach Antwerpen fliegen, den perfekten Diamanten kaufen und ihn dann einfassen lassen. Genau das hatten nämlich die wenigen verheirateten Börsenmakler getan, die er kannte, und Cameron wich nicht gern von der Meute ab.

»Meiner Meinung nach würde ihr etwas gefallen wie …« Ich ging bis zum anderen Ende der Vitrine, und mein Blick fiel auf das perfekte Schmuckstück. »… wie der hier.«

Ich starrte auf den Platinring mit dem leuchtend blauen Saphir, flankiert von winzigen Diamanten. Er war elegant, aber dezent und dadurch keineswegs weniger besonders. Der Ring war genau das, wonach Ben suchte.

Er folgte mit den Augen meinem ausgestreckten Zeigefinger, betrachtete den Ring, schaute dann zu mir und begann zu lächeln.

»Wahnsinn! Das ist er.«

Der Mann hinter der Theke holte ihn aus der Vitrine, damit ich ihn anprobieren konnte. Er saß ein bisschen enger als der erste, passte aber. Ben sah beunruhigt auf das Preisschild, aber dann breitete sich Erleichterung in seinem Gesicht aus, weil sich alles noch innerhalb seines Budgets bewegte.

»Eine ausgezeichnete Wahl«, sagte der Verkäufer und ließ sich über den Schliff und die Reinheit der Diamanten sowie die Brillanz des Saphirs aus, aber ich merkte, dass Ben ihm gar nicht zuhörte. Er hatte seinen Ring gefunden und war glücklich. Genau wie ich – meine Hand hatte nie schöner ausgesehen. Ich spreizte die Finger und bestaunte das Funkeln im Licht. Geradezu magisch.

Der Mann hinter der Theke hüstelte, und ich schaute überrascht hoch.

»Ich müsste den Ring dann in die Schatulle legen«, sagte er.

»Aber natürlich«, erwiderte ich und streifte ihn ab. »Er ist wunderschön.«

Ben lächelte, als er dem Verkäufer seine Kreditkarte reichte – und einfach so hatte mein Bruder seinen ersten Schritt in Richtung Ehe gemacht. Im Prinzip war es eher der zweite Schritt, denn er hatte sich schon ein paar Jahre zuvor mit einem Ring aus einem Knallbonbon verlobt. Damals versprach er seiner Liebsten, dass sie eines Tages einen richtigen Ring bekommen würde, und da er kürzlich befördert worden war, löste er sein Versprechen nun ein.

»Ich kann nicht glauben, dass du das wirklich tust«, sagte ich und hakte mich bei ihm ein, als wir den Laden verließen.

»Wir sind seit drei Jahren verlobt, so groß kann der Schock doch nicht sein.«

»Ich weiß, aber auf einmal ist es so real! Du hast einen richtigen Ring, und ihr werdet ein Datum festlegen. Das ist eine Riesensache. Wir sollten es feiern.«

»Ich wollte eigentlich direkt zurück zum Bahnhof. Ich laufe nur ungern mit diesem Juwel in London herum.«

Ben presste seinen Rucksack fest an die Brust. Er trug ihn vorn und sah aus wie ein waschechter Tourist.

Ich holte mein Handy hervor und las eine Nachricht.

»Cameron geht ins Founder's Arms, von hier aus ist das direkt gegenüber auf der anderen Flussseite. Lass uns doch auch hingehen und was mit ihm trinken, bevor ich dich zurück zur Waterloo Station bringe.«

Ben schaute auf seine Armbanduhr, und ich merkte ihm an, dass ihm nicht wohl dabei war. Andererseits hatte ich ihn seit einer Ewigkeit nicht gesehen. Dieser Nachmittag war nur so verflogen, und wir hatten uns eine Menge zu erzählen.

»Okay, aber die Getränke gehen auf dich, denn ich werde mir wohl nie wieder einen Drink leisten können.«

»Ben, du verschuldest dich doch hoffentlich nicht wegen des Rings? Eine Hochzeit ist nicht gerade billig und –«

»War nur ein Scherz.«

»Gut.« Erleichtert atmete ich auf. »Aber natürlich gebe ich dir zur Feier des Tages einen aus. Außerdem kann ich es kaum erwarten, dass du Cameron kennenlernst.«

»O ja, den berühmten Cameron. Auf den bin ich echt gespannt.«

Es fühlte sich seltsam an, dass sich die beiden bisher nie begegnet waren, aber mein Leben in London schien sehr weit weg zu sein von meiner Familie und den Freunden daheim in Basingstoke. Es war zwar nur eine Stunde Fahrt mit dem Zug dorthin, aber so, wie Cameron auf meinen Vorschlag reagierte, meine Heimatstadt zu besuchen, hätte man meinen können, ich stammte aus Timbuktu. Vermutlich fürchtete er, zu Staub zu zerfallen, wenn er den Großraum London verließ, ähnlich wie bei einem Vampir, der seine nächtlichen Gefilde verlässt.

Während wir durch die leeren Straßen liefen, unterdrückte ich ein Gähnen. Während der Woche herrschte in dieser Gegend durch die vielen Leute, die im Finanzviertel arbeiteten, reger Betrieb, aber am Wochenende war es hier menschenleer.

»Spät geworden?«, fragte Ben.

»Ziemlich, aber es ist eine dieser Wochen, in denen es jeden Abend spät wird.«

»Ich weiß nicht, wie du das durchhältst. Ich schaffe es mittlerweile kaum noch, wenigstens am Wochenende auszugehen.«

»Das passiert, wenn du alt und sesshaft wirst. Du hast eine Hypothek, bist verheiratet, und als Nächstes gehen dir wie Dad die Haare aus.«

Er fuhr sich durchs Haar. »He! Ich bin gerade mal zwei Jahre älter als du, und noch bekomme ich keine Glatze. Und ich bin nicht einmal offiziell verlobt.«

Ben war seit fünfzehn Jahren mit seiner Verlobten Becca zusammen. Die beiden hatten sich in der Schule kennengelernt und waren für mich wie ein altes Ehepaar. Für meine Mum war diese Warterei, bis sie sich endlich einen bombastischen Hut als Mutter des Bräutigams zulegen konnte, die pure Folter, und ich harrte ungeduldig auf meinen Auftritt als Brautjungfer.

»Heißt das etwa, dass du ihr noch mal einen Antrag machen musst?«

»Keine Ahnung. Verdammt, muss ich das? Das war doch der Punkt bei dem Knallbonbon-Ring. Es sollte witzig sein und fertig aus.«

»Das wäre es gewesen, wenn du kurz darauf einen echten Ring präsentiert hättest. Aber nach drei Jahren … Meiner Meinung nach musst du es wiederholen, und mit so einem Ring sollte es richtig romantisch ablaufen.«

Er stöhnte.

»Keine Sorge, ich helfe dir bei der Planung.«

Als wir bei dem Pub auf der anderen Flussseite ankamen, stand unser raffinierter Plan für einen romantischen und gleichzeitig persönlichen Antrag bereits. Ich hatte ein paar Freudentränen vergossen, und Ben war mir wieder einmal dankbar dafür gewesen, dass ich ihm unter die Arme griff.

Wir trafen vor Cameron und seinen Freunden im Pub ein, bestellten Drinks und nahmen sie mit hinaus auf die Terrasse.

Dort fanden wir tatsächlich einen gerade frei gewordenen Tisch, der noch nicht einmal abgeräumt worden war.

»Machst du ein Foto von mir?«, fragte ich und schaute über die Themse mit St. Pauls auf der anderen Seite.

Ich wartete die Antwort gar nicht erst ab, sondern reichte Ben mein Handy und nahm eine Pose vor dieser Kulisse ein.

»Ist das für deinen Insta-Account? Scheint echt gut zu laufen. Über 500 Follower?«, fragte er.

»Ich weiß. Unglaublich, oder?«

»Ich habe dir ja gesagt, dass ich ein gutes Gefühl bei der Sache habe«, sagte er und schoss ein paar Fotos. Er überprüfte kurz sein Werk, bevor er mir das Handy mit einem Nicken zurückgab. »Nicht schlecht.«

Ich schaute mir die Bilder selbst an und war ziemlich beeindruckt. »Perfekt, das kann ich später mit den entsprechenden Hashtags posten.«

»Rutsch rüber, Zoella«, sagte er und nippte an seinem Drink.

»So berühmt werde ich wohl nie werden. Aber es ist ganz schön, wieder etwas Kreatives zu tun. Und man kann nie wissen, vielleicht gelingt mir dadurch der Eintritt ins Marketing oder die PR, wenn ich den Agenturen zeige, dass ich weiß, wie man eine Marke aufbaut.«

»Immer noch kein Glück an der Job-Front?«

Ich schüttelte den Kopf. Seit meinem Abschluss an der Uni arbeitete ich als Texterin bei einer Werbeagentur, die sich auf medizinische Produkte spezialisiert hatte. Eigentlich hatte ich von einer glanzvollen Karriere in der Werbung geträumt, mit vielen Cocktails und piekfeinen Partys à la *Mad Men*. Aber die Realität war alles andere als glamourös. Am Anfang störte mich das weniger, da ging es vor allem um den Gehaltsscheck und darum, wo die nächste Party stattfand, aber mittlerweile war ich älter und wollte meine Karriere in Schwung bringen.

Nach fünf Jahren als Werbetexterin für Hämorrhoiden-Salbe steckte ich jedoch in der Schublade für Medizinprodukte fest und sehnte mich nach einer Arbeit, deren geistige Ergüsse nicht nur von verzweifelten Menschen gelesen wurden, die unter Hämorrhoiden litten.

»Ich glaube, mit dieser Instagram-Sache bist du an etwas dran. Nach allem, was ich in deinem Feed gesehen habe, bist du ein Naturtalent. Damit kannst du bestimmt schon bald deinen Lebensunterhalt verdienen.«

Ich lachte herzhaft. »Hast du eine Ahnung, wie schwierig das ist?«

Ben zuckte mit den Schultern. »Ich weiß, dass du es schaffen kannst. Und ich bin stolz auf dich, weil du es versuchst.« Er stieß mit mir an.

»Und ich bin stolz auf dich, weil du endlich heiraten wirst. Kann ich den Ring noch einmal sehen?«, fragte ich und klatschte in die Hände.

Er schaute sich um, ob irgendjemand zusah, und beugte sich dann über seinen Rucksack, dessen Träger er um seine Wade gelegt hatte. Er zog die kleine Schatulle heraus, klappte den Deckel auf und zeigte ihn mir.

»Wow, er ist noch schöner, als ich ihn in Erinnerung hatte«, schwärmte ich und bestaunte den Ring sehnsüchtig. »Darf ich ihn noch mal anziehen?«

»Warum nicht? An deinem Finger ist er vermutlich sicherer als in meiner Tasche«, antwortete Ben, nahm den Ring und steckte ihn mir an.

Ich streckte die Hand aus und fühlte mich plötzlich so … vollständig. Die Leute am Nachbartisch begannen zu applaudieren. Ich wandte den Kopf zu ihnen, um zu sehen, was sie beklatschten, und brauchte ein paar Sekunden, bis mir klar wurde, dass alle Ben und mich anstarrten.

»Herzlichen Glückwunsch!«, rief einer uns zu, und alle erhoben ihre Gläser.

»Was zum … Oh, nein, so ist das gar nicht. Er ist mein Bruder«, stellte ich leicht entsetzt klar und wollte den Ring schnell wieder abziehen, bekam ihn aber nicht vom Finger.

Das Klatschen verebbte, und die Leute wirkten ein bisschen verlegen.

»Ich habe ihn nur anprobiert«, fügte ich verlegen hinzu und zerrte noch heftiger an dem Ring, aber er saß bombenfest.

»Na, hoffentlich läuft der richtige Antrag besser ab«, knurrte Ben und trank einen großen Schluck.

»Äh, vorausgesetzt, ich kann dir den Ring zurückgeben …« Ich hielt meine Hand hoch. Der Finger ähnelte einem prallen Würstchen und war bestimmt doppelt so dick wie normal.

»Das soll ein Scherz sein, oder?« Ben lachte angestrengt, bis er merkte, dass ich nicht mitlachte. »Izzy!«

Ich zuckte zusammen. »Tut mir leid. Er geht nicht ab.« Ich zog mit aller Kraft.

»Hör auf«, zischte er und verzog das Gesicht. »Du machst ihn noch kaputt.« Er atmete hörbar ein und stand auf. »Eis. Du musst ihn kühlen. Dann schrumpft dein Finger«, schlug er vor.

»Ich kann ihn in meinen Cidre stecken«, sagte ich und machte Anstalten, genau das zu tun.

»Wag es ja nicht! Dann wird er klebrig. Nicht bewegen, ich hole Eis von der Bar.«

Nicht bewegen, murmelte ich und betrachtete meinen weiter anschwellenden Finger.

»Izzy!«, rief jemand, und als ich hochschaute, entdeckte ich Cameron und ein paar seiner Arbeitskollegen, die mit Gläsern in den Händen auf die Terrasse hinauskamen. »Ich wusste nicht, dass du schon hier bist, sonst hätte ich dir auch einen Drink mitgebracht«, sagte er, setzte sich neben mich und hauchte mir einen flüchtigen Kuss auf die Lippen. »Und? Wie lief der Verlobungsring-Einkaufsbummel?«

»Ziemlich gut«, antwortete ich und hob meine Hand. »Ich dachte, ich erspare uns die Mühe und bring die Sache mal in Gang.«

Eigentlich wollte ich nach dieser Bemerkung loslachen, weil ich annahm, dass er das auch tun würde, aber seine Miene gefror förmlich.

»Äh, Izzy, ich weiß ja nicht, wie du darauf kommst, aber ich denke nicht, dass wir schon an dem Punkt sind, oder? Ich meine, wir wohnen schließlich nur zusammen, weil du in Balham gelebt hast und ich mich nicht über Zone 2 hinausbewege. Du weißt doch, wie viel du mir bedeutest und all das –«

»Prosecco aufs Haus«, unterbrach eine Kellnerin Camerons Redefluss. »Für das glückliche Paar. Wie ich hörte, habt ihr beide euch gerade verlobt.«

Cameron starrte die Kellnerin entsetzt an, und der letzte Rest Farbe wich aus seinem Gesicht. Ich riskierte einen Blick zu seinen Arbeitskollegen, die sich anstrengten, überallhin hinzuschauen, nur nicht zu uns. Alle außer Tiffany, die mich mit zusammengepressten Lippen und verengten Augen fixierte. Ich vermutete schon lange, dass sie auf Cameron stand, auch wenn er es leugnete.

»Genau genommen haben wir das nicht«, sagte ich gedemütigt. »Es ist alles ein Missverständnis. Ich habe für meinen Bruder einen Ring anprobiert und bekomme ihn nicht mehr ab.«

»Ach so«, erwiderte die Kellnerin sichtlich gleichgültig. »Ihr könnt den Prosecco trotzdem haben, er wird sowieso vom Chef ausgebucht.«

Sie stellte das Tablett mit der Flasche und den Gläsern auf unseren Tisch, und ich murmelte ein Dankeschön.

»Hier ist das Eis.« Ben kam angestürmt und stellte eine Schale vor mich hin. Er schnappte sich meine Hand und tauchte sie hinein.

»Verdammt, ist das kalt!« Ich zuckte zusammen, und meine Finger wurden bereits taub. »Wie lange muss ich sie da drin lassen?«

»Keine Ahnung.« Ben war immer noch panisch. »Bis der Ring abgeht?«

Er schaute zur Seite und entdeckte erst jetzt Cameron, der schweigend dasaß.

»Cameron, das ist mein Bruder Ben, Ben, das ist mein Freund Cameron, oder zumindest glaube ich, dass er noch mein Freund ist, aber er ist ganz sicher weit davon entfernt, mein Verlobter zu sein«, stellte ich die beiden vor.

Sie murmelten Hallo und schüttelten sich die Hände, beide ziemlich abgelenkt: Ben wegen des Rings an meinem Finger, und Cameron wegen des Gesprächs, das wir gerade geführt hatten.

Ich zog die Hand aus der Schale, und zu meiner und Bens Erleichterung ließ sich der Ring jetzt abstreifen.

Ben drückte ihn zärtlich an sich wie ein neugeborenes Baby, trocknete ihn behutsam mit seinem T-Shirt ab und legte ihn dann zurück in die Schatulle, die er sofort in die Sicherheit seines Rucksacks beförderte.

»Dann ist es also *dein* Ring?«, wandte sich Tiffany sichtlich aufatmend an Ben.

»Ja, und ich denke, ich sollte ihn nach Hause bringen, bevor ihm noch etwas zustößt«, sagte er und stürzte den Rest seines Cidres in einem Schluck hinunter. »Wenn du also nichts dagegen hast, Izzy?«

»Natürlich nicht«, log ich.

Ich stand auf und umarmte ihn kurz. Ben verabschiedete

sich flüchtig von den anderen und eilte davon, seinen Rucksack fest an sich gepresst.

Das war das letzte Mal, dass ich ihn sah.

Zwei Wochen nach dem Vorfall im Pub war ich gerade auf dem Weg zur Arbeit, als mein Handy klingelte. Ich sah die Nummer meiner Mutter und fragte mich, ob sie aus Versehen an die Kurzwahltaste gekommen war, denn so früh rief sie normalerweise nie an. Als ich mich meldete, hörte ich nur ein seltsames Rauschen und wollte schon auflegen, als mir klar wurde, dass meine Mum schluchzte. Schließlich nahm ihr wohl mein Dad das Telefon aus der Hand, und als er sprach, erkannte ich kaum seine Stimme. Sie war leise und schwach, völlig anders als sein üblicher Bass.

»Izzy, sitzt du gerade? Es ist etwas Furchtbares mit Ben passiert.«

Sofort redete ich drauflos, fragte, ob er einen Unfall gehabt habe und im Krankenhaus sei, bis mir auffiel, dass mein Dad verstummt war. Er musste gar nicht weiterreden, denn in dem Moment wurde mir klar, dass Ben nicht mehr lebte.

Alles um mich herum begann sich zu drehen, und mein Geist schien sich von meinem Körper zu lösen. Ich konnte hören, dass Dad mir Einzelheiten erzählte. Wörter stürmten auf mich ein – Herzstillstand … Herzrhythmusstörung … im Schlaf … –, aber mein Gehirn vermochte diese Informationen nicht zu verarbeiten. Ich war wie betäubt und stieß hervor, dass ich sofort nach Hause kommen würde.

Da ich mich in der Nähe der Paddington Station befand, bestieg ich den nächsten Zug nach Reading, in der Hoffnung, dort Anschluss nach Basingstoke zu haben. Normalerweise nutzte ich eine andere Verbindung, aber ich fühlte mich nicht in der Lage, während der Rushhour quer durch London zu fahren. Mein Körper schaltete in eine Art Überlebensmodus, ich setzte einen Fuß vor den anderen und war erstaunt, mich tatsächlich im richtigen Zug wiederzufinden.

Bis Reading gelang es mir, mich zusammenzureißen, aber dann traf es mich wie ein Schlag – als wäre ich frontal von einem Güterzug angefahren worden. Ich stand auf dem Bahnsteig und wusste nicht, wie ich meinen Anschlusszug finden sollte, konnte nur noch daran denken, dass ich Ben nie wiedersehen würde.

Meine Beine zitterten, das Handy glitt mir aus der Hand, und ich spürte nur noch, wie ich langsam zusammensackte.

»Hoppla!«, sagte ein Mann, fing mich unter den Armen auf und hielt mich fest. »Geht es Ihnen nicht gut?«

Mein Kopf dröhnte, und die Beine waren wie Wackelpudding.

»Geht es Ihnen nicht gut?«, fragte er noch einmal, aber seine Worte schienen aus weiter Ferne zu kommen.

Er hielt mich immer noch fest, und ich schaute ihn kurz an. Er trug ein schickes, blaues Hemd, das zu seinen Augen passte.

»Sprechen Sie Englisch?« Er dehnte jedes Wort und redete laut und deutlich.

»Ich, ähm, ja«, antwortete ich verwirrt.

»Sorry, Sie haben nicht reagiert, und da dachte ich … Geht es Ihnen nicht gut? Soll ich jemanden anrufen?«

Ich schüttelte den Kopf. Es gab niemanden. Cameron war geschäftlich in New York. Ich würde ihn informieren, sobald ich bei meinen Eltern war. Es bestand keine Eile, in New York war es jetzt mitten in der Nacht, und von dort aus konnte er sowieso nichts tun. Ich dachte zurück an die einzige Begegnung zwischen Cameron und meinem Bruder, und mir wurde weh ums Herz – mein letzter Nachmittag mit Ben.

»Ich bin unterwegs zu meinen Eltern und ich … ich weiß

nicht, von welchem Bahnsteig der Zug nach Basingstoke abfährt.«

Ein Windzug pfiff durch den Bahnhof und wehte mir meine Locken ins Gesicht. Ich war mit feuchten Haaren aus dem Haus gegangen, hatte vorgehabt, sie unterwegs hochzustecken, aber dann vergaß ich es, und sie waren unkontrolliert getrocknet.

»Ihre Eltern«, sagte der Mann freundlich, »in Basingstoke. Okay, das bekommen wir hin.«

Er schaute hoch und überflog die Abfahrtstafel. Ich konnte nicht glauben, dass ich direkt darunter gestanden hatte und es nicht einmal merkte. Mein Verstand war wie benebelt.

»Also, Bahnsteig 4 um 9:52 Uhr. Sie haben noch zehn Minuten. Ich bringe Sie hin«, sagte er.

Erleichtert schloss ich die Augen. »Danke, ich …« Ich holte tief Luft. »Einfach danke.«

»Kein Problem, wirklich. Ähm, können Sie stehen? Sie wirken ein bisschen wackelig.«

»Ich glaube schon«, antwortete ich und konzentrierte mich darauf, ein- und auszuatmen.

Langsam zog er seine Arme zurück, und ich bewies erfolgreich, dass ich allein auf zwei Beinen stehen konnte – was uns offenbar beide überraschte. Wieder wurden mir die Haare ins Gesicht geweht, und ich versuchte, sie so gut wie möglich zurückzustreichen, aber einzelne Locken blieben an meinen tränenfeuchten Wangen kleben.

»Die scheinen Sie zu nerven«, sagte er und zog das Haargummi von meinem Handgelenk. Dann band er meine Haare zum unordentlichsten Haarknoten aller Zeiten zusammen, aber ich war ihm in dem Moment nur dankbar, dass er sie aus meinem Gesicht entfernte. Ich starrte auf den roten Abdruck, den das Gummi an meinem Handgelenk hinterlassen hatte, und fragte mich, warum ich nicht selbst daran gedacht hatte.

19

Er beugte sich nach unten, hob mein Handy auf und runzelte die Stirn.

»Das Display hat einen Sprung«, sagte er und reichte es mir.

Ohne es mir anzusehen, steckte ich es in meine Handtasche.

»Die geringste meiner Sorgen«, erwiderte ich, und er nickte.

»Schaffen wir Sie in diesen Zug.«

Er umfasste meinen Ellbogen, steuerte mich in Richtung eines Bahnsteigs und schien sehr darauf bedacht, mich nicht zu hetzen. Währenddessen versuchte ich verzweifelt, die Schleusentore zu meinen Gefühlen geschlossen zu halten.

Der Mann begleitete mich bis zur Mitte des Bahnsteigs und hielt mich die ganze Zeit fest. Als mein Zug eintraf und er mich hineinbegleitete, wurde mir klar, dass er nicht gehen würde.

»Aber Ihr Zug«, protestierte ich. »Sie müssen mich nicht nach Basingstoke bringen.«

Er führte mich zu einem freien Platz und setzte sich neben mich. »Ist okay, ich nehme einfach einen späteren Zug. Ich möchte sichergehen, dass Sie gut ankommen.«

»Ich schaffe das schon allein, wirklich.« Weiterhin gab ich mir Mühe, die Tränen zurückzuhalten.

»Tun Sie nicht, und das ist auch nicht schlimm«, erwiderte er. »Ich sorge dafür, dass Sie zu Ihren Eltern kommen. Wohnen Sie in der Nähe des Bahnhofs, oder brauchen Sie ein Taxi?«

»Taxi«, brachte ich nur heraus. Er war so nett, dass es mich zu Tränen rührte.

»Gut, dann sorge ich dafür, dass Sie in ein Taxi steigen.«

Ich hörte auf zu protestieren und nickte, und dann begannen meine Tränen zu fließen. Ich weinte sein blaues Hemd nass, während er geduldig dasaß und mir Papierservietten reichte, die er sich vom Buffetwagen genommen hatte.

Ich bekam nicht einmal mit, dass wir unser Ziel erreicht hatten, bis er mich behutsam vom Sitz hochzog und aus dem Zug begleitete. Ich ging die Treppe hinunter in den Tunnel zum Hauptausgang, und es war mir völlig egal, wie ich gerade aussah. Der Mann führte mich zu den Taxis vor dem Bahnhofsgebäude.

»Schaffen Sie es von hier aus allein?«, fragte er und half mir beim Einsteigen.

Ich nickte. »Tue ich.«

Er beugte sich nach vorn zum Fahrer, reichte ihm eine 20-Pfund-Note und wies ihn an, mich zu der von mir gewünschten Adresse zu fahren.

»Sie hat doch nicht getrunken, oder? Ich habe keine Lust, dass ihr schlecht wird und ich nachher putzen kann«, knurrte der Fahrer.

»Nein.« Mein Retter schüttelte den Kopf. »Sie hatte nur einen ganz schlechten Start in diesen Tag.«

Er wandte sich mir zu und lächelte mit leicht geneigtem Kopf.

»Was auch immer Ihnen passiert ist, ich wünsche Ihnen alles Gute«, flüsterte er.

»Danke. Danke für alles«, stammelte ich. Und das war nicht im Mindesten angemessen für das, was er für mich getan hatte.

Er zuckte mit den Schultern. »Jeder andere hätte genauso gehandelt.«

»Ich weiß nicht einmal Ihren Namen.«

»Aidan«, sagte er mit sanfter Stimme.

»Danke, Aidan.«

»Passen Sie auf sich auf«, sagte er, richtete sich auf und schloss behutsam die Autotür.

»Wohin, junge Dame?«, fragte der Taxifahrer.

Ich nannte ihm die Adresse meiner Eltern, und er fuhr los. Ich drehte mich um und sah Aidan auf dem Bürgersteig stehen. Er winkte, und ich winkte zurück. Aber dann fiel mir wieder ein, dass Ben von uns gegangen war, und die restliche Fahrt erlebte ich wie in Trance.

Zwei Jahre danach

Willkommen im Mai
This_Izzy_Loves IGTV
Anzahl Follower: 15.300

Hallo! Ich bin zurück. Ich entschuldige mich bei allen, die mich in den letzten Tagen vermisst haben. Ich war mit meiner Familie verreist, und wir hatten uns entschieden, offline zu bleiben – ich weiß, ICH WEISS! Aber ich habe es überlebt und hatte viel Zeit, um mir wunderbare Dinge zu überlegen, die ich diesen Monat in meinen Feed stellen werde. Kann es kaum erwarten, alles mit euch zu teilen – hoffentlich einschließlich der Kooperation mit einer bekannten Marke. Drücke sämtliche Daumen und Zehen – während sie in Plastikfolie eingewickelt sind – Zwinker.

Kapitel 1

Es gibt jede Menge alberne Dinge, die ich nur getan habe, um sie auf Instagram zu posten und mehr Follower zu bekommen: an Restaurants vorbeizugehen, von denen ich weiß, dass einem bei deren Gerichten das Wasser im Mund zusammenläuft, und stattdessen mittelmäßige Lokale zu besuchen, weil deren Essen fotogener ist. Allein in South Bank zu stehen und zu posieren, als wäre ich *Britain's Next Top Model,* während ich mich möglichst unauffällig per Fernauslöser ablichte. Meine Kreditkarte bis zum Limit auszuschöpfen, um das perfekte #OutfitDesTages zu kaufen, mich darin zu fotografieren und anschließend alle Sachen sofort wieder ins Geschäft zu bringen.

Aber in drei 20-Meter-Rollen Frischhaltefolie eingewickelt zu sein, um mir eine lukrative Marketingkampagne unter den Nagel zu reißen, schießt vermutlich den Vogel ab.

»Halten wir das wirklich für eine gute Idee?«, frage ich und starre auf die Rollen mit der Folie in Marissas Händen, als wären sie eine tödliche Waffe.

»Es ist sogar eine großartige Idee! Das wird fantastisch«, versichert sie. Logo, dass sie das sagen würde, schließlich war es ihr Einfall. »Es ist das perfekte Halloween-Kostüm und vermutlich auch das einfachste.«

»Werden die Leute denn kapieren, dass ich eines von Dexters Opfern bin? Ist diese Fernsehserie nicht vorsintflutlich?«

Mit einem wegwerfenden »tz-tz« wischt sie meinen Einwand beiseite und nähert sich mir mit entschlossener Miene.

Sie ist so wild darauf, mich in diese Folie zu wickeln, dass ich mir ernsthaft Sorgen gemacht hätte, wenn sie nicht meine beste Freundin wäre, die ich praktisch schon mein ganzes Leben kenne.

»Also gut, halt still«, befiehlt sie mit einem Funkeln in den Augen.

Ich weiß, dass Protestieren zwecklos ist. Das einzig Positive, woran ich momentan denken kann, ist, dass mir dadurch vielleicht wärmer wird. Schließlich stehe ich hier zitternd und mit nichts bekleidet als einem trägerlosen, hautfarbenen BH und passendem Slip. Die Heizung hatte ich heruntergedreht, weil ich annahm, dass ich in meinem Folien-Outfit schwitzen würde. Das Stadium vor dem Einwickeln habe ich dabei nicht bedacht.

Marissa beginnt, die Folie um mich herumzuwickeln, Bahn für Bahn, fester und fester.

»Ist das wirklich ungefährlich? Bist du sicher, dass ich nicht ersticken kann?«

»Komm schon, wir haben das gecheckt. Google lügt nie, oder?«

»Haben wir denn exakt *das* gegoogelt? ›Kann ein Kostüm aus Frischhaltefolie tödlich sein?‹ Vielleicht hätten wir den Markennamen in Verbindung mit der konkreten Produktbezeichnung verwenden müssen. Wie nennen die es noch gleich? Irgendetwas mit Sowieso-Folie, oder?«

»Klarsichtfolie«, antwortet Marissa und beugt sich tiefer, um meine Taille zu umwickeln.

Ich versuche, an mein Handy zu kommen, um das zu überprüfen, aber Marissa schlägt meine Hand weg.

»Du bleibst ja nicht lange da drin. Wir müssen nur schnell ein paar Fotos machen.«

»Ein *paar* Fotos?«, frage ich lachend, und es klingt schrill.

Bei *ein paar* denkt man an zwei oder drei, aber für das perfekte Bild machen wir normalerweise fünfzig bis sechzig Aufnahmen. Zum Glück ist Marissa eine Instagram-Kollegin, sodass wir weit über die üblichen Pflichten einer besten Freundin auch noch Stylistin, Muse, Fotografin, Redakteurin und größter Fan der jeweils anderen sind.

Wir haben uns schon immer unterstützt. Als ich mit vierzehn in den Schulchor eintrat, schloss Marissa sich mir an, obwohl sie völlig unmusikalisch ist. Als sie mit sechzehn auf dieses Gothic-Zeug abfuhr, färbte ich mir die Haare schwarz und schwitzte den ganzen Sommer über in schwarzen Samtklamotten. Als ich mir mit achtzehn, bevor ich an die Uni ging, ein chinesisches Symbol in Höhe des Kreuzbeins auf den Rücken stechen ließ, hielt Marissa nicht nur meine Hand, sondern ließ sich dasselbe Tattoo an die gleiche Stelle tätowieren. Als ich dann nach Bens Tod zurück nach Basingstoke zog und eine ausgewachsene Instagram-Sucht an den Tag legte, dauerte es nicht lange, bis wir in alte Muster verfielen und sie ebenfalls abhängig wurde.

»Okay, weiter geht's«, sagt sie, beugt sich noch tiefer und umwickelt meinen Hintern. »Wir kommen voran. Wie fühlt es sich an?«

»Wie in einer Zwangsjacke.«

»Perfekt. Sieht super aus.« Marissa schnappt sich die nächste Rolle.

»Die sind ganz schön schnell aufgebraucht«, stelle ich fest. »Ist mein Hintern wirklich so dick?«

»Ist eine Menge Folie, nicht wahr?«

»O Mist, denkst du, die Firma wird mir mangelndes Umweltbewusstsein ankreiden?«

Marissa hält inne und starrt auf die leeren Rollen am Boden. »Shit, daran habe ich nicht gedacht.«

Wir schauen beide an meinem Kostüm hinunter.

»Aber wenn du jetzt abbrichst und es nicht postest, haben wir die Rollen umsonst verbraucht, und das wäre schlimmer«, stellt sie fest.

»Du hast recht. Ich kann die Folie schlecht wiederverwenden«, stimme ich zu.

»Nein, du möchtest nicht noch andere Hühnerbrüste darin einpacken.« Marissa lacht schallend.

»Wenigstens sind die hier lebendig«, erwidere ich und schaue auf meine Brust, die so flach ist wie ein Pfannkuchen.

Sie macht weiter, und ich hoffe, dass mir die Sache mit der Umweltsünde keinen Punktabzug einbringt.

Schließlich tritt Marissa einen Schritt zurück. »Geschafft!«, verkündet sie, macht mit ihrem iPhone einen Schnappschuss und zeigt ihn mir.

»Wow, das sieht verdammt gut aus«, staune ich.

»Und jetzt das Blut«, kichert sie und zieht eine Schürze an. Entsetzt reiße ich die Augen auf. Das ist für meinen Geschmack eindeutig ein bisschen zu viel Dexter.

»Was denn?«, fragt sie, weil sie meinen Gesichtsausdruck wohl falsch interpretiert hat. »Ich möchte mir nicht die Jeans versauen.«

Marissa bedeutet mir, mich auf die Plastikplane zu legen, mit der wir mein schneeweißes Sofa abgedeckt haben. Derweil vermengt sie das klumpige Kakaopulver mit der Lebensmittelfarbe und sieht dabei aus wie eine Hexe, die in ihrem Kessel rührt. Dann beugt sie sich vor und streicht das Kunstblut fachmännisch auf meinen Bauch.

»Jetzt das Klebeband«, sagt sie und fesselt mir die Arme über dem Kopf. »Und das Messer«, fährt sie fort und zieht schwungvoll eines aus ihrer Tasche.

»Was zum –«, kreische ich, bis ich erkenne, dass die Schneide nicht glitzert und eindeutig aus Plastik ist.

»Kannst du dir vorstellen, dass so etwas immer noch herge-stellt wird?«, fragt sie und schiebt die falsche Klinge scheinbar in meinem Bauch. In Wahrheit verschwindet sie jedoch im Griff.

»So ein Messer habe ich seit der Grundschule nicht mehr gesehen. Auf Spielplätzen sind die sicher nicht mehr erlaubt.«

»Gewiss nicht«, stimmt sie zu und klebt den Griff möglichst unauffällig an meinem Bauch fest.

»Ich glaube, du bist fertig«, sagt sie dann und zieht das Stativ heran. »Bereit?«

»Ähä.«

»Okay, zieh ängstliche Grimassen«, fordert sie mich auf und betätigt den Auslöser.

Sie schießt ein paar Fotos, überprüft sie in der Kamera und nimmt diese vom Stativ. »Sieht ziemlich gut aus. So werde ich mich verkleiden, wenn wirklich Halloween ist.«

Ich starre auf ihren sich andeutenden Bauch. »Ähm, dir ist schon klar, dass du dann im achten Monat schwanger sein wirst?«

»Stimmt.« Sie begutachtet ihren Bauch. »Das wäre wohl echt zu viel Folie.«

»Japp, genau *das* ist für eine Schwangere das Problem bei diesem Kostüm.«

»Was denkst du?«, fragt sie und hält die Kamera über mei-nen Kopf, damit ich die Fotos sehen kann.

»Super. Aber sollte mein Mund nicht besser zugeklebt sein?«

»Bist du dir sicher?«

»Ja, nur nicht zu fest aufdrücken!«

Als die Anfrage dieser Agentur einer bekannten Super-marktkette kam, schien ein Traum wahr zu werden. Sie suchten nach Influencern, die Ideen für Halloween-Posts auf Instagram haben. Die Vorgabe lautete, dass es in dem Post um Waren geht, die man in dem Supermarkt kaufen kann. Und mit ein bisschen Hilfe von Marissa, die irrsinnig neidisch darauf war, dass ich angesprochen wurde und sie nicht, kam ich auf diese »Mords«-Idee. Hoffentlich springen sie auf meine Idee an. Sie passt nämlich unheimlich gut zu meinem Konzept – bei mir dreht sich alles um einen erschwinglichen Lebensstil.

Die Schar meiner Follower auf Instagram ist in den letzten drei Jahren stetig gewachsen, und ich stehe kurz davor, mit gesponserten Posts Geld zu verdienen. Ich hoffe so sehr, dass sich meine monatlichen Einnahmen bald im dreistelligen Bereich bewegen! In meinen kühneren Träumen verdiene ich so viel damit, dass ich endlich den Job kündigen kann, den ich seit meiner Rückkehr nach Basingstoke habe. Oder dass ich zumindest aus der winzigen Wohnung mit dem muffigen Badezimmer ausziehen kann, die ich mir derzeit mit Bens Ex-Verlobter Becca teile. Aber momentan wäre ich schon zufrieden, wenn bei meinen Posts finanziell mehr herausspringt, als dass es nur die Materialkosten abdeckt, die sich in diesem Fall (Frischhaltefolie, Kakaopulver, Lebensmittelfarbe und Plastikmesser) auf etwa 15 Pfund belaufen.

Marissa reißt ein Stück Klebestreifen ab und drückt es mir vorsichtig auf den Mund.

»Okay?«

Ich will nicken, muss jedoch feststellen, dass ich bewegungsunfähig bin, und blinzele stattdessen zweimal. Hoffentlich versteht sie den neuen Code.

»Also schön.«

Mein Handy auf dem Tisch beginnt zu vibrieren und laut zu klingeln. Das ist entweder ein Vertreter oder meine Mutter, sonst ruft mich niemand auf diesem Ding an.

Marissa späht auf das Display. »Deine Mutter«, sagt sie und geht ran, ohne zu zögern.

»Hallo, Dawn, ich fürchte, Izzy kann momentan nicht sprechen, und ich meine das *wörtlich* … Nein, ich bin leider nicht vorwitzig, es ist kein Mann, der sie daran hindert … nein, sie ist immer noch solo … ja, soweit ich weiß, hat es seit Cameron niemanden mehr gegeben … ich habe ihr vorgeschlagen … und dass … ähm, aber Sie wissen ja, wie sie ist.«

Ich gebe durch das Klebeband dumpfes Protestgemurmel ab, um Marissa daran zu erinnern, dass ich auch noch da bin.

»Ja, dem Babybauch geht es gut, danke … das Schlimmste ist jetzt überstanden … mir ist nicht mehr schlecht … Ja, Dezember … Äh, ja, Tim ist überglücklich, dass er Vater wird … Ja, ich weiß von Mum, dass sie es Ihnen beim Zumba erzählt hat. Okay. Soll ich ihr sagen, dass sie Sie anruft, sobald es wieder geht? … äh … äh … genau, ja, hoffentlich sehen wir uns bald mal.«

Sie beendet das Gespräch und legt das Telefon zurück auf den Tisch, als wäre es das Normalste der Welt, mit meiner Mutter zu plaudern, während ich in Klarsichtfolie gewickelt hier liege.

»Du sollst deine Mum anrufen, wenn du wieder sprechen kannst.«

Ich blinzele zweimal als Zustimmung, und Marissa schnappt sich erneut den Fotoapparat. Sie macht noch ein paar Aufnahmen und begutachtet stirnrunzelnd das Ergebnis.

»Die sind ein bisschen dunkel.« Sie nimmt die Kamera vom Stativ und zeigt mir die Bilder. Zustimmend nicke ich.

»Ich hol schnell die Stehlampe aus dem Schlafzimmer.«

Marissa lässt mich allein, und ich starre an die Decke. Direkt über meinem Kopf hängt ein Spinnennetz. Ich suche es nach Lebenszeichen ab – oder Leichen, falls tote Fliegen darin hängen, denn das würde die Anwesenheit einer Spinne bedeuten. Falls nun eine direkt über mir lauert, sich von ihrem Netz auf mich herabfallen lässt, und ich nichts tun kann? Eine Gänsehaut kriecht mir den Nacken hinauf. Ich darf auf keinen Fall jemals bei *Ich bin ein Star – holt mich hier raus!* mitmachen, selbst wenn ich eine berühmte Instagram-Influencerin bin und sie versuchen, mich in die Show zu locken. Solange ich noch an meiner Bekanntheit arbeite, bin ich ja bereit, verrückte Dinge wie das hier zu machen, aber sobald ich berühmt bin, ist damit hoffentlich Schluss.

Ein klackerndes Geräusch verrät mir, dass jemand die Haustür aufschließt, und ich will mich aufrichten, aber Marissa hat so verdammt gute Arbeit geleistet, dass ich mich kaum rühren kann.

»Nicht reinkommen!«, schreie ich und stelle erstaunt fest, wie gut ich mich trotz zugeklebtem Mund bemerkbar machen kann – so viel zu Hollywood-Filmen. Meine verbale Warnung hält Becca aber nicht auf. Ich höre sie aufschreien, und im nächsten Moment beugt sie sich über mich. Sie schlägt sich die Hand vor die Brust und saugt hörbar die Luft ein.

»Was zum Teufel tust du hier? Du hast mich zu Tode erschreckt!«

Becca reißt das Klebeband von meinem Mund, das zum Glück quasi nur aufliegt, sonst wäre ich in den Genuss einer spontanen Oberlippenenthaarung gekommen. Becca verschränkt die Arme, und ihre Nasenflügel beben. Mit ihrem kantigen Bob und dem geraden Pony wirkt sie aus meinem Blickwinkel ziemlich grimmig.

»Wir … wir machen nur Fotos«, stottere ich.

»Jetzt sag bitte nicht, das ist eins von deinen Instagram-Fotoshootings.«

Marissa kommt ins Zimmer, und Becca zeigt mit dem Finger auf sie. »Du wirst aber nicht zu Sweeny Todd und verarbeitest Leichen zu Fleischpasteten, oder?«

»Nein, das mit dem Foodporn mache ich schon lange nicht mehr. Meine eigenen Feeds drehen sich jetzt um angehende Yummy Mummys – du weißt schon, diese attraktiven Frauen unter dreißig, die schon Mütter sind.«

Becca sieht mich vorwurfsvoll an. »Na schön, dann ist das also für dich. Blutrünstiges Instagram.«

»Aber es geht um einen möglichen Vertrag – also tatsächlich im Sinne von *bezahlt*. Es ist für Halloween.«

»Halloween ist erst in ein paar Monaten«, erwidert sie und stemmt die Hände in die Hüften.

»Ich weiß, aber die Agentur muss es ihrem Kunden präsentieren, und eine Präsentation zu entwickeln, braucht vermutlich Zeit«, erkläre ich.

»Eine kleine Vorwarnung wäre jedenfalls nett gewesen.«

»Donnerstags gehst du doch normalerweise zum Sport! Aber wenn du schon einmal hier bist, wie wäre es mit einem gemütlichen Mädelsabend?«

»Och nö«, stöhnt Marissa. »Ich habe eine tickende Zeitbombe in meinem Bauch und weiß noch, wie es bei meiner Schwester ausging. In wenigen Monaten bedarf es einer Planung wie bei einer Militäroperation, wenn ich nur das Haus verlassen will, ganz davon zu schweigen, mich mit euch allein zu treffen oder genug Energie zum Ausgehen zu haben. Lasst uns also lieber was trinken gehen. Heute ist der Durstige Donnerstag.«

Marissa hat für jeden Wochentag einen Namen, damit es einen Grund gibt, um die Häuser zu ziehen: Drink-freudiger Dienstag, Martini Mittwoch, Durstiger Donnerstag, Freier Freitag.

»So verlockend das auch klingt«, sagt Becca, »aber ich bin verabredet. Ich bin nur gekommen, um kurz zu duschen.«

»Eine Verabredung?«, fragt Marissa und zieht eine Braue hoch.

»Ja, mit Gareth.«

»Schon wieder. Schön für dich!«

Becca streicht sich das Haar hinter die Ohren, was nur noch mehr betont, wie rot ihre Wangen geworden sind.

»Du wirst dich wohl mit *Phil & Kirsty* im Fernsehen und Essen vom Lieferservice zufriedengeben müssen«, sage ich zu Marissa.

Sie verzieht das Gesicht. »Dann könnten wir doch am Wochenende losziehen«, erwidert sie schließlich.

Becca und ich wechseln einen kurzen Blick; wir wissen, dass wir verloren sind. Sobald sich eine Chance auftut, abends wegzugehen, lässt Marissa nicht mehr locker. Wir werden in High Heels und Pailletten auf die Piste müssen, ob es uns gefällt oder nicht.

»Freitagabend habe ich noch nichts vor«, sagt Becca und sieht ihre Post durch, die sie mit hereingebracht hat. Sie zieht einen Brief heraus und öffnet ihn.

»Da habe ich Cleo versprochen, mit ihr etwas trinken zu gehen«, erwidere ich.

»Ooh, die fand ich an deinem Geburtstag total nett. Wieso schließen wir uns nicht einfach an? Becca und ich können mit dem Zug nach Reading kommen, stimmt's, Becca? Das wird ein super Abend. Wir motzen uns auf und gehen in eine dieser Cocktailbars.«

Jetzt bin ich mit Stöhnen an der Reihe. Das Beste daran, mit Cleo abends nach der Arbeit noch etwas trinken zu gehen, ist, dass ich mich schon früh verabschieden kann, weil sie glaubt, dass Basingstoke echt weit von Reading entfernt liegt. Ich habe sie nie darüber aufgeklärt, dass es in Wahrheit nur zwanzig Minuten mit einem der häufig verkehrenden Züge dauert, denn mein »langwieriges und anstrengendes Pendeln« ist eine wunderbare Ausrede, wenn ich keine Lust habe, mit den Kollegen etwas zu unternehmen. Bedauerlicherweise weiß Marissa, wann der letzte Zug geht, und sie kennt ein preiswertes Taxiunternehmen, das uns zu jeder Tages- und Nachtzeit nach Hause kutschiert.

»Ach, ich weiß nicht«, ziert sich Becca und rümpft die Nase. »Ich bin alt geworden und habe keine Lust, mir die Kante zu geben.«

»Du bist nur zwei Jahre älter als wir«, stellt Marissa klar. »Und hallo, ich bin schwanger, wenn also jemand die ›ich werde nichts trinken‹-Karte spielt, dann bin ich das. Niemand wird sich die Kante geben.«

»Na schön«, gibt Becca nach und seufzt. Dann richtet sie ihre Aufmerksamkeit wieder auf den Brief in ihrer Hand. Sie verzieht das Gesicht und legt ihn auf den Tisch. »Gasrechnung.«

Ich ziehe ebenfalls eine Schnute. Sieht so aus, als würde ich mir in den nächsten Wochen sowieso nicht viele Cocktails leisten können.

»Ich geh dann mal duschen«, sagt Becca. »Und wenn ich zurückkomme, sieht es hier hoffentlich nicht mehr aus wie ein Tatort bei CSI.«

Sie verlässt den Raum, und Marissa wendet sich mir zu. »Sie trifft sich wieder mit Gareth?«

»Japp. Ich glaube, das ist jetzt ihre dritte Verabredung.«

»Aha, es läuft also gut?«

»Scheint so. Sie hat mir nicht viel erzählt; ich glaube, es ist ihr ein bisschen unangenehm.«

Marissa nickt. »Hm, das dachte ich mir. Also, sollen wir noch ein paar Fotos machen?«

»Aber schnell. *Phil & Kirsty* warten nicht auf uns«, stimme ich zu und bin erleichtert, dass Marissa weiß, wann man das Thema wechseln sollte.

»Aber denk dran, noch deine Mum zurückzurufen.«

Ich nicke, während sie meine Fesseln kontrolliert.

»Es klang nicht besonders wichtig, irgendetwas mit Bananenbrot und Schokoladenkuchen backen.« Sie zuckt mit den Schultern, schnappt sich wieder ihre Kamera und legt los.

Ich zucke zusammen. »O Gott, sie backt zwei Kuchen?« Das ist kein gutes Zeichen. Je deprimierter sie ist, desto mehr backt sie.

»Anscheinend«, antwortet sie zwischen dem Betätigen des Auslösers.

»Shit! Denkst du, wir können *Phil & Kirsty* auf ein anderes Mal verschieben? Ich sollte besser zurückrufen und hören, ob alles in Ordnung ist.«

»Natürlich, mach schon.« Marissa legt die Kamera weg.

»Ich könnte ein bisschen Hilfe gebrauchen«, erwidere ich und versuche erfolglos, meine Arme zu befreien.

Marissa beugt sich herunter, um mich auszupacken.

»Glaubst du, dass wir die perfekte Aufnahme schon haben?«

Vorsichtig wickelt sie die Folie ab und bemüht sich, möglichst kein Kunstblut zu verteilen.

»Mit ein bisschen Fotoshop-Magie bestimmt.«

In einer perfekten Welt würden wir noch ein paar Dutzend Fotos schießen. Und so gern ich mich auch von Instagram von der realen Welt ablenken lasse – manchmal kann man sie nur schwer ignorieren, wie in diesem Moment, als meine Mum mich braucht. Ich kann nur hoffen, dass eines unserer Fotos gut genug ist, damit ich als Influencerin die nächste Stufe erreiche – vorzugsweise noch rechtzeitig, um die Gasrechnung bezahlen zu können.

Kapitel 2

Während ich darauf warte, dass der Computer hochfährt, ziehe ich meine Strickjacke fester um mich. Heute ist es draußen zwar nicht besonders warm, aber aus irgendeinem Grund hat sich unser Büro entschieden, die Klimaanlage auf arktische Kälte einzustellen. Nach einer gründlichen Durchsuchung meiner Schreibtischschublade ziehe ich triumphierend einen Wollschal heraus, den ich seit letztem Winter nicht mehr benutzt habe.

»Was gäbe ich jetzt für fingerlose Handschuhe«, jammert Cleo und klappert mit den Zähnen, woraufhin ich laut lachen muss.

Ich liebe es, neben Cleo zu sitzen, sie macht meinen Job um vieles erträglicher.

Nach Bens Tod wollte ich näher bei meinen Eltern sein, also kündigte ich die verhasste Tätigkeit in der Werbeagentur, zog zurück in meine Heimatstadt und jobbe seither bei einer Versicherungsgesellschaft in Reading. Es sollte nur vorübergehend sein, bis ich endlich den Sprung ins Marketing oder die PR schaffe, aber wie so oft bei gut durchdachten Plänen lief es nicht wie gewünscht, und ich bin nach fast zwei Jahren immer noch hier.

Als Nächster aus unserer Schreibtischgruppe trifft Colin ein. Er geht zu seinem Platz gegenüber von Cleo und späht über seine Schulter, ob Mrs Harris irgendwo zu sehen ist. Offenbar erleichtert, dass sie gerade nicht in der Nähe ist, schafft er es, uns zur Begrüßung zuzunicken, was ein echter Fortschritt ist.

Vergangene Woche, nach Flamingogate, tat er so, als würde er uns nicht kennen, und starrte angestrengt vor sich auf den Tisch.

»Armer Colin«, flüstert Cleo.

Jemand am anderen Ende des Raums lässt einen Packen Kopierpapier fallen, und Colin fährt erschrocken zusammen.

Der bedauernswerte Kerl. Voller Bewunderung hatte er den von Mrs Harris aus Brotteig gebackenen Flamingo berührt und das Bein natürlich nicht mit Absicht abgebrochen. Aber in ihren Augen hatte er ihre Chancen beim Großen Büro-Back-wettbewerb enorm verringert. Wir alle lieben unsere Arbeits-kollegin Mrs Harris, aber insgeheim fürchten wir sie auch, und wehe dem, der es sich mit ihr verdirbt.

Mein Computer ist eindeutig in Freitagsstimmung und fährt unglaublich langsam hoch. Ich weiß genau, wie er sich fühlt. Bei einem Blick auf meine To-do-Liste wünschte ich, meine Arbeit wäre ein bisschen interessanter, denn in der Ver-tragsabteilung einer Versicherung zu sitzen, ist nun wahrlich nicht mein Traumjob.

Der PC ist immer noch nicht fertig, also greife ich so leise und unauffällig wie möglich in meine Handtasche und hole mein Handy heraus. Aber Cleo entgeht einfach nichts.

»Hallo, mein Name ist Izzy, und ich bin Instagram-aholic«, säuselt sie.

»Sehr witzig.« Ich lege das Handy mit dem Display nach unten auf den Tisch. »Ich wollte nicht auf Instagram schau-en, ehrlich. Ich warte auf eine E-Mail. Eine sehr wichtige E-Mail.«

»Aha. Wegen was?«

»Wichtige Dinge.«

»Wichtige Instagram-Dinge?«

Ich beiße die Zähne zusammen.

»Ich bin nicht süchtig«, erwidere ich und schiebe das Handy demonstrativ von mir weg.

»Natürlich nicht.« Sie grinst.

»Bin ich nicht, ehrlich.«

»Muss ich dich an den Tag erinnern, als die Internetverbindung nicht funktionierte und du nicht online gehen konntest? Du bist fast durchgedreht!«

»So drastisch würde ich es nicht formulieren …«

»Du bist ins Swan gegangen, um deren WiFi zu nutzen.«

»Das ist ein netter Pub«, verteidige ich mich und habe Mühe, keine Miene zu verziehen.

»Ähm, es ist ein netter Pub, wenn du in einem bestimmten Gewerbe tätig bist.«

»So schlimm ist es da nun auch nicht.«

»Du wurdest zweimal gefragt, was es bei dir kostet!«

»Na ja, die sind es nicht so gewohnt, dass Frauen dort nur was trinken wollen.«

»Und ein paar Mal bist du zu McDonald's gegangen.«

»Die haben überraschend guten Kaffee.«

»Klar, und du hattest überraschend gutes WiFi.«

Abwehrend verschränke ich die Arme. Mein Computer gibt endlich Lebenszeichen von sich.

»Also die Tatsache, dass du seither nie mehr in einem der beiden Etablissements gewesen bist …«

»Bedeutet noch lange nicht, dass ich süchtig bin!«

Cleo zieht die Brauen hoch – sie ist genauso wenig überzeugt wie ich.

»Ich checke nur meine E-Mails, das ist alles«, protestiere ich erneut.

Sie lächelt und wendet sich mit einem süffisanten Gesichtsausdruck wieder ihrer Tastatur zu, als sei sie älter und weiser als ich, dabei ist sie erst dreiundzwanzig – acht Jahre jünger als ich.

Typisch für mich! Ich sitze neben dem einzigen Millennial, dessen Handy nicht am Körper angewachsen ist.

Sehnsüchtig spähe ich zu meinem, und mir ist klar, dass ich Cleo beweisen muss, wie sehr sie sich irrt, indem ich es ein paar Stunden ignoriere. Dabei warte ich so gespannt auf die Antwort der Agentur wegen der Halloween-Kampagne! Mein ganzes Leben könnte sich durch diese eine E-Mail verändern! Jene E-Mail, die bedeuten würde, dass ich tatsächlich Influencerin werde.

Noch immer warte ich darauf, dass ich mich an meinem Computer anmelden kann, lasse den Blick durch unser Großraumbüro schweifen und sehe Mrs Harris im Anflug, eine Tupperware-Dose an sich gepresst, als hinge ihr Leben davon ab. Dabei machen seit dem Zwischenfall mit Colin alle einen noch größeren Bogen um sie.

»Ärger naht ...«, flüstere ich Cleo zu, die mich über ihren Computerbildschirm hinweg ansieht.

»Ist heute schon wieder Backwettbewerb? Das müsste doch allmählich vorbei sein.«

»Wir haben noch sechs Monate vor uns«, flüstert Colin.

»*Sechs Monate!*«, entfährt es Cleo und mir wie aus einem Munde.

»Neun Monate lang findet alle zwei Wochen ein Wettbewerb statt«, klärt er uns bedrückt auf. »Was bedeutet, dass ich noch sechs Monate im Exil verbringen muss.«

»Verdammt, es kommt einem so vor, als wäre alle zwei Tage ein Wettkampf.« Cleo seufzt.

»Etwa nicht?«

Circa zweimal im Jahr denkt sich die Personalabteilung von McKinley verrückte Projekte aus, um den Spaßfaktor bei der Arbeit zu erhöhen. Wir hatten schon Bingo-Vormittage, Kostümierungs-Freitage, und alle sieben Etagen wetteifern um die beste Weihnachtsdeko. Dieses Mal ist es ein Wettbewerb, der sich abwechselnd um Plätzchen, Kuchen oder Brot dreht. Nichts hat das ganze Büro jemals so vereint wie dieser Backwettbewerb – und nichts hat es gleichzeitig jemals so entzweit, denn für manche ist das kein Spaß, sondern bitterer Ernst.

Der arme Colin. Ich schaue kurz zu ihm hinüber und stelle fest, dass er seine Kopfhörer aufgesetzt hat und sein Blick am Bildschirm klebt. Tatsächlich glaube ich, ihn zittern zu sehen, als Mrs Harris unsere Tischgruppe erreicht.

»Lieber Himmel, ich hätte nicht gedacht, dass ich das Teil in einem Stück bis hierher bekomme«, sagt sie und stellt den Plastikbehälter ans Tischende.

Cleo und ich recken die Hälse, um zu sehen, was sich darin befindet, aber sofort deckt Mrs Harris den Behälter mit zwei Geschirrtüchern ab.

»O nein, vor 11:00 Uhr wirft niemand auch nur einen Blick auf dieses Baby. Ich möchte keine Wiederholung der Brotwoche«, sagt sie so laut, dass alle im Büro verstummen.

»Niemand will eine Wiederholung der Brotwoche«, versichere ich und fühle mit Colin, der ganz blass geworden ist. Er wirft mir einen verlegenen Blick zu, schnappt sich einen Ordner und eilt davon.

»Und, wie lautet diese Woche das Thema, Mrs H?«, frage ich.

Sie schürzt die Lippen, als müsse sie meine aus Versehen verwendete Abkürzung erst einmal überdenken. Mrs Harris ist nämlich die einzige Person in unserem Büro, die wir nicht bei ihrem Vornamen nennen, sondern die darauf besteht, dass wir sie ganz formell mit ihrem Nachnamen anreden – als wären wir in die Vergangenheit zurückversetzt. Kein anderer würde damit durchkommen, aber sie ist so Respekt einflößend, dass sogar unser Chef, Howard, sich nicht traut, ihren Wunsch zu übergehen.

»Französische Woche«, antwortet sie, und ich atme erleichtert auf, dass ich mit meinem Versprecher ungeschoren davonkomme. »Natürlich habe ich Croquembouche zubereitet.«

»Klar.« Ich habe nicht den blassesten Schimmer, was das sein könnte, aber es klingt köstlich. Alle Kreationen von Mrs Harris sind das. Das ist der Grund, warum ich in die Breite gehe, seit ich hier arbeite.

»Und jetzt werde ich mir meinen Kaffee holen, und ihr Mädels passt darauf auf, verstanden? Ich will auf keinen Fall diesen Grünschnabel aus dem Risikomanagement bei uns herumschleichen sehen. Er versucht ständig, die Damen mit seinen scharfen Kugeln in Versuchung zu führen.«

»Seinen was?«, entfährt es mir.

»Sie meint seine scharfen Nusskugeln«, antwortet Cleo und begutachtet ihre Fingernägel. »Ich habe sie schon probiert, und sie sind völlig überbewertet.«

»Hätte mir denken können, dass Sie sie probiert haben«, erwidert Mrs Harris und seufzt dann laut. »Nun muss ich wegen des Kaffees noch einmal die Treppe rauf, und das mit meinem kaputten Knöchel ...«

Ich spähe zu den drei Stufen, auf die sie anspielt, die zu unserer Teeküche führen.

»Und wohin ist denn dieser Colin schon wieder verschwunden? Er hätte mich zumindest fragen können, ob ich etwas zu trinken möchte. Man sollte meinen, dass er daran interessiert ist, sich wieder gut mit mir zu stellen.«

»Soll ich Ihnen einen Kaffee mitbringen?«, frage ich und leere meine Tasse. »Ich wollte mir sowieso noch einen Tee holen.«

»Wenn es keine Mühe macht, Izzy ...«

»Natürlich nicht.«

Ich lange nach dem Kaffeebecher, den Mrs Harris mir bereits zuschiebt, sehe Cleo fragend an, die mir ebenfalls ihren Becher reicht, und eile in Richtung der Teeküche.

»Und nicht vergessen«, ruft Mrs Harris mir nach, »Magermilchmokka, zwei Stücke Zucker.«

Ich nicke, als würde sie das nicht jedes Mal sagen.

In der Teeküche stelle ich die Becher ab, hänge Teebeutel in meinen und den von Cleo und gieße heißes Wasser hinein. Dann wende ich mich dem Kaffeeautomaten zu und muss feststellen, dass es keinen Mokka mehr gibt. Mrs Harris einen Kaffee zu holen, kommt einer NASA-Mission gleich: Scheitern ist keine Option – oder zumindest keine, wenn ich von ihrer neuesten Backkreation ein Stück abbekommen möchte.

Ich lasse unseren Tee ziehen und gehe mit Mrs Harris' Becher durchs Treppenhaus nach unten. Zum Glück ist Casual Friday, und ich trage nicht wie üblich High Heels, denn das wäre auf diesen glatten Stufen lebensgefährlich gewesen.

Als ich eine Etage tiefer um den Treppenabsatz biege, kann ich gerade noch einem Handy an einem ausgefahrenen Selfiestick ausweichen, der mir förmlich entgegengeflogen kommt. Ich ziehe den Kopf ein, um nicht getroffen zu werden.

»Dürfte ich bitte vorbei?«, frage ich leicht genervt, nachdem ich mich wieder gefasst habe.

»Eine Sekunde«, erwidert der Mann am anderen Ende des Sticks, stellt sich in Pose und zieht den größten Schmollmund seit *Zoolander*.

Ich verschränke die Arme vor der Brust und seufze laut, aber es scheint ihn nicht zu stören, dass er und seine Eitelkeit mir den Weg versperren.

Da ich sonst nichts zu tun habe, mustere ich ihn und seine klassische Schönheit ein bisschen genauer. Er sieht beinahe aus wie einem Instagram-Foto entsprungen, das nach allen Regeln der Kunst bearbeitet wurde. Perfekte Haut, markantes Kinn, leidenschaftliche Augen und volle Lippen. Oder zumindest glaube ich das, denn da er diesen Schmollmund macht, ist es schwer zu sagen.

In seinem weißen Leinenhemd mit hochgerollten Ärmeln und Kakihosen, die ihm bis zu den nackten Knöcheln reichen, und teuer aussehenden Loafer wirkt er wie ein Investmentbanker, der sich auf dem Weg zu seinem Wochenendhaus verlaufen hat. Er schüttelt den Kopf, als würde er eine Wallemähne zurückwerfen, dabei ist sein Haar zu einer perfekten, in Raum und Zeit eingefrorenen Tolle gegelt.

Offenbar hat er mich vergessen, denn er fotografiert munter weiter. Laut und vernehmlich huste ich, um ihn an meine Anwesenheit zu erinnern. Er schießt noch fünf Fotos und senkt dann den Stick.

»Sorry«, sagt er und sieht mich zum ersten Mal an. »Das Sonnenlicht an diesem Ort um exakt diese Zeit lässt meine Haut schimmern wie ein AR-Filter. Möchtest du mal sehen?«

»Ich ... äh ...«

Ohne meine Antwort abzuwarten, zieht er das Handy vom Selfiestick und hält mir die gerade geschossenen Fotos vor die Nase.

Um nicht loszulachen, beiße ich mir auf die Lippe.

»Und?«, fragt er und sieht mich mit stolzer Miene erwartungsvoll an.

»Ja, es ist ähm, sehr ... ›Blue Steel‹-mäßig«, antworte ich und nehme an, dass diese Pose eine bewusste Verarschung sein soll.

»Blue Steel? Wieso, wegen meiner blauen Augen?«

»Nein. Hast du nie *Zoolander* gesehen?«

Er schüttelt den Kopf. »Für Tiere interessiere ich mich nicht sonderlich.«

Ich beiße mir noch fester auf die Lippe.

»Darin geht es um ein männliches Model. Du solltest dir den Film mal ansehen – da bekommst du ein paar gute Tipps.«

Sein Gesicht erhellt sich.

»Danke! Tatsächlich bist du nicht die Erste, die mir sagt, dass ich Model werden könnte.«

»Nun, genau genommen waren *das* nicht meine Worte. Aber ich muss jetzt wirklich –«

Ich will weitergehen, aber noch immer verstellt er mir den Weg.

»Ja, viele Leute finden, dass ich aussehe wie Channing Tatum. Natürlich tanze ich besser«, fügt er augenzwinkernd hinzu.

»Oh … ähm …« Automatisch stelle ich ihn mir als einen der Stripper in *Magic Mike* vor und spüre, dass meine Wangen plötzlich glühen.

Er lässt seine Brustmuskeln spielen und lächelt mich zufrieden an.

»Die Ähnlichkeit ist … verblüffend. Aber ich muss jetzt Kaffee holen, sonst begeben sich meine Kollegen auf den Kriegspfad.«

»Genauso wie mein Chef, der Teuflische Ted.«

Ich mache ein angemessen entsetztes Gesicht. Der Teuflische Ted ist der Vertriebsleiter und wahrhaft gefürchtet. Einmal hat er jemanden gefeuert und dabei so laut gebrüllt, dass ich es zwei Etagen höher noch hören konnte.

Endlich klappt mein Gegenüber seinen Selfiestick zusammen und schiebt ihn in die Hosentasche.

»Bis demnächst«, sagt er, zwinkert mir tatsächlich zu und eilt dann, zwei Stufen auf einmal nehmend, die Treppe hinunter.

Ungläubig schüttle ich den Kopf. Und Cleo hält mich für süchtig nach Instagram? Zumindest zücke ich nicht während der Arbeitszeit meinen Selfiestick.

Ich laufe die restlichen Stufen hinunter und stelle erleichtert fest, dass der Kaffeeautomat auf dieser Etage noch Mokka ausspuckt. Anschließend schaffe ich es zurück nach oben, ohne dass mir weitere Selfiesticks den Weg versperren, und rette meinen Tee mit einem extra Schuss Milch.

Mrs Harris zeigt sich wenig beeindruckt, als ich wieder an meinem Schreibtisch ankomme. »Na endlich, ich dachte schon, Sie würden die Bohnen aus Kolumbien holen.«

»Bei uns gab es keinen Mokka mehr, seien Sie froh, dass Sie nicht selbst nach unten laufen mussten.«

»Das ist schon das zweite Mal in diesem Monat«, regt sie sich auf. »Ich werde an die Kantine schreiben und mich beschweren.«

»Dafür sind die Ihnen bestimmt dankbar«, murmele ich, und mir tut der Empfänger ihrer Beschwerde jetzt schon leid.

Ich logge mich in den PC ein und checke meine E-Mails, mache mir Notizen, was heute erledigt werden muss, und lade dann unsere firmeninterne Software.

»Also, im Treppenhaus bin ich einem schrägen Typen begegnet«, sage ich dabei so leise zu Cleo, dass Mrs Harris es nicht mitbekommt. Sie würde mir sofort vorwerfen, herumgetrödelt zu haben, statt rasch ihren Kaffee zu holen. »Groß, arbeitet im Vertrieb, etwa unser Alter, braunes Haar, akkurate Tolle, super angezogen, breites Lächeln.«

Cleo nickt. »Ich weiß, wen du meinst. Luke soundso.« Sie runzelt die Stirn. »Luke Taylor, glaube ich. Er ist süß.«

»Er ist eitel. Du hättest den Selfiestick sehen sollen, den er in der Hosentasche mit sich herumträgt!«

»Monsieur, ist das ein Selfiestick, oder freuen Sie sich so sehr, mich zu sehen?«, sagt sie mit französischem Akzent und bringt mich zum Kichern.

Mrs Harris wirft uns vom anderen Ende des Tisches einen mahnenden Blick zu, und wir verstummen sofort.

»Ist er neu?«, flüstere ich.

»Nein, er arbeitet schon eine Weile hier, sechs Monate oder so. Wieso willst du das wissen? Stehst du auf ihn? Du findest ihn bestimmt auf Link.«

»Nein!« Ich halte ihre Hand fest, als sie zur Maus greifen will. Cleo nutzt unser internes Nachrichtensystem, als wäre es ihre private Dating-App. »Mehr Informationen brauche ich nicht.«

»Was meinst du, ob er Single ist?«

»Hast du nicht gerade was mit diesem Typen aus der Buchhaltung laufen?«

»Nicht wegen mir – wegen dir! Du solltest ihm eine Nachricht schicken, ehrlich.«

»Nein danke. Ich halte mich an die Regel, niemanden zu daten, der zum Stylen mehr Zeit braucht als ich.«

»Ja, aber hast du mal einen Blick auf seinen Hintern geworfen?«

»Nö«, lüge ich, dabei konnte ich bei seiner engen Hose gar nicht anders.

»Für den würde ich eine Ausnahme machen.«

»Aha.« Ich schaue hoch und sehe, dass Jason aus dem Risikomanagement (alias der Grünschnabel mit den scharfen Kugeln) mit einem Stapel Blätter auf uns zumarschiert kommt. Cleo hebt ebenfalls den Kopf und saugt hörbar die Luft ein. »Mrs Harris!«

»Was denn? Siehst du nicht, dass ich beschäftigt bin? Manche von uns müssen nämlich arbeiten. Wir können nicht alle herumsitzen und tratschen.«

»Na schön, dann erzähle ich Ihnen eben nicht, dass sich auf zwei Uhr ein feindliches Objekt mit Zielrichtung Kuchen nähert.«

Sie schaut auf ihre Armbanduhr und runzelt die Stirn.

»Hinter Ihnen. Jason«, zische ich, damit er mich nicht hört.

Sie wirbelt mit ihrem Drehstuhl herum, sieht ihn und springt auf – wesentlich dynamischer, als ich ihr zugetraut hätte. »Schnell!«

Sie wedelt mit den Armen und bedeutet Cleo und mir, aufzustehen und uns neben sie vor den Tisch zu stellen.

Zögernd erheben wir uns. Sofort zieht sie alle an ihre Seite, damit wir einen menschlichen Schutzschild bilden.

»Jason«, sagt sie und fixiert ihn mit verengten Augen.

»Mrs Harris.« Er passt sich ihrem misstrauischen Tonfall an. »Ich bin auf der Suche nach einem Vertrag, der anscheinend bei Cleo hängen geblieben ist.«

»Und da konnten Sie keine Nachricht auf Link oder eine E-Mail schicken?«, erwidert sie und zieht eine Braue hoch.

»Manchmal lassen sich die Dinge persönlich schneller klären.«

Er reckt den Hals in Richtung Tupperware, und Mrs Harris zieht uns noch enger zusammen, um ihm die Sicht zu versperren.

»Cleo wird nachsehen, wenn Sie ihr die Details nennen«, sagt sie streng.

»Schön«, entgegnet Jason und reicht ihr einen Ordner.

»Schön«, wiederholt Mrs Harris.

Ich stehe mittlerweile so dicht neben ihr, dass ich ihr Chanel No. 5 förmlich schmecken kann.

Jason macht auf dem Absatz kehrt und stürmt zurück zum Ausgang. Mrs Harris seufzt und entlässt uns aus ihrer Umklammerung.

»Lästige Fliege!«, knurrt sie. »Das hat er sich doch ausgedacht! Wollte einen Blick auf meinen Kuchen werfen! Dieser Grünschnabel.« Sie schüttelt den Kopf.

Erleichtert gehen Cleo und ich zurück an unsere Plätze.

»Also, wo waren wir?«, fragt Cleo, während sie ihren Büro-stuhl an den Tisch rollt. »Ach ja, Luke Taylors Hintern.«

»Ich glaube, damit waren wir durch. Ich wollte nur wissen, ob er schon lange bei uns ist.«

»Natürlich«, erwidert sie mit sarkastischem Tonfall.

Ich ignoriere sie und richte meine Aufmerksamkeit wieder auf den Computerbildschirm. Heute Vormittag werde ich mich in die Arbeit knien und nicht aufs Handy schauen. Egal was Cleo sagt, ich bin nicht süchtig.

Prompt signalisiert ein Piepen meines Handys E-Mail-Alarm, als wisse es genau, dass ich unter Beobachtung stehe.

Während ich es mir schnappe, beginnt mein Herz zu rasen, und als ich sehe, dass die E-Mail von genau der Firma ist, auf deren Antwort ich warte, stockt mir fast der Atem.

Hi, Izzy!

Vielen Dank für dein Interesse an unserer Werbekampagne. Wir waren sehr beeindruckt von deinen Ideen, haben uns aber bedauerlicherweise für einen anderen Ansatz entschie-den. Wir werden Fotos von Familien in zusammenpassen-den Kostümen nehmen. Dennoch würden wir uns über dei-ne Unterstützung bei dieser Kampagne freuen. Wenn du also die Möglichkeit hast, unsere Posts auf Instagram zu re-posten oder auf deinen Kanälen zu teilen, wären wir dir su-per dankbar.

Fran x

Niedergeschlagen lese ich die Standardabsage, die zweifellos auch an Dutzende andere Möchtegern-Influencer geschickt wurde. Das sollte mein Durchbruch werden, der mich zu drei-

oder vierstelligen Einnahmen katapultiert und mir erlaubt, meinen Job hier zu kündigen.

»Izzy, Howard ist da«, flüstert Cleo.

Ich schaue hoch und sehe unseren Big Boss quer durch das Büro zu seinem Schreibtisch gehen.

Schnell lege ich mein Handy auf den Tisch und tue so, als würde ich hoch konzentriert am Computer arbeiten. Entlassen zu werden, kann ich jetzt gar nicht gebrauchen, da meine Instagram-Karriere in weite Ferne gerückt ist.

Willkommen im Juni
This_Izzy_Loves IGTV
Anzahl Follower: 15.300

Wie kann es sein, dass wir bereits den 1. Juni haben? Das Jahr vergeht wie im Flug. Diesen Monat gibt es eine Menge, worauf ich mich freuen kann. Ich werde mit meinen besten Freundinnen ausgehen, was schon lange überfällig ist, und in wenigen Tagen lerne ich mein Idol kennen – Small Bubbles! Ich gehe zu einem VIP-Meistervortrag und kann es kaum erwarten, dass sie ihr Wissen mit mir teilt und ich erfahre, wie genau ich mit ihr zusammen Insta regieren kann. Betrachtet uns einfach als BFFs! Ist sie nicht toll?

Kapitel 3

Unzufrieden mit dem Ergebnis, reiche ich Cleo mein Handy. »Würdest du noch eins machen? Dieser Typ ist durchs Bild gelaufen, und wenn du darauf achten könntest, meine Füße nicht mit abzulichten, wäre das spitze.«

Cleo seufzt, schnappt sich aber bereitwillig das Handy und bringt es in Position. Zum gefühlt millionsten Mal gehe ich auf sie zu und raschle mit dem Saum meines Kleides.

»Ist das alles für Instagram?«

»Japp. Daran, dass ich mich so aufgebrezelt habe, bist du selbst schuld, schließlich wolltest du unbedingt nach der Arbeit etwas trinken gehen.«

»Der Dresscode war Marissas Idee«, erwidert sie und schaut hinunter auf ihre High Heels.

»Egal, ich muss jedenfalls das Beste daraus machen. Normalerweise gammle ich freitags um diese Zeit in Jogginghosen herum.«

Cleo lacht und reicht mir das Handy zurück. Ich überprüfe kurz das Boomerang-Video und poste es dann.

»Könntest du bitte mal deinen Fuß für mich hinhalten?«, frage ich.

»Wieso fotografierst du nicht deinen eigenen Fuß?«

Ich blicke auf meine schon ein wenig verschrammten Schuhe von Dorothy Perkins aus dem Schlussverkauf im letzten Jahr. Sie sind nicht übel, aber kein Vergleich zu ihren von mir heiß begehrten Louboutins mit der unverkennbaren roten Sohle. Ein Typ, mit dem sie im vergangenen Jahr zusammen gewesen ist, hat ihr die Schuhe geschenkt. Sie hat echt Glück. Das Einzige, was ich von dem Typen bekommen habe, mit dem ich mich hin und wieder getroffen habe, war meine Hälfte der Rechnung.

»Willst du meine Schuhe ernsthaft mit deinen vergleichen?«

Sie seufzt erneut, streckt den Fuß aus, und ich schieße ein Foto. Eine Bildunterschrift dazu: »Diese Schönheiten gehen heute Abend mit mir aus«, und dann ebenfalls gepostet.

Das ist der Vorteil an Instagram: Die Leute wissen nicht, dass ich die Schuhe gar nicht anhabe. Und im Grunde begleiten sie mich ja wirklich heute Abend, es ist also keine echte Lüge. Die Schuhe sehen auf dem Foto wunderschön aus. Wenn Cleo doch nur nicht zwei Schuhgrößen weniger als ich hätte!

»Treffen wir Becca und Marissa draußen vor dem Bahnhof?«, fragt sie.

»Ja, aber wir sollten uns beeilen, ihr Zug ist nämlich schon vor ein paar Minuten angekommen.«

Ich stecke das Handy in meine Tasche, und wir eilen zum Bahnhof, wo wir Marissa entdecken, die auf ihrem herumscrollt.

»Entschuldige, wir sind spät dran«, begrüße ich sie. »Wir kommen direkt von der Arbeit.«

»Klar«, sagt Marissa und hält mir das Display ihres Handys hin. Ich sehe mich, wie ich meinen Rock hin- und herschwinge.

»Na ja, mit einem kleinen Zwischenstopp«, räume ich ein und umarme sie kurz. »Wo ist Becca?«

Marissa zeigt dorthin, wo Becca telefonierend auf und ab geht. Sie winkt uns kurz zu und widmet sich dann wieder ihrem Gespräch.

»Lange nicht gesehen«, sagt Marissa, wendet sich Cleo zu und umarmt sie.

»Richtig – und sieh dich an!« Cleo löst sich aus der Umarmung und tritt zurück, um das Bäuchlein zu bewundern. Marissa streckt den noch winzigen Bauch weiter raus und strahlt.

»Ich weiß, dass es ein Klischee ist, aber du glühst richtig«, sagt Cleo.

»Das passiert, wenn du mit einem Zug fährst, in dem die Klimaanlage kaputt ist«, erwidert sie lachend.

»Also, wo gehen wir hin?«, frage ich und hoffe, dass es etwas in der Nähe ist – meine Absätze sind nicht zum Laufen gedacht.

Marissa reißt die Augen weit auf, und die Andeutung eines Lächelns huscht über ihr Gesicht.

»Wie wäre es mit Drinks unten im Lush and Lime?«

»Da ist es doch sicher total voll«, erwidere ich stöhnend. Im Lush and Lime hängen die coolen Kids ab. »Es ist Freitagabend.«

»Genau!« Marissa klatscht in die Hände. »Es ist Freitagabend, wir sind unterwegs und tragen High Heels.«

»Und ob«, versichert Cleo und lässt ihre roten Sohlen aufblitzen.

»O mein Gott, seht euch diese Schönheiten an«, schwärmt Marissa, hebt Cleos Bein an und bewundert den Schuh aus jedem Blickwinkel, während Cleo verzweifelt versucht, das Gleichgewicht zu halten.

»Entschuldigt«, sagt Becca, die jetzt aufgelegt hat, und umarmt Cleo und mich zur Begrüßung. »Und, wohin gehen wir?«

Marissa und ich antworten gleichzeitig:

»Ist noch nicht entschieden.«

»Lush and Lime.«

Marissa bringt mich mit erhobener Hand zum Schweigen und wendet sich Becca zu.

»Hör nicht auf sie, wir gehen ins Lush and Lime. Überall sonst wären Cleos Schuhe die pure Verschwendung. Außerdem gibt es dort Karaoke-Anlagen. Vielleicht können wir später eine ergattern? Was, Becca?«

»Heute nicht«, lehnt sie ab. »Lass uns nur tanzen.«

Echt schade, denn Becca hat eine wunderschöne Stimme, aber sie singt nur noch selten.

»Guter Plan, ich bin bereit, abzurocken«, verkündet Marissa. »Lasst uns gehen.«

Als wir den Laden betreten, geht Cleo schnurstracks zur Bar, um Getränke für uns zu holen. Marissa entscheidet, ihr dabei zu helfen, und Becca und ich zwängen uns in den hinteren Bereich, wo man nicht ständig angerempelt wird. Wir schaffen es, eine freie Stelle am Fenster zu ergattern, wo wir zumindest unsere Jacken ablegen und uns auf die Fensterbank hocken können.

»Und, wie war die Arbeit?«, frage ich.

»Geht so. Bin froh, dass die Woche vorbei ist.«

»Ich auch.« Zustimmend nicke ich.

Natürlich ist mein Job längst nicht so stressig wie der von Becca. Sie arbeitet als Bewährungshelferin, und mir ist schleierhaft, wie sie das aushält.

»Kaum zu glauben, wir gehen tatsächlich aus«, sagt sie und rutscht auf der Fensterbank herum, bis sie einigermaßen bequem sitzt.

»Ja, grenzt an ein Wunder. Verrate es nicht Marissa, aber ich würde viel lieber auf unserem Sofa sitzen, Prosecco trinken und *The Crown* schauen.«

»Ich auch. Das können wir ja nachher noch tun.«

Deshalb funktioniert meine Wohngemeinschaft mit Becca so gut. Sie ist die ideale Mitbewohnerin – sauber, ordentlich und bleibt genauso gern zu Hause wie ich.

»Gute Idee. Was denkst du, wie lange wir hier ausharren müssen?«

»Ich schätze mal, mindestens zwei Stunden, wenn nicht drei«, antwortet Becca und zieht die Füße aus den stahlblauen Peeptoe-Stilettos. »Sehr viel besser. Diese Dinger bringen mich um.«

»Aber sie sind echt hübsch.«

»Das macht sie nicht weniger teuflisch.«

»Sind die neu? Die habe ich noch nie an dir gesehen.«

»Ich habe sie heute gekauft. Passend zu dem Kleid, das ich letzte Woche für Ascot erworben habe.«

»Oh«, erwidere ich und gerate beinahe aus dem Gleichgewicht. Wieder schaue ich auf die Schuhe. »Die passen perfekt.«

Sie kann sich das Lächeln nicht verkneifen. Ich weiß gar nicht mehr, wann ich sie das letzte Mal so aufgeregt erlebt habe, und ich bekomme ein schlechtes Gewissen, weil ich sie nie nach Gareth frage. Aber ich kann sie mir immer noch nicht mit jemand anderem als Ben vorstellen.

»Freust du dich auf Ascot? Und darauf, Gareths Arbeitskollegen kennenzulernen?«

»Mir graut ein bisschen davor. Es geht irgendwie so schnell.«

»Finde ich nicht. Ihr trefft euch schon ein paar Monate.«

»Aber was ist, wenn sie mich nicht mögen? Wenn sie mich Gareth madigmachen?« In ihrer Stimme schwingt ein Hauch von Panik mit, und ich reibe ihr beruhigend über die Schulter.

»Unmöglich, dass dich jemand nicht mag. Und nach allem, was du erzählst, scheinst du Gareth viel zu bedeuten. Ich denke nicht, dass du dir Sorgen machen musst.«

Ich wollte Gareths Namen nicht so betont aussprechen, aber er kommt mir nur schwer über die Lippen. Krampfhaft überlege ich, was ich sie noch fragen kann, um ihr zu zeigen, dass mir dieses Thema nicht unangenehm ist, aber in dem Moment kommt Marissa zu uns und reicht uns Marmeladengläser mit einer pinkfarbenen Flüssigkeit.

»Möchte ich wissen, was da drin ist?«, frage ich und halte das grell schimmernde Getränk gegen das Licht.

»Ich glaube nicht«, antwortet Cleo, bleibt neben Marissa stehen, nippt an dem Glas und schüttelt sich.

Vorsichtig probiere ich und schüttle mich noch heftiger. »Liegt das an mir, oder sind die Drinks stärker als früher?«

»Du bist nur aus der Übung«, zieht Marissa mich auf. »Genau deshalb versuche ich ja ständig, dich öfter vor die Tür zu bekommen.«

»Du hast gut reden. Dein Drink ist alkoholfrei. Außerdem ist es hier ziemlich laut. War die Musik schon immer so?«, schreie ich.

»Es ist wirklich laut«, stimmt Becca zu. Sie nimmt einen großen Schluck, und ihr fallen fast die Augen aus dem Kopf. »Bei all den E-Nummern, die da drin sind, werde ich nie wieder schlafen können.«

»Und wie jung hier alle aussehen. Ich komme mir vor wie bei einer Schul-Disco«, jammere ich.

»Hör dich nur an«, mokiert sich Marissa. »Cleo muss ja denken, dass sie mit Großmüttern unterwegs ist.«

Marissa mag ja von uns allen die »Erwachsenste« sein, mit Hypothek, Ehemann, Baby im Anmarsch, einem Hund und einem Gartenhäuschen, sie scheint aber auch am meisten um ihr Vergnügen besorgt zu sein.

»Wir gehen hier nicht weg, bevor du eins von diesen Marmeladengläsern zu viel getrunken und abgerockt hast.«

Ich spähe zu der leeren Tanzfläche und überlege, ob wir es hinter uns bringen und einfach schon tanzen sollen. Aber bei meinem Tanzstil filmt das bestimmt jemand, und es geht viral – auf diese Weise möchte ich nicht zur Internet-Berühmtheit werden.

»Noch einen Cocktail, und dann tanzen wir«, sage ich und hoffe, dass sich die Tanzfläche bis dahin gefüllt hat.

»Ich hole die nächste Runde«, bietet Becca an.

Ich drehe mich zu ihr und starre entsetzt auf ihr leeres Glas.

»Was denn? Das hat gut geschmeckt, wie Brause.« Sie schiebt die Füße in ihre Schuhe und eilt zur Bar.

»Gibt es dieses Zeug überhaupt noch?«, fragt Marissa.

»Brause? Die kannst du bestimmt irgendwo kaufen«, antworte ich und zücke mein Handy, um es zu googeln. Bei der Gelegenheit könnte ich auch kurz checken, wie viele Leute sich, seit ich hier bin, meinen letzten Post angesehen haben.

»O nein, du wirst nicht auf dein Handy glotzen, während wir in einer Bar sind«, protestiert Cleo. »Aufs Handy zu schauen und über Instagram zu reden, ist tabu.«

Marissa und ich wechseln einen entsetzten Blick, denn das ist unser Lieblingsthema.

»Worüber sollen wir denn sonst reden – über die Arbeit?«, frage ich.

»Iiih, nein.« Sie verzieht das Gesicht. »Das ist auch tabu.«

»Was bleibt dann noch?«

Auf der Suche nach Inspiration lassen wir alle drei den Blick durch die Bar schweifen.

»Wie wäre es mit dem echten Leben?«, schlägt Cleo vor.

»Echtes Leben«, wiederhole ich und überlege angestrengt, was es da zu erzählen gibt. »Also, was habt ihr nächste Woche vor?«

»Ich fange einen neuen Yogakurs für Schwangere an«, verkündet Marissa und sieht Cleo Zustimmung heischend an.

»Schön.« Cleo nickt. »Ist bestimmt gut für die Geburt.«

»Nicht deshalb. Ich mache mit, um neue Freunde zu finden.«

»Geht es nicht eigentlich um Dehnübungen?«

»Also bitte.« Marissa verdreht die Augen. »Bei Kindern geht es letztlich immer nur darum, Freunde zu finden.«

»Lernst du die nicht bei den Net-Mums kennen?«, fragt Cleo.

»Nicht mehr. Jetzt suchst du sie dir beim Yoga, Hypnobirthing, Bumps & Burpees und Entspannungskursen für junge Mütter. Ich habe mittlerweile ein Vermögen ausgegeben und immer noch nicht meine neuen BFFs gefunden.«

»Zu meinem Glück«, werfe ich ein, denn mir war bisher gar nicht bewusst, in welcher Gefahr ich schwebte, meine beste Freundin an eine Horde Yummy Mummys zu verlieren.

»Du weißt schon, was ich meine«, fügt sie hinzu und wirft mir einen Luftkuss zu.

»Wenigstens bietet das Material für deinen Insta-Feed«, sage ich.

»Das – und eine gute Möglichkeit, um Follower zu bekommen.«

»Hey, tabu!«, ruft Cleo und schaut auf ihre Armbanduhr. »Ein paar Minuten habt ihr immerhin durchgehalten, ohne es zu erwähnen.«

»Wir haben unser Bestes gegeben. Kannst du das mal halten?«, fragt Marissa und reicht mir ihr Glas. »Momentan brauche ich Flüssigkeit nur zu sehen, und schon muss ich pinkeln.«

»Und was hast du nächste Woche vor, Izzy?«, fragt Cleo, als Becca mit einem Tablett voller Getränke zurückkehrt.

»Ich werde mir mit meinen Eltern ein Wohltätigkeits-Eishockeyspiel ansehen.«

Das Tablett beginnt zu wackeln, und aus allen Gläsern schwappt Flüssigkeit über den Rand.

Cleo nimmt das Tablett entgegen und stellt es auf die Fensterbank. Ihr ist nicht aufgefallen, dass Becca bei der Erwähnung der Wohltätigkeitsveranstaltung kalkweiß geworden ist?

»Klingt gut«, sagt Cleo und verteilt die Gläser.

»Japp, und dann gehe ich noch zu einem Vortrag, bei dem Small Bubbles erklärt, wie man Influencerin wird«, wechsle ich rasch das Thema.

»Echt? Das hast du noch gar nicht erzählt.« Cleo lacht.

Ich bin ein bisschen aufgeregt wegen dieser Veranstaltung und habe es möglicherweise ein oder zwei oder auch drei Millionen Mal während der Arbeit erwähnt.

»Small Bubbles?«, fragt Becca, und die Farbe kehrt langsam in ihre Wangen zurück.

»Ja, du weißt schon, Lara McPherson«, antworte ich.

»Irgendwie verwandt mit Elle?«

»Nein.« Ich schüttle den Kopf.

»Dann kenne ich sie nicht«, sagt Becca.

Bestimmt habe ich den Namen zu Hause schon mal erwähnt, aber Becca interessiert sich nicht sonderlich für Social Media, und Namen wie dieser bleiben deshalb nicht hängen.

»Sie hat Millionen Follower auf YouTube und Instagram? Hat ein Buch veröffentlicht? Eine Make-up-Linie?«, versucht Cleo, ihr auf die Sprünge zu helfen. Becca schüttelt den Kopf.

»Es wird bestimmt toll«, versichere ich.

»Aber eigentlich darfst du nicht darüber sprechen, weil es mit Instagram zu tun hat«, stellt Cleo fest.

»Ich gebe auf. Sonst habe ich nichts zu erzählen.«

Wir schweigen.

»Genau deshalb dränge ich dich ständig, dass du dich öfter verabreden musst«, sagt Cleo schließlich zu mir und fordert Becca mit hochgezogenen Brauen auf, sie zu unterstützen.

»Genau das sage ich ihr auch immer. Das mit Cameron ist jetzt schon Jahre her«, stellt sie prompt fest.

»Wer ist Cameron?«, fragt Cleo, und ich ziehe einen Schmollmund.

Becca sieht mich ein wenig schuldbewusst an, sie war wohl davon ausgegangen, dass Cleo Bescheid weiß.

»Izzys letzter Ex«, erklärt sie und zuckt mit den Schultern, als sei es keine große Sache gewesen, dass ich, als ich ihn anrief, um ihm zu sagen, dass Ben tot war, feststellen musste, dass er mit einer anderen Frau im Bett lag. »Und es ist höchste Zeit, dass du nach vorn schaust. Und wenn es nur dazu dient, dass wir in Momenten wie diesen etwas zum Quatschen haben.«

»Aber ich habe keine Zeit für einen Freund. Ich bin viel zu sehr mit Dingen beschäftigt, über die ich ja nicht reden darf.«

»Auf Instagram herumzumurksen ist kein Grund, sich nicht mehr zu verabreden«, stellt Cleo fest.

Becca schaut mich mit gerunzelter Stirn an. Sie weiß, dass Cameron mir mit einem Paukenschlag das Herz gebrochen hat, weshalb ich nicht motiviert bin, mich auf Tinder zu tummeln. Aber sogar sie ermutigt mich in letzter Zeit, endlich wieder jemand Neues kennenzulernen.

»Du solltest mit Luke aus dem Büro Kontakt aufnehmen«, schlägt Cleo vor.

»Wer ist Luke?«, fragt Becca.

»Ein arroganter Typ, dem ich ganz bestimmt keine Nachricht schicke.«

»Dann also nicht Luke, aber Cleo hat recht. Wieso schaust du dich nicht heute Abend mal um?«

Cleo verzieht das Gesicht. »Heutzutage lernt man sich nicht mehr in Bars kennen. Aber du könntest deine Instagram-Sucht in eine Tinder-Sucht ändern.«

»Ich hasse schon allein die Vorstellung. Immerhin geht es darum, einen Seelenverwandten zu finden, und nicht, eine Pizza zu bestellen.«

»Aber auf diese Weise hat schon so mancher seinen Seelenverwandten gefunden«, betont Cleo.

»Trotzdem. Ich bin nicht bereit, jemanden online kennenzulernen.«

»Und was ist mit dem Typen da?«, fragt Becca und zeigt auf jemanden am anderen Ende der Bar.

»Der sieht aus wie zwölf. Ich weigere mich im Übrigen, mit jemandem auszugehen, der engere Jeans trägt als ich oder der sein Haar glättet.«

»Entschuldige, ich vergaß, dass du auf Nirvana-Typen stehst«, stöhnt sie.

»Wer ist Nirvana?«

Becca und ich starren Cleo an. In Momenten wie diesen fühlt sich der Altersunterschied zwischen uns an wie ein Abgrund.

»Ich mag sie lässiger und weniger gestylt. Das ist alles.«

»So wie der«, sagt Becca. Sie deutet zu einem kleinen mexikanischen Café auf der anderen Straßenseite. Ein Typ in verwaschenem Led-Zeppelin-T-Shirt und locker sitzender Jeans stapelt Stühle und trägt sie dann hinein.

»*Der* ist genau dein Typ.«

»Du kannst doch nicht sagen, dass jemand dein Typ ist, wenn du ihn nur für den Bruchteil einer Sekunde angesehen hast«, erwidere ich und mustere den Mann genauer, als er wieder auftaucht.

Er kommt mir bekannt vor, aber ich brauche einen Moment, bis ich weiß, woher. Dann erinnere ich mich plötzlich. Er sieht jetzt völlig anders aus. Die Haare ein bisschen länger, ein kurzer Stoppelbart und nicht mehr glatt rasiert.

Meine Wangen brennen, und mein Herz rast. Ich klammere mich ans Fensterbrett, damit mir die Beine nicht wegsacken. Als würde ich an *jenen Tag* zurückversetzt, und alle Gefühle würden wieder hochkochen.

Wie durch Watte bekomme ich mit, dass Becca etwas sagt, aber ich habe keine Ahnung, was; ich bin viel zu sehr damit beschäftigt, durch das Fenster den Mann anzustarren.

»Izzy, ist alles in Ordnung?«, fragt Cleo.

Marissa kommt zurück, und ich höre die Mädels miteinander flüstern.

»Izzy, was ist los?«

Becca legt den Arm um mich und schaut mich an, dann folgt sie meinem Blick zu Aidan, den ich seit zwei Jahren suche – der Mann, dem zu danken ich nie Gelegenheit hatte.

»Er ist es«, sage ich fassungslos.

»Wer?«, fragt Marissa.

»Der Typ, der mir damals auf dem Bahnsteig geholfen hat, nachdem ich gerade von Bens Tod erfahren hatte! Bei meinem Zusammenbruch.«

Becca und Marissa schauen ungläubig aus dem Fenster.

»Mein lieber Schwan, du hast nie erwähnt, wie süß er ist«, entfährt es Marissa.

»Komischerweise hatte ich das damals am allerwenigsten im Kopf«, knurre ich und bedaure es sofort.

»Ich wollte nicht –«, beginnt Marissa.

»Ich weiß. Es ist nur …« Ich verstumme, denn wenn ich weiterrede, kommen mir die Tränen.

»Und? Willst du dich nun bei ihm bedanken?«, fragt Becca. »Das wolltest du doch immer.«

»Nicht jetzt, ich … damit habe ich nicht gerechnet …« Ich kann nicht mit ihm sprechen. Nicht heute. »Ich habe mir noch gar nicht richtig überlegt, was ich eigentlich sagen will, und er macht gerade Feierabend. Er will bestimmt nach Hause. Ich komme einfach an einem anderen Tag noch mal her.«

Wir schauen alle zu, wie er die Klapptafel ins Haus bringt und die Tür schließt.

»Bist du wirklich sicher, dass du nicht rübergehen willst?«, fragt Marissa.

»Ein anderes Mal«, wiederhole ich und leere endlich mein erstes Glas, bevor ich zum zweiten übergehe. Der Geschmack und der viele Alkohol machen mir plötzlich nichts mehr aus. »Möchtest du immer noch tanzen?«

»Wir müssen nicht, falls du –«, sagt Marissa.

»Los geht's«, verkünde ich energisch.

Ich schaue noch einmal hinüber zu dem kleinen Café, als dort gerade die Lichter ausgehen. Ich habe über zwei Jahre lang darauf gewartet, ihm danken zu können, auf ein paar Tage mehr kommt es jetzt auch nicht mehr an.

Kapitel 4

Die Eissporthalle zu betreten, versetzt mich jedes Mal in meine Kindheit zurück. Mein Dad hat Ben und mich immer zu den Spielen mitgeschleppt, und als Teenager waren Marissa und ich in der Eis-Disco – versuchten, den Mut aufzubringen, die Jungs in den Adidas-Hoodies anzusprechen.

Mum entdecke ich sofort. Sie ist als Einzige nicht in den Mannschaftsfarben gekleidet. Ich sehe das rote Heart2Heart-Sweatshirt unter ihrem Mantel aufblitzen. Normalerweise begleitet sie uns nicht zu den Spielen – zu viele Erinnerungen an Ben –, aber dieses ist ein besonderes, denn damit soll Geld für Heart2Heart gesammelt werden. Die Wohltätigkeitsorganisation finanziert Vorsorgeuntersuchungen auf Herzfehler. Hätten wir von diesem Programm doch schon ein paar Jahre früher gewusst …

Ich quetsche mich durch die Reihen der Fans auf leuchtend blauen Klappsitzen bis zu ihr durch.

»Hallo, Izzy, Liebes«, begrüßt sie mich, steht auf und drückt mich ganz fest.

»Hi, Mum! Wo ist Dad?«, frage ich, als sie mich wieder loslässt, und setze mich neben sie.

»Besorgt Snacks, du kennst ihn ja.«

Ich lasse den Blick über die Menge schweifen, kann ihn aber nirgendwo entdecken.

»Geht es dir gut?«, fragt Mum besorgt.

Ich wende mich ihr zu, und sie betrachtet forschend mein Gesicht.

»Es geht mir gut«, lüge ich. Es würde immer schwer sein, hierherzukommen, aber nachdem ich Freitagabend den Typen vom Bahnsteig wiedergesehen habe, sind alle Gefühle von damals wieder da, und ich erlebe im Geiste jenen Tag immer wieder wie in einer Endlosschleife. Ich war Aidan so dankbar, dass er mir damals half!

»Du siehst nicht gut aus. Nimmst du deine Vitamine?«

»Ja, Mum.«

»Vielleicht bekommst du eine Erkältung. Oder du verkühlst dich, so nah an der Eisbahn«, überlegt sie laut und presst ihre Hand auf meine Stirn. »Lass auf jeden Fall deinen Mantel an.«

»Was das angeht, wirst du von mir keinen Widerspruch hören«, sage ich und ziehe den Reißverschluss hoch. Ich wünschte, ich hätte darunter ein wärmeres Sweatshirt angezogen.

»Alles gut bei der Arbeit?«

»Ja, alles unverändert.«

Mum verhört mich weiter, sie spürt, dass ich irgendetwas verheimliche. Sie weiß von Aidan und dass ich mir immer gewünscht habe, mich bei ihm bedanken zu können, aber nie die Gelegenheit dazu hatte.

In letzter Zeit habe ich ihr altes Ich manchmal aufflackern sehen. Sie lächelt mehr und lacht sogar, obschon in ihren Augen eine beständige Trauer wohnt, die wohl nie wieder völlig verschwinden wird.

»Letzten Freitag war ich abends mit den Mädels unterwegs, und mittlerweile brauche ich eine Ewigkeit, um mich zu regenerieren.«

»Ja, richtig! Marissas Mum hat mir davon erzählt. Ganz schön verrückt, in ihrem Zustand so herumzuziehen.«

»Sie ist im vierten Monat, Mum, und kann wirklich noch das Haus verlassen.«

»Zu meiner Zeit war das anders«, erwidert sie und berührt dann mit dem Handrücken prüfend meine Wangen. »Sobald dein Dad zurück ist, besorge ich uns heiße Getränke. Wenn man vom Teufel spricht …«

Ich schaue hoch und sehe, wie er sich lächelnd durch den Gang zwängt.

»Na, du?«, begrüßt er mich. »Ich wusste nicht, wann du kommst, und habe sicherheitshalber schon mal einen Hotdog mitgebracht.«

»Super, danke.« Ich greife sofort zu, denn mein Magen knurrt allein schon bei dem Anblick. »Du willst keinen, Mum?«

»Nein, die sind voll mit schrecklichen Dingen«, antwortet sie und rümpft die Nase. »Falls sie nicht deine Arterien verstopfen, verursachen sie Krebs.«

Mein Dad zwinkert mir verschwörerisch zu, bevor er in seinen Hotdog beißt, und ich tue es ihm gleich. Im Laufe der vergangenen Jahre ist Mum paranoid geworden, was unsere Gesundheit und unser Essen angeht.

»Ich hole uns eine Tasse Tee«, sagt sie und steht auf. »Die hält dich warm.«

»Geht es ihr gut?«, frage ich Dad, sobald sie weit genug von uns entfernt ist. »Wie viel backt sie?«

»Diese Woche lief es ganz gut. Es gab nur einen Zitronenkuchen.«

»Das ist okay«, stimme ich zu. Backen ist wie ein Barometer für Mums Kummer: Je mehr Kuchen sie backt, desto schlimmer ist es.

»Sie schafft das schon. Aber dieser Abend ist hart für sie. Sie ist zum ersten Mal ohne Ben bei einem Spiel, und dann noch diese Wohltätigkeitssache. Vorhin gab es eine kurze Einführung, dass Menschen auf Herzerkrankungen getestet werden können, und sie hat meine Hand so fest gedrückt, dass sie mir fast das Blut abschnürte.«

»Verstehe.«

Dad beugt sich herüber, legt den Arm um mich und drückt mich. Wir waren nie eine sehr berührungsintensive Familie, aber das änderte sich vor zwei Jahren.

Ben war erst 31, so alt wie ich jetzt. Er legte sich abends ins Bett und wachte nie wieder auf. Becca musste dies am darauffolgenden Morgen feststellen. Die Todesursache lautete »Plötzlicher Herztod«. Ben litt unter einem Herzfehler, von dem wir nichts ahnten und der sich als tickende Zeitbombe erwies. Das ist einer der Gründe, warum wir Heart2Heart so oft wie möglich unterstützen.

Es mochte zwar zwei Jahre her sein, aber es fühlt sich an wie gestern. Die Menschen behaupten, dass die Zeit alle Wunden heilt, aber das ist gelogen. Du lernst, ein bisschen besser damit umzugehen, aber heilen tut es nicht. Wie sollte es auch?

Ich komme nicht darüber hinweg. In der einen Minute gehörte er noch zu meinem Leben, und in der nächsten wurde er mir ohne Vorwarnung genommen. Ich habe ihm nie gesagt, dass ich ihn liebe. Ich meine, wer sagt seinem Bruder so was schon? Aber seither wünsche ich jeden Tag, ich hätte es getan.

Ich bedaure so vieles. Wünschte, ich wäre öfter nach Basingstoke gefahren, um ihn zu sehen. Hätte ihn öfter zu mir eingeladen. Aber vor allem wünschte ich, er wäre noch da.

»Ich habe auch Schokolade mitgebracht«, sagt Dad, als ich eine Träne wegblinzle, damit er sie nicht bemerkt.

»Das Spiel hat noch nicht angefangen, und wir haben schon fast alle Snacks verdrückt.«

»Das ist das Schöne an einem Spiel mit zwei Pausen: jede Menge Zeit, um Nachschub zu holen.«

Er holt eine große Tüte Minstrels hervor, und obwohl ich gerade erst den Hotdog verdrückt habe, lange ich kräftig zu.

Musik ertönt aus den Lautsprechern, und die Teams werden vorgestellt. Mum kommt zurückgeeilt und drückt jedem von uns einen dampfenden Becher Tee in die Hand. Dad pfeift begeistert und klatscht, als seine Mannschaft einläuft – so wie alle anderen rund um die Eisbahn –, und meine Ohren beginnen zu klingeln. Die Spieler tragen Heart2Heart-Trikots, und ich verspüre Stolz. Hoffentlich können dank heute Abend mehr Menschen auf Herzfehler getestet werden, und anderen Familien bleibt unser Leid erspart.

Meine Eltern jubeln den Spielern laut zu, und ich schließe mich wie von selbst an. Das hier ist zwar nicht mein Lieblingssport als Zuschauerin – ich bevorzuge einen, bei dem das Risiko geringer ist, dass ein gefrorenes Projektil in meine Richtung geflogen kommt –, aber ich mag diese kitschigen, nordamerikanischen Elemente mit der Musik und dem Licht, es ist eine richtige Show. Und da meine Mum seit Bens Tod eine Aversion gegen riskante Situationen hat, sitzen wir nicht mehr hinter dem Tor. Ich war nie davon überzeugt, dass diese schwarzen Netze irgendetwas aufhalten können.

Ich zücke mein Handy und schalte die Kamera ein, um ein Video für meine Instagram-Story aufzunehmen.

Dad sieht mich fragend an.

»Das ist für Instagram«, erkläre ich und zucke zusammen, als zwei Spieler ganz in unserer Nähe an die Bande knallen. Ich stoppe die Aufnahme und füge ein paar Affen hinzu, die sich die Augen zuhalten, und Entsetzte-Gesichter-Emojis, um auszudrücken, was ich bei diesem Anblick fühle.

»Ach so. Machst du das immer noch?«

»Japp«, antworte ich und beiße mir auf die Lippe, während ich darauf warte, dass er missfällig seufzt. Meine Eltern halten

Instagram für Zeitverschwendung und finden, dass ich mir einen anständigen Job suchen sollte. Dass ich bei einer Versicherung jobbe, nachdem mir in ihren Augen eine glänzende Karriere in London bevorstand, können sie nicht nachvollziehen. Sie verstehen nicht, dass Influencerin ein richtiger Job sein kann. Oder dass es das Letzte war, worüber Ben und ich uns unterhalten haben, und dass er mich darin bestärkt hat.

»Neulich habe ich mit Ned gesprochen, und er erwähnte, dass sie bei White Spot expandieren«, sagt Dad.

Ich checke auf Instagram, wie viele Kommentare und Likes ich bekommen habe.

»Gut für sie«, antworte ich möglichst desinteressiert, damit er das Thema wechselt.

In den Sommersemesterferien habe ich einmal in der Werbeagentur eines Freundes der Familie ein Praktikum absolviert. Vermutlich hat das meinen Lebenslauf genügend aufgepeppt, dass ich den Job als Texterin in London bekam, aber das Einzige, was ich während des Praktikums gelernt habe, war, wie man Kaffee auf Barista-Level kocht und dass hoch technisierte Fotokopierer die Wurzel allen Übels sind.

»Sie suchen Leute. Ich könnte ein gutes Wort für dich einlegen. Aaaah!«, stöhnt Dad auf, als nach einem Zusammenstoß auf dem Eis Blut aus der Nase eines Spielers spritzt. Der Spieler läuft weiter, und ich starre wie hypnotisiert auf die rote Blutspur hinter ihm.

»Im Moment bin ich eigentlich nicht auf der Suche«, erwidere ich.

»Ich habe dir gesagt, dass du es nicht ansprechen sollst«, flüstert Mum.

»Sie kann nicht für immer irgendwo herumjobben«, entgegnet er, als wäre ich gar nicht da.

»Das ist jetzt nicht der richtige Moment, Si.«

»Das ist es nie«, knurrt er und verschränkt die Arme.

»Also gut, Dad. Ich werde mir auf deren Webseite anschauen, was sie so machen. Danke«, unterbreche ich die beiden, damit sie aufhören zu streiten. Das haben sie in letzter Zeit ziemlich oft getan, und ich hasse es.

»Ach, Izzy, als ich eben die Getränke geholt habe, bin ich zufällig Roger Davenports Mutter begegnet«, wendet sich Mum an mich. »Erinnerst du dich an Roger? Er hatte so schönes volles Haar.«

Beinahe hätte ich mich an meinem Tee verschluckt. Natürlich erinnere ich mich an Roger Davenport. Ich bin mit ihm zur Schule gegangen und habe mich manchmal mit ihm unterhalten, weil ich ihn für witzig hielt. Erst Jahre später erfuhr ich, dass Roger all seinen Freunden erzählt hat, er und seine Finger seien mir eines Abends auf einer Party ziemlich nah gekommen.

»Ich erinnere mich an ihn«, presse ich zwischen zusammengebissenen Zähnen hervor. Nur zu gern würde ich ihm mal die Meinung geigen.

»Anscheinend ist er Single, kürzlich geschieden, hat ein hübsches, großes Haus direkt außerhalb von Basingstoke. Er leitet ein Callcenter.« Sie preist ihn an wie ein Schnäppchen.

Momentan möchte ich keine Beziehung.

Dad schaut Mum an und schüttelt den Kopf.

»Du darfst deiner Tochter Ratschläge fürs Leben geben, ich aber nicht?«, fährt sie ihn an.

Ihre Stimme hat eine Schärfe, die ich bisher nicht kannte.

»Ich möchte, dass sie ihre Fähigkeiten ausschöpft, indem sie sich eine andere Stelle sucht, aber ich versuche nicht, sie zu verkuppeln, damit sie in der Gegend bleibt.«

»Das habe ich auch gar nicht versucht«, erwidert Mum und schürzt die Lippen.

»Natürlich hast du das.«

»Hey, hey«, beschwichtige ich die beiden. »Hört zu, es geht mir gut, ehrlich. Ich bin gern Single, und der Instagram-Account läuft prima. Mir werden jetzt schon Gratisprodukte zugeschickt, und ich bin kurz davor, einen Werbevertrag abzuschließen.«

Sofort fällt mir die Absage per E-Mail ein, die ich letzten Monat erhalten habe, aber ich muss positiv denken – es gibt noch so viele Unternehmen, die nach einer Micro-Influencerin wie mir suchen. Außerdem werde ich mir nächste Woche einiges von Small Bubbles abschauen und hoffe, dass wir sofort BFFs werden und gemeinsam Instagram regieren – oder dass sie mir zumindest einen kleinen Tipp gibt, wie ich die Zahl meiner Follower erhöhen kann.

Unser Team schießt ein Tor, und der Schütze dreht unter dem Beifall der Fans eine Ehrenrunde.

»Mir ist nicht klar, warum du dich mit diesem merkwürdigen Zeug beschäftigst und nicht wieder bei einer Agentur anfängst«, sagt Dad.

»Weil ich kurz davorstehe, für dieses Zeug bezahlt zu werden! Dann habe ich quasi mein eigenes Unternehmen.«

Mum und Dad wechseln einen skeptischen Blick, und ich freue mich, dass sie sich wenigstens bei einem Thema einig sind, wenn es auch das ist, dass sie glauben, ich hätte die Orientierung verloren.

»Einige Influencer verdienen eine Menge Geld und machen das als Vollzeit-Job.«

»Du solltest Ned anrufen. Er würde sich sehr freuen, von dir zu hören«, entgegnet Dad unbeirrt.

»Und Rogers Mum hat mir seine Nummer gegeben, nur für den Fall.« Mum reicht mir einen Zettel.

Ich nehme ihn, denn nun kann ich Roger volltrunken eine beleidigende Nachricht schicken und ihm sagen, dass er sich seine Finger sonst wohin stecken soll. Und Spoileralarm: ganz sicher nirgendwo auch nur in die Nähe meines Körpers.

Mum lächelt, als hätte sie einen Sieg errungen, und ich überlege tatsächlich, ob ich mal mit Roger ausgehen sollte, weil es so schön ist, sie glücklich zu sehen.

Ein Spieler prallt gegen die Bande und stürzt rücklings aufs Eis. »Heilige Scheiße«, murmele ich. »Das ist brutal.«

»Wir sind noch nicht einmal durch das erste Drittel«, sagt Dad. »Mehr Schokolade?«

»Immer«, antworte ich und brauche dringend einen Zuckerschub.

Ich dachte, dieser Abend würde anstrengend werden wegen der Verbindung zu Ben, aber ich habe meine Eltern nicht einkalkuliert, die sich in mein Leben einmischen und deren Beziehung angespannt wirkt – und dann noch die harten Zusammenstöße auf dem Eis. Das alles schafft mich. Wenn ich doch nur meine Instagram-Karriere in Schwung bringen könnte, dann hätten meine Eltern eine Sorge weniger. Es würde ihnen zeigen, dass mein Leben am Ende doch keine so große Katastrophe ist.

Kapitel 5

Wenn Marissa nicht endlich auftaucht, schaffen wir es niemals rechtzeitig zu der Veranstaltung von Small Bubbles. Nervös drücke ich ihre in meinem Handy eingespeicherte Nummer. Während es bei ihr klingelt, schaue ich die Straße entlang, in der Hoffnung, sie irgendwo zu entdecken.

»Hey, lynch mich nicht«, meldet sie sich am anderen Ende der Leitung. Enttäuschung steigt in mir hoch. Auf diesen Satz folgt nie etwas Gutes. »Aber ich war heute Morgen im Bumps-and-Burpees-Kurs und habe mir einen Wadenmuskel gezerrt. Jetzt kann ich nicht mehr laufen.«

Wusste ich doch, dass diese Schwangerschaftskurse gefährlich sind.

»Geht es dem Baby gut?«, frage ich besorgt.

»Dem Baby geht es gut, da es sich ziemlich weit weg von meiner Wade aufhält«, antwortet sie lachend. »Tim hat genauso wie du reagiert und wollte vorsichtshalber mit mir in die Notaufnahme. Kannst du dir das vorstellen? Samstagmorgen in die Notaufnahme, wenn sich die Football- und Rugby-Verletzten dort stapeln? Ich hätte den ganzen Tag dort zugebracht.«

»Na ja, solange mit dem Baby alles in Ordnung ist …«

»Ja, und der Muskel erholt sich auch wieder, dauert vielleicht ein bisschen länger bei meinem zusätzlichen Gewicht durch den Bauch. Bist du schon da?«

»Japp«, antworte ich, schaue hoch zu der imposanten Hotelfassade und frage mich, ob ich den Mut aufbringen werde, allein hineinzugehen.

»Mach ein Selfie mit Lara für mich! Ich will alles darüber erfahren, sobald du wieder zu Hause bist.«

»Klar«, versichere ich ein bisschen nervös. »Kommst du denn zurecht?«

»Mach dir keine Gedanken, Tim kümmert sich um mich, und ich habe die Macht über die Fire-TV-Fernbedienung. Bis später«, verabschiedet sie sich und legt auf.

Normalerweise habe ich kein Problem damit, irgendwo allein hinzugehen – ich gehe öfter allein ins Kino und zu lokalen TEDx Talks. Aber es kommt nicht alle Tage vor, dass ich zu einem Vortrag von Lara McPherson, alias Small Bubbles, alias die Queen von Instagram, unterwegs bin, für die ich massenhaft Fangirl-Potenzial habe. Marissa hätte mich unter Kontrolle gehalten, damit ich nichts Dummes anstelle und meine Zukunft gefährde, in der Lara und ich BFFs werden.

Ich kann immer noch nicht fassen, dass es mir gelungen ist, Karten für die Veranstaltung zu ergattern. Sie waren innerhalb von Minuten ausverkauft. Bestimmt bekommt jeder von uns viel Zeit für ein persönliches Gespräch mit ihr und ich die Gelegenheit, einen guten Eindruck zu machen.

Als ich auf die Drehtür zueile, piept mein Handy. Im Weitergehen schaue ich auf das Display und stoße prompt mit jemandem zusammen.

»Oh, sorry«, entschuldige ich mich und halte als Erklärung mein Handy hoch.

Der Mann, mit dem ich zusammengestoßen bin, hält seines ebenfalls hoch und lacht.

»Das ist wohl unvermeidlich, oder? Man kommt zu einem Insta-Event, und alle halten den Blick auf ihr Handy gerichtet.« Er lächelt, und seine perfekten weißen Zähne leuchten auf.

Diese Tolle kenne ich doch irgendwoher …

»Moment mal, *du* bist das!«, rufe ich amüsiert.

Seine Augen beginnen zu strahlen, und er schnalzt mit der Zunge.

»Du kennst mich?«, fragt er mit Joey-Tribbiani-Stimme, die Augenbrauen hochgezogen.

»Allerdings.«

Er bedeutet mir, durch die Drehtür voranzugehen. Dabei schenkt er mir einen derartig irritierenden Blick, dass ich froh bin, mich drinnen unter die Menschen mischen zu können, statt allein mit diesem Typen draußen zu stehen.

»Danke«, sage ich und gehe vor.

»Ich kann nicht glauben, dass es tatsächlich passiert ist. Natürlich habe ich darauf gehofft, aber es kommt trotzdem völlig unerwartet.« Er folgt mir und presst dabei die Hand an die Brust, als würde er eine Dankesrede halten, weil ihm soeben der Oscar überreicht wurde.

»Dass wir beide hier sind?« Ich finde es immer seltsam, außerhalb des Büros auf Kollegen zu treffen, irgendwie vergesse ich, dass sie auch ein Privatleben haben, aber wenn ich es recht überlege, ist es naheliegend, Luke und seinem Selfiestick hier zu begegnen.

»Ich hätte nie gedacht, dass ich im wahren Leben *erkannt* werde!«, ergießt sich Luke in Begeisterung.

»Was? Ach so!« Jetzt ist bei mir der Groschen gefallen. Und nun ist es wirklich peinlich. Er glaubt, dass ich ihn von Instagram kenne, was ein bisschen beleidigend ist, da er sich offenbar nicht an die Begegnung mit mir erinnert.

»Möchtest du ein Selfie mit mir?«, fragt er und beugt sich näher.

»Hast du denn einen Stick dabei?«, frage ich, weil ich einfach nicht widerstehen kann.

Ein Lächeln breitet sich auf seinem Gesicht aus, und er zieht den klappbaren Selfiestick aus der Hosentasche.

»Ohne den verlasse ich nie das Haus«, sagt er und zwinkert mir zu.

»Perfekt«, sage ich, während er sein Handy am Ende des Sticks befestigt. »Hat dir jemals jemand gesagt, dass du aussiehst wie Channing Tatum?«

Er schaut zu mir und lässt die Hüften kreisen. »Unzählige Male.« Dann streckt er den Stick aus und kommt näher.

»Sollen wir ›Blue Steel‹-Schmollmünder ziehen?«, schlage ich vor.

Er lässt den Arm sinken, wendet sich mir zu und verengt die Augen. »Wir sind uns schon mal begegnet, stimmt's?« Er nimmt das Handy vom Stick.

»Ja, vor ein paar Wochen im Treppenhaus von McKinley.«

Er zieht ein langes Gesicht. »Du siehst anders aus.«

»Mehr Make-up.«

Er nickt. »Aber du siehst *gut* aus. Freust du dich auf diese Veranstaltung?« Er lächelt mich an, als hätte es nie ein Missverständnis gegeben. Wie macht er das? Ich an seiner Stelle wäre schamerfüllt schon wieder auf dem Weg zum Bahnhof. Aber seine Wangen sind keine Spur rot, und in seinen Augen schimmert nicht der kleinste Anflug von Verlegenheit.

»Ich bin Luke«, stellt er sich vor, streckt die Hand aus und schüttelt meine.

»Izzy«, erwidere ich ungläubig. Er ist die selbstbewussteste Person, der ich je begegnet bin.

»Wir sollten uns schlaumachen, wo diese Veranstaltung stattfindet«, schlägt er vor und lässt den Blick durch die Lobby schweifen.

Ich schaue mich ebenfalls um. In bequem aussehenden, eiförmigen Sesseln sitzen hier und da Leute und lesen Zeitung oder scrollen auf ihrem Handy herum. Ich stelle mich an der Rezeption an, um nachzufragen. Die Rezeptionistin ist gerade damit beschäftigt, ein paar Gästen auf einem Stadtplan etwas zu erklären.

»Ah, dahinten«, sagt Luke und zeigt auf eine Tafel mit dem Titel der Veranstaltung. »Da ist es.«

Er streckt den Selfiestick aus und schießt ein paar Fotos von sich neben der Tafel.

»Wärst du so nett?«, fragt er, reicht mir sein Handy, legt den Arm auf das Schild und stellt sich in Pose.

Ich schnappe es mir und kämpfe dagegen an, über seinen Schmollmund zu lachen, mit dem er Victoria Beckham schwer Konkurrenz machen könnte.

»Für Storys sind die gut genug«, murmelt er und schaut die Bilder durch. Ich kann mir das Grinsen kaum noch verkneifen.

Wir gehen zum Ende der Warteschlange, um unsere Tickets an der Tür scannen zu lassen.

»Was für Inhalte postest du?«, frage ich.

»Lifestyle von Männern in der Großstadt – du weißt schon, Mode, Stadtleben, Fitness.«

Mein Blick huscht über seinen Körper, und vor meinem geistigen Auge taucht Channing Tatum mit nacktem Oberkörper und wogenden Muskeln auf.

»Bloggst du auch?«, frage ich, um diese Fantasien aus meinem Kopf zu vertreiben.

»Ich vlogge auf YouTube.«

Natürlich tut er das.

Nachdem unsere Tickets überprüft wurden, betreten wir den Raum, in dem es nicht ganz so intim zugeht, wie ich erwartet hatte. Es ist ein riesiger Ballsaal voller Sitzreihen, und fast alle Plätze sind besetzt. Ich dachte, so volle Ränge gäbe es nur in London, aber nicht in Reading. Vor allem, wenn das Privileg der Teilnahme 65 Pfund kostet. Mathe ist nicht gerade meine Stärke, aber sogar ich kann ausrechnen, dass Bubbles hier ganz schön abkassiert.

»Da drüben sind noch zwei freie Plätze nebeneinander. Sollen wir?«, sagt er, als sei es selbstverständlich, dass wir zusammensitzen.

»Klar, super. Ich wollte eigentlich mit meiner Freundin herkommen, aber sie hat sich einen Muskel gezerrt«, antworte ich.

»Ist sie auch auf Instagram?«, fragt er.

»Ja, allerdings weiß sie nicht so recht, was sie machen soll. Angefangen hat sie mit Fotos von ihrem Hund Bowser, aber bei seinen schwarzen Locken ist schwer zu erkennen, wo der Kopf und wo das Hinterteil ist. Also hat sie sich eine Katze namens Molly McMittens zugelegt und süße Fotos in ihren Feed gestellt, bis sie merkte, dass sie an Katzenhaarallergie leidet, und das Tier weggeben musste. Dann hat sie geheiratet und sich auf Hochzeiten konzentriert«, fahre ich fort und hole erst einmal Luft. »Danach hat sie so ein Essensding gemacht – Hausmannskost versus ungewöhnliche Zutaten –, und jetzt ist sie schwanger, also ist es ein Babyfeed.«

»Klingt so, als wäre sie noch auf der Suche nach ihrer Nische. Ist ja auch nicht leicht, seine Berufung zu finden.«

Ich muss mich schon wieder anstrengen, nicht loszulachen.

Wir quetschen uns durch eine Reihe von Stühlen, in der jeder seufzend die Beine anzieht. Niemand sieht uns an, alle sind viel zu sehr mit ihren Handys beschäftigt.

»Und was ist deine Nische?«, fragt er.

»Bezahlbarer Lifestyle. Meiner Meinung nach orientieren sich viele Influencer zu sehr an London. Die Klamotten und Accessoires, die sie vorstellen, sind viel zu teuer für Normalsterbliche. Deshalb konzentriere ich mich stärker auf bezahlbare Marken.«

Es laut auszusprechen, fühlt sich immer noch sonderbar an. So verkaufe ich mich jetzt auch gegenüber Firmen, tue so, als wäre das von Anfang an das Anliegen meines Blogs und Instagram-Accounts gewesen, dabei habe ich lediglich nach preiswerteren Produkten gesucht, weil ich mir die Designersachen nicht leisten konnte.

»Wie viele Follower hast du?«

»Etwas über 15.000«, verkünde ich stolz.

»Schon ganz gut. Ich habe 18.000.«

Natürlich hat er mehr. Er hält das Handy über seinen Kopf und macht ein Selfie – ohne verlegen zusammenzuzucken, wie ich es tun würde.

»Ich arbeite an Möglichkeiten, um die Zahl zu erhöhen«, sagt er. »Bis Weihnachten möchte ich 30.000 haben.«

»Das nenne ich ehrgeizig«, erwidere ich erschrocken.

»Ich hoffe auf Small Bubbles Unterstützung.«

»Deshalb bin ich auch hier«, versichere ich und verheimliche, dass ich Lara zu meiner neuen BFF machen will.

»Und? Bekommst du viele Gratis-Produkte?«, fragt er und macht Fotos von dem Saal.

»Hin und wieder Klamotten, meistens von kleineren Labels, Haushaltswaren wie Kerzen und Bilderrahmen und Beauty-Produkte. Mittlerweile habe ich genügend Wimperntusche für ein ganzes Leben.«

»Wie ich sehe, hast du dafür gute Verwendung«, sagt er und lacht zum ersten Mal.

Ich komme mir ein bisschen blöd vor, weil ich heute extra viel Make-up aufgelegt habe, so wie ich es für meine Insta-Fotos tue, für den unwahrscheinlichen Fall, dass Lara möglicherweise meinen Feed gesehen hat und mich erkennt.

»Ich habe einen Artikel über Claudia Winkleman gelesen, in dem sie sagte, dass niemand sie ungeschminkt erkennen würde. Das brachte mich auf die Idee, wie ich inkognito ausgehen kann, ohne verfolgt zu werden, wenn ich eine Mega-Influencerin bin.«

»Ist wichtig, sich auf diese Dinge vorzubereiten. Bei mir ist es allerdings anders. Ich möchte überall erkannt werden.«

War ja klar. Insgeheim gefällt es mir, dass er ein größerer Instagram-Schwachkopf ist als ich, das bedeutet nämlich, dass er mich nicht verurteilt. Ich weiß noch, wie ich einmal versucht habe, Becca meine Augen-Make-up-Strategie zu erklären, und sie war nicht gerade beeindruckt.

»Wie lautet dein Insta-Name?«

»This Unterstrich Izzy Unterstrich Loves.«

»Verstehe, was Izzy mag.« Er tippt, klickt und wischt.

»Ich folge dir«, sagt er und zieht eine Braue hoch.

»Okay.« Ich hole mein Handy aus der Tasche, öffne die App, klicke auf die Herzen und sehe, dass Lukeatmealways mir nun folgt.

»Luke at Meal Ways? Wo ist Meal Ways?«

Er wirkt unbeirrt.

»Es heißt Luke at Me Always«, sagt er und betont die letzten Silben.

Kann man noch eitler sein? Ich richte meine Aufmerksamkeit wieder auf mein Handy. Im Geiste habe ich mir bereits vorgestellt, woraus seine Inhalte bestehen. Stimmungsvolle Fotos von ihm vor wunderschönen Kulissen. Ich tippe auf »Folgen« und scrolle selbstgefällig durch seine Fotos – ich hatte recht. Aber eines muss ich ihm lassen, sein Feed ist echt schön aufbereitet.

Aufgeregtes Gemurmel erhebt sich im Publikum, als das Licht gedimmt wird und aus den Lautsprechern Musik ertönt.

»Jetzt kommt wohl das, worauf wir gewartet haben«, flüstert Luke.

Ich lächle ihn an und setze mich auf meine feuchten Handflächen, weil ich Herzklopfen bekomme. Luke möchte bestimmt glauben, dass es an seiner körperlichen Nähe liegt und seinem Aftershave, das die Magie der Pheromone entfaltet, aber in Wahrheit liegt es daran, dass Lara soeben auf der Bühne erschienen ist. Sie nimmt verschiedene Posen zu den Klängen der Musik ein, bis diese verstummt. Alle jubeln und klatschen, jede Menge Kameras blitzen auf. Ich beobachte, wie Lara in der Aufmerksamkeit badet. Sie saugt sie auf, als wäre das ihr natürlicher Lebensraum.

»Danke, vielen Dank«, sagt sie, als der Sturm der Verehrung abebbt. »Also, wer von euch ist bereit, Influencer zu werden?«

Alle im Publikum heben die Hand. Ich setze mich ein bisschen aufrechter hin, nur für den Fall, dass sie einen aus dem Publikum aussucht.

»Nun, ihr seid nicht die Einzigen. Es gibt mehr als 23 Millionen Instagram-User allein in Großbritannien und eine Milliarde weltweit. Nicht jeder wird zum Influencer, und es passiert ganz sicher nicht über Nacht. Es erfordert harte Arbeit, Zeit und Ausdauer. Aber genauso habe ich es gemacht – und nun habe ich sechs Millionen Follower.«

Sie macht eine Pause und saugt den Applaus auf.

»Lasst mich euch mitnehmen auf die Reise, wie ich zu Small Bubbles wurde ...«

»Wow«, entfährt es mir, als das Licht wieder heller wird.

Luke nickt. »Was für eine Show.«

»Ja, nicht wahr?«

Ich liebe mein Idol jetzt noch mehr als vor dieser Veranstaltung. Und in Anbetracht der Menge an Zeit, die ich damit verbringe, mir ihre Instagram-Storys anzusehen, hätte ich das nicht für möglich gehalten. Zwar habe ich möglicherweise nicht den erhofften Bauplan zum Instagram-Ruhm bekommen, aber ich spüre, dass es möglich ist, von zero-to-hero aufzusteigen.

Wir stehen auf und schieben uns in Richtung Gang.

»Willst du dich für ein Selfie anstellen?«

Ich betrachte die Schlange, die sich bereits gebildet hat. Lara steht auf der Bühne vor einem Tisch, lehnt sich dagegen, und der erste Kandidat aus dem Publikum geht hinauf und strahlt mit ihr um die Wette, als das Foto geschossen wird.

»Na ja, wenn ich schon mal hier bin … möglicherweise erhöht das die Zahl meiner Follower«, überlege ich laut und versuche, lässig zu klingen, so als hätte ich daran noch gar nicht gedacht.

»Sehe ich genauso.« Er nickt zustimmend, und wir bewegen uns Richtung Warteschlange.

»Arbeitest du schon lange bei McKinleys?«, frage ich.

»Etwa sechs Monate. Vorher war ich Immobilienmakler.«

Ich weiß, dass man nichts auf Klischees geben sollte, aber Luke erfüllt alle Erwartungen – übertrieben selbstbewusst, über-styled und viel zu viel Aftershave.

»Du warst bestimmt ziemlich gut.«

»Absolut, ich hätte einem Eskimo ein Iglu verkaufen können.«

»Und trotzdem hast du aufgehört?«

»Die Verkäufe zogen sich zu lange hin.« Er zuckt mit den Schultern. »Und du?«

»Seit zwei Jahren. Es sollte nur vorübergehend sein.«

»Sagen das nicht alle? Lass mich raten, du träumst davon, Influencerin zu werden, deinen Job zu kündigen und glücklich zu leben bis ans Ende deiner Tage.«

»So ungefähr.« Ich nicke. Mir war schon immer klar, wie albern dieser Traum ist, aber ein Ballsaal voller Leute mit dem gleichen Traum führt es mir endgültig vor Augen.

»Geht mir genauso. Je früher ich aus diesem Hamsterrad aussteige, desto besser.«

»Ich habe in London in einer Werbeagentur gearbeitet, als Texterin, bis … bis ich zu McKinleys kam. Ursprünglich wollte ich ins Marketing, aber dann lief es mit Instagram immer besser, und ich beschloss, erst mal zu sehen, wo das hinführt. Es ist sehr viel einfacher, wenn man die Zeit und den mentalen geistigen Freiraum hat, sich um seinen Feed zu kümmern, statt in einem stressigen Job Überstunden zu schieben, wie es bei mir der Fall war.«

»Kann ich mir vorstellen. Daumen drücken, dass wir dank dieser Veranstaltung schon bald unseren Job kündigen können.« Er lächelt mir zu. »Hast du auch in London gewohnt?«

»Japp«, antworte ich und denke an Camerons und mein schickes Apartment und wie überstürzt ich von dort wegging.

»Ist es nicht ein kleiner Abstieg, wenn man dann in Reading wohnt?«

»Genau genommen lebe ich in Basingstoke.«

»Heilige Scheiße, das ist ja noch schlimmer.«

Heimatstolz kocht in mir hoch. »Es hat eigentlich sehr viel zu bieten.«

Skeptisch runzelt er die Stirn.

»Wirklich. Es gibt da jetzt ein paar coole Bars und ein paar ganz ordentliche Restaurants.«

»Weil es in London ja so wenige davon gibt.«

»Und wir haben tolle Geschäfte und eine Eissporthalle.«

»Du verkaufst es echt gut. Zudem eignen sich Eissporthallen hervorragend für Verabredungen. Wenn ich mich mit einer Frau treffe, die nicht Schlittschuhlaufen kann, klammert sie sich die ganze Zeit an mich.«

»Ist das für dich die einzige Möglichkeit, eine Frau dazu zu bringen, dich anzufassen?«, frage ich lachend.

»Oh, glaub mir, Frauen fassen mich ständig an. Ich bin wie einer von diesen Typen aus der Lynx-Werbung.«

Ich denke an diese Werbespots mit den Männern, die in Aftershave baden und dann von Dutzenden attraktiver Frauen umringt werden, die sie betatschen. Bei Luke kann ich mir nur vorstellen, wie er in Aftershave badet.

Die Schlange vor uns wird immer kürzer, und mein Herz beginnt zu rasen. Was soll ich zu Lara sagen? Die Leute bewegen sich etwa alle dreißig Sekunden nach vorn, was bedeutet, dass ich etwa dreißig Sekunden habe, um sie davon zu überzeugen, meine neue BFF zu werden.

»Wow, sieh mal. Dieses Mädchen ist auch in Lara-Weiß angezogen«, sagt Luke und zeigt auf die Frau am Anfang der Schlange.

Lara ist immer von Kopf bis Fuß weiß angezogen, und diese junge Frau ahmt sie nach. Sie trägt ein weißes Sommerkleid – entweder eine reichlich optimistische Wahl für diesen kühlen Tag, oder aber sie besitzt sonst nichts Weißes und wollte unbedingt farblich zu Lara passen.

»Na dann«, sagt er, zieht seine Jacke aus und präsentiert ein strahlend weißes T-Shirt.

Ich schaue an den Wartenden entlang und stelle fest, dass alle in fünfzig Schattierungen von Weiß gekleidet sind. Dann blicke ich zu Lara, die dort vorn in ihrem Top, flauschiger Strickjacke, stonewashed Jeans und Brogues steht, alles in Weiß. Ich bin farblich das totale Kontrastprogramm, da ich mein hübschestes Teil angezogen habe, ein Teekleid im Vintage-Stil, das mir eine örtliche Designerin geschickt hat. Das habe ich kombiniert mit schwarzen Biker Boots und einer Lederjacke, um die Sicherheitsnadeln zu kaschieren, mit denen ich das Kleid zuhalte, weil ich den Reißverschluss nicht schließen kann. Ich dachte, damit würde ich super trendy aussehen, aber verglichen mit Bubbles wirkt es bunt – genauso gut könnte ich in Neonfarben herumlaufen. Wieso habe ich nicht daran gedacht?

»Izzy? Alles okay? Du bist plötzlich so blass.«

»Echt?«, frage ich erfreut. Dann passt wenigstens mein Gesicht zu ihrem Stil.

»Okay, wollt ihr beide euch zusammen mit ihr fotografieren lassen oder jeweils allein?«, fragt eine gelangweilt aussehende PR-Frau, als wir vorn ankommen.

»Äh, ich denke –«

»Zusammen«, fällt Luke mir ins Wort.

»Super. Dann kommen wir schneller durch. Es werden zwei Aufnahmen von euch gemacht, aber mit demselben Gerät. Lara wird nicht berührt«, fügt sie mit strenger Stimme hinzu und sieht mich mit verengten Augen an, als ahne sie, dass ich ein Super-Fan bin, der sich nicht unter Kontrolle hat. »Wenn ihr es so aussehen lassen wollt, als hättet ihr den Arm um sie gelegt, dann könnt ihr eure Hand auf dem Tisch dahinter abstützen. In etwa so.«

Sie führt es mit der Begeisterung einer Flugbegleiterin vor, die auf die Notausstiege deutet.

Dann wendet sie sich Lara zu, um das Mädchen, das sich gerade mit ihr fotografieren lässt, von ihr loszueisen, und wir sind an der Reihe. Ich bin so aufgeregt! Luke muss mich in die Seite knuffen, da meine Füße offenbar nicht funktionieren, und wir werden angewiesen, uns rechts und links neben Lara zu stellen.

»Hi!« Sie strahlt uns an. »Seid ihr beide ein Paar?«

»O nein, wir sind Kollegen«, stelle ich rasch klar, und meine Stimme klingt piepsig.

»Das ist aber schade. Ihr beide würdet ein süßes Pärchen abgeben, und auf Insta kommen Paare immer gut an«, sagt sie mit dem Anflug eines Lächelns. »Für Paare gibt es so viele Themen! Erst die große Hochzeit, dann renovieren sie ihr Haus, dann bekommen sie Babys. Aber egal, seid ihr bereit fürs Foto?«

Die PR-Frau fixiert mich, also achte ich darauf, genügend Sicherheitsabstand zwischen Lara und mir zu halten, während ich meine Hand auf dem Tisch abstütze. Plötzlich fühle ich eine andere Hand und zucke erschrocken zusammen. Im ersten Moment dachte ich, es sei Laras Hand und dass ich jetzt kein Selfie mit ihr bekomme, aber es ist nur die von Luke. Gerade will ich aufatmen, als er meine Hand nimmt. Ich ziehe sie zurück und streife dabei Laras fluffige Strickjacke.

»Lächeln«, sagt eine andere PR-Frau, die mit Lukes Handy ein Foto von uns macht.

»Danke fürs Kommen«, sagt Lara, geht nach vorn – und ich mit ihr! Entsetzt sehe ich, dass sich meine Armbanduhr in ihrer Strickjacke verhakt hat.

»Komm schon, Izzy«, drängt Luke und will mich wegziehen, als er hörbar die Luft einsaugt.

»Was ist los?«, fragt die PR-Frau und kommt angeschossen.

Lara beugt sich vor, um ihre Wasserflasche vom Boden zu nehmen, und ich folge ihrer Bewegung mit meinem Arm, weil ich keine Fäden in ihrer teuer aussehenden Jacke ziehen will.

»O mein Gott! Fasst sie mich an?«, schreit Lara plötzlich.

»Ich berühre dich nicht«, versichere ich und laufe rot an. »Es ist nur meine Armbanduhr. Siehst du, meine Hand ist hier.«

Ich winke damit, was aber nichts bringt, da Lara nicht sehen kann, was hinter ihrem Rücken passiert.

»Eine Armbanduhr? Wer trägt denn heutzutage noch Armbanduhren? Du hast doch ein Handy!«, kreischt sie.

»Ich … ich habe schon immer eine getragen«, stottere ich. »Und noch nie bin ich damit irgendwo hängen geblieben.«

Ausgerechnet heute musste es das erste Mal sein.

Hilfe suchend sehe ich mich nach Luke um, aber er hält sein Handy hoch – und *filmt* das hier allen Ernstes!

»Hey!«, kreische ich in einem Tonfall, der es mit Laras aufnehmen kann.

Er zuckt mit den Schultern und senkt das Handy.

»Nehmt sie von mir weg! Ich kann fühlen, dass sie mich berührt«, jammert Lara.

Die beiden PR-Frauen schieben mich so weit fort, wie es nur eben geht, ohne mir die Schulter auszukugeln. Dann untersuchen sie die verhakte Uhr, als würden sie eine Operation am offenen Herzen durchführen.

»Ein Faden hat sich um die Uhr gewickelt. Wir können ihn abschneiden«, stellt die Frau fest, die das Foto geschossen hat.

Lara saugt auf eine Weise die Luft ein, die wissen lässt, dass das keine Option ist.

»Wenn ich doch nur …«, sagt eine der beiden und dreht meinen Arm in die unmöglichsten Winkel, »jetzt hab ich's!«

Mein Arm fällt herab, und ich reibe mir die schmerzende Schulter.

Lara wendet sich mir zu und starrt mich wütend an, dann reißt sie eine Hand hoch und legt sie an die Stirn.

»Ich brauche einen Moment«, sagt sie laut, stürmt los und verschwindet in den Kulissen.

»Ich habe Ihnen doch gesagt, Sie sollen sie nicht berühren«, zischt die PR-Frau, und ich weiche zurück. »Weiß der Himmel, wie lange sie sich jetzt verkriecht. Wie damals, als die Frau in Birmingham ihren Arm angefasst hat – da ist sie erst nach vierzig Minuten zurückgekommen.«

Die andere PR-Frau nickt, und zusammen mit den Wartenden in der Schlange wirft sie mir einen eisigen Blick zu.

»Danke, 'tschuldigung, ich geh dann mal«, stammele ich. Leicht panisch stürme ich aus dem Saal, Luke im Schlepptau, und bleibe erst stehen, als ich in der Sicherheit der Lobby angelangt bin. Ich atme tief durch.

»Das war intensiv«, sagt Luke, der sich sehr bemüht hat, auf Abstand zu bleiben, als der Uhrenskandal seinen Lauf nahm.

»Nicht gerade geplant«, gebe ich zu.

Zu diesem Zeitpunkt hätte Lara mir eigentlich auf Instagram folgen sollen, und wir würden uns nach der Veranstaltung auf einen Cocktail treffen und unsere neu gegründete Freundschaft festigen. Ich fürchte, jetzt interessiert sie sich höchstens für meinen Namen, um ein Kontaktverbot zu erwirken.

»Aber das Foto sieht trotzdem gut aus«, sagt er und zeigt es mir.

Damit meint er zweifellos sich und Lara, weil sie in ihren weißen Outfits und mit ihrem strahlenden Lächeln perfekt harmonieren. Ich dagegen leuchte mit meinem farbenfrohen Kleid und dem dümmlichen, einen Star anhimmelnden Grinsen wie ein entzündeter Daumen. Aber im Grunde ist es eigentlich egal. »Ich kann das Bild jetzt nicht posten.«

»Komm schon, nach all den vielen Fotos wird sie sich gar nicht mehr daran erinnern, wer die Person mit der Uhr gewesen ist.«

»Meinst du?«, frage ich hoffnungsvoll.

»Natürlich. Ich verspreche dir sogar, das Filmmaterial nicht auf YouTube zu stellen.«

»Du löschst es?«

»Ehrlich gesagt, hatte ich sowieso kaum etwas aufgenommen, bevor du anfingst, mich anzuschreien.«

Wir verlassen das Gebäude durch die Drehtüren, bleiben auf dem Bürgersteig stehen, und ich will mich gerade verabschieden, als er sich dicht neben mich stellt und sein Handy hebt. »Sag Cheese.«

Ich lächle automatisch, bevor mir klar wird, was hier gerade passiert.

»Siehst du«, sagt er und betrachtet das Foto. »Sie hatte recht, wir beide geben ein hübsches Paar ab.«

Ich schaue mir das Bild an. Luke ist so gar nicht mein Typ, aber das merkt man dem Foto nicht an. Wir sehen zusammen wirklich gut aus.

»Das hat Spaß gemacht, wir müssen uns unbedingt wiedersehen«, sagt er.

»Müssen wir das?«

»Aber ja!« Er schaut mir fest in die Augen. Beinahe kommt es mir so vor, als würde er mich anbaggern. Allerdings bin ich keine Expertin auf dem Gebiet, was mein nicht existentes Liebesleben beweist.

»Ja, dann, ich muss los«, erwidere ich, mache auf dem Absatz kehrt und gehe im Eilschritt in Richtung Bahnhof.

»Bis bald!«, ruft er mir nach, woraufhin ich mich kurz umdrehe und ihm halbherzig zuwinke.

Erst als ich im Zug sitze, habe ich genügend Mut, um mein Handy hervorzuholen und zu schauen, ob die »Uhrenkatastrophe« viral gegangen ist. Sofort poppt ein Foto von Luke und mir in meinem Feed auf. Er muss es gepostet haben, während ich unterwegs zum Bahnhof war.

Lukeatmealways

Was für ein Tag! Ich bin nicht nur der umwerfenden @small_bubbles begegnet, sondern auch der genauso umwerfenden @This_Izzy_Loves. Unsere Blicke trafen sich in einem Saal voller Instagrammer #instalove #smallbubbles #instaconference

Hashtag Instalove? Er hat also tatsächlich mit mir geflirtet.

Ich kann mir nicht vorstellen, mit welchem Mann ich noch weniger Lust hätte, mich zu verabreden. Wollen wir hoffen, dass er mich dieses Mal genauso schnell vergisst wie nach unserer ersten Begegnung. Ich verfüge schließlich nicht gerade über viel Erfahrung darin, Männer behutsam in die Wüste zu schicken. Und irgendetwas sagt mir, dass Luke und sein Ego nicht viel Erfahrung darin haben, einen Korb zu bekommen.

Kapitel 6

Ich scrolle auf meinem Computerbildschirm durch eine Vertragsvorlage und ignoriere, dass Mrs Harris seit bestimmt zehn Minuten versucht, mit mir Blickkontakt aufzunehmen. Als ich gerade die Daten des neuen Klienten eintrage, räuspert sie sich. Aus den Augenwinkeln sehe ich, dass Colins Gesicht nur Zentimeter von dem Blatt auf seinem Tisch entfernt ist und er im wahrsten Sinne des Wortes den Kopf einzieht.

»Brauchen Sie etwas, Mrs Harris?«, fragt Cleo.

»Danke, Liebes. Du bist ein echter Schatz. Ich wollte dich nicht stören, weil du so beschäftigt bist. Außerdem benötige ich für diesen Fall Izzy und ihre Fähigkeiten.«

»Welche Fähigkeiten hat sie denn, die ich nicht habe?«

Mrs Harris seufzt. »Die Fähigkeit, sich nicht zu sehr ablenken zu lassen. Ich brauche Izzy, weil sie auf eine Mission fokussiert bleibt und nicht mit dem ersten Weiberhelden flirtet, der ihr über den Weg läuft.«

»Weiberheld«, wiederholt Cleo kichernd.

»Und was wäre meine Mission?«, frage ich und schaue vom Bildschirm hoch.

»Du musst für mich runtergehen in die Abteilung Schadensregulierung. Ich habe Gerüchte gehört, dass es dort heute Muffins gibt.«

»In der Abteilung mit den tollen Typen?«, frage ich mit Seitenblick auf Cleo und ernte ein mahnendes Räuspern von Mrs Harris. »Drüben in der Buchhaltung haben sie Plätzchen – soll ich Ihnen stattdessen davon eins holen?«

Dann müsste ich nicht die ganzen Treppen laufen.

»Nein, nein, die Muffins unten sind wohl recht gut. Sei ein Schatz und hol mir einen oder zwei. Ich habe vergessen, mein Mittagessen mitzubringen, und bin hungrig.«

»Aha«, antworte ich, denn ich weiß, dass sie mittags in der Kantine isst. »Es hat also nichts damit zu tun, dass Jason gerüchteweise ein neues Rezept für die nächste Runde des Wettbewerbs ausprobiert?«

»Izzy, wie kannst du das von mir denken? Dass ich auf hinterlistige Spionagemethoden verfalle? Es geht mir nur darum, am Schreibtisch keinen Schwächeanfall zu bekommen.«

»Das dürfen wir natürlich nicht zulassen.«

Meine Beine könnten tatsächlich ein bisschen Bewegung gebrauchen, also schnappe ich mir als Alibi einen Hefter aus meinem Post-Eingangskörbchen.

»Und wenn du schon unterwegs bist, dann schau doch bitte, ob Mary aus der Buchhaltung etwas gebacken hat. Oder Miles, er ist auf derselben Etage.«

Ich salutiere zur Bestätigung und begebe mich auf meine Mission. Während ich die Treppe hinuntergehe, muss ich an Luke denken, wie er hier posierte, und habe plötzlich Sorge, dass ich ihm begegnen könnte. Aber er wird sich jetzt wohl kaum im Treppenhaus aufhalten – es regnet, und das Licht ist schrecklich.

Ich komme nicht über dieses Foto weg, das er mir am Samstagabend geschickt hat. Wir arbeiten im selben Bürogebäude, die Wahrscheinlichkeit, uns über den Weg zu laufen, ist also statistisch gesehen recht hoch. Schon den ganzen Tag schleiche ich mit einem mulmigen Gefühl in der Magengegend durchs Büro, so wie früher in der Schule, wenn ich in den Pausen zwischen den einzelnen Stunden den Klassenraum wechseln musste und hoffte, dem Typen über den Weg zu laufen, in den ich verknallt war. Nur dass es dieses Mal genau andersherum ist. Ich versuche, ihm *nicht* zu begegnen. Mit ungewollten Avancen des anderen Geschlechts konnte ich noch nie gut umgehen, und zu meinem Glück kommt so etwas nicht gerade oft vor. Bleibt zu hoffen, dass wir uns ein paar Wochen nicht sehen und er mich dann wieder vergessen hat.

Ich drücke die Tür zur Abteilung Schadensregulierung auf und erschrecke – wie jedes Mal. Diese Etage ist genauso eingerichtet wie unsere, nur dass die falschen Leute an den Schreibtischen sitzen.

Mein Blick fällt auf Jason, und ich gehe möglichst unauffällig auf ihn zu, tue so, als würde ich jemanden suchen.

Am Ende seines Tisches beugen sich einige Leute über Behälter aus Alufolie, und Zimtduft wabert durch die Luft. Aber bevor ich dort ankomme, verstellt Jason mir den Weg und verschränkt wie ein Türsteher die Arme vor der Brust.

»Kann ich dir helfen?«

»O ja«, versichere ich und schaue auf meinen Hefter, als könne der mir auf magische Weise die Antwort liefern. »Ich suche Sarah.«

In jeder Abteilung gibt es eine Sarah, oder?

Er beäugt mich misstrauisch.

»Sie ist heute nicht da. Morgen wieder.«

»Okay«, antworte ich und bin erleichtert, dass meine Tarnung nicht auffliegt.

»Möchtest du eine Nachricht für sie hinterlassen?«

»Nein danke, ich komme noch mal wieder«, entgegne ich und versuche erfolglos, einen Blick auf die Alu-Behälter zu erhaschen. »Junge, hier duftet es aber verdammt gut!«

»Richte Mrs Harris Grüße von mir aus«, sagt er und giftet mich an.

»Mach ich«, murmele ich verlegen.

Dann eile ich aus dem Büro. Als Spionin wäre ich eine totale Niete. Nun fürchte ich mich ein bisschen davor, mit leeren Händen zu Mrs Harris zurückzukehren, deshalb gehe ich in die nächste Etage, um zu sehen, ob ich Mary oder Miles finden kann.

Als ich die Tür aufstoße, schallt mir Lärm entgegen. An langen Tischreihen sitzen Mitarbeiter, die Headsets mit Mikrofonen tragen, und man kann unmöglich erkennen, wer telefoniert oder wer mit einem Kollegen spricht.

Während ich mit energischen Schritten hineinmarschiere, versuche ich, mir durch meinen Hefter ein zielgerichtetes Aussehen zu geben, und schnuppere nach Backdüften. Auf einem Tisch in der Mitte stehen Keksdosen, und jeder, der zum Drucker geht oder von dort kommt, bedient sich an den Mini-Cupcakes. Ich versuche, meinen Herzschlag ruhig und gleichmäßig zu halten, nähere mich dem Drucker und greife unterwegs in die Keksdose. Und einfach so habe ich einen Cupcake erbeutet. Innerlich vor Aufregung strahlend, glaube ich bereits, damit durchzukommen, bis sich vor mir eine Frau aufbaut, die ich aus dem Gesundheits- und Fitnesskurs kenne, an dem jeder teilnehmen muss.

»Willst du den nicht essen?«, fragt Brenda.

»Äh, ich wollte ihn mir für die Teepause aufsparen.« Meine Wangen beginnen zu glühen.

»Wir haben dich auf dieser Etage noch nie gesehen«, sagt sie und lässt den Cupcake in meiner Hand nicht aus den Augen.

Plötzlich komme ich mir vor, als wäre ich im falschen Stadtteil gelandet, und schiebe mir das Gebäck rasch in den Mund. Eine Explosion aus Citrus und einem Hauch Alkohol kitzelt meine Geschmacksknospen. Normalerweise würde ich jede Sekunde auskosten, aber ich bin so eingeschüchtert, dass ich den Cupcake hinunterschlinge.

»Irgendwo habe ich dich schon gesehen«, sagt Brenda nachdenklich. »Arbeitest du nicht in der Vertragsabteilung?«

Sie dreht sich um, winkt Mary herbei – von der die Cupcakes sind – und fixiert mich dann wieder mit einem tödlichen Blick.

»Ich … ähm, bin hier, weil ich jemanden suche«, lüge ich.

»Sie gehört zu mir«, sagt eine Stimme, und als ich hochschaue, sehe ich Luke. Ich hatte ganz vergessen, dass sich Buchhaltung und Vertrieb auf derselben Etage befinden – so viel zum Thema, ihm aus dem Weg zu gehen.

Er schenkt Brenda und Mary, die sich zu uns gesellt hat, sein gewinnendes Lächeln, und die beiden entspannen sich.

»Ach, Luke, hast du schon einen Mini-Cupcake gegessen? Sie sind mit Mojito-Aroma«, flötet Mary und wechselt in den Cougar-Modus.

»Danke, ich muss auf meine Figur achten«, antwortet er und tätschelt sich den Bauch.

Mary und Brenda kichern, während er mich am Ellbogen packt und zum anderen Ende des Büros führt, vermutlich für den Fall, dass der Bann, den er über sie gesprochen hat, verpufft.

»Was machst du hier?«, fragt er. »Du spielst mit deinem Leben! Dieser Backwettbewerb bringt das Schlechteste in den Menschen zutage.«

»Danke, dass du mich gerettet hast.«

»Du kannst froh sein, dass du nicht Miles in die Hände gefallen bist.« Er deutet mit dem Kopf zu einem Typen, der beinahe die Zähne fletscht, als wir nur in seine Richtung schauen. Er muss den Wortwechsel mit Brenda und Mary mitbekommen haben, denn er presst eine Blechdose mit Backwaren fest an seine Brust. »Und jetzt klapp diesen Hefter auf, und ich tu so, als würde ich mir etwas anschauen. Ich glaube nicht, dass wir schon aus der Gefahrenzone sind.«

Hastig öffne ich den Hefter.

»Ich werde auf etwas zeigen, und du nickst dann«, befiehlt Luke.

Ich spiele mit.

»Vorgestern Abend war echt lustig. Blätter um.«

»Hmm«, murmele ich und gebe mich fasziniert von dem Schreiben vor mir.

»Ich wollte dir über Link eine Nachricht schicken, aber ich kenne deinen Nachnamen nicht.«

»Oh.« Ich klappe den Hefter zu und bedaure es im nächsten Moment, denn mein Name steht in Großbuchstaben vorn drauf.

»Izzy Brown, ist gespeichert.« Er nickt mit ernster Miene. »Sobald ich das geklärt habe, melde ich mich«, sagt er laut und bedeutet mir, zu gehen.

Ich spähe noch einmal zu Brenda und Mary, die mit in die Hüften gestemmten Händen dastehen und mir weiterhin böse Blicke zuwerfen.

»Also gut. Danke für deine Hilfe«, murmele ich. Der MI6 wird in nächster Zeit bestimmt nicht an meine Tür klopfen.

Als ich wieder an meinem Schreibtisch ankomme, bin ich erschöpft und brauche dringend eine Tasse Tee.

»Nun?«, fragt Mrs Harris, schiebt ihre Brille vor bis auf die Nasenspitze und peilt über den Rand der Gläser.

»Jason hat mich nicht näher als drei Meter an seine Kreation herangelassen, aber es duftete nach Zimt.«

»Nur Zimt?«

»So wie bei diesen weichen amerikanischen Zimtrollen.«

»Ah …« Sie nickt und schreibt etwas in ihr Notepad. »Erzähl weiter.«

»Und dann bin ich an Marys Tisch vorbeigegangen, ihre Mini-Cupcakes haben Mojito-Geschmack. Die waren sooo …«

Ich verstumme sofort, als ich sehe, wie Mrs Harris die Nasenflügel bläht. »Sie waren ganz gut. Von der Konsistenz her weich, sodass sie im Mund schmelzen, und das Frosting war cremig, das Limettenaroma spritzig auf der Zunge, und durch den Rum bekommt das Ganze einen unerwarteten Geschmackskitzel …« Ich kann es noch immer auf der Zungenspitze schmecken. »Eben ganz okay. Und, Sie wissen schon, einfallslos. Jede Wette, wenn Sie die gebacken hätten, würden sie um Welten besser schmecken.«

»Du solltest gar nicht probieren, das ist *mein* Job! Ich bin die mit dem differenzierten Gaumen.«

»Sorry, ich konnte nicht anders, Brenda aus dem Vertrieb hätte mich beinahe erwischt.«

»Und Miles?« Sie runzelt die Stirn.

»Er hat mitbekommen, dass Mary mich durchschaut hat.«

Mrs Harris räuspert sich abermals mahnend und richtet ihre Aufmerksamkeit wieder auf den Bildschirm. Ich bin offenbar in Ungnade gefallen.

Colin schenkt mir ein solidarisches Lächeln.

Mein Computer piept und signalisiert damit, dass ich auf Link eine neue Nachricht habe. Gespannt klicke ich sie an.

Luke Taylor: Es gibt etwas, über das ich mit dir reden möchte. Sollen wir uns heute zum Mittagessen treffen?

Verdammt, hätte nicht gedacht, so schnell von ihm zu hören. Interessiert er sich tatsächlich für mich? Ich bin völlig aus der Übung, was Verabreden angeht. Wie soll ich ihm sagen, dass ich kein Interesse an einer Beziehung habe?

Izzy Brown: Habe heute viel zu tun. Ersticke in Arbeit. Können wir uns ein anderes Mal treffen?

Hoffentlich versteht er den Wink. Eigentlich wollte ich in der Mittagspause meine Mum anrufen, um zu hören, wie es ihr geht. Zu dem Eishockeyspiel zu gehen, hat sie emotional zurückgeworfen, und ich versuche momentan, sie täglich anzurufen.

Luke Taylor: Klar, vollauf damit beschäftigt, auf unserer Etage herumzuschleichen und Backgeheimnisse auszuspionieren.

Was soll ich darauf antworten? Er kann an den animierten Punkten sehen, dass ich schreibe, deshalb brauche ich dringend einen genialen Einfall. *Denk nach*, Izzy. Wie kann ich auf subtile und höfliche Weise sagen: »Kein Interesse«?

Luke Taylor: Komm einfach und hör dir an, was ich zu sagen habe. Treffen wir uns um 13:00 Uhr draußen vor dem Hauptausgang?

Er lässt mir nicht viel Spielraum, um aus der Sache herauszukommen, und mich beschleicht der Verdacht, dass er ziemlich hartnäckig ist.

Izzy Brown: 13:00 Uhr ist prima. Bis dann.

»Wie kannst du in diesem Kühlschrank von Büro so rote Wangen haben?«, fragt Cleo und kommt mit ihrem Stuhl neben meinen gerollt. Sie berührt mit ihren eisigen Händen meine Wangen. Mir war gar nicht bewusst, dass ich so glühe.

»Keine Ahnung. Vielleicht liegt das an dem Rum in den Cupcakes.«

»Oder daran, dass Luke Taylor dir gerade eine Nachricht geschickt hat«, sagt sie, und ihre Augen blitzen auf. Ich wende mich meinem Bildschirm zu und sehe, dass er noch einmal geschrieben hat:

Bis dann!

»Was hat das zu bedeuten?«, fragt sie.

»Nichts! Wir sind uns bei dieser Instagram-Veranstaltung begegnet −«

»Echt jetzt?« Sie dehnt beide Wörter und nickt wohlwollend.

»Ja. Und jetzt will er sich mit mir zum Mittagessen treffen.«

»Mittagessen«, wiederholt sie und zieht eine Braue hoch.

»Ja, *nur* Mittagessen. Offenbar will er etwas mit mir besprechen.«

»Klar.« Sie grinst. »Du hast ein Date, ist ja auch höchste Zeit.«

»Es ist kein Date«, widerspreche ich energisch.

»Wie auch immer.« Sie zwinkert mir zu.

Ich gebe auf. Sie glaubt mir sowieso nicht. Es ist definitiv kein Date, und nicht nur deshalb, weil ich fürchte, mir könnte wieder mein Herz gebrochen werden, sondern weil Luke absolut nicht mein Typ ist.

Kapitel 7

Ich drängle mich durch den Massenexodus, der jeden Tag zur Mittagspause stattfindet, und suche Luke zwischen den vielen Menschen. Und dann sehe ich ihn – als James Dean für Arme lehnt er mit dem Rücken an einer Wand, in Lederjacke und mit riesiger Fliegersonnenbrille.

»Da bist du ja«, sagt er und kommt mir entgegen.

»Da du weißt, wo ich arbeite, könnte ich dir sowieso nicht entkommen.«

»Außerdem könnte ich dich bei Mary und Brenda verpetzen.«

Gespielt entsetzt sauge ich die Luft ein. »Das würdest du nicht wagen!«

»Du solltest mich nicht unterschätzen, nur weil ich so ein hübsches Gesicht habe.«

Ich schüttle den Kopf, dieser Kerl ist unerträglich.

»Hast du Hunger?«, fragt er und setzt sich in Bewegung.

»Und wie.«

»Großartig, ich habe nämlich schon eine Idee«, verkündet er und kommt offenbar gar nicht auf die Idee, sich mit mir abzustimmen. »Und? Hast du es geschafft, dich für den restlichen Vormittag von Ärger fernzuhalten? Seit du bei uns warst, haben Brenda und Mary die Tür zum Treppenhaus nicht mehr aus den Augen gelassen.«

»Es wird sie freuen zu hören, dass ich, abgesehen von einer Stippvisite bei der Kaffeemaschine, meinen Schreibtisch nicht mehr verlassen und es tatsächlich geschafft habe, mich in die Arbeit zu knien.«

»Echt? Du hast bei der Arbeit gearbeitet. Interessant.«

»Dafür werde ich schließlich bezahlt, deshalb sollte ich es vermutlich hin und wieder tun.«

»Kluger Plan«, stimmt er zu. Wir biegen in eine kleine Nebenstraße ab. »Ich dachte, wir gehen in dieses neue, kleine Café«, sagt er und eilt bereits darauf zu. Ich kenne diesen Laden – brauche aber einen Moment, bis es mir einfällt: Es ist dieses mexikanische Café, das ich durch das Fenster der gegenüberliegenden Bar gesehen habe, als ich mit den Mädels unterwegs war.

Bei dem Gedanken an Aidan in seinem Led-Zeppelin-T-Shirt läuft mir ein wohliger Schauer über den Rücken. Eigentlich hatte ich mir fest vorgenommen, herzukommen und mit ihm zu reden, bisher aber nicht den Mut aufgebracht. Ob er da ist und mich erkennt? Plötzlich bekomme ich Panik. Im Beisein von Luke möchte ich mich nicht bei ihm bedanken, aber falls er mich erkennt, wäre es unhöflich, nichts zu sagen.

»Oh, ist das mexikanisches Essen?«, frage ich und verziehe unübersehbar das Gesicht, um so zu tun, als wäre das nicht gerade meine Lieblingsküche.

»Hauptsächlich, aber ich glaube, es gibt auch andere Sachen.«

Wir sind nah genug, um durch die Fenster hineinsehen zu können. Ich entdecke nur zwei Frauen hinter der Theke, von Aidan keine Spur.

»Lass es uns ausprobieren«, sagt Luke und drückt die Tür auf. »Das Licht hier drin ist super, und das Essen hat kräftige Farben, also bestens geeignet für meinen Feed.«

Mir schwant allmählich, dass er nicht der Typ ist, der ein Nein akzeptiert.

Drinnen ist das Café größer, als es von außen wirkt, und im hinteren Teil gibt es noch ein paar freie Tische.

»Nett hier«, stelle ich fest und bin angetan von den leuchtend gelb gestrichenen Wänden und den bunten Sombreros, die dort hängen.

»Ja, ein Selfie vor dieser Wand betont meine Bräune«, sagt Luke.

Wir stellen uns ans Ende der Warteschlange vor der Theke, und bis wir an der Reihe sind, studiere ich die Karte. Klingt alles lecker.

»Vielleicht nehme ich einen pikanten Burrito mit Pulled Pork und Käse«, überlege ich laut und kann mich wirklich nur schwer entscheiden.

»Mutige Wahl für jemanden, der nicht gern mexikanisch isst«, stellt Luke fest und zieht eine perfekt gepflegte Augenbraue hoch. Ich kann gar nicht den Blick davon lösen und frage mich, ob er sie in Form zupft.

»Was möchtet ihr haben?«, fragt die Frau hinter der Theke. Sie hat langes, dunkelbraunes Haar, einen von der Sonne geküssten Teint und lächelt uns freundlich an. Ich rechne fest damit, dass Luke sofort mit ihr flirtet, deshalb bin ich ziemlich überrascht, dass er ganz sachlich sein Essen bestellt.

Ich ordere meinen Burrito und freue mich, dass ich sämtliche Zutaten für die Füllung selbst aussuchen darf. Als der Burrito endlich gerollt wird, wirkt er riesengroß.

»Wie willst du das in den Mund bekommen?«, fragt Luke.

»Du wärst überrascht, was da alles reinpasst«, erwidere ich.

Luke grinst, und ich könnte mich ohrfeigen.

»Klingt nach einer Herausforderung.«

Ich ignoriere ihn, schnappe mir stattdessen das Besteck und widme mich dem Burrito. »Also, worüber wolltest du so dringend mit mir sprechen?«, frage ich.

Neidisch beobachte ich, wie er in seinen Burrito beißt, während ich gezwungen bin, mit Messer und Gabel von meinem winzige Häppchen abzuschneiden, damit er nicht auseinanderrollt.

»Du redest nicht lange um den heißen Brei herum, das gefällt mir«, sagt er, nachdem er mit Kauen fertig ist. »Bist du Single?«

Ich verschlucke mich an dem kleinen Bissen in meinem Mund.

»Im Grunde ja, aber nicht in dem Sinne.«

Er verengt die Augen. »Du bist mit jemandem zusammen, machst es aber nicht auf Facebook offiziell?«

»Nein, ich bin mit niemandem zusammen und will momentan auch keine Beziehung. Ich bin glücklich und zufrieden mit mir allein.«

Er runzelt die Stirn, aber dann entspannt sich seine Miene wieder. »Mein Instagram-Post von uns beiden hatte unglaublich viel Resonanz.«

»Ehrlich?« Ich habe ihn mir nicht mehr angesehen, weil ich vielmehr versucht habe, die Erinnerung daran zu verdrängen.

»Über 8.000 Likes.«

Da hol mich doch … Trotz meiner 15.000 Follower war das Höchste an Likes, was ich je hatte, 3.000. »Mein lieber Schwan, du musst aber verdammt treue Follower haben.«

»Ich glaube nicht, dass es nur mit mir zu tun hat – es ist eher unsere Geschichte.«

»*Unsere* Geschichte?«

»Ja, du weißt doch, die Leute stehen auf kitschige Liebesgeschichten. Sie saugen das förmlich auf. Du solltest mal die Kommentare lesen. Immer wieder die Frage, ob ich dich um ein Date bitten werde, und genau darüber denke ich jetzt nach.«

Er zückt sein Handy und zeigt mir noch einmal das Foto. »Wir sind ein tolles Paar und könnten eine klassische Oldschool-Romanze haben. Quasi Romeo und Julia der Instagram-Welt.«

»Äh, du weißt aber, dass die am Ende gestorben sind, oder?«

»Okay.« Er winkt ab. »Dann eben Antonius und Kleopatra.«

»Ähm, die sind auch gestorben.«

Er seufzt laut. »Na schön, vielleicht keine klassische Romanze, aber wie wäre es mit Brad und Angelina?«

»Die haben sich schon vor Jahren getrennt.«

»Gibt es denn kein leuchtendes Beispiel für eine Liebesbeziehung?«

»Nein, denn wo Liebe ist, werden auch Herzen gebrochen.«

Ich gebe meine Versuche mit dem Besteck auf, nehme den Burrito in beide Hände und beiße hinein.

»Aber der Punkt ist doch, dass *wir* dieses leuchtende Beispiel sein könnten.«

»Hm.« Ich verziehe das Gesicht. »Für mich ist das echt kein guter Zeitpunkt. Ich bin in meinem Leben an einem Punkt, wo ich mich auf mich selbst konzentrieren muss und auf das, was mich glücklich macht, und auf mein Instagram und –«

»Izzy, dir ist klar, dass ich nicht wirklich etwas von dir will, oder?«, fällt er mir lachend ins Wort.

»Natürlich«, erwidere ich und versuche zu verbergen, dass es mich trotzdem ein bisschen wurmt. Zwar bin ich nicht an ihm interessiert, aber es wäre schmeichelhaft, zu glauben, dass er etwas von mir will. »Obwohl dir klar sein sollte, dass ich ein ziemlich guter Fang bin.«

»Das bist du bestimmt – oder wärst es vielleicht, wenn du nicht so viel emotionalen Ballast mit dir herumschleppen würdest. Lass mich raten, dein Ex hat dich betrogen und dir das Herz gebrochen?«

Ich bin sprachlos, dass er das so leicht erraten kann. Obwohl mein Herz nicht nur gebrochen ist, weil Cameron fremdging.

Es lag mehr daran, dass es zeitlich mit Bens Tod zusammenfiel, wodurch sein Verrat so viel schlimmer war.

»Woher weißt du das?«

»Ich war schon oft die Schulter zum Ausweinen und bin ein ausgezeichneter Lückenbüßer – aber bei dir will ich das nicht sein. Ich mag dich nämlich.«

»Soll ich mich jetzt freuen oder gekränkt sein? Aber Moment mal, wenn du gar nicht mit mir ausgehen willst, was willst du dann?«

»Weißt du noch, dass Lara sagte, dass Firmen Instagram-Pärchen mögen? Und für Paare gibt es jede Menge Kreuzbestäubung. Die Follower teilen, die Likes des anderen ankurbeln. Wichtige Marken mögen das, weil es ihre Reichweite vergrößert.«

»Kann ich mir vorstellen«, sage ich und nippe an meinem Getränk. Ich habe keinen Schimmer, wo dieses Gespräch hinführen soll.

»Ja, und meinen Followern gefällt es total, dass ich jemanden kennengelernt habe. Dabei dachte ich, die würden ausflippen vor Eifersucht.«

»Das ist jetzt möglicherweise neu für dich, aber nicht alle folgen jemandem auf Instagram, weil sie scharf auf ihn sind.«

Er lacht leise, bis er merkt, dass mein Gesicht todernst ist.

»Izzy, du solltest mal meine Inbox lesen.«

»Wieso, ist die so wie meine? Voll von Bots, die dich übers Ohr hauen wollen, indem sie so tun, als würden sie auf dich stehen?«

»Wir weichen gerade vom Thema ab … Wir sollten miteinander ausgehen. Alle auf Instagram werden uns lieben.«

Ich blinzle ein paar Mal und versuche zu verarbeiten, was er gerade gesagt hat.

»Du willst mit mir zusammen sein, wegen Instagram?«

»Genau. Quasi eine Fake-Beziehung.« Er nickt und beißt in seinen Burrito, als hätte er gerade das Normalste von der Welt vorgeschlagen.

Ich starre auf meine Cola und wünschte, es wäre etwas Stärkeres. »Fake-Beziehung? Und was genau heißt das?«

»Wie der Name schon sagt«, antwortet er mit vollem Mund. »Wir lassen es auf Instagram so aussehen, als wären wir zusammen. Du bist doch darin geübt, Fotos zu inszenieren. Das ist auch nicht anders. Wir machen Fotos von uns bei unserem ersten Date, beim zweiten und so weiter – wir teilen beide die Fotos, fügen süße Hashtags hinzu, vergrößern die Zahl unserer Follower und steigen als Influencer auf.«

Ich brauche einen Moment, um das zu verdauen, aber dann fange ich an zu lachen.

»Das ist echt lustig«, sage ich. »Beinahe wäre ich dir auf den Leim gegangen.«

Ich esse weiter.

»Ich mache keine Witze«, sagt er.

Mir fällt die Kinnlade herunter, und ich lege meinen Burrito auf den Teller.

»Luke, wir können nicht so tun, als wären wir zusammen!«

»Wieso nicht? Auf Instagram täuscht doch jeder alles vor. Warum sollte es bei uns anders sein?«

»Nicht alles auf Instagram ist vorgetäuscht.«

»Komm schon, fast alles ist auf irgendeine Weise manipuliert. Wann hast du das letzte Mal ein Foto von dir ohne Filter gepostet?«

»Das ist etwas anderes!«, protestiere ich.

»Und wieso?«

»Weil es das ist«, beharre ich und verschränke die Arme vor der Brust.

»Okay.« Er zuckt mit den Schultern. »War ja nur eine Idee.

Eine Möglichkeit für uns beide, bis Weihnachten die 30.000er-Marke zu knacken. Du weißt, bei der man anfängt, Geld zu verdienen.«

Ich versuche nachzuvollziehen, was er da sagt. Es wäre nicht das Verrückteste, was ich je für meinen Feed getan habe – wir wissen alle von der Klarsichtfolie und der roten Lebensmittelfarbe –, aber es würde zweifellos zu den Spitzenreitern zählen.

»Und wie soll das konkret aussehen?«, frage ich grinsend. Es mag eine groteske Idee sein, aber neugierig bin ich doch. Warnend ziehe ich die Brauen hoch und füge hinzu: »Ich habe noch nicht gesagt, dass ich zustimme.«

»Deine Augen schon. Pass auf, es muss ja nicht viel sein. Wir behalten unsere jeweiligen Feeds, gehen aber zusammen aus und posten beide Fotos von uns. Wir müssen uns gar nicht oft treffen, sondern fotografieren uns bei einem Treffen in verschiedenen Outfits – oder drinnen und draußen – und posten die Bilder an verschiedenen Tagen. Dann denken die Leute, dass die Fotos zu unterschiedlichen Zeitpunkten entstanden sind.«

»Und das ist alles? Wir treffen uns ein paar Mal und schießen eine Handvoll Selfies?«

»Japp. Wir probieren es für eine Weile aus und checken, ob die Zahl unserer Follower steigt. Und hoffentlich werden ein paar Firmen auf uns aufmerksam, die uns dann dafür bezahlen, auf unserem Feed ihre Produkte zu bewerben.«

Das ergibt beinahe Sinn.

»Und wie geht es aus? Nicht wie bei diesen Paaren, von denen Lara gesprochen hat – Haus kaufen, renovieren, Baby bekommen.«

»Irgendwann trennen wir uns eben. Natürlich einvernehmlich. Wir kommen zu dem Schluss, dass wir besser nur Freunde sind oder so ähnlich, womit wir sicherstellen, dass wir unsere gemeinsamen Follower nicht verprellen.«

Er hat an alles gedacht. Das Ärgerliche daran ist, dass ich glaube, sein Plan könnte funktionieren. Ich habe mir den Kopf darüber zerbrochen, wie ich mehr Follower gewinne, und das hier könnte die Lösung sein. »Ich weiß nicht. Es fühlt sich nicht richtig an.«

Was meinen Burrito angeht, gebe ich mich endlich geschlagen.

»Hör zu, wir richten keinen Schaden an, wir sind beide Single und betrügen niemanden. Wir schießen nur ein paar Fotos. Keine große Sache. Hast du viele enge Freunde und Familienangehörige, die dir folgen?«

»Nur ein paar sehr enge Freunde.«

Als ich mein Instagram eingerichtet habe, wollte ich es bewusst von meinem wahren Leben trennen und bewerbe es nicht auf meinem privaten Facebook-Account. Ich schätze die Anonymität und die Tatsache, dass dort niemand mein wahres Ich kennt.

»Dann schlage ich vor, dass du ihnen die Wahrheit sagst, damit sie es durch ihre Kommentare nicht verderben. Gegenüber allen anderen halten wir es geheim.«

»Das ergibt Sinn.«

Wenn ich mich tatsächlich darauf einlasse, werde ich es sicherlich nicht allen aufs Butterbrot schmieren.

Die Glocke über der Café-Tür erklingt, und als ich hochschaue, erblicke ich Aidan. Aus der Nähe sieht er sogar noch besser aus, obwohl er wieder in gammeliger Jeans und verwaschenem T-Shirt herumläuft.

Er trägt eine Kiste herein, die überquillt mit frischem Gemüse. Ich bekomme Panik, dass er mich entdecken könnte, aber er schaut gar nicht in meine Richtung, sondern hat nur Augen für die Frau hinter der Theke. Ich kann ihm keinen Vorwurf machen – sie ist umwerfend. Sie bedient gerade einen

Kunden, und als Aidan sie anlächelt, beginnt sie zu strahlen und wirft ihm einen derartig übertriebenen Luftkuss zu, dass ich annehmen muss, die beiden sind zusammen.

»Hallo …«, sagt Luke. »Erde an Izzy.«

»Hä?«

Aidan verschwindet durch die Küchentür. Als die Pendeltür hinter ihm zuschwingt, atme ich aus.

»Also, bist du dabei?«, fragt Luke.

»Kann ich noch darüber nachdenken?«

»Okay, aber ein Angebot wie dieses« – sagt er und fährt mit einer anpreisenden Handbewegung von seinem Gesicht den Oberkörper hinunter – »kommt nicht alle Tage.«

»Ganz sicher nicht«, stimme ich zu und versuche, meinen Sarkasmus zu zügeln.

Die Frau hinter der Theke verschwindet ebenfalls durch die Pendeltür in die Küche, und kurz darauf höre ich sie lachen.

»Sollen wir zurück ins Büro?«, schlage ich vor, als ich Lukes leeren Teller sehe. Ich möchte nicht mehr hier sein, wenn Aidan aus der Küche zurückkommt. Er weckt so viele Gefühle in mir, denen ich mich einfach noch nicht stellen kann.

»Klar«, sagt Luke. »Ich erzähle dir dann unterwegs von meinem Masterplan.«

Es schadet wohl nicht, sich alles anzuhören. Mein Instagram-Account ist die Sache in meinem Leben, die ich ans Laufen bringen muss. Denn wenn mir das gelingt, wäre mein Bruder Ben stolz auf mich.

Vielleicht ist es also nicht das Schlechteste von der Welt, eine kleine Abkürzung zu nehmen, um meine Followerzahl anzukurbeln. Und wer weiß, vielleicht ist eine Beziehung mit Luke genau das Richtige – eine Beziehung, bei der niemand verletzt wird.

Kapitel 8

Dank des sintflutartigen Regens scheint absolut jeder in das Einkaufszentrum von Basingstoke geflüchtet zu sein, was bedeutet, dass es sogar für einen Samstag dort besonders voll ist. Aber indem ich Becca von Luke erzähle, habe ich eine pfiffige Taktik ersonnen, um die Massen vor uns zu teilen.

»Er hat *was* gesagt?«, kreischt sie, woraufhin die Leute um uns herum sofort auf Abstand gehen.

»Du hast mich schon richtig verstanden. Er will eine Fake-Beziehung mit mir.«

»Eine *vorgetäuschte* Beziehung?«

»Japp. Wir sollen so tun, als wären wir wirklich zusammen.«

»Wieso?«

»Um unsere Instagram-Accounts anzukurbeln und Markenhersteller auf uns aufmerksam zu machen.«

Becca stößt ein spitzes Lachen aus. »Wie in aller Welt ist er denn auf die Idee gekommen?«

»Lara McPherson sagte bei ihrem Vortrag, dass Paare auf Instagram sehr erfolgreich sind, weil ihre Themen erweitert werden durch die Lifestyle-Entscheidungen für ein gemeinsames Leben. Du weißt schon, sie kaufen und renovieren Häuser, heiraten, bekommen Kinder.«

Becca reißt den Mund so weit auf, dass ich ihre Mandeln sehen kann.

»Keine Sorge, so weit gehen wir nicht. Es dreht sich mehr darum, wie wir zusammengekommen sind. Luke will unsere

Geschichte auf Instagram teilen und in seinen Vlogs darüber berichten.«

Becca hat den Mund immer noch auf.

»Ich habe mehr als genug gehört«, sagt sie schließlich. »Du willst das doch nicht wirklich tun, oder?«

»Das ist die Eine-Million-Dollar-Frage«, antworte ich. Als wir bei H&M vorbeikommen, bleibe ich stehen. »Warte mal, ich muss die Sachen hier zurückbringen.«

»Du weißt schon, dass es sehr viel einfacher wäre, wenn du die Sachen online bestellen und dann zurückschicken würdest?«

»Hast du an den Wochenenden schon mal die Schlange vor der Post gesehen? Außerdem müsste ich dann doppelt so viel bestellen, weil nicht alles passt. So kann ich es anprobieren, bevor ich es kaufe.«

Becca seufzt und folgt mir in den Laden. Ich dackele mit meinen Einkaufstüten in Richtung der Wartenden an der Kasse.

»Ich dachte, das senffarbene Shirt wolltest du behalten?«, fragt Becca, als sie in eine meiner Tüten späht.

»Ich weiß, aber momentan brauche ich für jede Investition eine überzeugende Begründung.«

»Der Nächste!«, ruft ein gelangweilt wirkendes Mädchen im Teenageralter.

Sie wirft ihr langes Haar über die Schulter zurück und beäugt misstrauisch die Tüten in meinen Armen.

»Das hier möchte ich bitte zurückgeben«, sage ich und schiebe die Tüten über die Theke, bevor ich den Beleg aus meiner Handtasche ziehe.

Das Mädchen schaut mir in die Augen und prüft dann den Beleg. »Alles?«

Ich nicke. »Genau. Als ich die Sachen zu Hause noch einmal angezogen habe, standen sie mir einfach nicht. Benutzt ihr in den Kabinen spezielles Licht?« Ich deute mit dem Kopf hinüber zu den Umkleiden.

Sie schürzt die Lippen, holt die Kleidungsstücke aus den Tüten, dreht alle hin und her und überprüft, ob die Preisschilder abgetrennt wurden.

Allmählich werde ich nervös. In meiner gesamten Rückgabehistorie bin ich nie einer derartigen Prüfung unterzogen worden.

»Hier«, sagt sie und zeigt mir einen Fleck auf einem der Shirts, der aussieht wie Make-up.

»Der muss schon da gewesen sein, als ich es gekauft habe – jemand hat es wahrscheinlich vor mir im Laden anprobiert«, antworte ich und starre entsetzt auf den Fleck. Wieso ist er mir nicht aufgefallen? Sieht man den etwa auch auf den Fotos, die ich gemacht habe? »Ich schwöre, dass ich die Sachen nur anprobiert habe, und sehen Sie – dieses Beige passt doch gar nicht zu meinem Hautton.«

Wieder wirft mir das Mädchen einen misstrauischen Blick zu und nimmt dann das nächste Kleidungsstück in die Hand. Ich versuche, mich zu entspannen, aber mein Herz rast. Ich weiß, dass ich die Flecken nicht verursacht habe; ich bin immer vorsichtig. Deshalb sind die meisten meiner #OutfitDesTages-Oberteile oder -Kleider durchgeknöpft – nichts, was ich über den Kopf ziehen muss. Deshalb können die Sachen bei mir gar keine Make-up-Flecken bekommen.

»Haben Sie die Kreditkarte dabei, mit der Sie die Sachen bezahlt haben?«

»Klar«, versichere ich, und sie bedeutet mir, die Karte in das Lesegerät zu schieben.

Dann muss ich ein paar Quittungen unterschreiben, und mit einem letzten finsteren Blick lässt sie mich von dannen ziehen.

»Ich glaube, das nächste Mal bestelle ich online«, flüstere ich Becca zu, als wir aus dem Geschäft eilen.

»Kluger Schachzug. Kaffee?«

Wir steuern unseren üblichen Coffeeshop an.

»Wie ist dieser Luke denn so?«, fragt Becca.

»Mir ist noch nie jemand begegnet, der so von sich überzeugt und egozentrisch ist.«

»Wenn du ihn nicht magst, wieso überlegst du dann, mit ihm eine Schein-Beziehung einzugehen?«

Ich schaue hinunter auf meine Hände, auf denen die Henkel der Einkaufstüten rote Rillen hinterlassen haben. »Weil ich nicht jeden Samstag meine Hände ruinieren will, indem ich Berge von Klamotten zurückschleppen muss! Ich möchte als Influencerin die nächste Stufe erreichen.«

»Und warum zögerst du dann noch?«, fragt Becca nach einer Pause.

Ich bin schockiert, denn normalerweise ist sie die Vernünftige von uns. Ich habe darauf gezählt, dass sie sich über den Vorschlag entrüstet, dass sie mein moralischer Kompass ist und mir sagt, dass es eine völlig bescheuerte Idee ist. Als ich ihr zum ersten Mal mitteilte, dass ich Influencerin werden wolle, hielt sie mich für verrückt, weil das einem Leben in der Öffentlichkeit entspricht.

»Ich bin unsicher, ob die Leute mir abkaufen, dass ich mit jemandem zusammen bin, der so attraktiv ist.«

Becca räuspert sich ungläubig. »Bring mich jetzt bitte nicht dazu, die ›du bist umwerfend‹-Rede zu halten.«

»Hatte ich nicht vor. Ich frage mich wirklich, ob mir das jemand abkauft.«

»Wieso denn nicht? Schau dir all die Fake News an – wenn Leute etwas glauben wollen, dann tun sie es auch.«

»Du findest also, ich sollte es machen?«

»Wenn es euch beiden bei eurer Karriere hilft und niemandem wehtut? Es gibt so viele schlechte Nachrichten in der

Welt, dass eine kleine Liebesgeschichte wie diese ganz nett sein könnte. Menschen sehen gern dabei zu, wie sich zwei Menschen ineinander verlieben.«

Wir erreichen den Coffeeshop und gehen direkt zu dem kleinen Tisch in der Ecke, an dem wir immer sitzen.

»Davon abgesehen lügst du sowieso die ganze Zeit auf deinem Feed«, sagt sie und setzt sich.

»Tue ich nicht.«

»Du hast soeben Klamotten im Wert von 200 Pfund zurückgebracht, die du als dein #OutfitDesTages im nächsten Monat ›trägst‹.«

»Ja, aber ich hatte sie schließlich auch einmal an, oder?«

»Und wann hast du das letzte Mal ein nicht gestelltes Selfie aufgenommen?«

»Letzte Woche habe ich eins von mir gemacht, wie ich im Pyjama auf dem Sofa herumgammle.«

»Du hast vorher dein Haar geglättet, einen sauberen Pyjama angezogen und dich geschminkt. Denk mal drüber nach, das ist alles vorgetäuscht.«

Becca kapiert Instagram einfach nicht. »Aber das sind nur Kleinigkeiten! Diese Sache ist dagegen richtig groß. Ein bedeutendes Lebensereignis.«

»Du *triffst* dich mit dem Typen, du *heiratest* ihn ja nicht. Du sagtest doch, der Plan sieht nicht vor, dass es von Dauer ist. Außerdem kann man nie wissen – wenn du ihn besser kennenlernst, findest du ihn möglicherweise nett.«

Ich starre sie mit großen Augen an.

»Manchmal schleicht sich so etwas an dich heran, wenn du es am wenigsten erwartest«, fährt sie fort.

»Wie bei dir und Gareth?«, platze ich heraus und bekomme sofort ein schlechtes Gewissen.

»Genau.« Sie wird rot und schiebt die Zuckerschale auf

dem Tisch herum. »Ich hätte nicht gedacht, dass ich wieder jemanden näher kennenlernen würde, schon gar nicht so schnell.«

Lange Zeit war Becca meine Leidensgefährtin beim Aufpäppeln eines gebrochenen Herzens und beim Abschwören von Männergeschichten, aber seit sie sich mit Gareth trifft, stupst sie mich immer wieder zurück ins Dating-Spiel.

»Hör zu, das hier wird nicht *To all the Boys I've loved before*«, stelle ich klar und denke an den Film, den ich kürzlich auf Netflix gesehen habe.

»Der Film ist echt toll«, schwärmt Becca.

»Luke ist kein Peter Kavinsky, das steht mal fest.«

»Aber er könnte es sein. Ist das nicht der Punkt? Du kennst ihn nicht gut genug, um das einschätzen zu können. Was Gareth angeht, war ich anfangs auch nicht sicher.«

»Das ist etwas anderes. Nach allem, was du mir über ihn erzählt hast, fängt es schon damit an, dass er kein von sich selbst besessenes Arschloch ist.«

Becca lacht. »Das ist er definitiv nicht.«

»Ich bin beinahe bereit, meine gesamten Ersparnisse darauf zu verwetten, dass meine Beziehung mit Luke rein geschäftlicher Natur bleiben wird.«

»Du hast doch gar keine Ersparnisse.«

»Sehr witzig«, entgegne ich, aber bedauerlicherweise hat sie recht. Ich hole tief Luft. »Bist du also wirklich sicher, dass ich es tun sollte?«

Becca war für mich immer die ältere Schwester, die ich nie gehabt hatte, und wenn ich Rat brauche, kann ich mich stets an sie wenden.

»Es könnte dir Spaß machen. Deine letzten Jahre waren nicht gerade die besten, und vielleicht ist es Zeit, dass etwas Gutes passiert. Ich weiß, dass du nicht auf ihn stehst, aber du hast so hart gearbeitet, um dein Instagram in Gang zu bringen, und wenn das hier etwas dabei hilft – warum nicht?«

Es waren wirklich ein paar beschissene Jahre, nicht nur für mich, sondern für uns beide. Nach Bens Tod bin ich bei Becca eingezogen, zu einer Zeit, als sie mich genauso sehr brauchte wie ich sie. Aber nun zieht sie weiter, und es ist wohl für mich an der Zeit, das ebenfalls zu tun.

»Ich denke, du hast recht«, sage ich entschlossen. »Ich mache es.«

»Okay, und wann sagst du es ihm?«

»Was du heute kannst besorgen, das verschiebe nicht auf morgen«, antworte ich und halte es für besser, das Eisen zu schmieden, solange es heiß ist – und bevor ich Gelegenheit bekomme, doch noch zu kneifen. Ich hole mein Handy aus der Tasche und schicke Luke eine Whatsapp, dass ich dabei bin.

Sofort danach piept mein Handy.

Luke Taylor: Super! Ich mache es offiziell.

»Sieht so aus, als würde es losgehen«, sage ich zu Becca. In dem Moment kommt die Kellnerin an unseren Tisch, um unsere Bestellungen aufzunehmen.

Mein Handy piept erneut. Es ist eine Nachricht von Luke, in der er mich auffordert, mein Instagram zu checken.

Ich öffne es und sehe, dass ich in einem Foto getaggt wurde. Es ist ein seitliches Profilfoto, aufgenommen in dem mexikanischen Café. Luke muss es gemacht haben, während ich Aidan beobachtet hatte und in meine Traumwelt versunken war.

Ich halte es Becca hin.

»Wow, das ist ein umwerfendes Foto, so natürlich! Und die Bildunterschrift«, sagt sie und stößt einen leisen Pfiff aus.

Ich drehe das Display zu mir, um es noch einmal zu lesen.

Lukeatmealways

An die wunderschöne @This_Izzy_Loves, die mein Herz gefangen hat – Bitte geh mit mir aus!

#bittesagja‹ daumendrücken‹ #Liebesgeschichte #wirsindunsaufinstagrambegegnet

Der Post ist durchsetzt mit Herz-Emojis. Er ist erst ein paar Minuten alt, fährt aber bereits Likes ein. Luke hat recht, die Leute kaufen einem dieses Zeug ab.

Ich mache einen Snapshot von Lukes Post und klicke, um ein weiteres Foto hinzuzufügen. Dafür kippe ich die eingepackten Zuckerwürfel auf den Tisch und arrangiere sie zu Buchstaben. Man braucht erstaunlich viele für das Wort »Ja«.

»Kannst du die Taschenlampe an deinem Handy einschalten?«, bitte ich Becca.

Sie gehorcht, und als die Buchstaben richtig ausgeleuchtet sind, schieße ich mein Foto. Ich tagge Luke und füge ein Pärchen-Emoji hinzu, das Händchen hält. Hoffentlich scrollen die Leute auf meinem Feed nach oben, um die ursprüngliche Frage zu sehen.

Dann lege ich das Handy mit dem Display nach unten auf den Tisch. Meine Wangen fühlen sich heiß an. Jetzt gibt es kein Zurück mehr – ich fake offiziell eine Beziehung mit Luke Taylor.

Willkommen im Juli
This_Izzy_Loves IGTV
Anzahl Follower: 15.800

Hallo, Leute. Das war vielleicht ein Monat, dieser Juni! Erst bin ich Small Bubbles begegnet, die auch in natura umwerfend ist, und dann das Treffen mit Luke. Unglaublich, wie viele

Kommentare ihr mir dazu geschickt habt. Ihr seid vermutlich noch aufgeregter als ich wegen meines ersten Dates mit ihm. Und nein, für alle, die danach gefragt haben, ich habe absolut keinen Schimmer, was er plant! Aber ich liebe Überraschungen und kann es kaum erwarten. Für alle, die mir helfen wollen: Ich kann mich nicht entscheiden, was ich anziehen soll, deshalb habe ich ein paar Outfits auf Insta-Storys gestellt. Bitte stimmt ab, welches euch am besten gefällt. Was täte ich nur ohne euren Rat?

Kapitel 9

Ich bürste ein letztes Mal durch mein Haar und beuge mich näher zum Spiegel, um mein Make-up zu prüfen.

»Was tue ich hier nur?«, murmele ich vor mich hin, verlasse die Toilettenräume der Firma und gehe aus dem Gebäude zu meiner Verabredung mit Luke. Wieder einmal lehnt er an der Wand und perfektioniert seine Model-Pose.

»Pünktlich auf die Minute. Du siehst gut aus«, begrüßt er mich.

»Danke.«

Es folgt einer dieser verlegenen Momente, in denen keiner von uns weiß, ob wir uns umarmen oder auf die Wange küssen sollen. Da ich mich mit den Benimmregeln bei vorgetäuschten Liebesbeziehungen nicht sonderlich gut auskenne, entscheide ich mich am Ende dafür, ihm den Arm zu tätscheln wie einem betagten Verwandten.

»Und, können wir los?«, fragt er.

»Ich denke schon.«

»Du klingst so begeistert, als müsstest du zu einem Zahnarzttermin. Komm schon, Izzy, das hier mag ja rein geschäftlich sein, was aber nicht bedeutet, dass es nicht auch Spaß machen kann. Hast du nicht gesehen, wie viel neue Follower du nach deinem ›Ja‹ bekommen hast? Zumindest alle anderen sind aufgeregt.«

»Ich weiß. Ich werde versuchen, mehr Begeisterung aufzubringen. Vielleicht fiele es mir leichter, wenn ich wüsste, was wir unternehmen.«

»Alles zu seiner Zeit. Lass uns gehen.«

Er reicht mir eine große Stoffeinkaufstasche. Ich greife danach und hätte sie beinahe fallen lassen. Sie ist schwerer, als sie aussieht.

»Hoppla«, sagt er und fängt die Tasche gerade noch auf, bevor sie Bodenkontakt hat. »Da sind Gläser drin. Hier, wir tauschen.« Er nimmt die Tasche und reicht mir stattdessen einen Picknickkorb.

»Der ist genauso schwer.«

»Aber der Inhalt ist weniger zerbrechlich. Komm schon.«

Er geht los, und ich bemerke, dass er auch noch einen riesigen Rucksack auf dem Rücken trägt.

»Und wie weit muss ich dieses Teil schleppen?«, jammere ich.

»Nicht weit. Nur bis zu dem Park bei der alten Klosterruine.«

Das sind höchstens fünf Minuten Fußmarsch von hier, bis dahin werden mir wohl nicht die Arme abfallen.

»Und was ist da überall drin?«, frage ich.

»Requisiten.«

»Auch etwas Essbares?« Ich hatte heute sehr früh Mittagspause und verhungere fast.

»Theoretisch ja, aber du kannst es nicht essen, weil ich die Lebensmittel lackiert habe, damit sie auf den Fotos besser aussehen.«

Ich bleibe stehen, und mein Magen knurrt vernehmlich.

»War nur ein Scherz. Es gibt auch etwas zu essen. Ich habe dir ein Abendessen versprochen, also gibt es auch eins.«

»Gut, ich sterbe nämlich vor Hunger.«

Nach wenigen Minuten erreichen wir den Park. Das wäre nicht meine erste Wahl als Ort für ein Picknick gewesen, da zu beiden Seiten gut befahrene Straßen verlaufen, und trotz der

Bäume rings um den Park fühlt es sich an wie mitten in der Stadt.

»Wo sollen wir uns hinsetzen?« Ich schaue mich nach einer guten Stelle in der Nähe um, damit ich mich so schnell wie möglich auf diesen Picknickkorb stürzen kann.

»Ich fände einen Platz unter einem Baum gut«, antwortet Luke und zieht mich am Arm weiter.

Drüben liegt der Eingang zur Klosterruine. Über dem verschlossenen Tor hängt ein großes Schild, das eine Filmvorführung für diesen Abend ankündigt. Ein paar Leute stehen dort herum und warten vermutlich, dass der Einlass beginnt.

»Oh, sieh nur, dort gibt es nachher einen Open-Air-Film«, sage ich und kneife die Augen zusammen, um den Text auf dem Schild lesen zu können. »*Dirty Dancing*. Wie vorhersehbar.«

»Ich hätte gedacht, dass du *Dirty Dancing* liebst.«

»Wieso? Weil ich eine Frau bin? Natürlich finde ich den Film ganz gut«, erkläre ich seufzend, »und Swayze ist echt heiß. Ich wünschte nur, sie würden etwas Neueres zeigen. Aber das ist, als würde den ganzen Winter über nur *Tatsächlich … Liebe* und *Buddy, der Weihnachtself* laufen. Gehen wir noch sehr weit? Mir tun die Arme weh.«

»Nein. Siehst du den Baum dort drüben?«

»Der, der noch meilenweit entfernt ist?«

»Der ganze Park ist maximal hundert Meter lang. Und du wirst dankbar sein, dass die Stelle ein bisschen abgelegener ist. Vermutlich wirst du den nächsten Teil meines Plans nicht so toll finden, wie ich hoffe.«

»Wenn du keine Scherze mehr wegen des Essens machst, kommen wir schon klar.«

Endlich erreichen wir den Baum, und ich stelle den Korb vorsichtig auf dem Boden ab. Luke macht sich sofort an die

Arbeit, breitet eine große Picknickdecke aus und holt vorsichtig Geschirr und Gläser aus der Einkaufstasche, die ich beinahe fallen gelassen hätte. Schließlich öffnet er den Weidenkorb.

»Also«, sagt er mit ernster Miene, »du kannst erst essen, nachdem wir die Fotos geschossen haben, sonst verdirbst du es.«

Er öffnet Behälter mit köstlichem Essen und füllt alles in hübsche Schüsseln, damit es wie selbst gemacht aussieht und nicht wie im Supermarkt gekauft. Ich sabbere bereits.

»Gütiger Gott, dann nimm eben eine Falafel«, stöhnt Luke und reicht mir die fast leere Packung.

»Darf ich in den Hummus dippen?«

»Nur, wenn du ihn danach wieder glatt streichst.«

Ich dippe hinein und fische so viel Hummus wie möglich heraus.

»O Mann, ist das gut«, schwärme ich und schiebe mir die Falafel in den Mund. »So was von gut.«

Luke reicht mir ein kleines Stück Samosa, das ich ebenfalls gierig verschlinge.

»Auch köstlich. Hast du etwas zu trinken?«

Er holt eine teuer aussehende Flasche Holunderlimonade heraus, und ich rümpfe automatisch die Nase.

»Magst du die nicht?«, fragt er.

»Schmeckt bestimmt gut. Aber ich kaufe für ein Picknick immer naturtrüben Apfelsaft. Nichts schmeckt besser.«

»Ist fürs nächste Mal notiert«, antwortet er.

Ich stibitze noch eine Falafel, was Luke mit einem strengen Blick quittiert.

»Wenn du in dem Freilichtkino das Sagen hättest, welchen Film würdest du zeigen?«

Er schlägt meine Hand weg, damit ich mir nicht noch eine Samosa von der Pyramide klaue, die er gerade aufgeschichtet hat.

»Auf alle Fälle *Die Braut des Prinzen*. Kennst du den?«

»Ich glaube nicht.«

»Mein Bruder und ich haben ihn unzählige Male gesehen.« Ich lächle bei der Erinnerung daran.

»Wer spielt darin mit?«

»Mandy Patinkin. Du weißt schon, Saul aus *Homeland*.« Er schüttelt den Kopf.

»Da hast du etwas verpasst. *Die Braut des Prinzen* läuft übrigens in ein paar Wochen in Newsbury – falls du Lust hast? Es gibt super Degenkämpfe, und er ist witzig.«

»Verlockend, aber ich bin ziemlich beschäftigt.«

»Aber ich habe doch noch gar nicht gesagt, wann er läuft!«

»Nein, aber wir sollten unsere Feeds nicht mit Klassikern der Filmgeschichte füllen. Stattdessen machen wir so viele unterschiedliche Dinge wie möglich.«

Ich zucke mit den Schultern. »Du verpasst etwas, er ist wirklich gut.«

»Wieso gehst du nicht mit deinem Bruder?«

»Er … er ist gestorben«, murmele ich.

»Er ist tot? O Izzy, tut mir leid, dass ich das gefragt habe.«

»Du konntest es ja nicht wissen. Er hatte ein Problem mit dem Herzen und ist im Schlaf gestorben.«

Lukes Blick wird sanfter, und er hört auf, Essen aus den Plastikbehältern umzufüllen. Er nimmt eine Falafel, dippt sie in den Hummus und reicht sie mir.

»Tut mir leid«, wiederholt er.

Ich zucke mit den Schultern und esse die Falafel. »Weißt du, noch ein paar, und ich würde mich wieder besser fühlen.«

Er zieht die Schüssel weg und lächelt. »Netter Versuch. Du kannst gleich richtig essen.« Dann langt er in den Rucksack und holt eine Lichterkette heraus.

»O nein«, stöhne ich. »Echt jetzt?«

Luke ist bereits dabei, die Kette zu entwirren.

»Alle lieben Lichterketten.«

»Ich auch – an Weihnachten. Aber hier ist das nur kitschig. Und es ist noch nicht einmal dunkel.«

»Mit Photoshop kann ich es dunkel aussehen lassen. Hältst du bitte mal das andere Ende?«

Er wickelt die Kette um den dicken Baumstamm und springt dann hoch, um ein Ende über einen langen, überhängenden Ast zu werfen. Anschließend schaltet er die Lichter ein und tritt einen Schritt zurück, um sein Werk zu bewundern.

»Wie findest du es?«, fragt er und ist, dem Lächeln in seinem Gesicht nach zu urteilen, höchst zufrieden mit seinem Werk.

Als Nächstes baut er ein Stativ auf. Das ist so total insta-mäßig!

»Ich weiß nicht, wie viel von der Lichterkette mit auf das Bild kommt, wenn wir uns hinsetzen«, gebe ich zu bedenken.

»Wer sagt denn, dass wir uns hinsetzen?«

Er schiebt die Kamera auf das Stativ und fummelt an der Einstellung herum.

»Wir posieren vor dem Baum?«, versuche ich herauszufinden, was er vorhat. In dem Park gehen Leute spazieren, und ich werde mich wie eine Idiotin fühlen, hier so zu stehen.

»Nicht ganz, aber zumindest *ich* werde stehen.«

»Also gut, du sagst mir besser, was du vorhast, oder ich esse alle Würstchen im Schlafrock.«

Ich lange drohend danach, aber er zieht meinen Arm zurück.

»Okay. Als ich erfuhr, dass heute Abend dieser Film gezeigt wird, kam mir eine Idee. Frauen lieben *Dirty Dancing,* na ja, abgesehen von dir.«

»Du willst also so tun, als hätten wir ein Picknick im Frei-lichtkino. Da wir sowieso bei allem lügen …«

»Wir tun nicht nur so; wir werden den Film sehen und machen Fotos von der Leinwand. Freunde von mir haben uns einen Platz frei gehalten.«

»Wie bitte? So habe ich mir das nicht vorgestellt.«

»Doch, genau so. Und warte, es wird noch besser.«

»Irgendwie habe ich da meine Zweifel.«

»Alle Besucher werden dieselben Dinge fotografieren, stimmt's? Die Leinwand, ihr Picknick.«

Ich zeige auf unseres. »So weit, so klischeehaft.«

»Genau, aber ich dachte, es könnte witzig sein, etwas aus deinem Lieblingsfilm nachzustellen.«

»Und was? Einen Degenkampf aus *Die Braut des Prinzen?*«

»Sehr lustig. Denk mal an deinen Insta-Feed – *Dirty Dancing* als einer deiner Lieblingsfilme würde dem voll entsprechen.«

»Jetzt lüge ich also in Bezug auf meine Beziehung *und* meinen Lieblingsfilm?«

»Ja«, bestätigt er nüchtern.

»Wenn du von ›nachstellen‹ sprichst, möchtest du, dass wir tanzen, hier, vor dem Baum.« Ich lasse den Blick durch den Park schweifen. Zum Glück führt gerade nur ein Mann seinen Hund Gassi.

»Nicht tanzen. Überleg mal, welche Szene aus dem Film hat den größten Kultstatus?«

»O nein.« Ich schüttle den Kopf, und mir wird mulmig. »Ich werde *nicht* diese Hebefigur nachstellen.«

»Aber stell es dir doch mal vor, es wird umwerfend! Ich stehe dort«, er zeigt auf die Stelle, »und du bist dann da oben, direkt vor der Lichterkette.« Er zeigt mir, welchen Bildausschnitt er mit der Kamera einfängt.

»Es würde wirklich gut aussehen«, stimme ich zu. »Es gibt nur ein klitzekleines Problem: Ich tue es nicht. Können wir

123

nicht einfach ein Picknick veranstalten wie normale Menschen?«

»Natürlich könnten wir das«, erwidert Luke verzweifelt. »Wir können all die Dinge tun, die normale Menschen machen, aber das ist nicht zielführend. Wir wollen uns unterscheiden! Um bemerkt zu werden. Damit Markenhersteller uns bezahlen.«

Ich presse die Lippen aufeinander. »Ich will mir aber nicht den Hals brechen.«

»Ich habe beim Mittagessen eine YouTube-Anleitung studiert, es scheint ganz einfach zu sein.«

»In dem Film schien es nicht einfach zu sein, deshalb mussten sie es ja im Wasser tun.«

Luke seufzt. »Komm schon, lass uns ein paarmal üben, bevor ich den Timer starte. Du musst aber deine Strickjacke ausziehen.«

Ich öffne die Jacke, und plötzlich macht es in meinem Kopf Klick. Deshalb wollte er, dass ich ein weißes, geknöpftes Shirt und eine Jeans anziehe – es ist eine Hommage an das Outfit, das Baby in dem Film trug. »Wenn ich das gewusst hätte, hätte ich mein Haar nicht geglättet – ich habe Naturlocken.«

»Das sagst du mir jetzt!«, jammert er. »Also gut, du hast nichts weiter zu tun, als auf mich zuzulaufen, und wenn du bei mir ankommst, hebe ich dich hoch. Dann spannst du deine Bauchmuskeln an, um dich in der Schwebe zu halten, und breitest die Arme aus.«

»Welche Bauchmuskeln? Bist du sicher, dass es ungefährlich ist?«

»Ja, klar, solange du mich nicht über den Haufen rennst oder meine Arme nachgeben«, sagt er. »Oder du mit dem Kopf voran zu Boden stürzt. Verlagere dein Gewicht nicht zu weit nach vorn.«

»Alles in allem also idiotensicher, ja? Hör zu, können wir nicht eine andere Szene aus dem Film nehmen? Du fährst mit den Fingern über meine Taille, und ich lache?«

»Nicht gerade der Blockbuster-Moment. Komm schon, wer nicht wagt, der nicht gewinnt.«

Wenn er sich einmal etwas in den Kopf gesetzt hat, ist er echt stur. Ich gehe rückwärts, bis er Stopp sagt. Um mich zu lockern, schlenkere ich mit den Armen, rolle den Kopf hin und her und wackele mit den Schultern.

»Du musst unbedingt durchlaufen und darfst nicht vorher anhalten.«

»Nicht anhalten«, murmele ich. »Hab verstanden.«

Ich schaue kurz über die Schulter, um mich zu vergewissern, dass niemand in der Nähe ist, und atme tief durch. Dann renne ich los, konzentriere mich darauf, genug Schwung aufzunehmen.

»Verdammte Scheiße, das hier ist nicht *Braveheart!*«, flucht er, als ich gegen ihn krache. »Und diese Miene – du siehst aus, als würdest du einen Schlachtruf ausstoßen. Komm schon, du bist gerade dabei, dich zu verlieben!«

Ich fluche leise vor mich hin und kehre zurück an meine Startlinie.

»Schau lüstern drein.«

Ich gucke so sexy wie möglich.

»Lüstern, nicht so, als hättest du Verstopfung!«, brüllt er.

Ich seufze laut. »Können wir nicht einfach im Stehen posieren?«

»Nein, wir bekommen das hin, garantiert.« Er schnappt sich die Fernbedienung seiner Kamera und drückt auf den Knopf.

»Okay.« Ich atme noch einmal tief durch; man könnte meinen, ich bereite mich auf die 100-Meter-Disziplin bei Olympia vor.

»Drei, zwei, eins, los!«, ruft Luke und hebt die Arme in Position.

Ich laufe mit aller Kraft auf ihn zu, spüre, dass seine Hände Kontakt mit meiner Hüfte aufnehmen, er mich hoch in die Luft hebt. Ich breite die Arme aus und glaube schon, dass wir es schaffen. Meine Beine sind nach hinten weggestreckt, und ich bin wild entschlossen, nicht kopfüber auf die knorrigen Baumwurzeln zu stürzen. Ich lächele von einem Ohr zum anderen. Wir haben es wirklich getan! In dem Moment fängt Luke an zu schwanken, und meine Beine, die ich so elegant angehoben habe, werden wie ein schwingendes Pendel von der Schwerkraft nach unten gezogen.

»Fuck!«, schreit Luke, als ich ihm in die Eier trete.

Ruckartig lässt er mich fallen. Ich lande stolpernd auf dem Boden und komme zum Stehen.

Er fasst sich in den Schritt und hüpft vor Schmerzen gekrümmt herum. Das ist absolut nicht zum Lachen, und ich versuche verzweifelt, nicht loszukichern.

»Tut mir leid, aber du hast mir nicht gesagt, wie ich landen soll.«

Er ignoriert mich und wechselt unablässig zwischen Fluchen und nach Luft Schnappen.

»Ich habe mich so angestrengt, nicht kopfüber zu stürzen, dass ich den Schwung meiner Beine nicht beachtet hab und …« Luke ist echt blass um die Nase. »Soll ich mal nachsehen?«

»Ich glaube, du hast genug Schaden angerichtet«, antwortet er, und ich kann den Schmerz aus seiner Stimme heraushören. »Ich möchte nicht, dass du jemals wieder in die Nähe meines Unterleibs kommst.« Er wendet sich von mir ab und geht ein Stück fort.

»Völlig in Ordnung.« Während er mir den Rücken zuwendet, stibitze ich ein Würstchen im Schlafrock.

»Das habe ich gesehen«, knurrt er, und seine Stimme klingt schon wieder viel normaler.

Schnell nehme ich noch eins und schiebe es mir in den Mund, schlage Kapital daraus, dass er gerade nicht in der Position ist, etwas dagegen zu unternehmen.

Er keucht leise und humpelt zur Kamera. An die habe ich gar nicht mehr gedacht.

Luke nimmt sie vom Stativ, und ich gehe zu ihm, um mir anzuschauen, was sie aufgenommen hat.

»Bin ich deinen Eiern jetzt zu nah, soll ich einen Schritt zurücktreten?«

Er giftet mich an, bevor er durch die Bilder scrollt. Sie zeigen, wie ich in Zeitlupe auf ihn zulaufe. Er muss die Kamera auf Burst-Modus eingestellt haben, sodass sie in jedem Sekundenbruchteil ein Foto eingefangen hat. Als wir an die Stelle mit der Hebefigur kommen, halte ich den Atem an.

»O mein Gott, wir haben es!«, rufe ich ungläubig. Es gibt ein Foto von mir, wie ich waagerecht in der Luft liege, bevor dann alles furchtbar schiefging. Ich mag nicht ganz waagerecht gewesen sein, aber mit den Bäumen im Hintergrund und dem Picknick davor ist es mehr als gut genug, um auch die anspruchsvollsten Betrachter zu beeindrucken.

»Mit ein bisschen Photoshop-Magie wird das ziemlich cool aussehen«, stellt Luke zufrieden fest.

»Was ist schon Kunst ohne Schmerz, nicht wahr?«

Luke schenkt mir einen Blick, der verdeutlicht, dass es noch zu früh ist, um Witze darüber zu machen.

Er scrollt weiter, und wir sehen den Ausdruck des Entsetzens auf unseren beiden Gesichtern, als es zu dem Sturz kommt. Luke stoppt die Fotos, den letzten Teil schenkt er sich offenbar lieber.

»Essen wir jetzt?«

Er schaut auf seine Armbanduhr. »Wir können ein bisschen essen, aber dann sollten wir zusammenpacken und uns bereit machen für den Film.«

»Ach ja, ich hatte ganz vergessen, dass wir uns den Film tatsächlich ansehen müssen.«

»Also bitte, wo bleibt deine Begeisterung? Meine Freunde halten uns die besten Plätze in der ersten Reihe frei.«

»Verdammter Mist, und ich hatte gedacht, ich könnte mich zwischendurch davonschleichen, ohne dass es jemand mitbekommt.«

»Das kannst du vermutlich trotzdem. Ich gehe davon aus, dass jede Menge Prosecco getrunken wird und viele Leute aufs Klo rennen.«

»Und für dich wäre das okay?«

»Klar, ich gehe vielleicht auch schon früher. Dann kann ich zu Hause die Fotos bearbeiten und sie fast zeitgleich posten, wenn der Film zu Ende ist. Damit schüren wir den Mythos, dass wir sie nicht mit Photoshop bearbeitet haben.«

Ich setze mich auf die Picknickdecke und mache mich über das Essen her. Als Luke sich neben mir niederlässt, zuckt er kurz zusammen, hat offenbar immer noch Schmerzen, und wir müssen beide lachen, wie albern das Ganze doch ist.

»Das ist mit Sicherheit ein denkwürdiges erstes Date«, sage ich.

»Eines, von dem man seinen Enkelkindern erzählt.«

»So weit werden wir nicht gehen«, ermahne ich ihn, damit er nur ja nicht vergisst, dass diese Sache dann schon sehr lange vorbei sein wird. »An welche Bildunterschrift hast du für das Foto gedacht? Lass mich raten: ›Meine Izzy gehört zu mir.‹«

Ich lache, weil nicht einmal Luke so vorhersehbar sein kann, aber plötzlich fällt mir auf, wie enttäuscht er aussieht.

»Was würdest du denn schreiben?«

»Keine Ahnung, wenn ich größere Brüste hätte, vielleicht: ›Sie hat zwei Wassermelonen getragen.‹«

»Und das ist nicht geschmacklos? Warst du nicht mal Texterin?«, erwidert er lachend.

»Ist ja schon gut. Der war echt nicht brillant.«

Die Sonne geht langsam unter, und ich sehe in der Ferne einen steten Strom Menschen in die Ruine gehen.

»Du hast dieses Picknick ziemlich gut organisiert. Sogar mit einer batteriebetriebenen Lichterkette – hast du das schon mal gemacht?«, frage ich.

Er zwinkert mir zu. »Habe ich. Das Geld dafür waren die am besten investierten 20 Pfund meines Lebens. Ich habe verdammt viel dafür bekommen – wenn du verstehst, was ich meine.«

Plötzlich fühle ich mich weniger schlecht, ihn in die Eier getreten zu haben, vielleicht war es karmische Vergeltung.

»Du denkst also, dass es so leicht ist mit Frauen? Ein paar Lichterketten, ein Picknick?«

Er steckt sich eine Olive in den Mund. »Der Schlüssel zu jeder Frau ist, ihr das Gefühl zu geben, etwas Besonderes zu sein. Ein kurzer Ausflug zum Supermarkt, alles in die Tupperware, eine Decke mitbringen und eine Lichterkette aufhängen. Das kostet nicht viel, aber das Ergebnis ist höchst erfreulich.«

Meine Nasenflügel flattern. Wusste ich doch, dass es einen Grund gibt, warum ich nicht auf diese romantischen Klischees stehe – sie werden zu oft missbraucht.

»Isst du nichts mehr?«, fragt er, und seine Hand schwebt über dem letzten Würstchen im Schlafrock. »Ich dachte, du bist am Verhungern?«

»Ich glaube, ich habe genug«, antworte ich und bin nicht sicher, ob ich damit nur das Essen meine.

»Cool, okay, dann lass uns zusammenpacken und zu Phase zwei dieses Abends übergehen.«

»Kann es kaum erwarten«, murmele ich und hoffe nur, dass die Zahl unserer Follower nach oben schnellt, damit es die Sache auch wert ist.

Kapitel 10

Es schüttet plötzlich wie aus Eimern, und der Himmel ist so düster, dass ich mich frage, was mit dem Sommer passiert ist.

»So ein Mist«, flucht Marissa und hakt sich bei mir ein, damit sie mehr Halt hat. »Meine Schuhe sind nicht zum Rennen gedacht.«

Ich schaue auf ihre Sandaletten und meine Flipflops. »Es ist doch nur ein bisschen Wasser«, versuche ich, sie zu trösten. »Wichtiger ist, dass wir heil ankommen.«

Wir sind zwar nur fünfzig Meter vom Einkaufszentrum entfernt, aber bei unserer Geschwindigkeit stellen wir vermutlich den Weltrekord an Langsamkeit über diese Distanz auf. Als wir endlich unser Ziel erreichen, sind wir von Kopf bis Fuß nass.

Ich binde mein nun sehr krauses Haar zu einem Pferdeschwanz und ziehe die Strickjacke an, die ich um die Taille gebunden hatte.

»Ich muss aussehen wie eine gebadete Maus«, stelle ich lachend fest.

»So schlimm ist es nicht, aber an deiner Stelle würde ich jetzt keine Selfies machen.«

»Zum Glück brummt mein Instagram nur so nach dem *Dirty-Dancing*-Date mit Luke.«

»Auf den Fotos wirkte es umwerfend.«

»Es war schon witzig, abgesehen davon, dass ich Luke ertragen musste.«

Marissa lacht. »Ich kann mir gar nicht vorstellen, dass er so furchtbar ist.«

»Doch, ist er. Aber es funktioniert. Ich hatte bereits über 7.000 Likes.«

»Heiliges Kanonenrohr. Bei Molly McMittens war ich froh über 700 Likes!«

»Arme Molly McMittens.«

»Sie muss dir nicht leidtun – weißt du eigentlich, dass ihre neue Besitzerin immer noch diesen Feed hat? Und sie bekommt doppelt so viele Likes wie ich. Ich habe dir ja gesagt, dass diese Katze Potenzial hat.«

»Du konntest sie nicht behalten, das weißt du doch. Denk an dein Gesicht.«

Marissa fasst sich instinktiv an die Wange. Damals war ihr Gesicht fast zur doppelten Größe angeschwollen. Anfangs wollte sie es nicht wahrhaben, schob es auf Heuschnupfen, aber der Apotheker wies sie ziemlich entschieden darauf hin, dass Heuschnupfen im Winter unüblich sei. Als er dann noch auf ihrem Mantel ein Katzenhaar entdeckte, kombinierte er wie Sherlock Holmes, dass Molly McMittens die Ursache sein musste.

Typisch für Marissa war, dass sie trotzdem noch ein paar Wochen lang weitermachte und hoffte, dass sich der Apotheker irrte. Aber schließlich konnte auch der beste Filter ihre verquollenen Augen nicht mehr kaschieren, und sie musste für Molly ein neues Zuhause suchen. Zum Glück hatte sie eine Kollegin, deren Tochter unbedingt eine Katze wollte, so gab es wenigstens ein Happy End.

»Ich weiß, mein Gesicht. Aber leider ist Bowser kein bisschen fotogen. Wenn Tim doch nur einverstanden wäre, noch einen Welpen zu holen!«

»Ein Hund ist etwas fürs Leben und nicht für Instagram«, belehre ich sie in ernstem Ton.

Wir arbeiten uns weiter vor ins Einkaufszentrum, als Marissa plötzlich auf etwas zeigt. »Sieh nur, da ist Becca. *Becca!*«, ruft sie und winkt.

Becca dreht sich um und wirkt unangenehm überrascht. Sie hält Händchen mit einem Mann, und mir wird sofort klar, warum sie so verlegen ist.

»Hi«, sagt sie und kommt zu uns. »Wie geht es euch?«

»Gut, danke«, antwortet Marissa und grinst Gareth an.

»Hallo.«

»Ach ja, richtig, das ist Gareth, Gareth, das sind Marissa und, ähm, Izzy.«

»Ah, hallo. Freut mich, euch kennenzulernen«, sagt er und reicht uns die Hand. »Ich dachte langsam schon, Bec hätte euch erfunden.«

Becca lacht nervös, und mir fällt auf, dass sie mir nicht in die Augen sehen kann.

»Wir wollten gerade irgendwo etwas trinken gehen. Habt ihr Lust, mitzukommen?«, fragt er.

Becca wirkt entsetzt, aber bevor ich mir eine Entschuldigung ausdenken kann, sagt Marissa bereits: »Sehr gern.« Erst dann sieht sie mich an und bemerkt zu spät meine Miene.

»Wir wollen nur auf die Schnelle etwas trinken«, versucht Becca, uns wieder auszuladen. »Wir müssen nämlich bald fort, weil wir einen Tisch reserviert haben.«

»Aber wir haben doch noch Zeit«, wendet Gareth ein. »Und wir müssen ja nicht auf die Minute pünktlich sein. Ich möchte von deinen Freundinnen alles über dich erfahren.«

Er beugt sich vor und küsst Becca auf die Stirn. Mir bleibt fast die Luft weg.

»Kommt«, sagt er dann und geht vor.

Marissa hakt sich wieder bei mir ein, dieses Mal, um *mir* Halt zu geben, und wir folgen Gareth und Becca.

»Geht es?«, flüstert Marissa mir unterwegs zu. »Ich habe nicht nachgedacht. Ich war so aufgeregt, ihn zu sehen und –«

»Schon okay. Irgendwann muss ich ihn schließlich kennenlernen.« Ich wünschte nur, ich wäre darauf vorbereitet worden.

Wir betreten den Pub, und Marissa eilt sofort in Richtung Toilette.

»Kannst du mir ein Glas Mineralwasser bestellen?«, bittet sie mich im Weggehen noch schnell.

»Ich hole die Getränke, und ihr Damen sucht uns einen Tisch. Was wollt ihr haben?«

»Ich nehme eine Coke«, antworte ich.

»Eine Coke, okay, bist du sicher?«

»Ja, ich muss morgen früh raus. Marissa möchte ein Mineralwasser.«

»Das wird ja eine preiswerte Runde. Und du, Bec?«

»Ich nehme ein Glas Malbec, danke.«

Becca und ich finden einen freien Tisch in der Nähe des Fensters und setzen uns.

»Er scheint nett zu sein«, sage ich.

Ich beobachte ihn an der Bar beim Bestellen, wie er höflich gestikuliert und lächelt. Obwohl wir Wochenende haben, ist er gekleidet wie in seinem Job als Steuerberater. Er trägt eine ordentliche Jeans mit passendem V-Ausschnitt-Pullover. Er wirkt lieb, vertrauenswürdig und gefestigt, vermutlich genau das, was Becca braucht.

»Er ist ... wirklich nett. Ich war nur nicht darauf vorbereitet, dass ihr ihn jetzt schon kennenlernt.«

»Irgendwann mussten wir ihm begegnen.«

»Natürlich«, sagt sie, und es ist kaum mehr als ein Flüstern. Dann beugt sie sich über den Tisch näher zu mir und späht kurz über die Schulter in Richtung Gareth. »Ich hatte nur nicht damit gerechnet, dass es jetzt passiert – und er weiß nicht alles.«

»Wie meinst du das?«

Sie wirkt verlegen. »Ich habe ihm nur erzählt, dass ich eine feste Beziehung hatte und wir zusammengelebt haben. Mehr nicht.«

»Er weiß nicht, was mit Ben passiert ist?«, frage ich überrascht.

Sie schließt die Augen für einen Moment und sieht mich dann an. »Nein. Irgendwie habe ich die Gelegenheit verpasst. Zu erwähnen, dass dein Verlobter gestorben ist, kommt beim ersten Date nicht so gut. Das hatte ich schließlich zuvor bei diesem Typen von Tinder ausprobiert, erinnerst du dich?«

Ich nicke. Ich weiß noch, wie ich eine weinende Becca in den Armen hielt, weil der Typ sie nicht wiedersehen wollte – sie trage »zu viel emotionalen Ballast« mit sich rum.

Aber obwohl ich nachvollziehen kann, dass sie es Gareth nicht gleich am Anfang erzählt hat, war ich doch davon ausgegangen, dass sie mittlerweile darüber geredet hätten.

»Und in der ganzen Zeit, seit du dich mit ihm triffst, gab es keine gute Gelegenheit, das anzusprechen?«

Sie schüttelt den Kopf.

»Ich habe es mir oft vorgenommen, aber ich konnte es einfach nicht. Das Verrückte daran ist, ich bin mir sicher, dass er gut damit umgehen kann. Aber das macht es für mich nicht leichter. Die meisten Leute haben einen Ex, weil sie sich so entschieden haben oder weil etwas schiefging, aber Ben und ich, na ja, du weißt ...«

»Ihr beide wart füreinander bestimmt«, antworte ich mit einem Kloß im Hals.

»Wenn ich bei Gareth übernachte, wache ich oft panisch auf und überprüfe, ob er noch atmet. Und dann bin ich hellwach und sehe ihm beim Schlafen zu.«

»Ach, Becca«, sage ich und leide mit ihr. Wie schrecklich muss es gewesen sein, aufzuwachen und Ben tot neben sich zu finden. Ich ergreife über den Tisch hinweg ihre Hand, drücke sie kurz.

»Vermutlich ist das umso mehr ein Grund, warum ich es ihm erzählen sollte. Ich habe Angst, dass er irgendwann nachts aufwacht und entdeckt, wie ich ihn beobachte. Er muss mich doch für verrückt halten.«

Ich lächle, schaue dann hoch und sehe Gareth mit den Getränken zu unserem Tisch kommen. Mit einem subtilen Hüsteln warne ich Becca. Sie tupft ihre Augen ab und setzt ein Lächeln auf.

»Bitte sehr«, sagt er und schiebt uns unsere Getränke zu.

»Danke«, antworte ich und versuche, mich daran zu gewöhnen, dass er so dicht bei Becca sitzt. »Du bist also Steuerberater?«

»Als Buße für meine Sünden«, antwortet er lachend, und es klingt ein bisschen unsicher.

»Und, gefällt dir die Arbeit?«

»Ja. Es ist tatsächlich viel interessanter, als die Leute denken. Erstaunlich, womit manche meiner Klienten glauben, durchzukommen.«

»Kann ich mir vorstellen. Ich arbeite bei einer Versicherung, und einige der eingereichten Schadensfälle sind geradezu lachhaft. An Weihnachten schickt die Abteilung für Schadensregulierung an alle eine Art Hitliste.«

Wieder dieses Lachen.

»Es muss toll für euch beide sein, zusammenzuwohnen – zwei alte Schulfreundinnen.«

»Hmm«, murmele ich, und mir wird klar, wie seltsam es ist, dass er nichts von Ben weiß. Ben war der Grund für die Freundschaft zwischen Becca und mir. So habe ich sie kennengelernt, obwohl sie zwei Klassen über mir in meiner Schule war, und durch ihn wohne ich auch mit ihr zusammen. Das

Haus, in dem sie mit Ben gelebt hat, barg zu viele Erinnerungen, also verkaufte sie es, und wir mieteten gemeinsam eine Wohnung. Damals dachte ich, ich müsse für sie da sein, aber rückblickend wird mir klar, dass ich es genauso brauchte, um mit ihr gemeinsam trauern zu können.

»Wie war Becca denn in der Schule?«, fragt er.

»Wir müssen darüber nicht reden«, wirft sie verlegen ein.

»Ähm, sie war so wie jetzt auch«, antworte ich. »Sie war immer schon hübsch, und alle Jungs waren hinter ihr her.« Aber nur einer gewann ihr Herz. »Bei der Schulaufführung hatte sie wegen ihrer Stimme immer die Hauptrolle. Hat sie schon für dich gesungen?«

»Izzy!« Becca wirft mir einen entsetzten Blick zu.

»Sie hat eine tolle Stimme und singt viel zu selten.«

Im Grunde singt Becca seit Bens Tod nicht mehr. Wir haben alle unsere Methoden, damit umzugehen: meine ist Instagram, meine Mum backt, und Becca hat mit dem Singen aufgehört, weil Ben ihr größter Fan war.

Gareth wendet sich ihr lächelnd zu. »Ich freue mich schon darauf, das zu hören.« Er küsst sie auf den Scheitel, und mein Herz brennt vor Kummer. Weil meine Hände zittern, setze ich mich darauf. Mir war nicht klar gewesen, was es bei mir auslösen würde, Becca mit einem anderen Mann zu sehen. Natürlich wusste ich, dass es sich komisch anfühlen würde, aber ich war nicht darauf vorbereitet, wie traurig es mich machen würde.

»Also, was habt ihr heute gemacht?«, fragt Gareth.

Becca zuliebe reiße ich mich zusammen und setze eine fröhliche Miene auf. »Marissa und ich waren im Kino und haben uns den neuen Marvel-Film angesehen. Danach haben wir in der Stadt noch einen Tee getrunken.«

»Wie war denn der Film?«

»Ganz okay, aber ich stehe nicht so sehr darauf wie Marissa.«

»Ich auch nicht. Kann mich gar nicht mehr erinnern, wann ich das letzte Mal im Kino gewesen bin. Es läuft irgendwie nie etwas, was mich interessiert.«

»Ich war auch ewig nicht mehr«, schließt sich Becca an.

»Nächsten Monat gehe ich in das Kino in Newbury und sehe mir *Die Braut des Prinzen* an. Dort laufen momentan Filme aus den Achtzigern und Neunzigern.«

»Ist das der mit den Degenkämpfen?«, fragt Gareth.

»Japp«, antwortet Becca.

»Der war nicht mein Ding. Fand ich alles ein bisschen übertrieben.«

»Er ist nicht jedermanns Sache«, stimme ich zu, »aber ich liebe ihn.«

Und Ben liebte ihn auch. Ich erwarte ja nicht, dass Becca mit einer Kopie von ihm zusammen ist, aber es erstaunt mich doch, wie unterschiedlich die beiden Männer sind.

»Also, was habe ich verpasst?«, fragt Marissa, als sie an unseren Tisch tritt, und zieht sich den Stuhl neben mir heraus. »Bestimmt habt ihr die üblichen Dinge abgeklärt: Job, Hobbys et cetera«, fährt sie fort und wedelt mit der Hand. »Deshalb lasst uns jetzt zum Eingemachten übergehen. Was sind deine Absichten bei Becca?«

»Marissa!« Becca japst entsetzt.

Gareth stammelt herum, aber bevor er etwas Verständliches über die Lippen bringt, hat Becca ihr Glas in einem Zug geleert. »Denkst du nicht, wir müssen los?«, fragt sie ihn eindringlich. »Wir haben für sieben einen Tisch reserviert, und es ist schon Viertel vor.«

»Wir brauchen doch keine fünfzehn Minuten«, erwidert er lachend. »Meine Absichten? Nun, das hängt von Becca ab. Ich

hoffe, dass sie nächstes Jahr um diese Zeit mit mir zusammen-
wohnt.«

Ich stoße mein Glas um, und die Coke verteilt sich auf dem
Tisch. Eigentlich wollte ich das Glas in die Hand nehmen,
habe mich bei Gareths Ankündigung aber derart erschreckt,
dass ich für einen Moment die Kontrolle über meine Finger
verlor. Becca starrt ihn an und merkt nicht, dass sich die Coke-
Pfütze bedrohlich in ihre Richtung ausbreitet.

»Tut … mir leid«, stammele ich, »hast du etwas abbekommen?« Ich ziehe ein paar Servietten aus dem Spender und fange an, die Coke aufzusaugen.

»Nein, keine Sorge«, versichert Becca. »Doch wir sollten das
als Zeichen nehmen, zu gehen«, wiederholt sie.

»Also gut«, stimmt Gareth zu und trinkt seinen Wein aus.
»Aber ich würde das hier gern wiederholen, damit ich euch
besser kennenlerne. War mir ein Vergnügen, Ladys.«

»Ebenso«, erwidere ich lächelnd und wische die letzten Res-
te Coke auf.

Becca winkt mir im Weggehen kurz über die Schulter zu.

»Sie hauen einfach ab, und ich bin gerade erst zu euch gekommen«, beschwert sich Marissa. »Ich konnte ja kaum Fragen stellen.«

»Nimm das nicht persönlich. Ich glaube, Becca wollte ihn so
schnell wie möglich von dir fortschaffen.«

»Wie sollte ich das nicht persönlich nehmen?«

»Sie hatte keine Gelegenheit, dich einzuweihen. Sie hat ihm
noch nichts von Ben erzählt.«

»Was?«, entfährt es Marissa, und sie reißt den Mund so weit
auf, dass ihr Kinn beinahe die Tischplatte berührt. »Nicht ein
Wort?«

»Sie hat ihm erzählt, dass sie mit ihm zusammengewohnt
hat, aber nicht, dass er gestorben ist.«

»Heilige Scheiße. Dann weiß er also auch nicht, dass du seine Schwester bist?«

Ich nicke, spüre das stechende Gefühl aufsteigender Tränen und zwinge mich, nicht zu weinen.

»Er hält uns für alte Schulfreundinnen.«

»Ist ja nicht völlig falsch. Ihr kanntet euch schon zu Schulzeiten.«

»Ja, aber nur, weil sie mit Ben zusammen war. Es fühlt sich komisch an, die Vergangenheit umzuschreiben.«

»Sie wird es ihm bestimmt bald sagen.«

»Mit Sicherheit. Trotzdem war es ein Schock, dass sie es noch nicht getan hat. Ben war ein wichtiger Teil ihres Lebens.«

Ich spähe hinüber zur Bar und wünschte, ich hätte etwas Stärkeres als Coke bestellt.

»Wie ist er denn so?«, fragt Marissa.

»Er scheint … wirklich nett zu sein.«

»Aber …?«

»Woher weißt du, dass es ein Aber gibt?«

»Weil du diesen Ausdruck im Gesicht hast.«

Ich hole tief Luft. »Er ist nicht wie Ben. Ich weiß, dass das albern klingt, denn dann wäre es für mich vermutlich noch schwieriger. Aber er ist kein bisschen wie er. Er kann sich nicht einmal für *Die Braut des Prinzen* begeistern.«

»Izzy, ich sage dir das nur ungern, aber den meisten Menschen geht es so. Einschließlich mir.«

Ich lächle zaghaft.

»Becca mag ihn wirklich«, fährt sie fort. »Und wenn du ihn erst einmal richtig kennst …«

»Ja, ich weiß. Ich kann mir nur nicht vorstellen, dass wir so wie früher alle zusammen abhängen. Und vermutlich ist mir jetzt erst klar geworden, dass das für immer vorbei ist.«

Eine Träne kullert mir über die Wange, und ich wische sie weg.

»Es ist in Ordnung, dass du dich damit schwertust.«

»Aber ich habe das Gefühl, eine schreckliche Freundin zu sein.«

»Bist du nicht, das ist nur die Trauer. Die ist ein Miststück und unberechenbar.«

Ich blinzele ein paar Mal, um weitere Tränen zurückzuhalten.

»Können wir das Thema wechseln?«, frage ich.

»Wenn du möchtest.«

Ich nicke.

»Wie viele neue Instagram-Likes hast du, seit du das letzte Mal nachgeschaut hast?«

Ich zücke mein Handy und sehe, dass weitere hundert dazugekommen sind. Ich zeige Marissa das Display.

»Heiliger Strohsack – was für eine Zahl!«

Ich lächle und fühle mich ein klitzekleines bisschen besser. Wenn ich an die vergangenen Jahre zurückdenke, weiß ich nicht, wie ich das ohne Instagram überstanden hätte. Wenn ich doch in dieser virtuellen Welt leben könnte und nicht darüber nachdenken müsste, was in der Realität passiert! Dann wäre mein Leben perfekt.

Kapitel 11

Montagmorgen. Die Arbeitswoche beginnt, und ich bin trotzdem gut drauf, denn die Reaktion auf den *Dirty Dancing*-Post ist phänomenal – ich habe schon mehr als 8500 Likes bekommen. Achteinhalbtausend! Das entspricht einer 50-prozentigen Engagement Rate meiner Follower, geradezu erstaunlich im Land der Kennzahlen.

Ich hatte noch nicht einmal Zeit, über die Begegnung mit Gareth nachzudenken, weil ich so damit beschäftigt war, auf Kommentare zu antworten und die steigenden Zahlen zu überwachen.

»Hier ist Ihr Kaffee, Mrs Harris.« Ich reiche ihr eine dampfende Tasse von dem Tablett in meiner Hand, bevor ich Colin eine gebe, der mir zum Dank zunickt (er spricht nach wie vor nicht), und Cleo, die sich ebenfalls bei mir bedankt und sofort weiterarbeitet.

»Wie war das Wochenende?«, fragt Mrs Harris. »Du wirkst so anders.«

»Ich habe mehr Instagram-Follower«, verkünde ich und kann nicht verhindern, von einem Ohr zum anderen zu grinsen.

»Deshalb ist dein Gang so federnd? Du musst aufpassen, Izzy. Sie nennen es nicht grundlos ›spinstergram‹.«

»Spinster? Wieso? Das hat doch nichts mit alten Jungfern zu tun. Außerdem nennt es niemand so.«

»Das sollten sie aber, wenn du mehr Zeit damit verbringst als mit realen Männern. Es ist wie diese Kinder-App.«

»Tinder«, korrigiere ich sie. »Kinder sind die mit den Überraschungseiern.«

»Mit euch Jungvolk stimmt aber auch gar nichts. Erst recht nicht, wenn es ums Essen geht. Gestern habe ich im Supermarkt Schokoladenpizza gesehen!«

»Sie können uns nicht ›Jungvolk‹ nennen, weil Sie doch selbst noch gar nicht so alt sind.«

Sie lächelt, und für einen Moment glaube ich, dass sie das Kompliment tatsächlich annimmt.

»Ich bin alt genug, um deine Großmutter zu sein. Und einige meiner Freundinnen sind schon Oma«, erwidert sie jedoch.

»Theoretisch bin ich mit einunddreißig auch schon alt genug, um Großmutter zu sein – wenn ich zu Beginn meiner Teenagerzeit meine Nase weniger in Bücher gesteckt und mich mehr um Jungs gekümmert hätte.«

Mrs Harris gibt ein spöttisches Geräusch von sich und wendet sich wieder ihrer Arbeit zu.

Ich schlürfe meinen Kaffee und versuche, mich auf den Bildschirm zu konzentrieren. Heute habe ich bereits erstaunlich viel geschafft; kaum zu glauben, wie effizient ich bin, wenn ich eigentlich nichts lieber tun würde, als allen Leuten mein Handy vor die Nase zu halten und zu rufen: »Schau, wie berühmt ich bin!«

Auf Link poppt eine Nachricht von Luke auf.

Luke Taylor: Hast du gesehen? Ich hatte mehr als 9.000 Likes für mein Foto!! 48 % Reichweite!!!

Ich schreibe sofort zurück.

Izzy Brown: Ich habe 8500 ☺ Deine Idee, Fotos auf beiden Accounts zu posten, hat voll funktioniert. So viel Engagement werden wir nicht immer haben, aber trotzdem ☺

Luke Taylor: Ich weiß. Jetzt müssen die Brands uns bemerken. Treffen in der Mittagspause? Dann können wir eine Strategie planen.

Izzy Brown: Übernehmen wir als Nächstes Westeros?

Luke Taylor: WTF???

Izzy Brown: Game of Thrones? Ach, egal.

Luke Taylor: Kurzer Tipp – Männer in Strumpfhosen = geht für mich gar nicht.

Izzy Brown: Bin nicht sicher, ob die Strumpfhosen tragen …

Luke Taylor: Es kommen Drachen darin vor. Also bleibt es bei Nein. Mittagessen?

Izzy Brown: Ich habe Sandwiches dabei. Sollen wir im Park essen?

Luke Taylor: Prima. Dann bis um 1, üblicher Ort.

Jetzt haben wir schon einen üblichen Treffpunkt. Als wären wir wirklich zusammen.

»Du lächelst, obwohl du gar nicht auf dein Handy geschaut hast«, stellt Mrs Harris fest, und ich versuche, einen neutralen Gesichtsausdruck aufzusetzen. Sie soll bloß nicht denken, ich sei glücklich, weil ich Luke zum Mittagessen treffe. »Hast du eine lustige E-Mail von der Schadensabteilung bekommen? Will wieder jemand Schadenersatz für durch einen Staubsauger verursachte Verletzungen?«

»Bitte erwähnen Sie das nicht«, erwidere ich und schüttle mich. »Jedes Mal, wenn die Reinigungskräfte mit einem Staubsauger ins Büro kommen, zucke ich zusammen – was diese armen aufgemalten Augen alles sehen müssen!«

»Was ist es dann? Sag nicht, du würdest dir ein Beispiel an Cleo nehmen und etwas mit Kollegen anfangen?«

»Hey!«, ruft Cleo.

»Nur fürs Protokoll: Ich bin mit niemandem zusammen«, stelle ich klar. »Und wenn, dann würde es keinen etwas angehen.«

»Genau«, stimmt Cleo zu. »Wir arbeiten in einem großen Büro. Ist ja nicht so, als hätte ich etwas mit Colin.«

Der arme Colin läuft feuerrot an.

»Zum Glück hast du das nicht«, sagt Mrs Harris. »Du dürftest ihn nicht zu nah an deine Brötchen lassen.«

Das ist zu viel für Colin. Er schnappt sich einen Ordner und marschiert quer durch das Büro davon.

»Worum geht es dann, kleine Izzy? Du bewirbst dich doch nicht etwa in einer anderen Abteilung, oder?«

Mrs Harris mag keine Veränderungen. Sie bekäme einen Herzinfarkt, wenn sie wüsste, dass ich auf der Stelle kündige, sobald ich eine gut verdienende Influencerin bin. Ich sollte sie öfter daran erinnern, dass ich diesen Job hier nur vorübergehend mache, selbst wenn wir noch so viel Spaß haben, während wir eigentlich arbeiten sollen.

»Ist es dieser Jason aus dem Risikomanagement? Versucht er, dich abzuwerben? Möglicherweise macht er es nur, um an mich heranzukommen.«

»Danke für das Vertrauen in meine professionellen Fähigkeiten! Aber nein, niemand versucht, mich abzuwerben. Ein Typ aus dem Vertrieb hilft mir bei meinem Instagram-Zeug. Er ist nur ein Freund.«

»Genau das stimmt nicht mit euch jungen Leuten. Ihr seid alle nur ›Freunde‹. Lasst mich euch einen Rat geben: Wenn ihr erst ein bestimmtes Alter erreicht habt und die Schwerkraft zuschlägt, wird es nicht mehr viele Freunde geben, die bereit sind, euch gewisse Vorzüge zu gewähren.«

»Danke für Ihre weisen Worte, Mrs H.«

»Gern geschehen.« Sie lächelt mich an.

Ich stecke meine Ohrhörer ein und mache mich wieder an die Arbeit.

Um eins bin ich als Erste aus dem Gebäude raus. Während ich warte, bastele ich rasch eine Instagram-Story zum Posten: ein Bild meiner Armbanduhr, umgeben von explodierenden Konfettibomben. Darunter schreibe ich:

Lunchtime!

»Hey, du bist pünktlich.« Luke steht plötzlich vor mir, und ich stecke mein Handy weg.

»Manchmal schaffe ich das.«

Wir gehen auf den Park zu, in dem wir die *Dirty Dancing*-Fotos geschossen haben.

»Und, wie war dein Wochenende?«, frage ich.

»Ziemlich gut.«

»Was hast du gemacht?«

»Herumgehangen und so.«

»Wow, danke, jetzt bin ich um vieles klüger.« Ich verdrehe gespielt genervt die Augen. »Mit wem hast du denn herumgehangen?«

»Mit Leuten.«

»Davon gehe ich aus. Kumpel? Dates?« Fragend hebe ich die Schultern und hoffe auf Einzelheiten.

»Du hörst dich an wie eine echte Freundin. Samstag war ich mit meinen Kumpels Tom und Jack zusammen, wir haben in einem Pub Fußball geguckt, sind dann zu Tom und haben den Boxkampf Samstagnacht im Fernsehen verfolgt. Am Sonntag habe ich mich mit Computerspielen amüsiert und bin zum Brunch mit Freunden. Zufrieden?«

»Einigermaßen. ›Brunch mit Freunden‹ ist ziemlich vage …«

»Aber es war genau das, was ich gesagt habe.« Er verstummt, und ich werde wohl nicht mehr aus ihm herausbekommen.

»Möchtest du nicht wissen, was ich gemacht habe?«, frage ich.

»Wann?«

»Am Wochenende.«

Er seufzt.

»Weißt du, der Vorteil an einer Fake-Beziehung besteht darin, dass man keinen Small Talk führen muss. Oder über die Freunde des Partners sprechen muss, die einen überhaupt nicht interessieren.«

»Jede Wette, dass es den Instagram-Luke interessieren würde.«

»Und genau deshalb ist er nur eine Fantasie«, sagt er.

Wir gehen ein Stück schweigend, bis ich es schließlich nicht mehr aushalte.

»Ich war im Kino, und dann haben wir zufällig meine Freundin mit ihrem neuen Freund Gareth getroffen. Er ist Steuerberater.«

»Du hattest recht, ich hätte echt etwas verpasst, wenn ich das nicht erfahren hätte«, knurrt er sarkastisch.

Natürlich versteht er nicht die unterschwellige Bedeutungsebene dessen, was ich gesagt habe, aber er will es auch nicht erfahren. Er interessiert sich ausschließlich für sich selbst. Während wir durch das Tor in den Park gehen, verpasse ich ihm einen kleinen Stoß, und er lächelt mich an.

»Lass uns zum geschäftlichen Teil kommen«, schlage ich vor, setze mich auf eine freie Bank und hole ein Notepad heraus. Es bringt nichts, noch mehr Zeit von meiner Mittagspause mit Small Talk zu vergeuden.

»Ich habe ein paar Ideen für Verabredungen«, sagt er, setzt sich neben mich und öffnet in seinem Handy eine Liste.

»Verrätst du sie mir?«, frage ich und denke an seine große Überraschung beim letzten Mal.

»Es spricht nichts dagegen.«

»Habe ich ein Vetorecht?«

»Das wirst du nicht brauchen.«

»Ehrlich? Nun, solange es bei keiner Idee erforderlich ist, dass ich Badesachen oder nur Unterwäsche trage …«

Er zieht ein langes Gesicht. »Damit wäre der Ausflug ins Freibad wohl gestrichen?«

»Japp. Als ich das letzte Mal im Bikini auf Instagram war, habe ich zu viele gruselige Nachrichten bekommen.«

»Echt schade. Ich bekomme für meine Fotos mit nacktem Oberkörper immer begeisterte Kommentare«, erwidert er grinsend.

»Das Nächste?«

»Rudern bei der Henley-Royal-Regatta«, antwortet er und scrollt auf seiner Liste weiter nach unten.

»Veto.«

»Warum?«

»Zu *Bridget-Jones*-mäßig und klischeehaft.«

»Aber Frauen lieben romantische Klischees.«

»Nicht alle Frauen. Sollten wir nicht auch etwas anderes machen, als nur Liebesfilme nachzuspielen?«

»Okay«, stimmt er zu und fährt mit dem Finger auf dem Display hinauf und hinunter.

»Hast du noch etwas?«

»Nicht wirklich.«

Ich schüttele den Kopf über seinen Mangel an Vorstellungs-kraft.

»Wieso halten wir es nicht ganz schlicht – und gehen in ein Restaurant«, schlage ich vor. »Vielleicht stauben wir ein Gra-tisessen ab.«

»Gefällt mir. Es gibt einen schicken neuen Italiener, der möglicherweise dazu bereit wäre. Hey, wir könnten dieses Ding mit Spaghetti machen, wie in –«

»*Susi und Strolch?* Als ich das letzte Mal hingesehen habe, war das noch ein Film. Was hältst du von einer Weinprobe auf dem Weingut in Twyford?«

»Gefällt mir. Das würde mit Sicherheit ein gutes Date abge-ben. Ein bisschen mondän. Ein bisschen feuchtfröhlich.«

Er tippt es in sein Handy ein, und ich bin nicht sicher, ob es für uns oder für sein Dating-Repertoire im echten Leben ist.

»Also Abendessen und Weinprobe.« Er nickt. »Was ist mit Kletterpark?«

»Wo man in Gurten hängt, die einem die Unterhose in den Hintern ziehen, und mit Helmen, die cinem die Haare platt drücken?«

»Stimmt, ich kann meinen Großen natürlich nicht platt-machen«, sagt er und tätschelt seine Tolle. »Aber wir sollten wirklich etwas Sportliches einbauen. Bist du sicher, dass Ru-dern nicht geht? Das ist der kultigste Moment in *Bridget Jones,* oder? Schließlich verlange ich nicht von dir, ein Bunny-Kos-tüm anzuziehen.«

»Jede Wette, dass das auf deiner ursprünglichen Liste stand.«

Er schürzt die Lippen und muss sich offenbar das Lachen verkneifen. »Möglicherweise, aber es erleidet wohl das gleiche Schicksal wie der Bikini.«

»Und ob! Ich fasse es nicht, dass du Bridget Jones in- und auswendig kennst!«

»Du magst vielleicht keine Frauenfilme, aber ich schon.«

»Kaufe ich dir nicht ab«, erwidere ich, hole mein Sandwich aus der Tasche und beiße hinein.

»Also schön. Ich hole mir da meine Ideen für Dates«, gibt er schulterzuckend zu.

»Weißt du, Frauen würde es auch gefallen, wenn du Dinge tust, die aus deinem Herzen kommen – Dinge, die sie wirklich lieben, und nicht solche, von denen Hollywood meint, dass sie sie lieben müssten.«

Er sieht mich an, als hätte ich ihm soeben große Weisheit gepredigt.

»Wie wäre das?«, frage ich. Möglicherweise kann ich ihn ja bekehren.

»Nein, ich werde das kopieren, was wir bei unseren Dates machen. Wenn ich mich mit dir so angestrengt habe, kann ich ja wohl ein bisschen davon profitieren. Jede Wette, dass ich sofort ein Date habe, wenn die Sache mit uns vorbei ist.«

»Wieso lädst du die potenziellen Kandidatinnen nicht zu unseren Treffen ein? Sie könnten die Fotos machen«, scherze ich.

»Super Idee«, sagt er nachdenklich.

Ich schließe die Augen und atme tief durch.

»Können wir wieder zu unserem Plan zurückkehren?«

»Na schön.« Ich seufze. Das hat es ihm offenbar angetan.

»Gut, ich verlinke unsere Google-Kalender, und dann erstellen wir einen Timetable.«

»Ich habe keinen Google-Kalender«, sage ich.

»Okay, was verwendest du stattdessen?«

Ich ziehe meinen treuen Papier-Terminplaner aus der Tasche.

»Das kann nicht dein Ernst sein.« Er stöhnt. »Du bist viel zu oldschool, als es gut für dich ist. Weißt du nicht mehr, in welche Schwierigkeiten uns deine Armbanduhr gebracht hat?«

»Ich hatte noch nicht viele Zwischenfälle mit meinem Terminplaner.«

Misstrauisch beäugt er ihn – vermutlich nur für den Fall.

»Ich richte dir einen Google-Kalender ein und schicke dir den Link. Idealerweise sollten wir diese Woche etwas unternehmen.«

»Ich kann jeden Abend außer Samstag. Dann sehe ich mir *Die Braut des Prinzen* an – du bist immer noch herzlich eingeladen, mich zu begleiten, ich gehe ansonsten allein hin.«

»Warum wohl«, murmelt er. »Ich wünschte, ich könnte, bin aber leider beschäftigt.«

»Durch den gemeinsamen Kalender werde ich sofort wissen, ob du lügst.«

Er lacht. »Keine Strumpfhosen, erinnere dich. Wie wäre es mit morgen Abend nach der Arbeit? Lass uns zusammen essen gehen, dann können wir das Eisen schmieden, solange es heiß ist. Ich denke, wir sollten ein- bis zweimal in der Woche etwas posten, damit es glaubwürdig wirkt, und wenn es dann ernster wird, erhöhen wir die Rate.«

Ich muss alarmiert aussehen, denn er sagt: »Jetzt guck nicht so entsetzt, wir können in einer Sitzung mehrere Dates simulieren, indem wir uns zwischendurch umziehen. Du musst nicht dreimal wöchentlich mit mir ausgehen.«

Ich versuche, nicht zu laut erleichtert zu seufzen.

»Nächstes Wochenende bin ich beschäftigt«, sagt er und scrollt durch sein Handy. »Wie wäre es Sonntag in einer Woche mit der Henley-Regatta? Hast du Zeit?«

»Japp.« Ich schreibe es auf.

»Das wäre geklärt. Und bis dahin vergiss nicht, die Kommentare zu beantworten. Brands lieben das.«

»Ich weiß«, versichere ich und denke an Small Bubbles. »Ich werde mich ranhalten. Gar nicht so einfach, wenn es so viele sind.«

»Denk nur mal, wie es wird, wenn wir noch bekannter sind.«

Er reißt die Augen auf, und ich glaube, sein Kopf schwillt an.

Natürlich möchte ich Influencerin werden, um mein Leben zu verändern und Ben stolz zu machen, aber ich habe den Eindruck, bei Luke dreht sich alles nur um Ruhm.

Vermutlich ist es jedoch egal, warum wir beide das hier tun, Hauptsache, es funktioniert und wir erreichen unser Ziel.

Kapitel 12

Ich komme so früh bei der Vorstellung von *Die Braut des Prinzen* an, dass die Werbung vor dem Film noch läuft. Wenn ich doch nur jemanden gefunden hätte, der mich begleitet, denn jetzt, wo ich allein hier sitze, muss ich die ganze Zeit daran denken, wie sehr Ben sich auf den Film gefreut hätte. Ich vermisse ihn.

Ich hole mein Handy aus der Tasche, um es auf stumm zu schalten, und sehe, dass ich eine Whatsapp-Nachricht von Luke habe.

> **Luke:** Schau, ob du jemanden findest, mit dem du dich zusammen fotografierst. Das Bild können wir verwenden.

Ich rümpfe die Nase, da dieser Plan meiner Meinung nach einen Riesenfehler aufweist.

> **Ich:** Die Leute werden doch merken, dass das auf dem Foto nicht du bist.

> **Luke:** Forme mit deinen Händen zusammen mit denen von jemand anderem ein Herz. Vor einem dunklen Hintergrund merkt das niemand. Achte nur darauf, dass es große Hände sind, okay? Ich habe einen gewissen Ruf zu wahren.

Ich schicke ihm ein die Augen verdrehendes Emoji.

Zitierst du wenigstens gerade *Grease 2*?

Luke: Habe ich nie gesehen.

Ich: Komm schon … Hast du denn keinen einzigen Klassiker gesehen?

Luke: Dirty Dancing.

Ich: Ich schalte jetzt mein Handy aus …

Luke: Vergiss nicht, das Foto zu machen.

Ich: Ja, Luke mit den GROßEN Händen, hab's kapiert.

Ich checke die hereinkommenden Leute tatsächlich nach der Größe ihrer Hände ab.

Luke: Gut, wir heben es uns auf für nächste Woche. Hast du gesehen, dass die Leute die Restaurant-Fotos geliebt haben?

Ach ja, die Restaurant-Fotos. Die waren gut, im Gegensatz zu dem Essen. Es war eiskalt, als wir nach der Mammut-Fotosession endlich damit anfangen konnten. Ich hatte Luke ausgeredet, sein Stativ mitzubringen, und ihn ermuntert, stattdessen mit seinem iPhone zu fotografieren. Dafür bin ich dann vor Verlegenheit fast gestorben, als er seinen Selfiestick ausklappte, der bis in die Mitte des Nachbartisches reichte, an dem ebenfalls ein Pärchen saß. Am Ende war der Typ vom Nebentisch so genervt, dass er anbot, die Fotos von uns zu machen, damit nicht ständig ein Handy über seinem Teller schwebt.

Ich: Habe ich. Muss jetzt aufhören. Das Licht wird gedimmt, und meine Chancen, einen Mann mit großen Händen zu finden, schwinden.

Als Antwort schickt Luke ein Daumen-hoch-Emoji. Er ist völlig blind gegenüber meinem Sarkasmus. Und wie soll ich das mit diesem verdammten Foto anstellen? Ich werde ganz bestimmt keinen Wildfremden ansprechen. Vielleicht kann ich es mit meinen Händen faken, eine optische Täuschung, indem ich eine Hand näher an den Bildschirm halte, damit sie größer wirkt. Ich stecke meinen Popcorn-Becher zwischen die Oberschenkel, aktiviere den Timer für die Kamera in meinem Handy, klemme mir selbiges unters Kinn und hoffe das Beste. Doch das Handy rutscht weg, und im Fallen leuchtet mir das Blitzlicht voll in die Augen. Ich kann es gerade noch auffangen, bevor es auf den Boden prallt. Leider verteile ich bei der Aktion mein Popcorn überall.

»Alles in Ordnung?«, fragt ein Mann.

Bei dem ganzen Zinnober habe ich nicht gemerkt, dass er sich ein paar Plätze weiter niedergelassen hat.

Ich wende mich ihm zu, um auf sehr britische Weise zu antworten, dass es mir gut geht, obschon ich den Verlust von zwei Dritteln meines Popcorns zu beklagen habe, als ich ihn erkenne. Es ist Aidan. Für einen Moment starre ich ihn mit offenem Mund an, aber er scheint nicht zu wissen, wer ich bin.

»Es geht mir gut, danke«, sage ich rasch. »Ich wollte meine Hände fotografieren, und das ist leider schiefgegangen.«

»Ein Foto von deinen Händen?«, fragt er und zieht die Brauen hoch.

»Japp.« Ich fühle mich wie ein riesengroßer Trottel und wünschte, ich hätte nicht verraten, was ich vorhabe.

»Sag nichts – Facebook-Foto?« Er klingt unbeeindruckt.

»Es ist für einen Freund. Ich habe ihm versprochen, ein Foto von meinen Händen in Herzform zu machen.«

»Okay, wie sollen wir es tun?« Er rutscht herüber, bis er neben mir sitzt.

»Ich mache mit einer Hand die eine Hälfte des Herzens und du mit deiner Hand die andere.«

Er wirft mir einen vielsagenden Blick zu.

»Natürlich ist das kitschig. Aber ich habe es meinem Freund nun mal versprochen.«

Jetzt sieht er mich fragend an, streckt aber die Hand aus. »So?«, fragt er und hält die Hand wie eine Klaue. Lachend bringe ich sie in die richtige Form und zucke leicht zusammen, als unsere Finger sich berühren. Ich schaue hoch, um zu sehen, ob er es bemerkt hat, und er sieht mir in die Augen.

»'tschuldigung, aber eine Herzform ist eher so.«

Ich biege seine Finger zu einem Halbrund, schnappe mir dann mein Handy und mache das Foto mit der linken Hand. Da die andere vor Nervosität zittert, muss ich mich beeilen.

Der Blitz flammt auf, und sofort ziehe ich meine Hand zurück und hole das Foto auf mein Display. Erstaunlicherweise hat es geklappt. Unsere Hände bilden eine perfekte Herzform. Im Hintergrund sieht man die Leinwand. Ich zeige es Aidan.

»Nett«, sagt er.

Ich will gerade darauf antworten, als mir plötzlich jemand mit einer Taschenlampe ins Gesicht leuchtet.

»Entschuldigung, aber Filmen ist hier nicht erlaubt«, ermahnt mich ein verärgert klingender Platzanweiser.

»Ich habe nur ein Foto gemacht«, erwidere ich und halte panisch mein Handy hoch, weil ich Angst habe, hinausgeworfen zu werden.

»Filmen ist nicht erlaubt«, wiederholt der Mann. »Wir wollen keine Video-Piraterie.«

»Video-Piraterie?«, fragt Aidan. »Ihnen ist schon klar, dass der Film über dreißig Jahre alt ist, oder?«

»Das macht es nicht weniger zu einer Straftat.«

»Aber der Film hat doch noch gar nicht angefangen«, protestiere ich.

Der Platzanweiser seufzt demonstrativ laut. »Stecken Sie Ihr Handy weg. Sollten Sie es noch einmal versuchen, muss ich das Gerät konfiszieren und Sie beide des Ortes verweisen.«

»Mich auch?«, fragt Aidan.

»Wir … wir gehören nicht zusammen«, stottere ich. »Ich kenne ihn gar nicht!« Auf keinen Fall durfte Aidan wegen mir rausgeworfen werden.

»Belästigt er Sie? War das Blitzlicht etwa ein Hilferuf?« Der Platzanweiser richtet seine Taschenlampe auf Aidans Gesicht.

Der legt die Hand vor die Augen, um sie vor dem grellen Licht abzuschirmen.

»Nein, er hat mich nicht belästigt. Ich bat ihn, mir bei dem Foto zu helfen, was im Nachhinein eine blöde Idee war. Sehen Sie, ich packe das Handy weg«, versichere ich und senke es so langsam, als wäre es eine geladene Waffe. »Ich stecke es in meine Tasche.«

Anscheinend zufrieden, dass das Teil sicher verstaut ist, senkt der Platzanweiser die Taschenlampe.

Dann wird es um uns herum langsam dunkel, und der erste Trailer läuft an.

»Noch einmal, und Sie beide fliegen raus, verstanden?«, warnt uns der Mann ein letztes Mal und marschiert davon.

»Das tut mir so leid! Kann ich dir als Entschädigung wenigstens ein bisschen Popcorn anbieten?«

Ich reiche ihm den Becher, als mir einfällt, dass ich ja den größten Teil davon auf dem Boden verteilt habe.

»Verlockend, aber ich bin versorgt mit meiner Süßigkeiten-Mischung«, sagt er und hält mir die Tüte hin. »Der Typ war ganz schön heftig, stimmt's?«

»Allerdings. Ich weiß jetzt gar nicht, ob ich mein Handy stumm geschaltet habe, und traue mich nicht, nachzuschauen.«

Er lacht amüsiert.

»Das ist mein Ernst. Wenn es nun mitten im Film klingelt und der Typ mich rauswirft?«

Ich beuge mich hinunter und spähe in meiner Tasche auf das Handy. Erleichtert atme ich auf, als ich das Stummsignal sehe.

»Sie fassen das Handy nicht mehr an, oder?«, dröhnt die Stimme des Platzanweisers, bevor der Lichtkegel auf meine Tasche fällt.

»Nein«, versichere ich und halte die Hände hoch. »Ich wollte nur das verstreute Popcorn aufsammeln.«

Ich hebe ein bisschen vom Boden auf und lasse es angewidert in meinen Becher fallen.

Zufrieden macht der Mann kehrt und schwirrt ab.

»Ich wusste gar nicht, dass ein Kinobesuch so stressig sein kann«, flüstert Aidan.

Das Popcorn kann ich unmöglich noch essen. Es ist so dunkel, dass ich kaum den Boden sehe, wer weiß, was ich alles in den Becher geworfen habe.

»Ja, stressig, und der größte Teil meines Proviants ist futsch.«

»Du kannst dich gern an meiner Süßigkeiten-Mischung bedienen, das Angebot steht.«

»Danke, aber nein. Ich habe noch Pfefferminz in der Tasche.«

»Du willst wirklich erneut in deine Tasche greifen?«

Ich spähe hinüber zu dem Platzanweiser in der Ecke, der uns weiter im Auge behält.

»Vielleicht doch nicht.«

Aidan öffnet die Papiertüte in seiner Hand und hält sie mir unter die Nase.

»Danke.« Ich nehme mir eine Fruchtgummi-Schlange.

»Bitte schön.«

»Schscht!«, zischt eine Stimme zwei Reihen hinter uns, und wir müssen beide kichern.

»Ich habe ganz vergessen, dich zu fragen, ob ich mich wieder wegsetzen soll«, flüstert er mir ins Ohr. »Ich will uns nicht noch mehr in Schwierigkeiten bringen. Oder dass du dich ›belästigt‹ fühlst.«

»Unsinn. Du und deine Süßigkeiten-Tüte könnt gern hierbleiben.«

Den Film anzuschauen, war ein bittersüßes Erlebnis, er weckte so viele Erinnerungen daran, wie ich ihn zusammen mit Ben gesehen habe. Mehr denn je wünschte ich, er könnte bei mir sein. Den ganzen Film über kann ich mich zusammenreißen, aber als der Abspann läuft, kullert eine verräterische Träne über meine Wange. Hastig wische ich sie weg.

»Ich werde auch jedes Mal traurig, wenn ich diesen Film sehe«, sagt Aidan. »Ich wünsche mir immer, Miracle Max könnte Westley vollständig wiederbeleben. Es erscheint mir so ungerecht, dass er teilweise gelähmt bleibt.«

Lachend wische ich mir über die Augen. »Wenigstens hat er sein Mädchen am Ende bekommen.«

»Das stimmt.«

Die Lichter gehen wieder an. Die übrigen Kinobesucher erheben sich von ihren Plätzen und schieben sich durch die Gänge in Richtung Ausgang.

»Alles in Ordnung?«, fragt er mit ernster Stimme.

»Ja und nein«, antworte ich und atme tief durch. »Das weckt

immer Erinnerungen, weil ich den Film als Kind schon gesehen habe.«

»Schmerzhafte?«

»Glückliche, was aber beinahe noch schlimmer ist«, antworte ich und schaue ihm in die Augen.

»Tut mir leid, das hört sich jetzt ein bisschen schräg an, aber sind wir uns schon mal begegnet?«, fragt er und runzelt die Stirn. »Verdammt, ich weiß, es klingt wie eine abgedroschene Anmache. Aber ich will dich nicht anbaggern oder so. Nicht, dass du mir nicht gefallen würdest, es ist nur so, dass – ach, verdammt. Sind wir uns schon mal begegnet?«

Er ist süß, wenn er verlegen wird, aber ich errette ihn aus seinem Elend und nicke.

»Vor ein paar Jahren. Du hast mir am Bahnhof geholfen, in den richtigen Zug zu steigen, ich –«

»*Du* warst das? Wie verrückt ist das denn? Du siehst so anders aus – deine Haare …«

»Ja, sie sind jetzt glatt. Ich meine, sie sind immer noch lockig, aber ich glätte sie.«

»Die Locken waren cool. Glatt ist natürlich auch hübsch. Dein Haar schimmert und glänzt so … aber die Locken sehen ein bisschen witziger aus und …« Hilflos sieht er mich an. »Normalerweise rede ich nicht so viel dummes Zeug. Ich kann mich eigentlich ganz gut ausdrücken.«

»Ich bin froh, dass wir uns wiedergetroffen haben. Ich wollte dir immer für diesen Tag danken.«

Ich fühle mich schlecht dabei, ihm zu verschweigen, dass ich ihn schon früher gesehen habe. Aber wie soll ich ihm erklären, dass ich mich nicht längst bei ihm bedankt habe? Es war einfach nicht der richtige Moment, jetzt aber schon.

»Und ich habe mir immer gewünscht, ich hätte mich später vergewissern können, dass es dir gut geht«, sagt er. »Ich wünschte, ich wäre mit dir in dieses Taxi gestiegen, um sicherzugehen, dass du bei deiner Mum ankommst.«

»Du hattest schon so viel getan«, antworte ich und seufze leise. An damals zu denken, stimmt mich weinerlich. »Danke noch mal.«

»Jeder andere hätte dir auch geholfen.«

»Ha! Die meisten Leute wären vermutlich so schnell wie möglich in die andere Richtung gelaufen. Aber im Ernst, ohne dich hätte ich das damals nicht geschafft.«

Er lächelt und wirkt ein wenig verlegen.

»Und was machst du in Newbury? Ich dachte, du lebst in London?«

»Nach dem Tag, an dem wir uns begegnet sind, der Tag, an dem mein Bruder … starb, zog ich wieder nach Basingstoke, um näher bei meinen Eltern zu sein. Und Newbury ist nicht allzu weit weg, um sich hier einen Film anzusehen.«

»Dein Bruder?« Ich sehe, wie seine Schultern nach unten sinken, als würde ihn die Bedeutung der Ereignisse jenes Tages wie ein Schlag treffen. »*Das* war es also. Es tut mir sehr leid. Ich hatte ja keine Ahnung …«

»Wie solltest du auch.« Ich blinzele die aufsteigenden Tränen weg. »Deshalb macht mich dieser Film gleichzeitig glücklich und traurig. Es war unser Film.«

»Shit«, flucht Aidan leise.

»Als Kinder haben wir ihn immer wieder angeschaut, die Fechtszenen nachgespielt und so getan, als wären wir auf der Flucht vor Humperdinck.«

»Klingt lustig.«

»Das war es auch. Ich sollte mich freuen, schöne Erinnerungen zu haben, aber das macht es nicht wett, dass ich nicht mit ihm gemeinsam darin schwelgen kann. Einmal haben wir Buttercup und Westley gespielt, und Ben ließ sich so übertrieben vom Sofa fallen, dass eine von Mums teuren chinesischen Porzellanfiguren zu Bruch ging. Wochenlang haben wir vertuscht, dass der rechte Arm der Figur abgebrochen war. Gemeinsame Erlebnisse wie dieses schweißen zusammen, und wenn wir später darüber sprachen, konnten wir uns vor Lachen kaum halten.«

Aidan nickt. »Kann ich mir vorstellen. Mein jüngerer Bruder ist zwar eine totale Nervensäge, aber ich würde ihn vermissen, wenn er nicht mehr da wäre.«

»Versteht ihr euch gut?«

»Eigentlich schon. Als Kinder sind wir uns ständig an die Gurgel gegangen. Er ist ein bisschen jünger als ich und hatte einen fürchterlichen Filmgeschmack. Er war besessen von diesen *Teenage-Mutant-Ninja-Turtle*-Filmen.«

Ich rümpfe die Nase.

»Genau, und sein Geschmack hat sich nicht sonderlich verbessert, seine Lieblingsfilmreihe ist *The Fast and the Furious*.«

»Oh, das ist übel.«

»Wem sagst du das! Die ersten paar waren ja gar nicht so schlecht, aber wenn du, so wie ich, nicht auf schnelle Autos stehst, sind die irgendwie alle gleich.«

Ich versuche, die Trauer aus meinem Lächeln herauszuhalten, aber es gelingt mir nicht. Es liegt an dem Film und daran, Aidan wiederzusehen.

»Tut mir leid, ich mache dich traurig«, sagt er leise.

»Nein. Eigentlich tut es sogar gut, darüber zu reden. Die meisten Leute meiden das Thema oder strengen sich unheimlich an, in meiner Gegenwart nicht von ihren Geschwistern zu erzählen. Es ist schön, dass du so normal damit umgehst.«

»Nicht viele bezeichnen mich als normal, das ist mal eine nette Abwechslung.«

Er lächelt, und in seinen Wangen bilden sich Grübchen. An Bens Todestag habe ich sein Lächeln nicht zu sehen bekommen, aber jetzt erhellt es sein ganzes Gesicht.

»Man trifft nicht oft auf einen anderen Fan von *Die Braut des Prinzen*«, sage ich.

»Das ist ein unterschätzter Klassiker. Hast du das Buch gelesen?«

»Ich glaube, ich habe es irgendwann mal angefangen, Ben hatte ein Exemplar.«

»Falls du Gelegenheit dazu hast, lohnt es in jedem Fall, einen neuen Anlauf zu nehmen.«

Alle anderen haben den Raum bereits verlassen. Der Platzanweiser wirft uns schon wieder einen grimmigen Blick zu, den ich als Wink nehme, ebenfalls zu gehen.

Aidan und ich stehen auf, und er folgt mir zum Ausgang.

Als wir an dem Mann vorbeigehen, beäugt er uns misstrauisch, und ich presse meine Handtasche fest an die Brust, für den Fall, dass er es immer noch auf mein Handy abgesehen hat. Rasch durchqueren wir die Lobby und treten hinaus in die frische Luft.

»Also dann«, sage ich. »Es war echt nett, dich wiederzusehen.«

»Finde ich auch«, stimmt er zu.

Marissa hat recht, er ist süß. Er ist nicht im klassischen Sinn attraktiv, so wie Luke, sein Haar ist verstrubbelt, und er hat eher einen Bart als nur Dreitagesstoppeln, aber nicht wie ein Hipster. Das soll nicht heißen, dass ich über ihn nachdenke. Es ist schon schwierig genug, eine Fake-Beziehung zu führen, ganz davon zu schweigen, noch etwas anderes in Betracht zu ziehen.

Ich drehe mich um, und mein Blick fällt auf ein Poster an der Kinowand.

»Oh, sieh mal, *Die Goonies!*« Ich zeige auf das Plakat. »Den habe ich seit Ewigkeiten nicht gesehen.«

Er ist im kommenden Monat der Kultfilm-Klassiker und läuft nur an einem Abend.

»Ich auch nicht. Hätte nie gedacht, dass sie *Die Braut des Prinzen* noch übertreffen«, sagt er.

»Wir könnten ihn vielleicht zusammen anschauen?« Die Wörter kommen mir über die Lippen gepurzelt, bevor ich sie aufhalten kann. »Ich meine, als Freunde, nicht als Date. Ich verabrede mich nämlich nicht.« Kaum habe ich zu Ende gesprochen, wünschte ich, der Boden würde sich vor mir auftun.

»Ist Dating zu viel des Guten für dich?«, fragt er amüsiert.

»Nein, ich habe mich nur bewusst dazu entschieden, momentan Single zu sein, und so soll es auch bleiben.«

Ein sehr viel besserer Weg, mein Herz zu schützen.

»Dagegen ist nichts einzuwenden. Dann also die *Goonies*. Als Freunde.« Er schaut auf seine Armbanduhr und runzelt die Stirn. »Ich muss los. Den Zug erwischen.«

»Nach Reading?«, frage ich, und mir wird plötzlich klar, dass er gar nicht erzählt hat, wo er wohnt.

Er sieht mich an, als hätte ich ihn kalt erwischt.

»Ist es so offensichtlich, dass ich nicht aus Newbury bin? Sehe ich nicht vornehm genug aus?«

»Ähm, nein, es ist nur, weil wir uns damals in Reading begegnet sind, deshalb nahm ich an, dass du dort wohnst«, improvisiere ich rasch.

»Ach so.« Er nickt. »Gut kombiniert. Ich lebe tatsächlich in Reading. Und du musst jetzt zurück nach Basingstoke?«

»Japp. Allerdings arbeite ich in Reading.«

»Aha, und wo?«

»Bei der McKinley-Versicherung.«

»Ich habe ganz in der Nähe ein Café, das Sombrero's. Meine Partnerin Saskia managt es.«

Das Blut schießt mir in die Wangen – erstens vor Verlegenheit, weil ich ihn dort gesehen und mich nicht bei ihm bedankt habe, und zweitens bei der Vorstellung, dass er mit jemandem zusammen ist. Ich habe mich so angestrengt, zu betonen, dass ich keine Beziehung will, dabei ist er gar kein Single. Ich denke an die Frau mit dem dunkelbraunen Haar und den sinnlichen Lippen und komme mir noch alberner vor. Wie konnte ich mir nur einbilden, zwischen Aidan und mir würde es knistern?

»Da habe ich mal gegessen, es war gut«, antworte ich. »Also dann, wenn du deinen Zug noch erwischen willst ...«

»Soll ich dich noch zu deinem Wagen begleiten? Du bist doch bestimmt mit dem Auto hier?«

»Bin ich, aber es steht direkt dort drüben«, antworte ich und zeige zum Parkplatz. »Ist gut beleuchtet, ich komme klar.« Ich will nur noch hier weg. »Danke noch mal für damals«, sage ich.

»Ich bin froh, dass es dir gut geht. Und wir sehen uns bei den *Goonies*«, fügt er hinzu.

»Unbedingt«, versichere ich und winke zum Abschied kurz.

Ich will mich gerade umdrehen und losgehen, da macht er einen Schritt auf mich zu und umarmt mich. Automatisch lege ich den Kopf an seine Brust. Seinen Körper zu spüren, fühlt sich völlig natürlich an. Als er sich von mir löst, kommt es mir vor, als hätten wir eine Ewigkeit dagestanden, dabei können es nur Sekunden gewesen sein.

»Ich kenne noch nicht einmal deinen Namen«, sagt er.

»Izzy.«

»Ich bin Aidan. Pass auf dich auf, Izzy. Wir sehen uns nächsten Monat.«

Ich drehe mich um und gehe fort.

Die Braut des Prinzen ohne Ben anzuschauen, wird immer emotional sein, aber Aidan dort getroffen zu haben, verstärkt das noch. Doch statt mich traurig zu fühlen, bin ich plötzlich glücklich, dass ich möglicherweise einen neuen Freund gefunden habe.

Willkommen im August
This_Izzy_Loves IGTV
Anzahl Follower: 17.300

Hallo, Leute! Ich werde echt rot wegen der begeisterten Kommentare, die ihr Luke und mir schickt. Aber ich bin auch sooo verknallt! Ist er nicht süß? Ich versuche, nicht zu viele Fotos von uns zu posten, aber ihr wisst ja, wie es ist, wenn man sich Hals über Kopf verliebt hat und jeden Sinn für Verhältnismäßigkeit verliert. Willkommen, neue Follower, es sind so viele, meldet euch gern! Diesen Monat will ich das schöne Wetter ausnutzen und so viele meiner Sommerkleider ausführen wie möglich. Und Lukey, Babe, falls du das hier liest: Ich bin schon dabei, mich für unser nächstes Date anzuziehen, versprochen. Schmatz!

Kapitel 13

Er hat echt eine andere Frau zu eurer Verabredung mitgebracht?«, fragt Marissa, und ihr kommen vor Lachen fast die Tränen. Ich habe ihr und Becca von meinem jüngsten Date mit Luke berichtet. Wir waren in Henley rudern, und es war perfekt, zumindest für ihn und seine Meredith. Sie zeigte sich jedoch wenig begeistert über meine Anwesenheit.

»Allerdings. Als er sagte, er würde unsere vorgetäuschten Dates für seine echten nutzen, dachte ich, er meint *hinterher.* Stattdessen durfte sie die Fotos von uns schießen. Er hat ihr vorgegaukelt, es sei für ein berufliches Projekt«, erzähle ich weiter.

Wir laufen gerade durch den ruhigeren Teil des Stadtkerns von Basingstoke, weil wir gemeinsam zu Mittag essen wollen.

»Erstaunlich, dass sie ihn nicht ins Wasser geschubst hat«, sagt Becca kichernd.

Ich öffne die Tür zum Restaurant, und wir warten, dass wir zu einem Tisch geführt werden.

»Aber das ist ja das Verrückte, sie war sauer auf *mich,* und *ich* schwebte in Gefahr! Sobald ich im Boot aufstand, hat sie mich so seltsam angesehen und das Boot ins Schaukeln gebracht.«

»Und, war es das wert?«, fragt Becca.

»Heute Morgen hatte unser neuestes Foto schon 10.000 Likes, und ich habe jede Menge neuer Follower«, antworte ich und grinse von einem Ohr zum anderen.

»Wahnsinn! Wäre toll, wenn mir dieses kleine Wesen auch dabei helfen könnte, solche Zahlen zu erreichen«, träumt Marissa laut und tätschelt ihren Bauch.

»Ganz bestimmt«, versichere ich.

Ein Kellner nähert sich. »Ein Tisch für drei?«

»Ja, bitte«, antworte ich. Er schnappt sich Speisekarten von einem Stapel und geht uns voran durch das Restaurant.

»Ach, hallo!«, ruft Marissa überrascht, und als ich mich umdrehe, sehe ich meine Eltern an einem Tisch sitzen. Keine Ahnung, wie ich sie übersehen konnte.

»Marissa!«, begrüßt Mum sie, räumt ein paar Broschüren beiseite und steht auf, um Marissa zu umarmen. Erst dann entdeckt sie Becca und mich. Sie drückt mich kurz und nimmt dann Becca lange in die Arme. »Es ist so schön, dich zu sehen, das letzte Mal muss eine Ewigkeit her sein.«

»Ich wollte auch längst mal mit Izzy vorbeikommen, aber bei der Arbeit ist im Moment furchtbar viel los«, antwortet sie, und ich merke, wie unangenehm ihr die Situation ist. Seit sie mit Gareth zusammen ist, ist es für sie merkwürdig, meine Eltern zu besuchen.

»Aber natürlich«, sagt meine Mutter und setzt sich wieder. »Es ist nur so schön, dich wiederzusehen. Und euch beide natürlich auch.«

»Danke, Mum. Ich fühle mich echt geliebt.« Zum Glück versteht sie meinen Humor.

Ich weiß, wie viel es meinen Eltern bedeutet, Becca zu sehen. Für die beiden ist sie immer noch eine Verbindung zu Ben, auch wenn sich die Dynamik zunehmend verändert, da Becca sich ein neues Leben aufbaut, was meinen Eltern nie möglich sein wird.

»Wollt ihr euch zu uns setzen?«, schlägt mein Vater vor. »Wir haben gerade erst bestellt.«

»Die Mädchen wollen bestimmt unter sich bleiben«, entgegnet meine Mutter. »Und nicht mit zwei Alten am Tisch hocken, die eurem Image schaden.«

Ich sehe Becca die Erleichterung an und will gerade sagen, dass ich später noch kurz zu ihnen kommen werde, als Marissa mir einen Strich durch die Rechnung macht.

»Seid nicht albern, wir essen gern mit euch zusammen. Ist das in Ordnung?«, fragt sie den Kellner.

»Klar, ich kann einen zweiten Tisch heranschieben, damit die Tafel groß genug ist für fünf«, versichert er.

Ich schaue zu Mum, und sie wirkt nicht begeistert, genauso wenig wie ich, aber wir sind beide so höflich und britisch, dass wir nichts sagen, weil der Kellner bereits den Tisch holt.

Normalerweise hätte ich nichts dagegen, aber meine Freundinnen treffen zum ersten Mal auf meine Eltern, seit ich diese Scheinbeziehung mit Luke führe, und bisher hielt ich es für überflüssig, sie zu instruieren, es meinen Eltern gegenüber nicht zu erwähnen.

»Könnten Sie die Prospekte bitte zur Seite räumen?«, wendet sich der Kellner an Mum.

»Natürlich.« Sie beugt sich hinunter, hebt sie auf, und der Kellner schiebt den zweiten Tisch an den anderen.

Mum rollt die Prospekte zusammen und will sie in ihre Handtasche schieben, aber sie sind zu sperrig, entgleiten ihr und rutschen über den Boden direkt vor meine Füße. Ich helfe ihr beim Aufsammeln, und eine der Broschüren öffnet sich in meiner Hand.

»Südostasien?«, entfährt es mir, und ich betrachte stirnrunzelnd den Reiseprospekt. Das ist etwas deutlich anderes als ihre üblichen Reiseziele an der portugiesischen Küste.

»Hmm«, grummelt Mum und nimmt einen besonders großen Schluck Wasser.

»Wie schön!«, ruft Marissa. »Wollt ihr verreisen?«

»Nun ja, wir –«, setzt Dad an.

»Es ist nur eine Idee«, fällt Mum ihm ins Wort. »Unsere

Nachbarin Sue war kürzlich dort und schwärmte davon, und vorhin kamen wir zufällig am Reisebüro vorbei. Gott, es ist furchtbar heiß hier drin, nicht wahr?« Sie fächert sich mit der Speisekarte Luft zu.

»Es ist wirklich warm«, pflichtet Marissa ihr bei und zieht ihre Strickjacke aus. »Aber mir ist neuerdings immer warm.«

Sie deutet auf ihren Bauch, der jetzt schon eine beachtliche Größe hat.

»Du siehst wunderbar aus«, versichert Mum. »Du glühst gewiss vor Glück.«

Ich setze mich neben Dad und blättere durch den Prospekt. Beworben werden Gruppenreisen, die zwischen einer Woche und zwei Monaten dauern.

»Wann wollt ihr denn los?«, frage ich.

»Im neuen Jahr«, antwortet Mum.

»Für einen Kurzurlaub oder länger?« Bei der Vorstellung, dass die beiden eine ganze Weile fort sein könnten, überkommt mich Angst.

»Wir dachten –«, setzt Dad wieder an.

»Wir haben noch gar nicht entschieden, ob wir überhaupt fliegen«, unterbricht Mum ihn energisch. »Erst einmal muss ich mich über die hygienischen Zustände informieren. Man hört immer wieder, dass sich Touristen üble Magen-Darm-Krankheiten einfangen.«

Zum ersten Mal bin ich froh über Mums Gesundheitsparanoia. Ich weiß, dass ich mit einunddreißig alt genug sein sollte, um fröhlich zu akzeptieren, dass meine Eltern ohne mich verreisen, aber Bens Tod hat Spuren hinterlassen, die ich mir nur ungern eingestehe. Ich sehe Mum und Dad zwar nur einmal in der Woche, aber es beruhigt mich enorm, zu wissen, dass sie nur fünf Minuten entfernt sind, falls ich sie brauche.

»Ihr werdet bestimmt vorsichtig sein, da bin ich sicher«, sagt Becca. »Das klingt doch toll! Und vielleicht ist es genau die Art von Abwechslung, die ihr braucht.«

Sie nimmt Mums Hand und drückt sie – eine nonverbale Verständigung über den Schmerz, den sie beide immer noch spüren, und die Ermutigung, die sie brauchen, um einen Schritt nach vorn zu tun.

»Hab's dir ja gesagt«, lässt Dad verlauten.

»Was nimmst du, Izzy?«, fragt Mum und ignoriert Dads Bemerkung geflissentlich. »Ich habe die Butternusskürbis-Ravioli bestellt. Voller Mineralien und Vitamine.«

Ich schaue auf die Speisekarte. Eigentlich wollte ich eine Herzinfarkt förderliche Pizza mit viel Käse und Salami essen, aber vielleicht nehme ich doch den Ziegenkäsesalat.

»Auf meinem Ernährungs-Blog hatte ich viel mit Kürbis«, erzählt Marissa. »Zum Beispiel Kürbiskuchen mit Ahornsirup und Frischkäse-Frosting.«

»Du musst mir unbedingt das Rezept geben«, sagt Mum. »Ich backe immer Kuchen und nehme sie mit zur Arbeit.«

»Zu meinem Glück.« Dad tätschelt sein Bäuchlein. »Sonst wäre ich schon längst geplatzt.«

Mum lächelt ihn an, und er lächelt zurück. Ich nehme das ebenso wie die Prospekte als Zeichen, dass ihr kleiner Streit nichts zu bedeuten hatte.

»Wie läuft es mit deiner Internet-Sache?«, fragt mich Dad.

»Oh, gut, danke.« Es überrascht mich, dass es ihn interessiert.

»Besser als gut«, sagt Marissa, ohne von ihrer Speisekarte hochzuschauen. Deshalb sieht sie auch nicht meinen warnenden Blick, mit dem ich versuche, sie zum Schweigen zu bringen. »Dieser Post von ihr und Luke geht ab wie eine Rakete.«

»Wer ist Luke?«, fragt Mum.

»Ähm, ein Kollege, der mir bei den Fotos hilft.«

»Ist er Single?«, will sie mit einer Spur Hoffnung in der Stimme wissen.

»Nicht ganz«, erwidert Marissa lachend.

»Nun ja, weißt du, dein Vater war auch mit jemand anderem zusammen, als wir uns kennenlernten.«

Entsetzt schaue ich zwischen meinen Eltern hin und her, unsicher, was ich mit dieser Information anfangen soll. Schließlich grummele ich wie ein missmutiger Teenager und beschließe, ihre Worte zu ignorieren.

»Sieht er gut aus?«, wendet sich Mum an Marissa.

»Wie ein Model.«

Stirnrunzelnd schaut Mum mich an. »Klingt vielversprechend.«

»Nein, Mum. Das ist es ganz und gar nicht. Er ist sehr attraktiv, aber das ist auch schon alles, was für ihn spricht. Vertrau mir, ihr würdet nicht wollen, dass ich etwas mit ihm anfange.«

»Ich habe immer noch Roger Davenports Nummer, falls du sie brauchst«, lässt sie nicht locker.

Marissa prustet das Wasser über den Tisch, das sie gerade trinken wollte.

»Roger Davenport?«, sagt sie. »So wie *Roger Davenport?*«

Sie hebt die Hände und wackelt mit den Fingern, und ich presse für einen Moment die Zähne aufeinander, um nicht loszubrüllen.

»Mum ist seiner Mutter über den Weg gelaufen«, kläre ich Marissa schließlich auf, »und jetzt will sie mich mit ihm verkuppeln.«

»Heilige Scheiße«, stöhnt Marissa. »Sorry, Dawn, aber ich kann mir Izzy nicht mit Roger vorstellen.«

»Und mit Luke?«, hakt Mum nach.

»Mit dem auch nicht«, antworte ich an Marissas Stelle. »Aber zum Glück fühle ich mich als Single sehr wohl.«

»Möchten Sie schon etwas zu trinken bestellen?«, fragt der Kellner, der plötzlich an unserem Tisch steht.

»Ja. Bitte«, antworte ich schnell. »Für mich ein großes Glas Weißwein.«

Der Kellner notiert noch die Bestellungen der anderen und lässt uns wieder allein.

»Also, Becca«, beginnt Dad nach der Gesprächspause, »wie läuft es bei dir? Im Job alles okay?«

Erleichtert atme ich auf, dass sich das Gespräch von mir und meiner vorgetäuschten Liebesbeziehung entfernt.

»Bei der Arbeit ist alles bestens, danke, Simon.«

»Ich habe deine Eltern letztens getroffen«, sagt Mum. »Sie erwähnten, dass du dich mit jemandem triffst.«

Ein Anflug von Panik breitet sich in Beccas Gesicht aus.

»Ja, ähm, er heißt Gareth. Netter Kerl. Er ist Steuerberater«, sagt sie und spielt mit den Ecken ihrer Serviette.

Mum nickt und lächelt matt. Bei jeder anderen hätte sie sich sofort mir zugewandt und gestichelt, dass sie hoffe, ich würde auch einen netten Steuerberater kennenlernen. Für meine Eltern muss es hart sein, sich Becca mit einem anderen Mann vorzustellen – aber für sie steht die Zeit nun mal nicht einfach still, nicht so wie für Ben.

»Marissa ist noch unschlüssig, ob sie jetzt schon wissen möchte, was es wird – Junge oder Mädchen«, werfe ich ein, in dem Versuch, die Verlegenheit, die sich am Tisch ausgebreitet hat, zu vertreiben. Becca sieht mich dankbar an.

»Ach, heutzutage ist alles so anders«, sinniert Mum. »Wir hatten diese Möglichkeit gar nicht. Uns wurde einfach das Baby präsentiert, so wie in dieser Szene in *König der Löwen,* in der sie das Neugeborene hochhalten.«

Marissa lacht. »Das ist bestimmt auch toll, aber ich bin nun einmal ein ungeduldiger Mensch. Außerdem gefällt mir die Idee einer großen Geschlechtsenthüllung.«

Die Mienen meiner Eltern sind ausdruckslos.

»Damit ist gemeint, dass man auf Social Media allen mitteilt, was man bekommt«, erklärt Marissa.

»Wie anders doch heutzutage alles ist«, wiederholt meine Mutter. »Wie diese Babypartys … Planst du auch eine?«

»Keine Ahnung«, antwortet Marissa. »Für gewöhnlich wird sie als Überraschung von den Freundinnen organisiert.« Lächelnd schaut sie zu Becca und mir.

»Genau, eine Überraschung«, sage ich mit angestrengtem Lachen und denke, dass ich eine furchtbare Freundin bin, weil ich mir dessen gar nicht bewusst war. Ich werfe Becca einen »Was zur Hölle«-Blick zu, und sie wirkt ähnlich irritiert. Im Kopf rechne ich schnell nach, wie viel Zeit uns noch bis zum Geburtstermin bleibt und ob wir es schaffen, bis dahin etwas zu organisieren.

Der Kellner rettet mich, weil er in diesem Moment unsere Getränke bringt und die Bestellungen für das Essen aufnimmt.

»Deine Mutter freut sich so auf das Baby«, sagt Mum. »Neulich beim Zumba hatte sie ein T-Shirt mit der Aufschrift ›Werdende Oma‹ an.«

»Hm«, murmelt Marissa unbeeindruckt. »Das trägt sie ständig, seit wir es ihr erzählt haben.«

»Sie will es ausnutzen«, scherze ich.

Marissa sieht mich streng an.

»Wie lange nimmst du denn Erziehungsurlaub?«, fragt Mum.

»Eigentlich ein ganzes Jahr, aber wir müssen erst schauen, wie es mit dem Geld klappt«, antwortet sie schulterzuckend.

Marissa arbeitet als Personalberaterin, und ein Großteil ihres Gehalts besteht aus der Provision für erfolgreiche Vermittlungen. Natürlich macht sie sich Sorgen, ob eine lange Auszeit finanziell überhaupt tragbar ist. Der einzige Lichtblick besteht darin, dass ihre Mutter in der Nähe wohnt und angeboten hat, sie bei der Kinderbetreuung zu unterstützen.

Mum sieht Marissa mitfühlend an. »Heutzutage ist es schwer. Ihr jungen Mütter steht unter sehr viel größerem Druck als wir damals. Und das ist schade, denn ich denke, ihr solltet so viel Zeit wie nur möglich mit den Kindern verbringen. Sie werden so schnell groß.« Sie trinkt einen Schluck Wein, und ich merke, dass ich sie schnell von ihren Erinnerungen an Ben als Baby losreißen muss.

»In ein paar Wochen zeigen sie in dem Kino in Newsbury *Die Goonies,* falls jemand Lust hat, mich zu begleiten?«

»Ist das der mit den Degenkämpfen, den Ben und du als Kinder immer angeschaut habt?«, fragt Dad.

»Nein, der andere, den wir auch oft gesehen haben, mit den Kindern und den Piraten.«

Marissa schüttelt den Kopf. »Den Film mochte ich nie.«

»Becca, bist du dabei?«, wende ich mich an sie.

»Wann genau ist es denn?«

»Heute in zwei Wochen.«

Sie öffnet den Kalender in ihrem Handy. »Oh, da kann ich nicht, sorry. Bin zu einer Hochzeit eingeladen.«

»Wie aufregend«, sagt Marissa. »Bei wem?«

Becca schweigt für einen Moment und wischt dann wieder auf ihrem Handy herum. »Niemand, den ihr kennt«, sagt sie schließlich.

»Das hast du noch gar nicht erzählt! Klingt für mich nach einer Ausrede«, sage ich lachend. »Bist du sicher, dass du zu einer Hochzeit gehst?«

»Also gut, es ist einer von Gareths Cousins, und ich gehe als Gareths Begleitung.«

»Oh«, entfährt es mir. »Gemeinsam zu einer Hochzeit zu gehen ist eine große Sache.«

Sie nickt und trinkt einen kleinen Schluck Wein.

Ich fühle mich schrecklich, dass ich gar keine Begeisterung in meine Stimme legen kann. Ein solches Ereignis ist ein Riesenschritt in einer Beziehung, und ich möchte ihr so gern eine unterstützende Freundin sein, wie ich es bei jeder anderen auch wäre. In den vergangenen zwei Jahren ist unsere Freundschaft sogar noch enger geworden, und dann schien sich ganz plötzlich ein Graben zwischen uns aufgetan zu haben, und ich schaffe es nicht, ihn zu überbrücken.

»Das wird bestimmt schön«, sagt Mum und setzt ein tapferes Gesicht auf.

»Danke«, antwortet Becca. »Ich bin so nervös, weil ich dann zum ersten Mal dem Großteil seiner Familie begegne.«

»Nur die Ruhe, sie werden dich lieben«, versichert Mum, nimmt Beccas Hand und drückt sie aufmunternd. »*Jede* Familie würde dich mögen.«

»Danke, Dawn«, sagt Becca, und ich sehe, wie sie eine Träne wegblinzelt.

»O mein Gott!«, ruft Marissa plötzlich, schiebt ihren Stuhl zurück und legt die Hände auf ihr Bäuchlein.

»Was ist?«, frage ich besorgt.

Ein glückliches Lächeln erscheint auf ihrem Gesicht. »Ich habe einen Tritt gespürt! Das Baby hat tatsächlich getreten«, sagt sie, und ich sehe das Strahlen in ihren Augen, während sie zärtlich ihren Bauch streichelt.

Seit Marissa schwanger ist, reden wir ständig über süße Babykleidung und ob der neue Blog erfolgreich sein wird. Aber erst jetzt, als ich diesen Ausdruck tiefer Zufriedenheit und Staunen in ihrem Gesicht wahrnehme, wird mir wirklich bewusst, dass sie ein Kind bekommt.

Das rührt mich beinahe zu Tränen. Ich schaue in die Runde und glaube, dass es nicht nur mir so geht.

»Er oder sie bewegt sich!«, sagt Marissa. »Und ich kann es endlich spüren!«

Ich beuge mich zu ihr und umarme sie. »Wie wunderbar.«

Marissas Baby ist nicht nur genau die Ablenkung, die alle am Tisch brauchen, sondern dieses Kind erinnert uns auch daran, dass das Leben weitergeht und manchmal großartig sein kann.

Kapitel 14

Ich starre auf meinen Computerbildschirm, aber die Wörter verschwimmen mir vor den Augen. Seit zehn Minuten lese ich immer wieder denselben Absatz und bin nicht in der Lage, mich zu konzentrieren.

Ununterbrochen muss ich an das Essen mit meinen Eltern denken. Alle scheinen mit ihrem Leben weiterzukommen, Becca mit Gareth, meine Eltern und ihre Reise nach Asien, Marissa und ihr Baby. Das führt mir vor Augen, wie sehr ich auf der Stelle trete.

Heute hänge ich echt mit der Arbeit hinterher. Nicht nur, dass ich mit den Gedanken woanders bin, diesen Morgen fand auch die nächste Runde des Büro-Backwettbewerbs statt. Es ist die »frei von«-Woche, die Bäckerinnen und Bäcker mussten also etwas Glutenfreies, Milchfreies oder Veganes produzieren. Mrs Harris schuf ein Meisterwerk in Rosa und Pistazie, das unschuldig und ein bisschen exotisch schmeckt. Mit wehenden Fahnen erreichte sie die nächste Runde, sodass sie glücklich sein sollte, aber stattdessen nörgelt und jammert sie nur.

»Ich habe bestimmt eine Lebensmittelvergiftung.« Sie schlägt die Hände auf ihren Bauch. »Das war dieser vegane Kuchen von Sandra aus der Rechtsabteilung. Seit ich den gegessen habe, ist mir übel.«

»Liegt es nicht eher daran, dass Sie so viele verschiedene Kuchen probiert haben?«, fragt Cleo, was ich äußerst mutig finde.

»Es ist wichtig, die gesamte Konkurrenz zu kosten.«

»Es sind noch fünfzehn Teilnehmer im Rennen. Haben Sie etwa alle vierzehn Kuchen probiert?«, fragt Cleo fassungslos.

»Es waren nur kleine Stücke.« Mrs Harris stöhnt. »In der nächsten Runde sind es nur noch dreizehn Konkurrenten. Ich war überrascht, dass Marco aus dem Qualitätsmanagement rausgeflogen ist. Ich dachte, sein italienisches Fingerspitzengefühl würde ihn weiterbringen.«

»Ja, ein bedauerlicher Verlust für den Wettbewerb, ich werde ihn vermissen«, säuselt Cleo und fächelt sich kühle Luft zu, was offensichtlich macht, dass sie sein Aussehen und weniger seine Backkünste vermissen wird.

»Du kannst jederzeit durch seine Abteilung spazieren«, schlage ich ihr vor.

»Bloß nicht.« Sie schüttelt sich. »Dafür muss man durch die IT-Abteilung, und die sind irgendwie gruselig.«

»Du weißt aber, dass sie Informatiker sind und keine Bestatter?«

»Ich weiß, aber in meiner Fantasie ähneln sie alle Mr Burns von den Simpsons, legen die Fingerspitzen aneinander und versuchen, jeden übers Ohr zu hauen.«

Lachend wende ich mich wieder Mrs Harris zu.

»Wie lautet das Thema für nächste Woche?«, wechsle ich bewusst das Thema.

Die Einzigen, die diesen Backwettbewerb noch ernster nehmen als die Teilnehmer, sind die Mitarbeiter der Personalabteilung, die sich das Ganze ausgedacht haben. Sobald eine Runde beendet ist, verteilen sie an die verbliebenen Mitwirkenden goldene Umschläge mit dem nächsten Thema.

»Nächste Woche ist es ungesäuertes Brot.«

Sie wirft Colin einen Blick zu, und er läuft bei dem »B«-Wort dunkelrot an.

»Du schaust am besten nicht einmal in Richtung des Brotes«, knurrt sie ihn an. »Selbst wenn es so platt ist wie ein Pfannkuchen, würdest du es noch schaffen, ein Stück abzubrechen.«

Colin tippt wie wild auf seiner Tastatur, aber selbst aus meiner Position kann ich erkennen, dass diese Buchstabenkombination keinen Sinn ergibt.

»Ich denke, Colin hat mehr als deutlich gemacht, dass es ihm leidtut«, fahre ich Mrs Harris an. Auch ohne dieses Drama fällt es mir schon schwer genug, mich auf die Arbeit zu konzentrieren.

Cleo saugt hörbar die Luft ein, und Mrs Harris wirft mir einen bösen Blick zu, als wäre ich es gewesen, die dem Brot-Flamingo ein Bein abgebrochen hat. Wir alle finden Mrs Harris amüsant, aber dieser »Witz« geht nun schon zu lange.

»Ich will damit sagen, dass es mindestens zwei Monate her ist und er nicht länger wie ein Vogelfreier behandelt werden sollte.«

»Ist dieses Wortspiel Absicht, um mich an den Schmerz zu erinnern, den er verursacht hat?«

Ich gebe nicht nach. »Schlechte Wortwahl, aber jetzt kommen Sie schon, es war ein Unfall, der jedem hätte passieren können! Sie und Colin werden auch in absehbarer Zukunft nebeneinandersitzen, und so wie im Moment ist das keine gesunde Arbeitsumgebung. Es geht zu weit, Mrs Harris.«

Jetzt ist sie an der Reihe, hörbar einzuatmen.

Meine Wangen glühen, und mein Herz rast. Ich bin nicht für meine Konfrontationsstärke bekannt, aber mir geht gerade einfach zu viel durch den Kopf, und meine Toleranzschwelle ist heute äußerst niedrig.

Ich atme tief durch, fühle mich schlecht, weil ich meine Laune an anderen auslasse, und will mich gerade entschuldigen, als das Undenkbare passiert. Mrs Harris schaut mit geschürzten Lippen zu Colin hinüber.

»Versprichst du mir, nie wieder meine Brötchen, oder was immer ich auch backe, anzufassen?«

Colin wirkt zu verängstigt, um darauf antworten zu können.

»Versprochen?«, wiederholt Mrs Harris.

Er nickt langsam und vermeidet es, sie anzusehen.

»Also gut«, sagt sie. »Ich werde die Brotwoche nicht mehr erwähnen. Und auch nicht den Flamingo.«

Sie wendet sich wieder ihrem Bildschirm zu, und Colin starrt sie völlig verstört an.

Cleo und ich wechseln einen WTF?-Blick. Dann schaut sie auf ihren Bildschirm, und nur eine Sekunde später macht es Ping – ich habe über unser Intranet eine Nachricht erhalten.

Cleo Dawson: Gute Arbeit! Unglaublich, was du erreicht hast.

Izzy Brown: Habe ich die Situation wirklich verbessert? Oder ist das nur die Ruhe vor dem Sturm?

Mrs Harris steht auf, und ich halte den Atem an.

»Möchte jemand etwas trinken?«, fragt sie und schnappt sich ihre Tasse.

Ich bin zu überrascht, um antworten zu können.

Cleo Dawson: Schnell, sieh aus dem Fenster, da fliegt ein Schwein vorbei.

Ich halte meinen Teebecher hoch, und Mrs Harris nimmt ihn. Sie nimmt sogar Colins. Offenbar hat mein Wutanfall das Raum-Zeit-Kontinuum durcheinandergebracht oder zumindest unsere Bürodynamiken, und ich habe nicht den geringsten Schimmer, wohin sich das entwickeln wird.

Das Vibrieren meines Handys kündigt eine E-Mail an. Ich öffne sie und sehe, dass sie von einer Marketingagentur kommt. Gerade erst hat sich mein Herzschlag wieder normalisiert, und nun rast es schon wieder.

Hi, Izzy!

Wir lieben deinen Instagram Feed und deine aufkeimende Liebesbeziehung mit Luke (@Lukeatmealways). Wir arbeiten gerade an einer Social-Media-Kampagne für einen bekannten Gin-Produzenten und suchen Influencer, die sich daran beteiligen.

Der Produzent möchte gesponserte Inhalte in Form einer vereinbarten Zahl von Fotos auf deinen und Lukes Hauptfeeds, plus Erwähnungen in euren Geschichten.

Beim kreativen Teil würden wir natürlich mit euch zusammenarbeiten, damit sich die Marke nahtlos in euren Inhalt einfügt. Wir denken an einen Blick hinter die Kulissen der Brennerei und dazu ein paar Fotos, wie ihr zu Hause Gin trinkt – oder unterwegs bei einem eurer fantastischen Dates!

Lass mich wissen, ob du interessiert bist, dann sende ich dir weitere Informationen. Und falls du und Luke ein Pressedossier habt, dann schick es mir bitte, und anschließend verhandeln wir euer Honorar für die gesponserten Anzeigen.

Alles erdenklich Gute,
Amelia xx

Oh. Mein. Gott. Ich sende Luke eine kurze Nachricht und bitte ihn, sich mit mir im Treppenhaus zu treffen – dort, wo wir uns das erste Mal begegnet sind. Dann eile ich durchs Büro dorthin. Unterwegs kommt mir Mrs Harris mit einem Tablett voller Tassen entgegen.

»Verstehe. Ich mache mir die Mühe, dir ein heißes Getränk mitzubringen, und du verschwindest einfach. Das ist typisch. Nie wieder hole ich dir einen Tee.«

Na super, da ist sie wieder. Puh. Für einen Moment glaubte ich schon, ich hätte Mrs Harris zerstört.

Ich rase die Treppe hinunter bis zu der Stelle, die ich im Kopf jetzt immer den »Selfie-Ort« nenne. Nervös gehe ich auf dem Treppenabsatz hin und her. Wieso braucht der so lange?

»Wo brennt's?« Luke kommt die Treppe heraufgeschlendert.

»Du wirst nicht glauben, was für eine E-Mail ich gerade erhalten habe!«

»Lass mich raten, *Die Braut des Prinzen* wird neu verfilmt?«

»Wieso bist du so gemein?«, fahre ich ihn an und lege die Hand auf mein Herz. »Als ob das je passieren würde.«

»*Dirty Dancing* habe sie doch auch neu verfilmt.«

»Ja, und das Ergebnis ist allgemein bekannt.«

»Nun, wir schweifen ab. Wer hat dir geschrieben?«

»Eine Marketingagentur, die einen Gin-Hersteller vertritt. Sie möchten, dass wir die Brennerei besuchen, eine Tour hinter den Kulissen machen und bei unseren Treffen Gin trinken!«

»Und sie bezahlen uns?«

»Japp. Sie hat noch nicht geschrieben, wie viel, aber sie bezahlen uns. Falls wir Interesse haben, sollen wir ihnen unser Pressedossier schicken, und dann erfahren wir die Details.«

»Heiliger Strohsack«, murmelt Luke und fährt sich mit den Fingern durchs Haar. Ich sorge mich, dass sie in seiner perfekten Tolle stecken bleiben, aber sie kommen unversehrt an der anderen Seite wieder heraus.

»Ja, nicht wahr?«

»Für Gin gibt es verdammt gute Hashtags.« Er träumt offenbar bereits.

»Ich mag keinen Gin, bei der Tour musst du meinen mittrinken.«

Luke verzieht das Gesicht. »Ich mag auch keinen Gin.«

»Wie bitte? Wir können nicht beide keinen Gin mögen. Bist du sicher, dass du ihn nicht ein kleines bisschen magst?«

»Und du? Ist das wie bei ›Ich mag kein mexikanisches Essen‹?«, fragt er.

Mir schießt das Blut in die Wangen. »Nein. Ich habe Gin schon verdammt oft probiert, um sicher zu sein, dass er mir nicht schmeckt.«

»Aber gegen Bezahlung können wir ihn ja wohl für ein Foto lange genug im Mund behalten?« Luke sieht mich hoffnungsvoll an, aber allein bei dem Gedanken dreht sich mir der Magen um.

»Vielleicht ist es wie bei einer Weinprobe, wo man alles schnell wieder ausspuckt?«

»Wer spuckt denn allen Ernstes den Wein wieder aus?«, erwidert er. »Der Sinn einer Weinprobe besteht doch schließlich darin, sich zu betrinken.«

»Vermutlich haben wir soeben unsere einzige Gemeinsamkeit gefunden: Wir mögen beide keinen Gin«, stelle ich fest, und er wirkt bestürzt. »Denk doch nur: unser erster bezahlter Post.«

»Wollen wir hoffen, dass es der erste von vielen ist«, erwidert Luke und hebt die Hand für ein High Five. »Ich habe überlegt, ob wir nicht etwas für wohltätige Zwecke tun sollten. Um unser Profil aufzuwerten.«

»Und den Bedürftigen zu helfen?« Wie immer versteht er nicht, was der *eigentliche* Zweck ist.

»Das natürlich auch. Wir könnten einen Wohltätigkeitslauf veranstalten oder etwas in der Art.«

»Ich bevorzuge etwas in der Art«, erwidere ich und denke daran, dass ich immer noch mit der 5-Kilometer-Run-App hadere und es nicht über das Work-out der ersten Woche hinausschaffe.

»Du likst doch immer die Heart2Heart-Posts, vermutlich wegen deines Bruders, deshalb dachte ich daran, die anzusprechen.«

Mir ist klar, dass seine Motive nicht gerade frommer Natur sind, aber ich bin hin und weg bei dem Gedanken, diese Organisation zu unterstützen.

»Das wäre toll.«

»Ich recherchiere das mal«, bietet er an.

Irgendwo geht eine Tür auf, gefolgt von Absatzgeklacker auf der Treppe.

»Wir treffen uns nach der Arbeit am üblichen Ort, und dann antworten wir ihr?«, schlage ich vor.

»Okay«, sagt er noch und eilt bereits die Treppe hinunter, wobei er vor Freude mehr hüpft als geht.

Als ich wieder an meinem Schreibtisch sitze, strahle ich förmlich.

»Dein Tee dürfte mittlerweile kalt sein«, teilt mir Mrs Harris ungefragt mit. »Ich würde dir ja einen frischen zubereiten, aber du weißt, mein kaputter Knöchel …«

»Ist noch warm«, versichere ich und trinke einen Schluck. Es ist ein verdammt guter Tee. Vielleicht sollte ich ihr öfter Kontra geben.

Dann wende ich mich meinem Computer zu. Es fiel mir vorher schon schwer, mich zu konzentrieren, aber jetzt drehen sich meine Gedanken nur noch um gesponserte Posts. Eine Marke will mit uns zusammenarbeiten – *mit uns!* Es war auch keine von diesen Standard-E-Mails, das Marketing wusste über unsere Beziehung und all das Bescheid.

Influencerin zu werden, schien immer nur ein Wunschtraum zu sein, aber jetzt rückt er in Reichweite. Plötzlich sieht es so aus, als könnte sich auch in meinem Leben etwas entwickeln, so wie bei allen anderen.

Kapitel 15

Während ich am Saum meines Sweatshirts herumzupfe, frage ich mich, ob es zu viel des Guten ist, sich *Die Goonies* im Kino anzusehen und dabei ein Sweatshirt mit der Aufschrift »Truffle Shuffle« zu tragen. Der Pulli war ein Weihnachtsgeschenk von Ben und Becca, aber ich weiß genau, dass Ben ihn ausgesucht hat.

Nach seinem Tod habe ich für lange Zeit praktisch in diesem Pulli gelebt. Manche Menschen trauern in Schwarz, ich dagegen tat es in den witzigen T-Shirts und Pullis, die er mir im Laufe der Jahre gekauft hat. Keine Ahnung, wann ich aufgehört habe, sie zu tragen, aber es fühlt sich so an, als sei jetzt der richtige Zeitpunkt, um sie wieder hervorzuholen.

Mit diesem Pulli und meinen Naturlocken fühle ich mich ziemlich selbstbewusst. Ursprünglich wollte ich meine Haare wie immer glätten, aber dann fiel mir Aidans Kompliment über meine Locken ein, und so ließ ich sie einfach an der Luft trocknen. Jetzt hoffe ich, er denkt nicht, dass ich das wegen ihm getan habe. Aber das ist lächerlich, da ich ihm a) gesagt habe, dass ich keine Beziehung will, und es mir deshalb egal sein sollte, was er denkt, er b) erwähnte, dass er eine Freundin hat, und er c) ein Mann ist und folglich nicht so viel darüber nachdenkt wie ich. Trotzdem habe ich mir sicherheitshalber einen Pferdeschwanz gebunden, damit die Locken weniger auffallen.

Als ich mich dem Kino nähere, entdecke ich am Eingang denselben Platzanweiser, der mich beim letzten Mal beinahe rausgeworfen hätte. Verdammt!

In der nicht allzu langen Schlange halte ich den Kopf gesenkt und wünschte, ich hätte mein Haar nicht zusammengebunden und könnte mich dahinter verstecken. An der Tür angekommen, halte ich meine Eintrittskarte hin, ohne hochzuschauen.

»Danke«, sagt er, reißt den Kontrollabschnitt ab und gibt sie mir zurück.

»Danke«, murmele auch ich und will mich gerade an ihm vorbeischieben, als er den Arm ausstreckt und mir so den Weg versperrt.

»Sie schon wieder.« Er verengt die Augen. »Dürfte ich bitte Ihre Tasche überprüfen? Aus Sicherheitsgründen.«

»Aber das haben Sie bei niemandem sonst gemacht.«

»Sie haben sich beim letzten Mal verdächtig benommen. Wir haben das Recht zu dieser Überprüfung.«

»Na schön.« Ich öffne meine Handtasche, damit er einen Blick hineinwerfen kann.

Es ist eine große Handtasche, in der ich so ziemlich alles Wesentliche aufbewahre, von Snacks über Haaraccessoires bis zu Küchenutensilien. Sobald etwas einmal in diese Tasche gelangt ist, scheint es für immer darin zu bleiben.

»Was ist das?«, fragt er und zieht einen Selfiestick heraus.

»Nun, ich besitze einen Selfiestick«, sage ich und verschränke die Arme. »Den werde ich ja wohl kaum benutzen, um den Film aufzunehmen, oder? Ein bisschen zu auffällig.«

Er reißt die Augen weit auf.

»Ich tue das natürlich auch nicht *un*auffällig. Ich werde nichts aufnehmen.«

Er schaut noch einmal in meine Tasche und holt ein faltbares Stativ heraus.

»Auch das ist wohl kaum ein unauffälliges Teil. Wie Sie sehen, befindet sich nichts in dieser Tasche, womit ich filmen könnte, nur Accessoires.«

»Abgesehen von Ihrem Handy.«

»Wie bei jedem anderen auch.«

Die Schlange hinter mir wird immer länger.

Er seufzt laut, stöbert die Tasche noch einmal durch und ist offenbar enttäuscht, dass sich darin kein Geheimfach mit einer echten Filmausrüstung befindet.

»Kann ich jetzt zu meinem Platz gehen, oder werde ich noch am Körper gefilzt?«

Er wirft mir einen strengen Blick zu, und ich hoffe plötzlich, dass ich ihn nicht auf eine Idee gebracht habe.

Aber dann gibt er mir meine Handtasche zurück. Ich schnappe sie mir und fliehe verlegen ins Gebäude.

Drinnen ist bereits viel los, obwohl die Vorführung erst in zwanzig Minuten anfängt. Dieser Film ist beliebt, und die Karten waren schnell ausverkauft. Ich suche die Reihen nach Aidan ab und habe Sorge, dass er sich nicht rechtzeitig eine Karte gesichert hat.

Ziemlich in der Mitte sind in einer Reihe noch ein paar Plätze frei. Sobald ich sitze, hole ich die Schachtel Maltesers Schokokugeln hervor. Meine Hände zittern immer noch von der Begegnung mit dem Platzanweiser. Ich ziehe ein bisschen zu kräftig an dem Pappdeckel, reiße ihn mit Schwung ab, und die Kugeln fliegen durch die Gegend.

»Shit«, murmele ich und versuche, die ausgebrochenen Maltesers wieder einzufangen. Als ich auf allen vieren Jagd auf die Abtrünnigen mache, sehe ich plötzlich ein Paar Vans-Sportschuhe vor mir stehen und hebe den Kopf. Und da ist er, Aidan, und lächelt zu mir herunter.

»Wirfst du eigentlich immer mit Essen um dich?«, fragt er lachend.

»Ständig«, bestätige ich und rapple mich hoch.

Er beugt sich vor, umarmt mich, und sofort schlägt mein

Herz ganz laut. Ich erwidere die Umarmung, doch da fällt mir ein, dass ich immer noch die schnell schmelzenden Schokokugeln in den Händen halte.

Wir lösen uns voneinander, er sieht mein Sweatshirt und zeigt darauf.

»Heiliges Kanonenrohr, Truffle Shuffle! So haben mich die Leute genannt, als ich noch ein Kind war. Weckt schmerzhafte Erinnerungen«, sagt er.

»Tut mir leid, wenn ich das gewusst hätte …«, murmele ich, und das Blut schießt mir in die Wangen.

»War nur ein Scherz«, erwidert er grinsend. »Nur mein Bruder hat mich so gerufen. Und das war nicht wirklich traumatisierend. Damals hatte ich ein Schwabbelbäuchlein.«

Ich schaue auf seinen Bauch, der unter dem T-Shirt fest und durchtrainiert wirkt.

»Wie ich sehe, hast du das Problem jetzt nicht mehr«, bemerke ich und versuche, mir nicht den Sixpack unter diesem T-Shirt vorzustellen. »Sorry, das soll nicht heißen, dass ich hingesehen habe. Ist nur so, dass dein T-Shirt ziemlich eng …«

Halt die Klappe, Izzy. Auf der Stelle.

Aidan lächelt, und sofort sind seine Grübchen da.

»So durchtrainiert bin ich gar nicht. Es fällt mir einfach schwer, zuzunehmen«, sagt er, klopft auf seinen Bauch, und meine Augen folgen seinen Händen. Was stimmt nicht mit mir? Ich muss mich zusammenreißen, er hat schließlich eine Freundin.

»Das Problem hätte ich auch gern.«

»Ich fahre jede Woche etwa 160 Kilometer mit dem Rad.«

»Wow, und genau aus dem Grund werde ich dieses Problem nie haben. Ich halte mich an meine Maltesers. Obwohl ich normalerweise versuche, sie zu essen, statt sie auf meinen Händen zu verschmieren.«

»Entschuldigung«, sagt eine Stimme, und als wir uns umdrehen, sehen wir den Platzanweiser am Ende der Reihe stehen. Er zeigt auf uns. »Würden Sie sich bitte hinsetzen, die Leute hinter Ihnen können nichts sehen.«

Ich drehe mich um und stelle fest, dass uns alle anstarren. Ich hatte die anderen Menschen um uns herum völlig vergessen.

Hastig setzen wir uns. Der Platzanweiser knurrt und kommt näher.

»Ich hätte wissen müssen, dass Sie beide das sind. Haben Sie letztes Mal nicht behauptet, Sie würden sich gar nicht kennen?«

»War auch so«, erwidere ich. »Nun ja, wir sind uns vorher schon einmal begegnet, aber Aidan hat mich nicht erkannt. Wie dem auch sei, letztes Mal sind wir uns wiederbegegnet, also haben wir nicht gelogen.«

Der Platzanweiser sieht uns streng an. »Keine Filmerei und keine Dummheiten.« Dann geht er wieder.

Aidan und ich müssen kichern.

»Du hast ihn gehört! Keine Dummheiten.«

»Das macht meine Pläne zunichte. Ich kann genauso gut direkt wieder gehen«, sagt er.

Meine Kiefermuskeln schmerzen jetzt schon von dem vielen Lachen. In Aidans Gesellschaft fühle ich mich wohl. Ich kann mich gar nicht erinnern, wann ich das letzte Mal in der Gegenwart eines Mannes, den ich kaum kenne, so entspannt gewesen bin.

Ich schaue auf meine Hände – sie sind immer noch schokoladenverschmiert.

»Könntest du vielleicht ein Papiertaschentuch aus meiner Handtasche holen?«

Aidan sieht mich entsetzt an.

»Ich verspreche dir, dass sie nicht beißt. Entweder ein Taschentuch, oder ich muss mir die Hände waschen gehen, was bedeutet, dass ich noch einmal an unserem Freund vorbeikomme, und das war beim ersten Mal schon nicht prickelnd.«

»Okay.« Er hebt die Handtasche vom Boden auf und atmet aus. Dann schiebt er eine Hand in die Tasche und wühlt darin herum. Es hilft nicht gerade, dass das Licht gedimmt wurde, weil jetzt die Werbespots für lokale Unternehmen über die Leinwand flimmern.

»Was zum Teufel ist das?«, fragt er und zieht einen Löffel heraus.

»Den habe ich immer dabei. Dann brauche ich kein Plastikbesteck. Das schont die Umwelt.«

»Sehr vorbildlich«, sagt er, stopft ihn zurück und zieht den Selfiestick heraus.

»Nicht!«, flüstere ich. »Unser Freund wollte mich deshalb schon aus dem Kino verbannen.«

»Ausnahmsweise bin ich seiner Meinung. Ich hasse diese Dinger.«

Zum Glück ist es schon so dunkel, dass er nicht sehen kann, wie ich rot anlaufe.

»Der gehört mir nicht. Er ist für ein berufliches Projekt. Ich bin keine dieser eitlen Selfie-Knipserinnen«, lüge ich, dass sich die Balken biegen.

»Puh, zum Glück«, atmet Aidan auf. »Ich fände es nämlich blöd, wenn du zu der dunklen Seite gehörst.«

»Die dunkle Seite?« Ich schlucke.

»Ja, ich stehe nicht auf Social Media, eigentlich hasse ich sogar alles, wofür es steht. Meine Ex Zoe war davon besessen, für sie gab es nur sie selbst und ihr Selfie. Für mich und unsere Beziehung war da kein Platz.«

Ich schlucke. Vielleicht sollte ich noch ein bisschen warten, bevor ich ihm von meinen Instagram-Bestrebungen erzähle.

»Sorry, das sollte nicht bissig klingen«, sagt er und findet endlich die Packung Papiertaschentücher. Er zieht eins heraus, nimmt meine Hände und reibt die Schokolade ab. Die Berührung jagt mir einen wohligen Schauer über den Rücken, und ich frage mich, ob er dieses Knistern zwischen uns auch spürt. Natürlich ist es bedeutungslos – selbst wenn er keine Freundin hätte, würde ihn immer noch meine Instagram-Begeisterung abschrecken.

»Das macht doch nichts«, sage ich und versuche zu ignorieren, dass er längst mit Abwischen fertig ist, aber immer noch meine Hände hält.

»Nach einer Trennung klingt so etwas immer kleinlich. Du schaust zurück und fragst dich, wie dich solche Dinge aufregen konnten. Aber natürlich gab es auch große Dinge.«

»Japp, meiner Erfahrung nach gibt es die leider immer.«

Einen Moment lang schweigen wir beide, und es fühlt sich plötzlich falsch an, dass wir immer noch »Händchen halten«. Abrupt ziehe ich meine zurück.

Er hüstelt verlegen. »Also, *Die Goonies*«, sagt er dann und steuert uns in sichere Gewässer.

»Japp«, antworte ich. »Die Frage lautet, ob du mir deinen Truffle Shuffle zeigen wirst?«

Er macht Anstalten, sein T-Shirt hochzuziehen. So viel zu sicheren Gewässern. Zu meinem Glück lässt er die Hände wieder sinken.

»Den Truffle Shuffle mache ich nicht für jeden. Du musst ihn dir verdienen.«

»Und wie verdient man ihn sich?«

Hör auf zu flirten, Izzy.

»Ah, das darf ich nicht verraten.«

Das Licht geht genau im richtigen Moment ganz aus, er sieht also nicht, wie meine Wangen glühen.

»Da du den größten Teil deiner Schokolade verstreut hast: Möchtest du wieder von meiner Süßigkeiten-Mischung?«

»Ich dachte schon, du würdest nie fragen.« Ich greife in die Tüte, und wir machen es uns bequem, schauen den Film und mampfen Süßigkeiten.

Nach dem Kino stehen wir an derselben Stelle draußen auf dem Bürgersteig wie beim letzten Mal und quetschen uns unter das Vordach, um nicht vom Regen nass zu werden.

»Hättest du noch Lust, ähm, etwas trinken zu gehen?«, fragt Aidan. »Nur kurz.«

»Ja, gern. Musst du denn nicht zum Bahnhof?«

Er sieht auf seine Armbanduhr. »Ein bisschen Zeit habe ich noch, ich darf nur nicht den letzten Zug verpassen.«

Aidan zeigt zu dem Pub auf der anderen Straßenseite, und wir setzen uns in Bewegung.

»Würdest du dann Ärger bekommen?«, frage ich und nehme an, dass Saskia zu Hause auf ihn wartet.

»O ja, der Boss würde mich umbringen. Bevor er schlafen geht, bekommt er immer noch eine Möhre zum Knabbern, sonst wacht er mitten in der Nacht vor Hunger auf.«

Verwirrt runzele ich die Stirn.

»Habe ich dir nicht von Barney erzählt?«

»Nein.« Ich schüttle den Kopf.

»Mein Hund Barney?«

Er hält mir die Tür zum Pub auf, und wir gehen hinein.

»Was für eine Rasse?«

»Ein großer, schokoladenbrauner Labrador.«

»Er ist bestimmt süß.«

Aidan zieht sein Handy aus der Tasche und wischt ein paar Mal, bevor er es mir reicht.

»Wow, ein wunderschönes Tier.«

»Ja, und das weiß er auch. Würde sogar mit Mord davonkommen.«

»Meine Oma hatte einen Collie, als ich klein war. Ich bin unheimlich gern zu ihr gegangen, weil er mich immer ganz begeistert begrüßt hat. Muss schön sein, wenn sich jemand so über dich freut.«

»Ich habe mich darauf gefreut, *dich* heute zu sehen«, sagt er und stöhnt dann. »Entschuldige, das sollte kein blöder Anmachspruch sein. Saskia sagt ständig, dass ich kitschiges Zeug von mir gebe.«

Ich versuche, nicht enttäuscht zu wirken, dass er seine Freundin erwähnt.

»Mag sie keine Kultfilme?«, frage ich, und er schaut mich irgendwie seltsam an.

»Nicht sonderlich. Sie ist mehr der Programmkino-Typ, steht auf Indie-Filme.«

Na klar. Nicht nur optisch ein Knaller, sondern auch noch intellektuell.

»Wenn ich mit ihr im Kino war, bin ich danach immer richtig erschöpft. Die Filme haben Untertitel, und man muss sich sehr konzentrieren.«

»Ja, Filme mit Untertiteln sind anstrengend«, versichere ich in einem Ton, als würde ich mir so etwas ständig ansehen – dabei tue ich das nur, wenn ich nicht einschlafen kann, das wirkt immer, da kann der Film noch so gut sein.

Wir bekommen unsere Getränke und nehmen sie mit zu einem Tisch in der Ecke.

»Hast du Barney schon lange?«

»Etwa anderthalb Jahre. Er kam zu mir, nachdem ich mein Haus gekauft hatte. Ich wollte ein bisschen Gesellschaft und dachte, das wäre weniger einschränkend als ein Untermieter. Aber da habe ich mich geirrt. Ich kann nicht einmal zur Toilette gehen, ohne dass er die Tür aufstößt, um zu sehen, was drin passiert.«

Ich lache und kann mir vorstellen, was für ein Schelm dieser Hund ist.

»Hast du auch Haustiere?«, fragt er.

»Nein, meine Freundin und ich leben in einer Etagenwohnung und arbeiten beide den ganzen Tag. Da geht das nicht.«

»Stimmt, Tiere haben gern Gesellschaft«, stimmt er zu und setzt sich an den Tisch. »Gefällt es dir, wieder in Basingstoke zu sein?«

»Meistens schon. Als Teenager konnte ich es kaum erwarten, von dort wegzukommen, aber nach Bens Tod hat sich alles verändert. Mir ist klar geworden, was und wer mir wirklich wichtig ist. Vielleicht wäre ich in jedem Fall irgendwann zurückgezogen, es hätte nur ein bisschen länger gedauert.«

»Kommt mir bekannt vor. Ich bin zum Studium nach Bristol gegangen und anschließend ein paar Jahre geblieben.«

»Und warum bist du wieder hergekommen?«

Er zuckt mit den Schultern. »Die meisten meiner Studienfreunde gingen fort, und dann traf ich ein Mädchen wieder, das ich aus meiner Heimatstadt kannte – Zoe, die ich vorhin schon einmal erwähnte. Wir begannen eine Beziehung.« Er rutscht unbehaglich auf seinem Stuhl hin und her. »Wieder herzuziehen war naheliegend, um in ihrer Nähe zu sein, außerdem kannte ich in dieser Gegend Leute. Erstaunlich, wie viele aus der Schulzeit zurückgekommen sind.«

Ich nicke bestätigend. »Mir kommt es auch so vor, als würde bei vielen ein Peilsender aktiviert, sobald sie entscheiden, sesshaft zu werden. Ich treffe ständig auf Leute, die ich seit Jahren nicht gesehen habe, und die jetzt einen Kinderwagen durch die Gegend schieben.«

»Echt seltsam, oder? Ich fühle mich kein bisschen älter als zu meiner Schulzeit, und dann laufe ich jemandem von früher über den Weg, der schon graue Haare oder eine Glatze bekommt. Und plötzlich wird mir klar, dass ich alt bin.«

»Ich persönlich finde, dass du keinen Tag älter als siebzehn wirkst.«

»Danke, normalerweise gehe ich für zweiundzwanzig durch«, antwortet er lachend.

Ich schaue ihn an und frage mich, wie alt er wirklich ist. Er hat ein paar Lachfältchen, aber durch den Bart ist es schwer einzuschätzen.

»Du versuchst gerade, mein Alter zu erraten, stimmt's?«

»Nein«, erwidere ich und weiß genau, dass ich eine grottenschlechte Lügnerin bin.

»Doch, das sehe ich deinem Gesicht an. Du beäugst meine Krähenfüße.«

»Du hast keine Krähenfüße.«

»Also hast du doch hingeschaut«, sagt er in gespieltem Entsetzen. »Ich bin sechsunddreißig.«

»Echt jetzt? Ich hätte auf mindestens vierzig getippt.« Ich lache, damit er merkt, dass ich nur scherze.

»Vierzig ist das neue dreißig.«

»Angeblich, alter Mann.«

»Und wie alt bist du? Oder soll ich schätzen?«

Ich atme hörbar ein. »Du solltest nie das Alter einer Frau schätzen – das geht nicht gut aus.«

»In ihrer Handtasche herumzuwühlen auch nicht«, erwidert er lachend.

»Ich errette dich aus deinem Elend. Ich bin einunddreißig.«

»Genau das hätte ich auch getippt.«

»Klar doch.«

Er trinkt einen kleinen Schluck und lächelt mich schelmisch an.

»Und was machst du beruflich?«, frage ich. »Ich meine, machst du noch etwas anderes als die Arbeit in deinem Café?«

»Ich bin App-Designer«, antwortet er.

»Wow, das ist interessant.«

Wieder zuckt er mit den Schultern. »Manchmal. Ich arbeite hauptsächlich für Non-Profit-Organisationen, erstelle Companion-Apps für Museumsausstellungen und solche Sachen. Das Gute daran ist, dass ich von zu Hause arbeiten kann.«

»Das gefällt Barney bestimmt.«

»O ja. Sein Körbchen steht neben meinem Schreibtisch, und alle paar Stunden stupst er mich an, damit ich ihn entweder füttere oder mit ihm Gassi gehe. Wer braucht schon einen Aktivitätstracker, wenn er einen Hund hat?«

Ich lache.

»Erzähl mir von deiner Arbeit«, fordert er mich auf.

»Die ist ziemlich langweilig«, antworte ich und rümpfe die Nase. »Aber meine Kollegen gleichen das aus.«

»Dann erzähl mir von denen.«

»Okay«, stimme ich zu und frage mich, wie in aller Welt ich Mrs Harris beschreiben soll. Ich fange also an, alle möglichst genau zu charakterisieren, und erzähle von dem Backwettbewerb. Aidan kommt aus dem Lachen gar nicht mehr heraus. Als ich ihn auch noch in die politischen Strukturen unseres Büros eingeweiht habe, sind unsere Gläser leer.

»Sollen wir noch etwas bestellen?«, frage ich.

Er schaut auf seine Armbanduhr und zuckt zusammen. »Ich würde gern, aber ich muss zum Zug.«

»Natürlich.« Ich versuche, meine Enttäuschung zu verbergen, ziehe mein Sweatshirt wieder über und stehe auf.

Wir verlassen den Pub, und wenigstens hat es aufgehört zu regnen. Ich liebe diesen Duft nach einem Sommerregen, wenn alles warm und feucht ist.

»Es war echt schön, dich wiederzusehen«, sagt er. »Aber es ist immer so schnell vorbei. Lass uns doch vor dem Film nächsten Monat zusammen essen gehen.«

»Oh …«, erwidere ich und erröte schon wieder. »Nächsten Monat?«

»Sorry, ich hatte das jetzt einfach angenommen. *Mein böser Freund Fred*«, sagt er.

»Ich liebe diesen Film. Ja, klingt toll.« Essen zu gehen hört sich für mich zwar nach einem Date an, andererseits spricht doch eigentlich nichts dagegen, dass zwei Freunde miteinander was zu sich nehmen.

»Okay, sagen wir, im Ted's um sieben.«

»So machen wir es! Musst du nicht los? Sonst verpasst du deinen Zug.«

Er beugt sich vor und umarmt mich zum Abschied. Keine lange, emotionale Umarmung wie beim letzten Mal, sondern eher so, wie sich gute Bekannte verabschieden.

»Ich bin echt froh, dass wir uns angefreundet haben, Izzy! Bis nächsten Monat«, sagt er und geht dann.

»Ich auch«, murmele ich mehr zu mir selbst als zu ihm.

Irgendetwas ist da zwischen Aidan und mir, und je mehr Zeit ich mit ihm verbringe, desto schwerer lässt es sich ignorieren. Aber da keiner von uns in der Situation ist, eine Beziehung anfangen zu können, sind mir die Hände gebunden.

Willkommen im September
This_Izzy_Loves IGTV
Anzahl Follower: 18.800

Wie kann es nur sein, dass der Sommer schon vorbei ist? Ich will nicht, dass er endet! All die langen, kuscheligen Sommerabende draußen mit Luke und die Ausflüge ins Freibad … Hoffen wir auf einen schönen Altweibersommer!

Ich freue mich, dass euch Lukes und mein gemeinsamer Besuch im Fitnesscenter gefallen hat. Und ich bin völlig eurer Meinung, dass deine bessere Hälfte dich auch in deiner schlimmsten Verfassung sehen sollte. Ihr habt nur die »Vorher-Bilder« gesehen, aber ihr könnt mir ruhig glauben, dass ich mich in ein schwitzendes und kraushaariges Etwas verwandelt habe. Und ich kann die Arme nicht mehr über den Kopf heben – ob der Muskelkater je wieder verschwindet? Luke und ich sollten in Zukunft weniger kraftaufreibende Tätigkeiten planen. Netflix und chillen ist mehr mein Ding!

Kapitel 16

Als ich vor Lukes Haus ankomme, bin ich überrascht. Er wohnt in einem alten viktorianischen Doppelhaus aus rotem Backstein mit großen Erkerfenstern und einer Veranda mit den typischen Metallverzierungen. Zweifellos wunderschön, aber ich hatte mir Luke immer in einem modernen Penthouse vorgestellt, das selbstverständlich in einem schicken Stadtviertel liegt. Dieses Haus dagegen schreit förmlich nach »Vorstadtfamilie«.

Ich klopfe an die Haustür, und Luke öffnet mit einem Lächeln im Gesicht.

»Nette Bude«, begrüße ich ihn.

Er zuckt mit den Schultern. »Ich habe schon schlechter gewohnt. Komm rein.«

Ich folge ihm durch einen langen Flur, spähe im Vorbeigehen in ein Wohnzimmer mit Parkettboden und blau gestrichenen Wänden. Alles wirkt makellos sauber und hat rein gar keine Ähnlichkeit mit den WGs, die ich bislang gesehen habe.

»Mit wem wohnst du zusammen? Einer Putzkolonne?«

»Sehr witzig. Wir sind nur einfach keine Chaoten, was ganz praktisch ist, weil Frauen nicht gern in unordentliche Häuser kommen.«

Wer sagt eigentlich, dass Männer kein Multitasking beherrschen? Luke denkt niemals nur mit seinem Gehirn.

In der großen, quadratischen Küche steht ein Karton auf dem Tisch. Ich kann immer noch nicht glauben, dass er möglicherweise den Anfang einer bezahlten Karriere signalisiert. Ben wäre so stolz!

»Alles in Ordnung?«, fragt Luke und folgt meinem Blick.

»Wahnsinn, oder? Wir bekommen nicht nur Gratis-Klamotten zugeschickt, sondern werden auch noch dafür bezahlt, sie zu tragen. Und Macchiato ist als Designer voll im Kommen.«

»Macchiato ist ein Kaffeegetränk. Der Designer heißt *Makeay-to*.«

Ich höre keinen Unterschied zu meiner Aussprache, nicke aber.

»Jedenfalls bin ich echt gespannt auf den Inhalt. Wollen wir denn wirklich ein Video vom Auspacken drehen?«

»Klar.« Luke nickt. »Ich habe das Stativ aufgebaut, wir können also beide loslegen. Oder möchtest du vorher etwas trinken? Ich habe diese trübe Limonade, die du so magst.«

»Das ist aber sehr aufmerksam von dir.« Jetzt erstaunt er mich doch.

Luke zuckt mit den Schultern, und für einen Moment frage ich mich, ob ich ihn vielleicht falsch verstanden habe.

»Ist Gewohnheit. Ich habe herausgefunden, dass es sich auszahlt, wenn man sich solche Details merkt. Frauen haben dann das Gefühl, etwas Besonderes zu sein.«

Ich schließe die Augen und atme tief durch.

»Danke, ich habe keinen Durst. Lass uns anfangen.«

Er geht zum Stativ und schraubt die Kamera darauf fest, dann kommt er mit der kleinen Fernbedienung in der Hand wieder zurück.

»Bist du bereit? Hast du schon einmal ein Auspack-Video gedreht?«

»Nein, du?«

»Nein«, antwortet er.

»Okay, wir öffnen das Paket einfach nur, oder?«

»Ja.« Er nickt. »Brauchen wir ein Messer?«

»Vielleicht. Wir hätten früher daran denken und uns einen Brieföffner besorgen sollen, wie ihn die YouTuber benutzen.«

»Diese Typen, die sagen: ›Seht mich an, ich bekomme so viel Gratiszeug zugeschickt, dass ich einen Öffner brauche!‹?«

»Genau.«

Luke beugt sich über die Küchenschublade. »Wir nehmen ein Steakmesser.«

»Steakmesser, wie edel.«

Er wirft mir einen strafenden Blick zu.

»Fertig?«

»Japp.«

»Uuuund – Action!«, ruft er. Ich muss mir auf die Lippe beißen, um nicht loszulachen. »Wir befinden uns hier in meiner Küche. Richtig, meine Damen und Herren, This_Izzy_Loves ist in meiner Küche, es ist der Morgen nach der Nacht davor, Zwinker.«

»Stopp. Noch mal von vorn. Was sollte dieses ›Zwinker‹?«

»Die Leute wollen wissen, ob wir schon … du weißt schon.«

»Niemand will das wissen.«

»Komm schon, natürlich wollen sie das. Überleg mal, wie beliebt *Love Island* ist.«

»Wir sind hier aber nicht in der Casa Amor«, erwidere ich und verschränke die Arme vor der Brust.

»Na schön, unser Sexleben wird nicht erwähnt. Klappe, die zweite.«

Wieder drückt er den Knopf der Fernbedienung, und dieses Mal nehme ich die Zügel in die Hand.

»Ich bin gerade bei Luke angekommen, und wir stehen in seiner Küche«, sage ich und werfe ihm einen strengen Blick zu. »Wir sind sehr aufgeregt, weil wir dieses Paket bekommen haben und nicht wissen, was sich darin befindet.«

»Und wir freuen uns riesig darauf, es zu öffnen, nicht wahr, Baby Girl?« Er legt den Arm um mich.

»Und ob, Schnuckelchen«, säusele ich und klimpere mit den Wimpern. Dieses Spiel der albernen Kosenamen kann man zu zweit spielen. »Lass es uns öffnen!«

Luke hält kurz inne und lächelt in die Kamera, schnappt sich dann das Steakmesser und durchtrennt das Klebeband.

»Ooh, sieh nur das schöne Seidenpapier! Und da ist eine Nachricht: ›Liebe Izzy und lieber Luke, können es kaum erwarten, euch in unseren Entwürfen zu sehen. Küsse und alles Liebe von M x.‹«

»Und für alle, die sich wundern, wer M ist – es handelt sich um *Mak-eay-to*«, sagt Luke und zwinkert schon wieder.

Ich taste durch das Seidenpapier, bis ich etwas finde und es herausziehe: »Tadaaa – *oh*.«

»Was zur Hölle ist *das*?«, fragt Luke.

»Keine Ahnung.«

Ich halte den kratzigen, silberfarbenen Stoff hoch und versuche herauszufinden, wo »oben« ist.

»Was zur … sind das etwa Latzhosen?«, frage ich.

»Shit, wir nehmen immer noch auf!«, ruft Luke und fummelt an der Fernbedienung herum.

»Das können wir nicht verwenden, unsere Mienen waren nicht gerade schmeichelhaft.«

»Wir müssen es noch einmal aufnehmen und mehr Begeisterung zeigen. Ist das deine oder meine?«

»Hoffentlich deine«, antworte ich, werfe ihm das Teil zu, ziehe das nächste aus dem Karton und runzle die Stirn. »Da muss etwas schiefgelaufen sein, sie haben zwei gleiche geschickt.«

»Die sind ja scheußlich.« Er nimmt mir die zweite Latzhose aus der Hand und betrachtet sie genauer. »Die hier ist kleiner. O nein, das glaube ich jetzt nicht.«

»Was?«

»Die sind als Partnerlook gedacht.«

Mir klappt die Kinnlade runter. »Wir müssen die Dinger zurückschicken. Da kann ich mir gleich einen Kartoffelsack anziehen.«

Fieberhaft untersuche ich das Teil, hoffe, irgendetwas Positives daran zu finden.

»Was soll *ich* denn sagen? Du könntest wenigstens versuchen, darin sexy auszusehen.«

»Seit wann sind Latzhosen sexy?«

»Wenn du kein T-Shirt anziehst ...«

»Dann verstoße ich gegen die YouTube-Regeln.«

»Wir könnten es versuchen. Sind die bei YouTube nicht mittlerweile lockerer?« Er sieht mich hoffnungsvoll an.

»Ist noch etwas in dem Karton? Vielleicht Müllsäcke, die wir über den Kopf ziehen können?«

Luke wühlt darin herum und zieht zwei Netzteile heraus.

»Oh.« Jetzt runzelt er die Stirn. »Ich glaube, das knöpft man an die Träger. Na bitte. Zufrieden? Alles sittsam bedeckt.«

»Du lieber Himmel, da gehe ich lieber ohne Shirt.« Ich seufze.

Auf Lukes Gesicht breitet sich ein Lächeln aus.

»Das meinte ich nicht wörtlich!«

»Ich habe doch gar nichts gesagt«, verteidigt er sich.

»Ja, aber gedacht.«

Er schweigt. Ist auch nicht nötig, dass er antwortet.

»Also, bist du bereit, noch einmal von vorn anzufangen?«, fragt er.

»Können wir nicht behaupten, die Sendung ist in der Post verloren gegangen?«, frage ich gequält.

»Und riskieren, dass sie uns etwas noch Schlimmeres schicken?«

»Du hast recht. Ich räume alles wieder ein. Hast du Klebeband?«

Luke wühlt in der Küchenschublade herum, während ich die Sachen in den Karton packe und hoffe, dass sich alles auf wundersame Weise in etwas Schöneres verwandelt hat, wenn ich es wieder heraushole.

»Hab was gefunden!« Luke winkt mit einer Rolle Klebeband. »Ob wir vielleicht besser ein Drehbuch schreiben?«

»Keine Ahnung, wirkt das dann nicht auswendig gelernt?«

»Ja. Vermutlich sind nicht alle so begnadete Schauspieler wie ich.« Er nickt.

»Nein, Channing, wir können nicht alle so vielseitig sein wie du.«

»Nun«, antwortet er mit vielsagendem Blick, »ich bin auch extrem talentiert beim –«

»Jaja, das hätte ich mir denken können. Lass uns einfach spontan sein, okay?«

»Fein! Also Lächeln statt Entsetzen.« Er drückt den Knopf an der Fernbedienung. »Hier kommt nun unser Auspack-Video. Ich kann kaum glauben, dass *Mak-eay-to* uns Outfits geschickt hat«, sagt Luke.

»Jippieh!« Ich untermale meine Freude mit Jazz-Händen.

»Was soll das?« Luke starrt mich entsetzt an.

»Begeisterung zeigen?«

»Das wirkt sarkastisch.«

»Vielleicht möchte ich die Aufmerksamkeit von meinem Gesicht ablenken.«

Luke drückt die Stopptaste der Fernbedienung.

»Okay, ich hab's. Wir nehmen den ursprünglichen Anfang und drehen nur den Teil mit dem Öffnen des Kartons. Ich mache eine Nahaufnahme von deinen Händen beim Auspacken und überarbeite später die Übergänge.«

»Gute Idee.« Ich nicke.

»Du musst weiterreden, während ich den Karton heranzoome. Sei einfach fröhlich und erzähle, dass du total neugierig darauf bist, den Inhalt zu sehen.«

»Okay.« Ich atme tief durch, um mich zu beruhigen.

»Und dann öffnest du den Karton mit dem Messer. Bekommst du das hin?«

»Das schaffe ich schon«, zische ich, während er heranzoomt. Er zeigt mir den erhobenen Daumen, und ich plappere los.

»Unglaublich, gleich werden wir sehen, was sich in dem Paket befindet! Was für ein Glück wir doch haben.«

Ich nehme das Messer, steche in den Karton und ziehe es durch den Klebestreifen.

»Gut«, sagt Luke. Er justiert die Kamera neu, richtet sie wieder auf uns. »Lass mal sehen.«

Er öffnet den Karton. Wir zögern beide, hineinzugreifen.

»Du zuerst«, flöte ich und lächle ihn an.

»Ladys first, ich bestehe darauf.«

Leise stöhnend füge ich mich in mein Schicksal, aber einer von uns muss tapfer sein. Ich ziehe die erste Latzhose heraus, halte sie in die Kamera – und beiße mir auf die Lippe, um nicht entsetzt aufzuschreien. Auf der Rückseite klafft ein langer Schnitt. Ich muss die Hose mit dem Messer aufgeschlitzt haben.

»Ähm, Luke«, unterbreche ich sein Geschwafel über den glänzenden Stoff.

Ich halte ihm die Rückseite hin.

»Verdammt, Izzy! Du hattest nur eine Aufgabe! *Eine!*«

»Tut mir leid. Das Klebeband war wohl doch nicht so dick, und ich hatte die Hosen nicht wieder genügend in dieses Seidenpapier gewickelt.«

Er richtet die Fernbedienung auf die Kamera und drückt den Knopf mit mehr Kraft als nötig.

»Wie gut, dass wir nicht live gesendet haben«, versuche ich, die Stimmung aufzuhellen. Luke starrt mich fassungslos an.

»Das ist nicht witzig, Izzy. Was sollen wir jetzt tun?«

»Niemand muss das mitbekommen. Es ist doch an der Rückseite. Ich trage die meisten Kleidungsstücke, die ich zugeschickt bekomme, mit Sicherheitsnadeln, weil sie zu weit sind. Wir fotografieren nur die Vorderseite, und niemand merkt etwas.«

»Aber wir müssen Fotos von uns machen, wie wir damit draußen rumlaufen! Wir werden sowieso total albern aussehen, auch ohne dass der Hintern rausguckt.«

»Nur eine ist aufgeschlitzt.«

Luke greift in den Karton und zieht die andere Hose heraus, um zu sehen, welche von beiden kaputt ist. Als er entdeckt, dass es meine ist, atmet er erleichtert auf. »Du bist es wenigstens gewohnt.«

In Anbetracht seines galanten Benehmens presse ich die Lippen aufeinander. »Müssen wir den Rest auch noch aufnehmen?«

»Ja. Wir legen die Sachen in den Karton und fangen an der Stelle noch einmal an.«

Dieses Mal schaffen wir es mit einer oscarreifen Vorstellung bis zum Ende. Lächelnd holen wir die Teile aus dem Karton, verbergen geschickt den riesigen Schnitt.

»Ich dachte schon, wir werden nie fertig«, stöhnt Luke, nachdem er endlich die Kamera ausgeschaltet hat.

»Ging mir genauso. Viel Glück beim Bearbeiten.«

»Danke, werde ich brauchen«, antwortet er lachend.

»Wo in aller Welt sollen wir die Dinger bloß anziehen?«, frage ich und ziehe die Pressemitteilung aus dem Karton. »›Die neue Kollektion für beide Geschlechter ist so designt, dass sie einen leichten Übergang vom Büro in die Bar ermöglicht. So trendig. So Makayto.‹ Du liebes bisschen.«

»Kannst du dir vorstellen, das zur Arbeit anzuziehen?«, fragt Luke.

»Nächste Woche ist Casual Friday. Immer der letzte Freitag im Monat, jedes Mal ein Highlight.«

»Das ist nicht dein Ernst. Ich würde vor Scham im Boden versinken.«

»Natürlich ist das nicht mein Ernst. Schon gar nicht angesichts unserer arktischen Klimaanlage. Vielleicht im Winter, wenn ich im Sommerkleid zur Arbeit gehe.«

»Ich weiß nie, wann du Witze machst.«

»Natürlich war das ein Witz! Das Teil kann man höchstens im Spa anziehen – wie diese Anzüge, in denen man sich dünn schwitzt.«

»Und wo tragen wir diese Dinger nun?«, fragt Luke. »Es wird auffallen, wenn wir nur im Haus damit herumlaufen.«

»Schon klar. In der Presseerklärung erwähnen sie das Büro und die Bar, idealerweise wollen sie also Fotos von uns an diesen beiden Orten.«

»Okay. Wir wäre es, wenn wir uns an einen Schreibtisch setzen und es so aussehen lassen wie im Büro? Meine Mitbewohnerin promoviert und hat einen Schreibtisch. Den dürfen wir bestimmt benutzen.«

»Hat dein anderer Mitbewohner zufällig eine Bar in seinem Zimmer?«

»Leider nicht.«

»Dann müssen wir also doch hinaus in die reale Welt?« Fragend ziehe ich die Augenbrauen hoch.

»Vielleicht sieht es gar nicht so schlimm aus, wenn wir die Hosen erst einmal anhaben.« Er hält seine hoch und verzieht das Gesicht.

»Willst du mich auf den Arm nehmen? Das sieht garantiert scheußlich aus.«

»Es gibt nur einen Weg, das zu prüfen«, sagt er.

Fünf Minuten später stehe ich auf den kalten Fliesen in Lukes Badezimmer und versuche, mich in dem Frisierspiegel an der Wand zu betrachten. Wenigstens bedeckt der bescheidene Latz meine Brüste, aber von hinten sehe ich verboten aus: der BH guckt heraus, und in der Mitte klafft der Schnitt.

»Und?«, ruft Luke durch die Tür.

»Bin nicht sicher, ob ich rauskommen kann.«

»Na los, du siehst sicher nicht schlimmer aus als ich.«

»Willst du wetten?«

Ich hole tief Luft und entriegele die Tür.

Ich mustere Luke von oben bis unten, und er tut dasselbe mit mir. Dann brechen wir beide in schallendes Gelächter aus.

»Vielleicht ist Partnerlook genau das, was in all meinen Beziehungen gefehlt hat«, prustet er.

Frustriert zupfe ich an dem Teil herum.

»Glaubst du, dass es auf dieser Welt einen Filter gibt, der uns darin besser aussehen lässt?«, frage ich und kenne die Antwort bereits.

»Denk an das Geld.«

Ich schließe die Augen und befolge seinen Rat. Aber hierbei geht es für mich nicht nur um Geld. Es geht um die Bestätigung, dass ich meine Zeit nicht mit Hirngespinsten verschwende. Ben war davon überzeugt, dass ich es schaffe, und es kommt mir so vor, als würde ich es genauso für ihn wie für mich tun.

»Sechs Fotos und ein paar Posts in Storys«, sagt Luke.

»Okay.« Ich muss mich auf das große Ganze konzentrieren und darauf, wofür das hier steht. »Bringen wir es hinter uns.«

Kapitel 17

Als ich vor Ted's Restaurant ankomme, kollert mein Magen wie eine Waschmaschine. Er sollte lieber begreifen, dass es sich hier nicht um ein Date handelt.

Um zehn vor sieben stoße ich die Tür auf, und mir schlägt lebhaftes Stimmengewirr entgegen. Es ist bereits viel los, etliche Familien und größere Gruppen sitzen an den Tischen.

Ich versuche, nicht zu viel Aufmerksamkeit auf mich zu ziehen, während ich stehen bleibe und nach Aidan Ausschau halte.

»Kann ich Ihnen behilflich sein?«, fragt eine Kellnerin.

»Ich bin hier verabredet, mit einem … Freund.«

»Ah, einem *Freund*«, erwidert sie. »Alles klar. Haben Sie reserviert?«

»Ich denke schon.«

»Gut, und der Name?«

»Ähm, Aidan. Nicht ich heiße so, aber vielleicht ist unter diesem Namen reserviert. Ein Tisch für zwei.«

Sie überfliegt ihre Liste.

»Ich finde keinen Aidan. Könnte es unter dem Nachnamen sein?«

»Möglich«, antworte ich und spähe über ihre Schulter, in der Hoffnung, dass er irgendwo sitzt. »Den kenne ich aber nicht.«

»Sie sind mit jemandem verabredet und haben ihn vorher nicht gegoogelt?«, fragt sie mit entsetztem Blick.

»Nein, habe ich nicht. Aber wir sind uns im realen Leben bereits begegnet, im Kino.«

»Sie haben einen Typen im Kino aufgegabelt? Woher wollen Sie wissen, dass er kein Spinner ist?«

»Ich habe ihn nicht aufgegabelt, wir sind nur Freunde. Und im Übrigen sind wir uns auch vorher schon begegnet ... Soll ich an der Bar auf ihn warten?«

»Ja, am besten«, sagt sie und tippelt davon.

Ich gehe zur Bar, erklimme mit einiger Mühe einen der hohen Hocker und bestelle einen Holunderblüten-Mocktail.

»Hi«, sagt Aidan neben mir, noch bevor ich den ersten Schluck getrunken habe. »Wie geht es dir?«

»Gut, gut«, versichere ich ein wenig zu enthusiastisch. »Und dir?«

»Auch gut.«

»Gut ...«

Wir scheinen die Kunst der Konversation vergessen zu haben.

»Sollen wir an unseren Tisch gehen? Ich wusste nicht, unter welchem Namen du reserviert hast«, sage ich.

»Großartig, Tisch, ja.« Er nickt und scheint genauso nervös zu sein wie ich.

Es gelingt mir, mich einigermaßen grazil von dem Stuhl zu schlängeln, und ich folge Aidan zu der Kellnerin.

»Er hat Sie also gefunden? Sieht nicht aus wie ein Verrückter«, flüstert sie mir zu, während sie ihn mustert. »Unter welchem Namen haben Sie reserviert?«

»Simmons«, antwortet Aidan.

»Da haben wir Sie ja.« Die Kellnerin zwinkert mir zu. »Jetzt können Sie ihn auf Facebook gründlich durchleuchten.« Meine Wangen beginnen zu brennen, und ich versuche, Aidans verwirrten Gesichtsausdruck zu ignorieren. »Ihr Tisch ist in fünf bis zehn Minuten fertig, wenn Sie sich so lange an die Bar setzen möchten ...«

Sie reicht Aidan einen Pager, und ich schaue zurück zu dem Barhocker, der sich in unglaublichem Tempo zu meinem neuen Erzfeind entwickelt. Aidan schwingt sich in einer mühelosen Bewegung auf seinen, während ich den kleinen Tritt brauche und mich an die Theke klammere, damit sich der Stuhl nicht wegdreht.

»Kommst du klar?«, fragt er und streckt die Hand aus, um mir zu helfen.

»Ja, alles bestens«, versichere ich, als es mir endlich gelingt, meinen Hintern auf den Sitz zu hieven. Zur Bekräftigung meiner Worte nehme ich mein Glas und trinke einen Schluck.

»Du siehst so anders aus«, sage ich und überlege, woran das liegt. »Der Bart ist ab!«

»Nicht ganz«, sagt er und reibt über die Stoppeln. »In den letzten Wochen war es so heiß, dass er runtermusste. Jetzt lasse ich ihn bis zum Winter wieder wachsen. Bis *Ist das Leben nicht schön* im Fernsehen läuft, werde ich wie ein Yeti aussehen.«

»Interessant.« Ich nicke und versuche, ihn mir mit Vollbart vorzustellen.

»Und du trägst dein Haar wieder lockig.«

»Mir war nach einer Veränderung«, lüge ich. Meine Zahlen auf Instagram klettern nach oben, und ich möchte keinesfalls bei einem Date, das gar keins ist, mit einem Mann ertappt werden, der nicht Luke ist. Also versuche ich, nicht wie This_Izzy_Loves auszusehen.

»Ihr Tisch ist fertig.«

Leise fluche ich vor mich hin, weil ich von diesem verdammten Stuhl schon wieder runtermuss. Wenn ich gewusst hätte, dass es so schnell geht, wäre ich stehen geblieben und hätte mich lässig an die Theke gelehnt.

Wie werden zu einem Tisch mitten im Restaurant geführt.

Zumindest sind diese Stühle normal hoch, und es bedarf keiner akrobatischen Fähigkeiten, um sich zu setzen.

»Warst du schon einmal hier essen?«, frage ich und schnappe mir die Speisekarte.

»Nein, aber ich komme auf dem Weg zum Bahnhof hier vorbei, und es sieht immer so nett aus. Und du?«

»Auch nicht, aber ich habe gehört, dass die Burger gut sein sollen.«

»Ich nehme den Mexiko-Burger. Saskia überlegt, so etwas auch im Café anzubieten, also werde ich mal direkt der Konkurrenz auf den Zahn fühlen.«

»Ja, so etwas macht man für seine Liebste«, sage ich.

»Meine Liebste?« Er sieht mich über den Rand der riesigen Speisekarte hinweg an.

»Ja, Saskia, deine Freundin!«

Ich schwanke noch zwischen dem Aioli-Burger und dem mit Stilton, deshalb brauche ich einen Moment, bis ich merke, dass Aidan mich anstarrt.

»Saskia ist meine Partnerin.«

»Oh, sorry, ich wollte dich mit der Formulierung nicht kränken. Für mich bedeuten Partnerin und Freundin irgendwie dasselbe. Aber ich werde mich bessern.«

Aidan lacht. »Das meinte ich nicht. Saskia ist meine Geschäftspartnerin.«

»Deine *Geschäfts*partnerin«, wiederhole ich und dehne jeden Buchstaben.

»Japp. Sie ist eine alte Freundin, die jemanden brauchte, der in ihre Café-Idee investiert. Ich hatte kurz zuvor nur zum Spaß eine App entwickelt, die recht erfolgreich ist. Dadurch hatte ich ein bisschen Geld auf der Bank.«

Er lacht, als sei das witzig. Ich hätte ihm am liebsten gesagt, dass meine Theorie keineswegs so abwegig war in Anbetracht des Luftkusses, den sie ihm zugeworfen hat, aber damit hätte ich verraten, dass ich ihn damals gesehen und nicht angesprochen habe.

»Zwischen Saskia und mir läuft nichts. Das ist rein platonisch«, sagt er und schnappt sich sein Bier, das er an der Bar geordert hatte.

Ohne dass es mir richtig bewusst ist, hebe ich den Kopf, und plötzlich sehen wir uns in die Augen.

»Ah. Okay. So wie bei uns.«

Er verschluckt sich. »Ähm, vermutlich. Ja, total. Ich meine, wir sind der Inbegriff einer platonischen Freundschaft.«

In genau dem Moment tritt die Kellnerin an unseren Tisch und sieht uns fragend an.

»Ich kann später noch mal wiederkommen«, sagt sie und will wieder gehen.

»Nein, schon gut, wir sprechen nur gerade darüber, dass wir lediglich gute Freunde sind«, sage ich zu ihr und werde rot.

»Es ist immer gut, diese Dinge offen zu klären«, sagt die Kellnerin mit einem Anflug von Bedauern in ihrem Lächeln. »Also, möchten Sie bestellen, oder soll ich noch mal wiederkommen?«

»Lass uns bestellen«, sagt Aidan. »Ich nehme den Mexiko-Burger. Und ein großes Glas Peroni.«

»Okay. Und Sie?«

»Den überbackenen Burger mit Aioli.«

»Sie wissen, dass da Knoblauch drin ist?«

»Japp.«

»Okay, dann ist es vermutlich ganz gut, dass Sie nur Freunde sind.« Die Kellnerin zwinkert mir schon wieder zu, schnappt sich unsere Speisekarten und eilt davon.

»Das war seltsam, oder?«, fragt Aidan und sieht ihr mit einem verwirrten Blick nach.

»Wir haben uns schon kurz unterhalten, bevor du gekommen bist, aber egal.« Ich rühre mit dem Metallstäbchen in meinem Cocktail. »Saskia ist also deine Geschäftspartnerin. Gibt es denn jemand anderen in deinem Leben?«

Was eigentlich keine Rolle spielt, da wir ja nur platonische Freunde sind.

»Nein, weder geschäftlich noch sonst«, antwortet er. »Möchte ich aber auch nicht.«

»Wow, das klingt ziemlich entschlossen.« Hätte von mir sein können.

Er zuckt mit den Schultern.

»Die Trennung von Zoe war echt übel. Danach habe ich mir geschworen, mir das so bald nicht wieder anzutun. Es wird also vermutlich noch eine ganze Weile dauern, bis ich bereit bin für eine neue Beziehung.«

»Kann ich absolut nachvollziehen«, versichere ich und imitiere den bedauernden Blick der Kellnerin.

»Und du? Gibt es jemanden?«, hakt er nach.

»Nicht so leicht, jemanden zu finden! Hast du die Typen auf Tinder mal gesehen?«, erwidere ich mit einem spöttischen Lachen.

»Allerdings.« Er greift nach seinem Besteck, obwohl das Essen noch gar nicht da ist.

»Oh.« Habe ich da etwas missverstanden? »Du stehst auf Männer?«

»Was? Nein.« Er schüttelt den Kopf. »Ich habe die Männer auf Tinder gesehen, weil Zoe sie mir gezeigt hat. Kurz bevor es endgültig aus war, hat sie mir all die Typen unter die Nase gehalten, die infrage kämen, als wolle sie mir beweisen, wie viele besser sind als ich.«

»Wie bitte?«, entfährt es mir so laut, dass die Leute am Nebentisch sich zu uns umdrehen. Ich beuge mich vor und senke die Stimme. »Was für ein Miststück.«

Er lächelt gequält.

»Es ist eigentlich nicht meine Art, über andere schlecht zu reden, aber du hast recht, das war sie. Und es war nicht einmal das Schlimmste, was sie getan hat.«

»Was könnte noch schlimmer sein?«

»Am Ende hat sie mit einem Ex auf Facebook geflirtet und kam auch wieder mit ihm zusammen. Allerdings lief das ein paar Monate lang parallel zu unserer Beziehung, weil sie sichergehen wollte, sich richtig zu entscheiden.«

»Shit. Ich bleibe bei meiner Einschätzung. Was für ein Miststück.«

Aidan schweigt.

»Aber weißt du, ich kann deine Geschichte toppen. Mein Ex war noch schlimmer.« Ich nippe an meinem Drink.

Er verzieht das Gesicht. »Ist das überhaupt möglich?«

»Willst du wetten?«

»Ich mag Wetten. Der Verlierer bezahlt die nächsten Kinokarten?«, schlägt er vor. »Und ich hoffe, dass du verlierst, nicht nur, weil ich die Snacks kaufen will, sondern weil ich die Vorstellung verabscheue, dass du mit jemandem zusammen warst, der noch übler ist als Zoe.«

»Leider war er das«, versichere ich siegesgewiss. »Ich habe mit meinem Ex Cameron in London zusammengewohnt. Ich dachte, wir wären glücklich und würden uns lieben. An dem Tag, als Ben starb, war Cameron geschäftlich in New York, und ich rief ihn an, als ich bei meinen Eltern angekommen war. Bei ihm war es mitten in der Nacht, und als seine Kollegin Tiffany abhob, dachte ich im ersten Moment, die Rezeption hätte mich mit dem falschen Zimmer verbunden. Aber wie sich herausstellte, hatte sie das nicht.«

»So ein Dreckskerl.«

»Allerdings. Vermutlich gibt es nie einen guten Zeitpunkt, um zu erfahren, dass dein Freund dich betrügt. Anscheinend schliefen die beiden schon seit Jahren miteinander, waren aber offiziell mit anderen zusammen, da Beziehungen mit Kollegen gegen ihre Firmenpolitik verstießen.«

Ich umklammere mein Glas und wünsche, es würde etwas Hochprozentiges enthalten. Holunderblüte ist nicht gerade das, was ich jetzt brauche.

»Süßigkeiten gehen dann also auf dich«, sagt er und pfeift durch die Zähne.

Schweigend sitzen wir einen Moment lang da, und ich bin wütend. Nicht nur auf Cameron, sondern auch auf Zoe, weil sie jemand Nettes wie Aidan so schlecht behandelt hat.

»Ich weiß nicht, was schlimmer ist: dass beide sich so mies verhalten haben oder dass sie uns verlassen haben, um nicht auf eine andere Beziehung verzichten zu müssen«, sagt er schließlich.

»Jetzt bist du bestimmt froh, dass wir vor dem Film einen Burger essen gegangen sind.«

»Nächstes Mal gehen wir wieder nur hinterher was trinken und reden über den Film.«

»Ist vermutlich sicherer.« Ich seufze.

Die Kellnerin bringt köstlich aussehende Burger. Normalerweise würde ich ein Foto für Instagram machen, aber da ich weiß, wie sehr das Aidan an seine Ex erinnern würde, quetsche ich stattdessen Ketchup auf meinen Teller und lange zu.

»Verdammt, ist das heiß!« Fluchend lasse ich die Pommes fallen und trinke hastig, um meine verbrannte Zunge zu besänftigen. An so heißes Essen bin ich nicht mehr gewöhnt, weil es normalerweise während des Fotografierens abkühlt. Aber nachdem ich ein paar Schlucke getrunken habe, geht es wieder. Ich warte einen Moment, bevor ich in den Burger beiße, und stelle dann fest, dass die Kellnerin recht hatte – super viel Knoblauch. Statt meiner üblichen Maltesers werde ich mir wohl Pfefferminz besorgen müssen. Sonst riechen mich alle anderen im Kino.

Der Film war genau das, was wir nach dem Gespräch brauchten. Eine gute Ablenkung. Natürlich kommen darin auch traurige Szenen vor, aber er ist in erster Linie herzerwärmend und lustig. Im Anschluss daran schwärmen Aidan und ich im Pub fast eine Stunde lang über die Genialität von Rik Mayal.

»Mist! Ich muss zum Zug«, sagt Aidan plötzlich und leert sein Glas. »Bin froh, dass wir zusammen essen waren, sonst hätte sich dieser Abend viel zu kurz angefühlt.«

»Stimmt, die Zeit ist geradezu verflogen.« Ich trinke ebenfalls aus und stehe auf. Dann schiebe ich mich aus der bequemen Nische, und wir eilen nach draußen.

»Ich habe den Abend genossen«, sagt Aidan.

»Ich auch.«

»Es war auch gut, über die schwierigen Dinge zu reden«, fügt er hinzu.

»Richtig. Du kannst jederzeit mit mir darüber reden. Du weißt schon, wenn du Bedarf hast.«

»Danke, das weiß ich zu schätzen.« Er wippt auf seinen Absätzen nach hinten und schiebt die Hände in die Taschen. »Weißt du, ich bin über meine Ex hinweg. Auch wenn es sich vermutlich nicht so angehört hat, als ich von ihr erzählt habe.«

»Ist schon gut, du musst das nicht erklären«, versichere ich, und als mir auffällt, wie dicht wir voreinanderstehen, bedaure ich die Wahl meines Burgers.

»Möchte ich aber«, beharrt er. »Ich bin nicht wütend auf sie, sondern auf mich, weil ich zuließ, dass sie mich so behandelt. Ich habe die letzten anderthalb Jahre damit verbracht, wieder ich selbst zu werden. Es fühlt sich gut an, und ich will mich nicht noch mal verändern.«

»Aber das brauchst du vielleicht auch nicht. Wenn du dem richtigen Menschen begegnest, will der gar nicht, dass du dich änderst. Er wird dich mit deinen Krähenfüßen, den Bartstoppeln und deinen Klamotten, die ausschließlich aus Band-T-Shirts zu bestehen scheinen, akzeptieren.« Ich schweige für einen Moment und fahre dann fort: »Und auch, dass du diese furchtbaren Brause-Ufos magst. Demjenigen würde das nichts ausmachen, weil er weiß, dass du der einfühlsamste und rücksichtsvollste Mensch bist, mit einem ausgezeichneten Filmgeschmack, dass du wunderbar imitieren kannst und Bauchmuskeln hast wie ein Film…« Ich verstumme, weil mir plötzlich klar wird, was ich da sage. Aidan schaut mir in die Augen, und ich weiß nicht, was er gerade denkt.

»Das wird derjenige denken?« Ein Lächeln umspielt seine Lippen.

»Na ja, so etwas in der Art.«

Er beugt sich zu mir, und ich habe Schmetterlinge im Bauch. Mein Herz rast, ich neige den Kopf und nähere mich Aidan.

Und dann rempelt ein Betrunkener ihn an. »Sorry, Kumpel«, lallt er und torkelt weiter.

Ich bin sicher, dass Aidan mich küssen wollte. Meine Lippen kribbeln immer noch erwartungsvoll, aber der Bann ist gebrochen, Aidan hüstelt und tritt einen Schritt zurück.

»Ich muss wirklich diesen Zug erwischen.«

Ich lasse die Schultern sinken, versuche zu verarbeiten, was beinahe passiert wäre. Meine Beine zittern, und mein Herz überschlägt sich fast, aber ich tue so, als sei alles in Ordnung, und setze ein künstliches Lächeln auf. Aidan umarmt mich mit Abstand, murmelt einen kurzen Abschiedsgruß und geht. Er ist sicher froh gewesen über die Unterbrechung, denn er kann gar nicht schnell genug von mir wegkommen.

Aber ich stehe wie festgeklebt da und schaue ihm nach.

Nie zuvor wollte ich jemanden so gern küssen wie ihn in diesem Moment, aber wie immer, wenn es bei mir um Liebe geht, bleibe ich mit diesem vertrauten Herzschmerz zurück.

Willkommen im Oktober
This_Izzy_Loves IGTV
Anzahl Follower: 19.600

Hurra, es ist offiziell Herbst! Luke und ich haben heute einen Spaziergang durch raschelndes Laub gemacht und uns eine Blätterschlacht geliefert – ich finde immer noch Blattreste in meinen Haaren. Habt ihr auf meinen Storys gesehen, was wir anschließend gegessen haben? Ich bin immer noch satt von dem cremigen Karamellpudding – er war echt so lecker, wie er aussah! Zum Glück planen wir einen ruhigen Abend. Vermutlich machen wir eine Flasche von dem Gin auf, den wir bei der Führung im letzten Monat bekommen haben. Falls ihr euch unseren Besuch in der Brennerei noch nicht angeschaut habt, findet ihr den Link zu dem Video in meiner Bio. Das Rezept für unseren neuen Signature Cocktail »The Luzy« findet ihr dort auch, und er schmeckt super. Ist vielleicht ein bisschen stark – aber ich habe euch gewarnt!

Kapitel 18

O bwohl es im Einkaufszentrum ziemlich voll ist, entdecke ich Marissa mit ihrem dicker werdenden Babybauch sofort. Sie sieht mich ebenfalls und kommt mit einer riesigen Kuchenschachtel auf mich zu.

»Na, du!«, ruft sie und umarmt mich mit einem Arm. Ich zucke schmerzhaft zusammen. »Was hast du?«

»Gin-Kater«, antworte ich stöhnend. Luke und ich haben am Vorabend versucht, das Cocktail-Rezept von unserer Führung durch die Brennerei nachzumixen. Eigentlich wollten wir Wasser statt Alkohol nehmen, aber da wir so viel Gin geschenkt bekommen hatten, wäre es irgendwie schade gewesen, ihn wegzukippen. Und als Cocktail hatte er bei der Führung gar nicht so schlecht geschmeckt – und gestern auch nicht. Ich wollte mich also schon als Zum-Gin-Bekehrte bezeichnen, bis ich heute Morgen mit einem Brummschädel aufwachte, der sich anfühlte, als würde ihn jemand mit einem Presslufthammer anbohren.

»Wir brauchen also ein Kater-Frühstück.«

»Ja, lass uns zu McDonald's oder Burger King gehen«, stimme ich zu und zucke im Sonnenlicht zusammen. Seit wann ist die Oktobersonne so stark?

»Kein Fast Food. Ich werde einen kleinen Menschen auf die Welt bringen, was bedeutet, dass ich noch ein ganzes Leben an solchen Orten vor mir habe. Lass uns an einen weniger kinderfreundlichen Ort gehen wie das Boozy Goose. Die haben köstliche Chicken Wings.«

Auch nicht schlecht – und vor allem keine grelle Beleuchtung.

»Okay.« Ich nicke.

Wir gehen langsam los, und ich hake mich bei Marissa ein. So wie ich schleiche, könnte man meinen, dass ich von uns beiden die Schwangere bin.

»Wolltet ihr die Gin-Fotos nicht faken?«

»Eigentlich schon.« Ich stöhne bei der Erinnerung. »Aber dann dachten wir, dass wir genauso gut ein Glas trinken könnten.«

»Oder zehn, deinem Zustand nach zu urteilen.«

»Ich habe irgendwann den Überblick verloren …«

»Also, saufen mit Luke an einem Freitagabend, hä?«

Sie zieht auf wenig subtile Weise die Augenbrauen hoch.

»Es war ein netter Abend«, erwidere ich schulterzuckend. »Ich würde nicht behaupten, dass wir Freunde werden, aber wir gewöhnen uns daran, Zeit miteinander zu verbringen, und es ist nicht total ätzend.«

»Was für ein Lob«, sagt Marissa und stößt die Tür auf. Wir gehen die Treppe hinauf zur Bar. »Ist es immer noch eine reine ›Show-manze‹, oder verwandelt es sich in mehr? So wie er dich auf den Fotos ansieht …«

Wir biegen am Ende der Treppe um die Ecke, und ich ziehe eine Grimasse, während wir auf die Sofas weiter hinten zustreben.

»Wenn er mich ansieht, hat er das Zeichen für Pfundnoten in den Augen. Ich bin für ihn nur eine Chance zum Geldverdienen, mehr nicht.«

Skeptisch runzelt Marissa die Stirn, was ich aber geflissentlich ignoriere.

»Allerdings hat er mich damit überrascht, dass er Heart-2Heart kontaktiert hat. Ich dachte, er wollte bei einem

Spendenlauf mitmachen oder so, aber er denkt tatsächlich an eine richtige Spendenaktion.«

»Er organisiert eine Spendenaktion für eine Sache, die dir sehr am Herzen liegt, und du glaubst allen Ernstes, es ginge ihm nur ums Geld?«, sagt Marissa und stellt die weiße Kuchenschachtel auf den Tisch.

»Angeblich wertet das unser Profil auf.«

»Und warum nimmt er dann keine bekanntere Organisation?«

Ich seufze. Gelegentlich kann Luke wirklich nett sein, und es ist schwierig, diese Dinge mit seinem egoistischen Verhalten unter einen Hut zu bringen.

»Was ist in der Schachtel?«, wechsle ich das Thema.

»Ein Kuchen«, verkündet sie viel zu laut und munter für meinen Kater-Zustand. »Für die Party, bei der wir offenbaren, ob es ein Junge oder ein Mädchen wird.«

»Du hast dich dafür entschieden?«

»Japp.« Sie klatscht in die Hände. »Tim hat endlich zugestimmt. Wir werden es morgen live über Instagram streamen. Meiner Mum habe ich nichts gesagt, denn sie ist bestimmt echt sauer, dass sie die Neuigkeiten nicht als Erste der Welt verkünden kann, so wie sie es üblicherweise tut.«

Ich lache. Larissas Mum steht gern im Mittelpunkt.

»Und du willst diesen Kuchen bis morgen aufbewahren?«

»Samstagabends zu streamen bringt nichts.«

Ich hebe die Klappe der Schachtel und spähe hinein.

»Kann ich ein bisschen von der Glasur abkratzen und nachsehen?«

»Nein!«, schreit Marissa. »Das ist Betrug. Du wirst es morgen erfahren, genauso wie tausend andere Follower. Allerdings kann ich es kaum erwarten.« Marissa streichelt über ihren Bauch. »Ziemlich schräg, dass dich von dem Wissen, ob es ein Junge oder ein Mädchen wird, nur eine Glasur trennt.«

Behutsam schiebe ich ihr die Schachtel zu, um sie in Versuchung zu bringen.

»Nein.« Sie schüttelt den Kopf. »Das wäre nicht richtig. Lass uns über etwas anderes reden«, erwidert sie. »Wie war neulich das Essen und Kino mit deinem *Freund* Aidan?« Jetzt klingt sie für meinen Geschmack ein bisschen zu sehr wie die Kellnerin. Ich habe Marissa kurz davon erzählt, allerdings klargestellt, dass wir nur Freunde sind. Keinesfalls habe ich ihr verraten, dass wir uns beinahe geküsst hätten und ich seither bedauere, es nicht getan zu haben.

»Wie ich schon am Telefon sagte, war beides gut, danke der Nachfrage.«

»Und wann siehst du ihn wieder?«

»Ich bin nicht sicher. Normalerweise treffen wir uns bei den monatlichen Vorführungen im Kult-Kino, aber diesen Monat zeigen sie *Der Exorzist,* und den kann ich mir auf keinen Fall im Kino anschauen. Den habe ich mal in einer körnigen VHS-Version gesehen und mir vor Angst fast in die Hose gemacht. Also treffe ich Aidan wohl erst im November wieder.«

»Aber da er nur ein Kumpel ist, sollte das kein Problem sein, oder?«

Ich schaue von der Speisekarte hoch, und sie betrachtet mich mit einem wissenden Lächeln.

»Du könntest ihn anrufen«, sagt sie. »Euch für einen anderen Film verabreden. Es gibt doch noch mehr Kinos.«

»Ich habe seine Nummer nicht.«

»Wie bitte?« Sie schüttelt den Kopf. »Anfängerfehler. Na schön, dann schick ihm eine Nachricht auf Facebook. Und sag jetzt nicht, du hättest ihn nicht auf Facebook gecheckt. Ich weiß genau, dass du das getan hast.«

Sofort verfärben sich meine Wangen. Natürlich habe ich

das. Sofort als ich nach Hause kam, nachdem ich seinen Nachnamen erfahren hatte.

»Weißt du schon, was du nimmst?«, frage ich und stehe langsam auf. Ich muss etwas essen, und zwar schnell.

»Ich nehme die große Portion Nachos, und glaub ja nicht, dass du dich vor diesem Gespräch drücken kannst, indem du jetzt Getränke holst. Ich warte hier auf dich.«

»Super«, murmele ich.

Marissa hält Wort, denn kaum bin ich mit den Getränken wieder beim Sofa angelangt, kommt sie sofort zum Thema.

»Ich will nichts davon hören, dass du nicht auf Aidan stehst oder ihr nur Freunde seid. Wir beide sind seit fünfundzwanzig Jahren befreundet, und dieser Ausdruck in deinen Augen kann nur eins bedeuten. Es hat dich heftig erwischt.«

»Ganz so würde ich es nicht ausdrücken …«

»Aha.« Auf ihrem Gesicht breitet sich ein Lächeln aus. »Wusste ich es doch.«

»Aber du hast es doch schon gesagt.« Jetzt bin ich verwirrt.

»Es war mehr eine Ahnung, wissen konnte ich es ja nicht. Aber jetzt hast du es bestätigt.« Marissa wirkt hochzufrieden mit sich.

Genau aus dem Grund hätte ich heute absagen sollen. Durch den Kater bin ich zu leicht auszutricksen.

»Also, was wirst du deswegen unternehmen?«, fragt sie.

»Gar nichts.«

»Wegen seiner Freundin?«

Unbehaglich rutsche ich auf dem Sofa hin und her. Ich habe Marissa bezüglich Saskia noch nicht auf den neuesten Stand gebracht.

»Was ist? Hat er mit ihr Schluss gemacht?« Sie beugt sich so weit vor, dass ich fürchte, durch das Gewicht des Babys könnte sie jeden Moment vornüberkippen.

»Er hat gar keine Freundin«, antworte ich und merke, dass ich heute zu kraftlos bin, um nicht alles auszuplaudern. »Sie ist seine *Geschäfts*partnerin.«

»Heiliger Strohsack, er ist also Single! Und du bist Single. Und du bist scharf auf ihn, das sehe ich deinen Augen an.«

Ich ziehe eine Schnute. »Das ändert nichts.«

»Es verändert alles. Du musst dich mit ihm verabreden.«

»Das geht nicht. Ich habe eine Beziehung mit Luke.«

»Eine Fake-Beziehung«, korrigiert sie und verdreht die Augen. »Du lässt dich davon doch nicht ernsthaft abhalten? Überleg mal, was Aidan an Bens Todestag für dich getan hat.«

»Aber er ist nicht interessiert! Anscheinend hat ihn seine Ex sehr verletzt.«

»Wie bei dir.« Marissa zeigt mit dem Finger auf mich.

»Richtig. Und genauso wie ich ist er noch nicht bereit für eine neue Beziehung.«

»Hm.« Marissa schaut zu einem Stapel Broschüren auf dem Nebentisch und springt plötzlich auf, als habe sie eine Erleuchtung.

»Genau das solltest du tun«, sagt sie, holt eine Broschüre und reicht sie mir.

»Was ist das?«, frage ich.

»Ein Theaterprogramm.«

»Ich verstehe nicht ...« Ich blättere durch die Seiten und frage mich, was das soll.

»Du suchst etwas aus, das nur an einem oder zwei Abenden aufgeführt wird, schreibst ihm, dass du niemanden hast, der mit dir hingeht, und *voilà*. Ein Freund hilft einem anderen Freund, und am Ende des Abends knutscht ihr hoffentlich rum.«

Ich denke an den Beinahe-Kuss und bin tatsächlich versucht.

»Das ist doch lächerlich. Und jede Wette, dass es nichts Passendes gibt.«

Ich blättere weiter und stelle fest, dass ich mich geirrt habe.

»Hey, *Salome* von Oscar Wilde. Weißt du noch, wie wir eines seiner Stücke in der Schule aufgeführt haben?«

»Nein.« Marissa rümpft die Nase.

»Natürlich erinnerst du dich, es war *Ernst sein ist alles*. Wir trugen alle diese bombastischen viktorianischen Kostüme.«

Sie sieht mich verständnislos an.

»Das Einzige, woran ich mich aus dem Theater-Kurs erinnere, ist Jimmy Marsden.«

Ich verliere ihre Aufmerksamkeit für einen Moment, während sie in Erinnerungen an ihren Teenager-Schwarm schwelgt.

»Das eignet sich perfekt«, sagt sie schließlich.

»Du hast doch keine Ahnung, wovon es handelt.«

»Ist auch nicht wichtig. Du brauchst nur eine Ausrede.«

Sie schnappt sich mein Handy und reicht es mir.

»Tu es jetzt.«

Ich nehme das Gerät und schiebe es in die Tasche meines Hoodies.

»Wenn ich ihm eine Nachricht schicke, dann bestimmt nicht mit diesem Kater. Mein Gehirn läuft gerade auf Sparflamme.«

»Versprichst du, dass du es mir erzählst, wenn du es später tust?«

»Ich verspreche, es dir zu sagen, *falls* ich es tue. Und das ist ein großes ›Falls‹.«

»Du wirst es tun«, sagt sie und ruckelt zufrieden ihren Hintern in eine bequemere Position auf dem Sofa.

»Du wirst ein Date mit ihm haben! Das ist echt aufregend. Und ich freue mich, Izzy, dass sich für dich alles fügt. Du bekommst eine neue Beziehung und außerdem … habe ich deinen Traumjob gefunden!«

»Immer mit der Ruhe. Aidan und ich fangen keine Beziehung an. Und ich suche keinen Job!«

»Wenn es dein Traumjob wäre, vielleicht schon. Einer meiner Kunden sucht einen Onlinemarketing-Manager. Es ist ein dynamisches Unternehmen, sie zahlen recht gut und bieten großzügige Sozialleistungen.«

»Das hat nicht zufällig etwas mit deiner Provision und dem teuren Kinderwagen zu tun, den du haben willst?«

»Rein gar nichts«, erwidert sie wenig überzeugend. »Du hast immer gesagt, dass du deshalb mit Instagram angefangen hast – um eine Stelle im Onlinemarketing zu finden.«

»Schon, aber von der Texterin zur Marketingmanagerin wäre ein ziemlich großer Sprung, und ich bin eine Zeit lang raus. Ich sollte erst meine Marke als Influencerin weiter ausbauen, damit ich die Leute wirklich beeindrucken kann.«

»Das ist bestimmt egal«, entgegnet sie, und mir fällt auf, dass sie mir dabei nicht in die Augen sieht.

»Hast du etwa bereits mit denen über mich gesprochen?«

»Möglicherweise, rein informell, und sie waren sehr angetan.«

»Marissa …« Ich seufze.

»Tut mir leid. Aber du bist perfekt für diese Stelle geeignet, und ich dachte, dass dir eine neue Herausforderung guttun würde.«

»Wenn mein Feed weiter so wächst wie momentan, könnte ich schon bald ordentlich Geld verdienen.«

»Ja, aber es ist ein Glücksspiel, oder nicht?«, erwidert sie. Ich merke, dass sie ihre Worte sorgfältig wählt. »Das hier wäre ein sicherer Job. Du könntest genug sparen, um die Anzahlung für den Kauf eines Apartments zusammenzubekommen.«

»Du klingst schon genauso wie Becca«, versuche ich, das Ganze mit einem Lachen abzutun.

Der Kellner stellt zwei dampfende Teller vor uns auf den Tisch. Hungrig schnappe ich mir den ersten Hähnchenflügel und fange sofort an zu essen. Es hat was, zu essen, solange alles noch warm ist.

»Ich könnte dir die Stellenbeschreibung zuschicken, und du schaust sie dir einfach mal an? Ich weiß, dass es mit Instagram gut läuft, und ich bin auch wahnsinnig neidisch, weil ich nie so erfolgreich sein werde, dennoch halte ich diesen Job für eine gute Gelegenheit. Das war doch dein eigentliches Ziel!«

Ich lege den säuberlich abgenagten Hähnchenknochen auf den Teller.

»Das war es tatsächlich mal«, stimme ich zu und hole tief Luft. Marissa ist meine beste Freundin, und normalerweise kann ich mit ihr über alles reden, aber diese eine Sache ist mir peinlich. Dennoch möchte ich, dass sie mich versteht. »An dem Tag, als Ben nach London kam, um für Becca einen Verlobungsring zu kaufen, habe ich mit ihm über meine Zukunft geredet, und er sagte, ich solle versuchen, es als Influencerin zu schaffen – nicht nur als Mittel zum Zweck. Das kam mir vor wie ein verrückter Traum, aber je näher ich diesem Ziel komme, desto mehr will ich es. Für ihn. Er wäre so stolz.«

»Ach, Izzy«, sagt Marissa, rutscht vor und nimmt meine Hand. »Warum hast du mir das nie gesagt?«

Ich zucke mit den Schultern. »Nach Bens Tod war Instagram für mich ein Zufluchtsort vor der Trauer. Es gefiel mir, dass die Leute nichts über mich und meine Probleme wussten und mich nicht bemitleideten. Es kam mir so vor, als würde er mich in diese Richtung schubsen.« Ich trinke einen Schluck. »Das klingt albern.«

»Überhaupt nicht«, versichert Marissa. »Aber er wäre in jedem Fall stolz auf dich, egal, was du tust.«

»Stimmt schon, und wenn Insta nicht funktioniert, werde ich mich auf alle Fälle nach einer solideren Karriere umsehen. Aber ich muss es wenigstens versuchen. Für ihn.«

Marissa schweigt einen Moment lang und beißt in einen Nacho.

»Trotzdem unglaublich, dass du es mir nie erzählt hast«, sagt sie. »Hast du noch mehr Geheimnisse vor mir? Bist du doch mit Luke zusammen?«

»Definitiv nicht! Und sonst habe ich keine Geheimnisse vor dir. Es war mir peinlich, darüber zu sprechen. Dieser verdammte Kater … als hätte ich eine Wahrheitsdroge geschluckt.«

»Dir ist klar, dass du mit mir immer über Ben reden kannst, oder? Ich weiß, dass du mit Becca viel über ihn sprichst, aber ich bin auch immer für dich da.«

Ich nicke und blinzele eine Träne weg. »Danke. Mit Becca rede ich übrigens längst nicht mehr so viel wie früher über dieses Thema.«

Seit sie mit Gareth zusammen ist, hat sich unsere Beziehung verändert.

»Ich bin froh, dass du es mir gesagt hast.« Marissa drückt meine Hand. »Du kannst jederzeit mit mir reden. Sogar wenn du eine zum Jetset gehörende Mega-Influencerin geworden bist.«

»Das wird wohl nicht passieren«, erwidere ich. »Vielleicht solltest du mir doch die Stellenbeschreibung schicken.«

»Nein, folge deinem Traum«, entgegnet sie. »Aber tu es nicht nur für Ben, Izzy, sondern auch für dich selbst.«

Eine Träne läuft mir über die Wange. Ich wische sie rasch weg und lächle. Womit habe ich eine so gute Freundin verdient? Ich beuge mich über den Tisch, um Marissa zu drücken.

Sie erhebt sich ein bisschen, um mir entgegenzukommen. Als wir uns wieder voneinander lösen und sie sich setzt, stößt sie mit dem Bauch gegen die Pappschachtel.

Die Schachtel nähert sich der Tischkante und gerät ins Kippen.

»Nein!«, schreie ich und versuche, sie noch zu packen – aber es ist zu spät. Die Schachtel fällt hinunter, und die Torte verteilt sich klatschend auf dem Holzboden.

Entsetzt starren wir beide darauf. Zwischen der Pappe schaut jede Menge weiße Creme heraus und etwas, das aussieht wie rosa Biskuit.

»Jetzt weißt du es. Ich bekomme ein kleines Mädchen!«, ruft Marissa, springt auf und hätte beinahe auch noch den Teller mit Nachos zu Boden befördert. »Dieser Bauch ist echt eine Gefahr«, flucht sie.

»Ist er. Aber du bekommst eine Tochter!«

Ich drücke sie noch einmal, und wir kreischen aufgeregt.

»Ich bekomme ein kleines Mädchen, Izzy«, flüstert Marissa, setzt sich endlich wieder und wischt ihre Tränen ab.

»Ja.« Ich strahle sie an. Zweifellos hätten wir uns genauso aufgeführt, wenn der Biskuit blau gewesen wäre, das Magische daran ist einfach, es plötzlich zu wissen.

»Es macht mir Angst, ein kleines Mädchen zu haben. Wie kann ich sie beschützen? Wenn die Menschen nun gemein zu ihr sind? Was, wenn –«

»Es wird ihr gut gehen. Sie hat dich als Mutter.«

Das lässt Marissa erneut in Tränen ausbrechen, und ich weiß nicht, ob es die Nachwehen des Alkohols sind oder die Tatsache, dass dieses Mittagessen so verdammt emotional abläuft, aber ich beginne ebenfalls zu heulen.

Der Kellner kommt mit einem Kehrblech und einem Lappen zu uns geeilt, um die Kuchenreste aufzusammeln. Aber als er sieht, dass wir heulen, überlegt er es sich anders, lässt uns Kehrblech und Lappen da, stellt noch einen Mülleimer dazu und verzieht sich leise.

Sobald wir die Tränen einigermaßen unter Kontrolle haben, stehe ich auf, um die Bescherung zu beseitigen.

»Überleg doch nur«, sagt Marissa. »Dein Patenkind ist ein Mädchen!«

Ich schaue Marissa an, um mich zu vergewissern, dass ich mich nicht verhört habe, und sie grinst mich an.

Ich stoße einen Freudenschrei aus, mein Kater ist vergessen, und die Glückstränen fließen schon wieder, und zwar ziemlich lange.

Kapitel 19

Ich ziehe eine enge Strickjacke über meine Bluse und gehe in die Küche, wo Becca gerade Tee kocht.

»Was meinst du? Sehe ich gut aus? Nicht zu lässig?«

Bevor Becca überhaupt antworten kann, verschwinde ich schon wieder in mein Zimmer, um mein Outfit in dem großen Spiegel noch einmal zu prüfen.

»Du siehst toll aus«, versichert Becca. Sie ist mir mit ihrer Teetasse gefolgt und lehnt im Türrahmen. »Deine Haare!«

Ich stecke eine Hand in die Locken, schiebe sie hoch, und sie federn wieder herab.

»Zu üppig?«

»Nein, ich liebe es.«

»Ich sehe auch nicht zu intellektuell aus, oder? Ist verdammt lange her, dass ich im Theater war, ich weiß gar nicht mehr, was man da so trägt.«

»Als ob das der Grund für deinen Aufwand wäre. Es hat natürlich rein gar nichts damit zu tun, dass du dich mit Aidan triffst.«

Ich möchte nicht zugeben, dass sie möglicherweise recht hat. Jetzt, da ich weiß, dass er Single ist und ich ihn küssen möchte.

Ich hätte Marissas Rat niemals befolgen dürfen, aber Facebook macht es einem so leicht. Zwar habe ich ein paar Stunden gebraucht, ehe ich die perfekte Nachricht formuliert und den Mut aufgebracht habe, sie zu senden, aber danach waren wir innerhalb weniger Minuten verabredet.

Schulterzuckend gebe ich den trotzigen Teenager.

Becca lächelt. Sie versteht nicht, warum ich mich gegen eine Beziehung mit Aidan sträube. Mir aber fallen eine Menge Gründe ein – die Fake-Beziehung mit Luke, schlechtes Timing, aber vor allem die Angst, wieder verletzt zu werden.

Ich will gerade das Haus verlassen, da klingelt mein Handy. Schon spüre ich Enttäuschung, weil ich annehme, dass er im letzten Moment absagt. Deshalb bin ich erleichtert, als ich Lukes Nummer sehe.

»Hallo!«, melde ich mich.

»Hey, rate mal, was passiert ist?«, legt er sofort los, und ich kann ihm die Aufregung anhören.

»Channing Tatum hat sich einen Muskel gezerrt und möchte, dass du seine Rolle im nächsten *Magic Mike*-Film übernimmst?«

Becca schenkt mir einen »Was soll der Mist«-Blick, aber ich schüttele als Antwort den Kopf.

»Sehr lustig«, stöhnt Luke. »Vielleicht nicht ganz so aufregend, aber nah dran. Ein großes Landhotel will uns für seine Anzeigenkampagne. Wir bekommen nicht nur einen Gratisaufenthalt, sondern auch 2.000 Pfund Honorar.«

»Heilige Scheiße!«, entfährt es mir.

»Allerdings! Wir müssen lediglich ein Wochenende dort verbringen, Videos und Fotos machen, die wir anschließend auf unserem Feed posten – und für ein paar Aufnahmen posieren, die ihr Fotograf für Prospekte und Werbeanzeigen schießt.«

»Das ist Wahnsinn! Damit kann ich die nächsten zwei Monate meine Miete bezahlen«, denke ich laut.

»Und das ist nur *eine* Kampagne. Stell dir vor, davon hätten wir jeden Monat zwei oder drei.«

»Stell dir vor«, wiederhole ich, und mir wird ein bisschen schwindelig.

»Jedenfalls schicke ich dir die Details. Ich wollte dich das nur schnell wissen lassen, bevor du ausgehst.«

»Woher weißt du, dass ich ausgehe?«

»Äh, unsere Google-Kalender sind synchronisiert, schon vergessen? Übrigens hätte ich dich nicht für die Art Frau gehalten, die auf Brazilian Waxing steht«, fügt er lachend hinzu.

»B. Wax kann alles Mögliche bedeuten. Ich lege jetzt auf.«

In Zukunft nutze ich wieder meinen Kalender in Papierform.

Ich verabschiede mich von Becca und eile aus der Wohnung in Richtung Bahnhof, wo ich mit Aidan verabredet bin.

Wir sind nur Freunde, nur Freunde, wiederhole ich mantramäßig in meinem Kopf, um mich zu beruhigen. Aidan will keine Beziehung und ich auch nicht. Er weiß nicht, dass ich auf ihn stehe, und ich werde nichts unternehmen, also gibt es keinen Grund, nervös zu sein.

Als ich am Bahnhof ankomme, wartet er bereits. Ich lege einen Zahn zu, um schneller bei ihm zu sein. Das hätte ich besser unterlassen, denn ich bin nicht sonderlich sportlich, und statt wie eine Babywatch-Elfe zu joggen, komme ich angestampft wie ein Elefant.

»Sorry, wartest du schon lange?«

»Nein, bin gerade erst angekommen.«

Er beugt sich vor, und ich nehme an, dass er mich umarmen will, aber als seine Lippen mein Ohr streifen, wird mir klar, dass er mich auf die Wange küssen wollte. Es folgt ein verlegener Moment, in dem ich versuche, mich in die Umarmung zu lehnen, während er versucht, sich von seinem Kuss zurückzuziehen. Verdammt! Wieso höre ich auch auf Marissa.

»Sollen wir los?«, frage ich.

»Klar. Ist verdammt lange her, dass ich in Basingstoke war, du kannst also gern die Führung übernehmen.«

Für einen Moment muss ich daran denken, dass wir nach Bens Tod an genau dieser Stelle gestanden haben, bevor Aidan mich in ein Taxi setzte. Zum Glück gehen wir bereits die Stufen hinunter in Richtung Stadtzentrum.

»Weißt du irgendetwas über das Stück?«

»Nur wenig, aber ich liebe Oscar Wilde und wurde bisher nie enttäuscht. Anscheinend kommt sogar ein sexy Oben-ohne-Tanz darin vor.«

Aidans Wangen beginnen zu glühen, und ich wünschte, ich hätte das Stück nicht nachmittags gegoogelt oder zumindest die Klappe gehalten.

Neben ihm zu sitzen, während er einer spärlich bekleideten Frau beim erotischen Schleiertanz zuschaut, dürfte eine Herausforderung werden. Es ist schon peinlich genug zwischen uns, da brauche ich nicht auch noch eine heiße Show-Einlage. Nervös schiebe ich meine feuchtkalten Hände in die Manteltaschen.

»Das Stück soll ziemlich kurz sein.« Ich versuche, den Gedanken an den Tanz aus dem Kopf zu bekommen. »Wir können anschließend noch in den Pub gehen.«

»Prima.« Er nickt. »Pub ist immer gut. Und wie war dein Monat? Hast du irgendetwas Interessantes gemacht?«

Bevor ich antworte, gehe ich kurz in mich. Ich bin derartig an die monatlichen Zusammenfassungen für meine Follower gewöhnt, dass ich beinahe in meine fröhliche Instagram-Stimme verfallen wäre und mich gerade noch zurückhalten kann.

»Es war recht ruhig«, sage ich schließlich und denke daran, dass eine Fake-Beziehung mit Luke unglaublich viel Zeit in Anspruch nimmt. Wir müssen nicht nur unsere »Dates« inszenieren, sondern auch die Posts des anderen kommentieren, mit blöden kleinen Insiderwitzen und öffentlichen, mit Emojis gespickten Konversationen. »Meine beste Freundin Marissa bekommt ein Baby, also versuche ich, bis zum Geburtstermin im Dezember möglichst viel Zeit mit ihr zu verbringen. Außerdem plane ich zusammen mit meiner Mitbewohnerin Becca eine Überraschungs-Babyparty.«

»Babyparty? Gibt es das hier auch? Ich dachte, so etwas veranstalten sie nur in Amerika.«

»Nein, das gibt es hier auch. Ich bin schon ganz aufgeregt. Das wird so eine Art Junggesellinnenabschied Teil II, nur ohne Sambuca und Stripper – Gott sei Dank. Ich stehe nicht auf eingeölte nackte Männer, die vor mir die Hüften kreisen lassen.«

»Ist es nicht ein Gesetz dieser Junggesellinnenabschiede, dass man nicht darüber reden darf?«

»Ja, ich glaube schon. Aber der mit dem stoppeligen Hintern war –«

»Gesetz der Junggesellinnenabschiede.«

»Das soll mich und meine Geheimnisse schützen – nicht dich.«

»Es funktioniert in beide Richtungen«, sagt er und bringt mich damit zum Lachen.

Mit Aidan zu reden, hat so eine Leichtigkeit.

»Da wären wir«, verkünde ich und schaue an der Fassade des Theaters hoch. Im Nachhinein betrachtet, hätten wir uns früher treffen sollen, um vorher noch etwas zu trinken. Ich könnte etwas zur Beruhigung meiner Nerven vertragen.

»Wir haben gute Plätze«, sage ich, als wir die Eintrittskarten an der Saaltür vorzeigen. »Ganz vorn.«

»Also freie Sicht auf den besonderen Tanz.« Aidan zieht eine Augenbraue hoch, und ich verfluche den Umstand, die Karten vorher reserviert zu haben.

»Es sind ziemlich viele Männer hier«, stelle ich fest und lasse den Blick über die gefüllten Sitzreihen schweifen. »Das überrascht mich. Ob die alle wegen der nackten Brüste gekommen sind?«

Aidan sieht sich ebenfalls um und wendet sich dann wieder mir zu. »Irgendwie glaube ich das nicht. Seltsam …«

Ich schaue mich erneut um, und mir fällt auf, dass die Männer untereinander ziemlich viel Körperkontakt haben. Langsam fällt der Groschen, dass wir möglicherweise die einzigen Heteros im Publikum sind, was mich zu der Frage bringt, was für ein Stück wir uns hier eigentlich ansehen.

Wir spähen beide auf das Programmheft des Typen neben Aidan. Auf der Vorderseite ist ein Mann mit nacktem Oberkörper abgebildet, der einen Schleier hält. »Ob das der Tanz ist?«, fragt Aidan.

»Der mit den sieben Schleiern«, erwidere ich zerknirscht.

»Dann hoffen wir mal, dass der Tänzer nicht eingeölt ist.« Aidan lacht, und ich stimme sofort ein. Wir können uns gar nicht mehr beruhigen, vor allem, da immer mehr Männer ins Theater strömen.

»Wenn man überlegt, dass wir stattdessen *Der Exorzist* sehen könnten …«, sagt Aidan schließlich, und ich wische die Lachtränen weg.

»Noch können wir flüchten«, flüstere ich.

»Ach was! Komm schon. So freizügig wird es schon nicht werden. Schließlich sind wir in Basingstoke. Und dann haben wir hinterher im Pub etwas zum Reden.«

»Ganz bestimmt sogar. Also« – ein letztes Lachen, und dann reiße ich mich zusammen –, »wie war dein Tag?«

»Ich habe mich mit Saskia zum Mittagessen getroffen.«

»Und, wie geht es ihr?«

»Gut. Sie und ihre Freundin sind total verliebt.«

Jetzt komme ich mir endgültig wie eine Idiotin vor, dass ich seine Beziehung zu ihr falsch gedeutet habe.

»Wie läuft es mit dem Café? Es existiert jetzt schon ein paar Monate, oder?«

»Ja.« Er nickt. »Es geht ganz gut. Wir hatten ein paar Kinderkrankheiten und werden auch so schnell keinen Gewinn machen, aber ich sehe das Projekt eher langfristig.«

»Ich wünsche dir, dass es gelingt.«

»Das hoffe ich auch, denn ich habe fast meine gesamten Ersparnisse hineingesteckt. Außerdem werde ich ständig eingespannt, um Lebensmittel oder andere Waren zu besorgen, deshalb wäre es toll, wenn wir mehr Personal einstellen könnten.«

»Damit du dich in deinem Haus verstecken kannst und niemanden mehr sehen musst.«

»Genau. Ich gehe gern in Boxershorts zur Arbeit, und es verdirbt mir die Laune, wenn ich mich anziehen muss, weil sie mich im Café brauchen.«

Stell ihn dir nicht in Boxershorts vor. Stell ihn dir nicht in Boxershorts vor.

»Manchmal wünschte ich mir auch, von zu Hause zu arbeiten und dem ganzen Drama im Büro entgehen zu können.«

»Bei dir im Büro scheint es doch nett zu sein. Oder gibt es neue Backwettbewerb-Katastrophen?«

»Und ob!« Rasch bringe ich ihn auf den neuesten Stand, einschließlich der Tatsache, dass Colin nun seine Rolle als Chef-Tester von Mrs Harris' Backwaren wieder aufgenommen hat, es ihm jedoch verwehrt ist, irgendetwas zu berühren, und sie ihn stattdessen mit dem Löffel füttert.

Ich habe gerade zu Ende erzählt, warum Jason vom Risikomanagement ausgeschieden ist, als das Licht gedimmt wird und aufgeregtes Raunen durchs Publikum geht, bis es dann ganz still wird und die Aufführung beginnt.

Nachdem das Stück zu Ende ist, stürzt Aidan davon wie ein galoppierendes Pferd, und ich habe Mühe, mit ihm Schritt zu halten.

»Weißt du, der *Exorzist* wäre weniger Furcht einflößend gewesen«, sagt er grinsend.

»Tut mir echt leid. Mir war nicht klar, dass er splitterfasernackt sein würde.«

Das war bestimmt mein einziger Besuch im Theater, bei dem ich wünschte, schlechtere Plätze zu haben. Oben auf der Galerie, wo man keine anatomischen Details erkennen kann …

»Es hing direkt vor meinem Gesicht.« Aidan runzelt die Stirn.

»Warum sind männliche Genitalien so hässlich? Und dieser andere Typ, der mit den Strumpfhosen …«

»Stopp.« Aidan hebt die Hand.

Ich muss schon wieder lachen, und er lacht mit. »Aber das Stück war trotzdem gut, findest du nicht?«

»Es war zumindest mal etwas anderes, das muss ich zugeben. Aber in Zukunft halten wir uns wieder an Filme aus den Achtzigern und Neunzigern.«

»Ja, die haben wir alle schon mal gesehen und wissen, was uns erwartet.«

»Genau. Pass auf, jetzt können wir noch etwas trinken, und dann muss ich schon wieder zum Zug.«

»Klar.«

Ich führe ihn zu dem ruhigsten Pub, den man an einem Samstagabend finden kann.

»Was möchtest du trinken?«

»Nur ein Bier.«

Ich gehe zur Bar, und Aidan eilt in Richtung Toiletten.

»O mein Gott, bist du das, Izzy?«, ruft eine Frau und kommt auf mich zu.

Ich drehe mich zu ihr um und weiß nicht, wer sie ist. So was passiert mir oft, bestimmt jemand aus Schulzeiten, den ich nicht wiedererkenne. Das sind die Gefahren, wenn du wieder in deiner Heimatstadt lebst.

»Izzy und Luke?« Sie strahlt mich an.

»O nein«, antworte ich mit schottischem Akzent. »Das bin ich nicht. Sorry, *lassie*.«

Das war jetzt zu viel des Guten, aber sie kauft mir den Akzent ab.

»Oh, entschuldige. Ich habe wohl etwas zu viel getrunken. Aber du siehst ihr ähnlich. Sie gehört zu diesem Instagram-Paar, dem ich folge.«

»Klingt nett«, antworte ich, und mein Akzent rutscht leicht ins Irische, aber der Frau scheint das nicht aufzufallen.

»Was kann ich dir bringen?«, fragt der Mann hinter der Bar.

Da die Frau immer noch neben mir steht, bestelle ich für Aidan ein Bier und für mich einen Malt Whiskey, um meiner Rolle treu zu bleiben. Aber als der Barkeeper mir das Glas hinstellt, dreht mir der Geruch fast den Magen um, und ich bitte noch um eine Cola.

Ich bekomme gerade mein Wechselgeld, da kehrt Aidan von der Toilette zurück.

»Noch einen schönen Abend«, sagt die Frau, als ich mich zum Gehen wende.

»Danke, *lassie*«, erwidere ich.

Aidan starrt mich amüsiert an. »Hast du dir einen gedudelt?«, fragt er mit einem Akzent, der mich an David Tennant erinnert.

»Klar.«

Wir gehen zu einem etwas abseitsstehenden Tisch.

»Möchte ich wissen, worum es gerade ging?«, fragt er, jetzt wieder mit seinem normalen Akzent.

»Sie dachte, sie würde mich aus der Schule kennen«, antworte ich. »Ich hatte keine Lust, zu klären, ob wir uns wirklich von früher kennen. Wenn wir uns nahegestanden hätten, würde ich mich doch an sie erinnern.«

»Wenn ich das gewusst hätte, hätte ich natürlich mitgespielt. Obwohl ich den irischen Akzent besser nachahmen kann.«

»Echt? Wie kommt das?«

Die nächste halbe Stunde verbringen wir damit, verschiedene Akzente nachzuahmen. Je mehr Whiskey und Cola ich trinke, desto überzeugender finde ich meine Versuche. Als Aidan mich eine Stunde später nach Hause bringt, schmerzen mir die Kiefermuskeln von dem vielen Lachen.

Er besteht darauf, mich bis zu meinem Wohnblock zu begleiten, und da es für ihn kein großer Umweg ist, bin ich einverstanden.

»Also dann, Izzy, vielen Dank für einen der witzigsten Abende meines Lebens.«

»Ein Abend mit mir ist nie langweilig«, versichere ich.

»Das merke ich allmählich auch.« Er nickt.

Ein Zug rattert langsam an uns vorbei und verringert die Geschwindigkeit, da er in den Bahnhof einfährt. Das erinnert uns daran, dass Aidan gehen muss.

»Danke, dass du mich nach Hause begleitet hast und mir eine so gute Gesellschaft warst.«

»Gern geschehen. Dann also: *Der Flug des Navigators,* nächsten Monat.«

»Ja, schön, wir sehen uns in fünf Wochen.«

Das kommt mir plötzlich sehr lang vor.

»Übrigens, manchmal fühle ich mich beim Gassigehen ziemlich einsam …«

»Aber du hast dir Barney doch freiwillig zugelegt!«

Aidan nagt an seiner Unterlippe. »Ja, aber er hat nicht immer Lust zum Reden.«

»Dafür sind Labradore bekannt. Also, ich gehe gern spazieren, solange es nicht zu kalt oder zu nass ist.«

»Super, dann sage ich dir im Frühling Bescheid.«

Ich lache und wünschte, ich hätte einen wärmeren Mantel angezogen. Die Wirkung des Whiskeys lässt nach, und es ist kalt draußen.

»Ich könnte ja vielleicht ein Paar Handschuhe und eine wetterfeste Jacke raussuchen.«

»Das wäre toll. Vielleicht an einem Wochenende?«

Ich nicke.

»Okay, ich schicke dir eine Nachricht.«

»Würde mich freuen.«

»Gut, dann gehe ich jetzt mal«, sagt er, rührt sich jedoch nicht von der Stelle. Er steht so dicht vor mir, dass ich nur die Hand ausstrecken müsste, um ihn zu berühren. Aber ich tue es nicht.

Selbst wenn er nicht gesagt hätte, dass er im Moment keine neue Beziehung will, ist jetzt kein guter Zeitpunkt für mich. Diese Hotelkampagne ist ein Zeichen, dass ich an der Schwelle zu einer großen Veränderung in meinem Leben stehe. Meine Influencerin-Träume werden Realität, und ich will diese Gelegenheit nicht vermasseln.

Er beugt sich vor und küsst mich auf die Wange, während ich versuche, die knisternde Spannung zwischen uns zu ignorieren.

»Wir sehen uns bald, zum Gassigehen?«

»Auf jeden Fall«, antworte ich ein bisschen zu begeistert.

Ich schaue ihm nach, und mir wird klar, dass ich ihn immer mehr mag, je mehr Zeit ich mit ihm verbringe. Aber das darf nicht sein, wenn ich so nah dran bin, meinen Traum zu leben.

Es ist November – hurra! Einer meiner Lieblingsmonate. Draußen wird es jetzt richtig kalt, und ich kann mich in meine Schals und warmen Mäntel kuscheln. Danke für eure Halloweengrüße! Ja, für dieses Kostüm habe ich wirklich lange gebraucht, und für alle, die beunruhigt sind wegen der Verschwendung von Plastikfolie – ich trage dieses Outfit jetzt schon zum zweiten Mal und hoffe, dass es nicht das letzte Mal sein wird. Sah Luke nicht heiß aus als Dexter?

Es gab auch jede Menge wunderbare Reaktionen auf unsere Makayto-Fotos. So viele, dass alle Latzhosen ganz schnell ausverkauft waren. Aber in dem Punkt habe ich gute Nachrichten: Sie sind jetzt wieder auf Lager! Ich hänge den Link unten an die Kommentare, und ihr könnt euch mit eurer besseren Hälfte abstimmen. Stellt euch nur vor, wie cool es wäre, die Outfits an Weihnachten zu tragen!

Ich schätze mich wirklich glücklich, dass Luke zu meinem Leben gehört. Ihr würdet nicht glauben, was er so alles von sich gibt. Außerdem ist er ein unglaublicher Zeitfresser, denn zwischen dem Betreuen meines Insta-Feeds, arbeiten und den Treffen mit ihm bleibt mir keine Zeit mehr für irgendetwas anderes. Nicht, dass ich mich beklage, am liebsten würde ich ihn natürlich rund um die Uhr sehen. Ja, ich weiß, das klingt kitschig, ist mir aber egal.

Kapitel 20

V erdammter Verkehr!«, fluche ich. Wir sind noch innerhalb der Stadt und müssen schon wieder an einer roten Ampel halten.

»Es ist Freitagabend«, erinnert mich Luke.

»Ich will endlich freie Bahn haben und dieses Baby ausfahren!«

Ich streichele über das Lenkrad des Elektroautos, das man uns für dieses Wochenende zur Verfügung gestellt hat.

»Allmählich bezweifle ich, dass wir je ankommen, und ich sterbe vor Hunger.« Mein Magen knurrt wie auf Kommando.

»Ich habe etwas zu essen dabei.« Luke langt in seinen Rucksack und holt eine Tupperware-Dose heraus. »Miles aus dem Büro hat Rezepte für den Backwettbewerb ausprobiert. Die asiatische Woche steht an, und er hat für mich ein paar Frühlingsrollen mehr gebacken, weil er weiß, wie gern ich die esse.«

»Ich liebe die auch, gib mir eine«, verlange ich, und Luke reicht mir eine.

»Wir dürfen nur das Auto nicht versauen.«

»Dieser Wagen ist pure Hightech und deshalb vermutlich selbstreinigend«, erwidere ich, beiße in die blättrige Frühlingsrolle und verstreue prompt überall Krümel. »O mein Gott, ist das gut! Die Teilnehmer, die noch im Rennen sind, haben echt was drauf. Sich auf einen Gewinner zu einigen, dürfte nicht leicht sein.«

»Wir werden es bald erfahren. Hast du schon gehört, dass sie ihn bei der Weihnachtsfeier bekannt geben wollen?«

»Ja. Mrs Harris hat sich schon ein Kleid für ihren großen Auftritt gekauft – wenn sie auf der Bühne steht und den Preis entgegennimmt.«

»Dann wollen wir mal hoffen, dass sie die letzten beiden Runden übersteht.« Luke seufzt.

»Allerdings, sonst können wir uns ihr Gejammer bis in alle Ewigkeit anhören.«

Er reicht mir noch eine Frühlingsrolle, und ich schiebe sie sofort in den Mund.

»Womit sind die gefüllt? Hühnchen?«

»Krabben, glaube ich. Du musst auch die Samosas probieren.«

Er reicht mir eine, und ich vergesse für einen Moment die Ampel. Zum Glück hupt der Wagen hinter mir. Rasch stopfe ich mir die ganze Samosa in den Mund und gebe Gas. Endlich erreichen wir die Hauptstraße, und ich kann schneller als 30 km/h fahren – das war unsere Geschwindigkeit, seit wir aus der Garage gerollt sind.

»Dieser Wagen ist super«, schwärme ich, während die Tachonadel nach oben geht.

»Könntest du ein bisschen langsamer fahren?« Ich sehe aus den Augenwinkeln, dass Luke irgendetwas sucht, woran er sich festhalten kann. »Wieso gibt es hier keine Griffe?«

»Vielleicht musst du nur laut genug ›Griffe‹ sagen, und dann kommt wie außen irgendwo einer heraus. Ich fühle mich wie James Bond.« Meine Begeisterung ist nicht zu überhören.

»Du musst aber nicht fahren wie er.«

»Keine Panik, Opi – das fühlt sich nur schnell an im Unterschied zu dem Stop-and-go.«

»Du *fährst* schnell«, beharrt er und wirkt äußerst angespannt.

»Hör zu, ich bewege mich innerhalb der erlaubten Höchstgeschwindigkeit, aber wenn es dir lieber ist, lassen wir den

Wagen allein fahren.« Ohne eine Antwort abzuwarten, schalte ich auf Selbstfahrer. »Siehst du, ohne Hände.«

Ich wackele mit den Fingern, und Luke sieht aus, als würde er jeden Moment durchdrehen.

»Leg sofort deine Hände ans Lenkrad. Sofort! Die Frau hat gesagt, dass du es nie loslassen darfst, auch wenn der Wagen selbst fährt. Er merkt, dass du sie nicht an Ort und Stelle hast.«

Stöhnend lege ich die Hände zurück ans Lenkrad, scheinbar genervt über diesen Spielverderber, dabei hätte ich mir vor Angst fast in die Hose gemacht. So cool, wie dieser Wagen auch ist, überlasse ich ihm nur ungern die Kontrolle.

»Okay, ich schalte wieder in den manuellen Betrieb.«

»Eigentlich fühle ich mich mit dem Roboter tatsächlich sicherer.«

»Hey! Ich bin eine gute Autofahrerin. Und wenigstens habe ich einen Führerschein.«

»Den habe ich auch, er ist nur vorübergehend weg.«

»Ja, wegen Raserei. Und du sagst mir, ich soll nicht so schnell fahren.«

Er klammert sich an die Sitzkante. »Die Kamera hat mich in einer 30er-Zone erwischt.«

»Vier Mal.«

»Ja, dreimal in derselben Woche, und ich habe mich immer über das helle Licht gewundert. Jedenfalls gibt es einen Unterschied zwischen schnell fahren und Rücksichtslosigkeit.«

Ich kichere vor mich hin. Als rücksichtslosen Fahrer hat mich noch nie jemand bezeichnet.

»Aber ich verstehe immer noch nicht, wieso du übers Wochenende dieses Auto ausprobieren wolltest, wenn du gar nicht fahren darfst«, sage ich.

»Es hieß, es sei ein fahrerloses Auto, und ich habe die Beschreibung nur überflogen. Außerdem macht das einen besseren

Eindruck, als in deinem kleinen Micra am Hotel vorzufahren. Ohne dir zu nahe treten zu wollen.«

»Tust du nicht. Hast du noch mehr Frühlingsrollen?«

Luke reicht mir noch eine, und ich schlinge sie sofort hinunter. Als wir die richtige Ausfahrt erreichen, ist die Tupperdose leer.

»Hier musst du links«, sagt Luke zeitgleich mit dem Navi.

Ich biege ab und folge der berechneten Route. Nach ein paar Minuten sehen wir das Schild nach Ingleford Manor, und schon befinden wir uns auf der langen Einfahrt zu einem imposanten Landhotel.

»Wow, das ist wunderschön.« Wir passieren den großen Springbrunnen im Zentrum des Wendekreises und folgen den Schildern in Richtung Parkbereich für Gäste. »Jetzt regnet es aber echt heftig.«

Ganz vorn entdecke ich einen freien Parkplatz und bremse ab.

»Hey, was hast du vor?«

»Parken.«

»Ähm, dieser Parkplatz mag ja groß genug sein für deinen Micra, aber nicht für dieses Auto. Wieso lässt du den Wagen nicht selbst irgendwo einparken?«

»Ich bin absolut dazu in der Lage.«

»Worin liegt der Sinn, zu bellen, wenn man einen Hund hat? Komm schon, schalte die Parkautomatik ein.«

Ich würde mich gern durchsetzen, aber obwohl ich davon überzeugt bin, dass die Parklücke groß genug ist, bin ich nicht scharf darauf, den Wagen mit einem hässlichen Kratzer wieder beim Händler abzuliefern.

Also schalte ich die Parkautomatik ein und verschränke die Arme. Als Luke mir jedoch einen tödlichen Blick zuwirft, lege ich die Hände wieder ans Lenkrad.

»Sagte ich dir ja, dass die Lücke zu klein ist«, verkündet er, als der Wagen daran vorbeifährt.

»Möglicherweise, aber an der dort ist er auch vorbeigefahren, und die ist riesig.«

Schließlich findet der Wagen ganz am Ende der langen Reihe einen Platz, der ihm genehm ist, und parkt mit einer Präzision ein, die mich erstaunt.

»Das war jetzt echt beeindruckend«, sagt auch Luke.

»Wäre noch beeindruckender, wenn er näher beim Eingang geparkt hätte.«

»Du musst dir wenigstens keine Gedanken wegen deiner Haare machen, so wie ich«, sagt er und berührt seine Tolle.

Ich bin anderer Ansicht, denn meine Haare verwandeln sich schon bei feuchter Luft in einen Wuschelkopf, während sein Haar bis zur Besinnungslosigkeit gegelt und wahrscheinlich so wasserfest ist wie Gore-Tex.

Ich öffne die Wagentür und trete in eine tiefe Pfütze. Das Wasser schwappt bis in meinen Ankle Boot.

»War ja klar.« Luke grinst süffisant, während ich meinen Fuß schüttle. Hoffentlich fällt seine Tolle bei dem Regen in sich zusammen wie ein Soufflé!

Luke öffnet den Kofferraum, und ich will nach meiner Tasche greifen, aber er hält meine Hand zurück. »O nein, Süße, die trage ich.«

Ich verdrehe die Augen. Wie konnte ich nur vergessen, dass die Show nun beginnt. Die Autofahrt war ja ganz nett, aber vor allem, weil ich nicht so tun musste, als wäre ich in Luke verliebt.

Ich schaue zu dem mit Efeu bewachsenen Backsteinhotel hoch. Sogar bei strömendem Regen wirkt es mit den warmen, gelben Lichtern im Innern so wunderschön, dass ich wünschte, ich wäre mit jemandem hier, der mir etwas bedeutet. Aidan taucht vor meinem geistigen Auge auf, und ich versuche, den Gedanken an ihn schnell zu verdrängen.

Wir steigen die Stufen hinauf, treten durch die schwere Eingangstür, und Luke nimmt meine Hand. Das Personal hinter dem Empfangstresen begrüßt uns mit einem freundlichen Willkommenslächeln.

»Guten Abend«, sagt der Rezeptionist strahlend.

»Hallo, ich bin Luke Taylor, und das ist Izzy.«

»Izzy und Luke!«, ruft ein Typ, der in dem Moment aus einem Büro gelaufen kommt. »Wie ich mich freue!«

Er klatscht in die Hände und streckt sie uns dann entgegen.

»Ich bin der Manager, Grant. Ich war derjenige, der Russel gebeten hat, euch zu kontaktieren.«

»Freut mich«, sage ich und reiche ihm die Hand.

»Ich habe euch Turteltauben unsere romantischste Suite gegeben. Ihr werdet sie lieben – sie wurde erst im Frühjahr renoviert. Unsere Flitterwöchner sind verrückt danach, vor allem wegen der Badewannen.«

»Oh, ich liebe ein ausgiebiges Bad«, schwärme ich und freue mich darauf, mich im Badezimmer zu verschanzen, um Luke ein oder zwei Stunden aus dem Weg zu gehen.

»Ich werde euch persönlich nach oben führen, denn ich möchte eure Gesichter sehen«, sagt er und eilt uns voran die Treppe hinauf.

»Allein die Treppe ist ein Schmuckstück.« Ich fahre mit der Hand über das im sanften Bogen verlaufende Holzgeländer.

»Alle lieben diese Treppe, vor allem Bräute«, sagt er mit wenig subtilem Augenzwinkern.

Hoffentlich hat Luke das nicht mitbekommen. Ich sehe aus den Augenwinkeln, dass er glücklicherweise abgelenkt auf seinem Handy herumwischt.

»Wir werden nicht nur für Hochzeiten sehr gern gebucht, sondern auch für Verlobungen. Viele Paare kommen für ein romantisches Wochenende her und reisen mit einem Ring am Finger wieder ab, stellen Sie sich das vor, Luke!«

Er schaut von seinem Handy hoch, und Grant wiederholt seine Worte.

»Hast du gehört, Schatz?«, sagt Luke zu Grants großer Freude.

Ich habe Grant zwar gerade erst kennengelernt, weiß aber bereits genau, was er denkt: Wenn wir uns hier verloben, wäre das der Traum jedes Werbetreibenden.

Ich peile zu Lukes riesigem Koffer und hoffe sehr, dass sich da drin keine Ringschatulle versteckt.

Wir besteigen einen Aufzug zum Obergeschoss und landen in einem Flur, von dem nur eine Tür abgeht.

»Und hier haben wir eure Suite.«

Grant reißt die Tür auf, und wir betreten einen opulent ausgestatteten Raum, in dem alles um Aufmerksamkeit wetteifert: das moderne Himmelbett, der verschnörkelte Kamin, die großen Schiebefenster, die bei Tageslicht bestimmt eine wunderbare Sicht über die Landschaft bieten, und die beiden Badewannen vor dem Fenster.

»Hübsch, nicht wahr?«, sagt Grant. »Die Badewannen sind der Hit bei allen, die hier übernachten.«

Luke nickt. »Ich bin sicher, dass wir sie auch genießen werden, nicht wahr, Schatz?«

Ich nicke ebenfalls, enttäuscht, dass ich mich nun doch nicht dort hinein zurückziehen kann. Ich drehe mich in alle Richtungen, bis ich das Badezimmer entdecke.

»Wow«, ist alles, was ich über die Lippen bekomme. Die Wand zum Bad ist aus Glas. Die Toilette steht parallel zum Bett, und auch auf die Dusche hat man freie Sicht.

Mein Magen zieht sich schmerzhaft zusammen.

»Wir finden, dass es dem Badbereich eine gewisse Leichtigkeit verleiht«, erklärt Grant.

»Clevere Idee«, bestätigt Luke und wirkt unbeirrt.

»Ein bisschen mutig ist das schon, oder?«, füge ich hinzu und bin kurz vorm Hyperventilieren. »Was ist, wenn Gäste noch nicht so lange zusammen sind?«

Oder gar nicht?

»Für euch Turteltauben ist das aber sicher kein Problem«, tut Grant meine Bedenken ab.

»Und das Bett«, fahre ich fort, »es wirkt sehr klein für zwei Personen.«

Als er sagte, dass wir eine Suite hätten, stellte ich mir ein Superklasse-Kingsize-Bett vor, in dem es sich so anfühlt, als würden Luke und ich in verschiedenen Stadtteilen nächtigen. Oder es gäbe zumindest ein Sofa, auf das einer von uns flüchten kann. Hier steht jedoch nur eine Chaiselongue, so kurz, dass sogar meine Beine an einem Ende herunterhängen würden.

»Anfangs haben wir die Suite mit einem Kingsize-Bett ausprobiert, aber es zeigte sich, dass die Paare lieber näher beieinander sein wollten und sich in dem riesigen Bett verloren fühlten.«

»Das ist perfekt für uns, wir lieben es, zu kuscheln«, sagt Luke, und ich kämpfe dagegen an, mich zu schütteln.

»Wunderbar. Also, ich habe eine Liste mit möglichen Aktivitäten für morgen zusammengestellt. Heute Abend könnt ihr entweder in unserem Restaurant dinieren oder den Roomservice in Anspruch nehmen.«

Er weist unermüdlich darauf hin, dass unser Liebesleben an diesem Wochenende nicht zu kurz kommen wird. Mein Fluchtinstinkt schreit immer lauter.

»Gern Restaurant«, sage ich, und Luke nickt.

»Gute Wahl. Dann lasse ich euch jetzt allein, damit ihr euch frisch machen könnt. Soll ich den Tisch für 20 Uhr reservieren?«

»Das wäre wunderbar«, sagt Luke.

»Die Informationen zu den Aktivitäten lasse ich euch hier. Morgen früh besprechen wir dann, wofür ihr euch entschieden habt.« Er klatscht abermals begeistert in die Hände. »Der Fotograf wird ab 11 Uhr vor Ort sein.«

Er reicht mir den Ausdruck, und ich werfe einen kurzen Blick darauf: Tontaubenschießen, Falkenjagd, Yoga, Spa, Reiten. Zum Glück sind wir doch nicht die ganze Zeit in unserem Zimmer gefangen und schauen angestrengt weg, wenn der andere zur Toilette muss. Hurra!

Grant schließt die Tür von außen, und Luke will mit einem Satz auf das Bett springen, aber ich halte ihn zurück.

»Vorher müssen wir ein Foto von den Rosenblättern schießen«, sage ich und zücke mein Handy. Auf der schneeweißen Decke ist ein rotes Herz aus Blütenblättern angeordnet.

»Was schätzt du, wie viele Rosen man dafür braucht – eine? Zwei? Das ist nicht teuer, aber wirkungsvoll.«

Ich mache mir nicht einmal mehr die Mühe, die Augen zu verdrehen.

Stattdessen schon wieder dieser Druck in meinem Magen.

»Alles okay?«, fragt Luke.

»Mir ist gerade nicht so gut.«

Plötzlich rebellieren meine Eingeweide so heftig, dass ich fast aufstöhne. Ich schaue zur Toilette. O nein. Bitte nicht. Nicht jetzt. Ich hatte gehofft, mir den Gang zum Klo verkneifen zu können, bis wir unten im Restaurant sind, aber in mir tobt ein Orkan, und ich bezweifle, dass ich es auch nur bis in die Lobby schaffe.

Panisch renne ich ins Bad, schnappe mir ein Handtuch und halte es mit einer Hand schützend vor mich, während ich mit der anderen meine Hose runterziehe – ein Wettlauf, es rechtzeitig auf die Brille zu schaffen. Was danach passiert, ist nicht schön, und als ich an dem Handtuch vorbeispähe, sehe ich Luke auf dem Bett liegen. O Gott. Er muss jedes Geräusch gehört haben. Ich bin nicht sicher, ob es ein Fluch oder ein Segen ist, dass wir kein echtes Paar sind. Dieses Szenario ist gewiss in jeder Beziehung ein peinlicher Moment.

Der Arm, der das Handtuch hochhält, beginnt zu zittern, und mir treten Schweißperlen auf die Stirn. Die nächste Welle rollt heran, aber dieses Mal fühlt es sich anders an – mir wird schlecht. Mir bleibt keine Zeit, darüber nachzudenken, ich wickle mir das Handtuch um die Hüfte, spüle ab und übergebe mich schon im nächsten Augenblick in die Toilette.

Als der Würgereiz abebbt, hämmert mein Herz, und ich stolpere langsam zurück, bis ich mit dem Rücken an den kalten, harten Wandfliesen lehne.

Es klopft an der Scheibe. Ich schaue hoch und rechne damit, dass Luke nach mir schauen will, aber stattdessen sehe ich, dass sein Gesicht grünlich verfärbt ist, und weiß, was das bedeutet. Ich ziehe noch einmal ab und schnappe mir den Mülleimer, bevor ich zur Tür wanke.

»Heilige Scheiße«, stöhnt er.

»Ja«, keuche ich nur, während er die Tür hinter sich schließt. Zum Glück hat er den Fernseher eingeschaltet, und der Ton ist so laut, dass ich rein gar nichts von Luke mitbekomme. Stattdessen hocke ich auf dem Boden, umarme den Mülleimer und versuche, gegen meine Magenkrämpfe anzuatmen.

Schließlich wird es unerträglich, und ich krieche auf allen vieren zurück zum Bad.

Bevor ich an die Scheibe klopfe, verdecke ich mir mit der anderen Hand die Augen.

»Moment!«, schreit Luke, und ich höre die Toilettenspülung. »Kannst du noch warten?«

»Nein«, krächze ich und lange nach dem Türgriff.

»Okay, komm rein.«

Er schafft es gerade noch aus dem Raum, da sitze ich schon auf dem Klo.

Es vergeht viel Zeit, bis ich wieder aufstehe. Ich wickle erneut das Handtuch um meine Taille, spritze mir am Waschbecken ein bisschen Wasser ins Gesicht und lasse mich dann auf den Boden sinken. In Reichweite der Toilette fühle ich mich sicherer.

Luke klopft an das Glas, kommt herein und wäscht sich ebenfalls das Gesicht.

»Verdammt, diese Frühlingsrollen«, stöhne ich. »Frühlingsrollen mit Krabben, die wir ungekühlt in Plastikdosen herumkutschiert haben, waren nicht die beste Idee.«

Die nächste krampfartige Welle erfasst meine Eingeweide, und ich spanne den ganzen Körper an.

Luke reicht mir einen mit kaltem Wasser angefeuchteten Waschlappen, den ich gegen meine verschwitzte Stirn presse.

»Was sollen wir Grant sagen? Wir können ihm doch nicht erzählen, dass wir Durchfall haben.«

»Er hat schließlich oft genug angedeutet, dass wir uns bestimmt in unserer Liebeshöhle verkriechen wollen. Ich rufe unten an und sage, dass wir uns doch für Room Service entschieden haben. Wir fotografieren das Essen, und er wird nie erfahren, dass wir es nicht gegessen haben.«

»Aber was ist mit den Fotos für die Insta-Story?«

»Die täuschen wir vor wie sonst auch. Wir lassen Wasser in die Wannen, sorgen für jede Menge Schaum und machen

Fotos von uns in Bademänteln und Gesichtsmaske«, schlage ich vor. Mir geht es zu schlecht, um mir deswegen ernsthaft Gedanken zu machen.

»Hast du Gesichtsmasken dabei?«

»Nein, aber wir können uns Feuchtigkeitscreme ins Gesicht schmieren.« Ich zeige zum Cremespender auf der Ablage. »Oh, nein. Raus hier!«

Luke bewegt sich wie der Blitz. Und mich schert es nicht länger, ob mein Intimbereich zu sehen ist, während ich mich aufs Klo setze.

Als ich es schließlich aus dem Badezimmer schaffe, liegt Luke auf dem Bett und telefoniert.

»Ja, genau, Room Service. Nein, ist in Ordnung. Das braucht der Koch nicht zu machen«, sagt er, und sein Gesicht wird schon wieder grün. »Gut, wenn Sie darauf bestehen. Und könnten wir bitte Mineralwasser bekommen? Ja, und natürlich Prosecco«, sagt er und zuckt zusammen. »Super. Danke.«

Er legt das Telefon weg und rollt sich zur Bettkante.

»O verdammt, es geht schon wieder los«, stöhnt er und rast ins Bad.

Ich schließe die Augen und frage mich, ob das Karma ist: Das Schicksal bestraft uns für das, was wir tun.

Kapitel 21

Die Nacht gemeinsam mit Luke im schmalsten Doppelbett der Welt zu verbringen, wäre in jedem Fall eine Prüfung, aber füge dem Ganzen noch Magen-Darm-Probleme und eine durch eine Glaswand abgetrennte Toilette hinzu, und du hast die Hölle auf Erden. Jedes Mal, wenn es einer von uns beiden gerade geschafft hatte, einzuschlafen, musste der andere aufs Klo. Die Badezimmerbeleuchtung hatte nur eine Helligkeitsstufe – gleißendes Licht –, und dank der Glastür war es wie Flutlicht im Stadion. Wir haben sogar versucht, nur die Taschenlampen unserer Handys einzuschalten, aber das ging im wahrsten Sinne des Wortes fast in die Hose: die Vorwarnzeit unserer Eingeweide von maximal zwanzig Sekunden ist definitiv zu wenig, als dass man sich tastend vorwärtsbewegen könnte.

Als am nächsten Morgen mein Wecker klingelt, drehe ich mich um, weil ich wissen will, wie es Luke geht. Aber statt auf der anderen Betthälfte sehe ich ihn nackt unter der Dusche stehen. Rasch wende ich mich wieder dem Fenster zu. Wenigstens habe ich nur einen Blick auf seinen Hintern erhascht.

Ich schnappe mir mein Handy, um das Feedback vom Vorabend zu checken. Wir haben jede Menge Views, und den Leuten gefällt unser Selfie in passenden Bademänteln. Die Steigerung unserer Gemeinsamkeiten konnten sie zum Glück nicht sehen: zehn Minuten später haben wir uns simultan übergeben.

Aidan hat mir auf Whatsapp eine Nachricht geschickt.

Aidan: Hallo. Hoffe, es geht dir gut. Hast du Lust, heute Nachmittag mit Barney und mir spazieren zu gehen?

Enttäuscht antworte ich ihm.

Ich: Ich würde unheimlich gern, bin aber dieses Wochenende
bei einem Seminar für den Job. Nächsten Sonntag?

Aidan: Da kann ich auch. Freue mich schon auf deine unter-
haltsamen Geschichten über die Kollegen!

Ich hasse es, ihn anzulügen. Aber dank der Lebensmittelvergiftung werde ich zumindest die Wahrheit sagen, wenn ich
ihm erzähle, dass ich das ganze Wochenende nicht vor die Tür
gekommen bin.

Ich: ☺

Luke kommt mit einem winzigen Handtuch um die Hüften
aus dem Bad.

»Wieso grinst du so debil?«, fragt er.

Ich lege mein Handy auf den Nachttisch und versuche, ein
normales Gesicht aufzusetzen.

»Habe mit einem Freund geschrieben.«

»Aha.« Er nickt. »Diese Art Freunde hab ich auch.«

Ich möchte ihm sagen, dass Aidan kein Freund mit besonderen Vorzügen ist, aber ich bringe es einfach nicht fertig, ausgerechnet mit Luke über ihn zu reden.

»Pass nur auf, dass es nicht zu freundschaftlich wird, wir
dürfen diese Sache hier nicht vergeigen«, sagt er.

»Ich weiß«, antworte ich und denke an den Moment, als Aidan und ich uns fast geküsst hätten. »Wie war das Duschen?«

»Echt hilfreich. Ich fühle mich langsam besser, vor allem, weil ich unmöglich noch irgendetwas in mir haben kann, das herauskommen könnte.«

»Wem sagst du das!«

Es klopft an der Tür, und Luke schlendert hin, um zu öffnen.

Ich ziehe die Decke hoch, nicht aus Schamhaftigkeit, sondern um zu verbergen, dass ich einen bis oben zugeknöpften Flanell-Pyjama trage. Ich habe einfach eingepackt, was am wenigsten sexy ist.

»Oh, danke«, sagt Luke, als ein Kellner einen Teewagen mit Frühstück hereinschiebt.

»Mit herzlichen Grüßen von Grant«, sagt der Mann. Er verneigt sich allen Ernstes und geht rückwärts aus dem Zimmer.

Der Duft von frischem Kaffee wabert herüber und verursacht mir keinen Würgereiz.

Luke hebt die silberfarbenen Deckel hoch und enthüllt Platten mit Räucherlachs, Rührei und frischem Obst.

»Deck den Lachs wieder zu«, verlange ich und presse die Hand vor den Mund.

»Wie wäre es mit Sprudelwasser zum Frühstück?«, fragt Luke und schenkt mir bereits ein Glas ein.

»Perfekt. Und was für eine Verschwendung. Das ist alles gratis, und wir trinken nur Wasser.«

»Vielleicht geht es uns im Laufe des Tages besser.«

»Hoffentlich.«

»Also …« Luke holt die Liste mit den Aktivitäten. »Was sollen wir heute unternehmen? Tontaubenschießen?«

»Ich weiß nicht, ob ich die Energie habe, ein Gewehr bis über meinen Kopf zu heben. Wie wäre es mit der Falkenjagd? Wir stehen nur da, und die Vögel machen die ganze Arbeit.«

Luke verzieht das Gesicht. »Ich hasse Vögel.«

»Du hasst Vögel?«

»Japp. Ich will nicht, dass einer um meinen Kopf herumfliegt. Wenn er nun in meinen Haaren landet?«

»Weil er deine Tolle mit einem Nest verwechselt?«

»Sehr witzig. Weil ich sie nicht mag. Sie sind wie Ratten mit Flügeln. Und diese Schnäbel und das Picken … Nein, ich mag sie ganz und gar nicht.«

»Okay«, lenke ich ein und nehme erstaunt wahr, wie viel ich doch an diesem Wochenende über meinen »Freund« erfahre. »Keine Vögel. Was steht noch auf der Liste?«

»Bogenschießen.«

»Zu sportlich.«

»Yoga.«

»Zu sportlich.«

»Ich spare mal Zeit: Tennis, Reiten und Radfahren sind dann auch raus.«

»Bleibt noch etwas übrig?«

»Spa.«

»Das hört sich schon besser an.«

»Also Spa. Ich rufe Grant an und gebe ihm Bescheid.«

»Ich freue mich so, euch beiden unser neues Spa zeigen zu können«, sagt Grant und führt uns herum. »Wir haben unser Angebot vergangenes Jahr erweitert und erhalten seither großartige Bewertungen. Ihr werdet euch danach wie neugeboren fühlen.«

Da wir Samstag haben, ist einiges los, zahlreiche Gäste in Bademänteln entspannen auf Sonnenliegen oder schwimmen im Pool. Wie ich mich darauf freue, faul herumzuliegen und in Hochglanzmagazinen zu schmökern!

»Und da ist Bill, der Fotograf«, stellt Grant uns einen Mann mittleren Alters vor. Wir schütteln uns die Hände und murmeln ein paar Höflichkeiten.

»Die aufregende Neuigkeit ist, dass ich für euch noch eine Paar-Schlammpackung organisieren konnte!« Grant strahlt uns an.

»Schlamm?«, erwidere ich ein bisschen zu schrill. »Ich dachte, wir gehen ins Spa?«

»Tut ihr ja auch, aber das Schlammbad müsst ihr einfach ausprobieren, etwas Vergleichbares habt ihr noch nie erlebt. Ich stelle euch Jacinda vor, sie wird sich um euch kümmern. Und zwischendurch schaut dann Bill herein und schießt die Fotos.« Grant schiebt uns in einen Raum, in dem eine große dünne Frau lächelnd auf uns wartet.

»Hallo, ich bin Jacinda, freut mich sehr. Ich werde euch heute auf eurer Reise begleiten. Als Erstes steigt ihr in die Badewanne, und sobald ihr bereit seid, komme ich, trage auf Schultern und Gesicht den Schlamm auf und lege euch ein heißes Handtuch aufs Gesicht. Nach dem Schlammbad könnt ihr duschen, und dann bringe ich euch in den Ruheraum.«

»Ruheraum.« Zumindest dieser Teil ihrer Erläuterungen klingt verlockend.

»Ja, ihr werdet unglaublich entspannt sein. Und jetzt lasse ich euch allein. Am besten setzt ihr euch auf den Wannenrand und lasst euch langsam hineingleiten.«

»Kann ich hinterher denn in meinem Bikini ins Spa gehen, auch wenn er schlammig ist?«, frage ich.

Jacinda lacht klirrend. »O nein, du musst nackt in die Wanne steigen. Sonst ruinierst du deine Sachen.«

»Keine Sorge«, fügt sie hinzu, als sie meinen entsetzten Blick sieht. »Ich achte darauf, dass ihr vorzeigbar seid, wenn der Fotograf reinkommt.«

Sie verbeugt sich genauso wie der Kellner und lässt uns dann allein.

»Seit ich *Suits* gesehen habe, wollte ich eigentlich immer mal ein Schlammbad nehmen«, sagt Luke.

»Hmm«, stimme ich zu und starre auf den Modder. Er wirkt sehr viel dicker und pampiger als der glänzende Schlamm in den Fernsehserien.

»Aber ich kann das nicht«, fährt er fort.

»Und ich hatte schon Angst, *ich* sei verklemmt.«

»Nicht weil wir nackt sind«, tut er meine körperliche Unsicherheit mit einem Achselzucken ab. »Es ist dieser Schlamm, der erinnert mich an …«

Er braucht den Satz nicht zu beenden.

»Wem sagst du das! Und dieser Geruch …«

»Was hat Jacinda gesagt, wie lange wir da drinbleiben sollen, zwanzig Minuten?«

»Das hört sich nicht sehr lange an, aber vermutlich wird es uns so vorkommen. Und wenn wir zwischendurch aufs Klo müssen?«

Wir starren noch misstrauischer auf den Schlamm.

»Sie kommt jeden Moment zurück«, jammere ich. »Und dann der Fotograf.«

»Du hast recht«, sagt Luke. Er lockert seine Halswirbelsäule, indem er den Kopf hin und her rollt, und atmet tief durch. »Okay, ich gehe rein.«

Er zieht seine Badehose aus, und mir bleibt kaum genug Zeit, die Augen zu schließen, da sitzt er schon auf dem Rand seiner Badewanne. Dann höre ich schmatzende Geräusche und Stöhnen.

»So übel ist es gar nicht«, sagt Luke. »Atme nur nicht durch die Nase ein.«

Ich öffne die Augen und sehe, dass er bis zum Hals im Schlamm steckt. Fluchend ziehe ich meinen Bikini aus.

»Mach die Augen zu«, befehle ich Luke.

»Wieso? Vielleicht brauchst du Hilfe.«

»Du hast es doch auch geschafft. Ich bekomme das schon hin. Augen zu.«

Er seufzt laut, und ich nehme das als Bestätigung, dass seine Augen geschlossen sind. Bäuchlings lege ich mich auf den Wannenrand, umklammere ihn quasi mit meinen Brüsten. Dann will ich mich elegant hineinrollen. Aber als ich einen Fuß in die Wanne tauche, merke ich, dass der Schlamm wesentlich fester ist als gedacht – dieser Einstieg wird nicht so graziös ablaufen, wie ich gehofft hatte. Mit der Anmut eines gestrandeten Wals zwinge ich mich Zentimeter für Zentimeter hinein.

»Das ist echt komisch. Es fühlt sich an wie Treibsand.«

»Stimmt. Ich glaube, das funktioniert auch so.«

»Ist dir auch heiß?«

»Und wie«, antwortet er, seine Stimme klingt jedoch viel ruhiger als meine.

Auf meiner Stirn sammeln sich Schweißperlen, und ich bekomme Panik. Vor allem deshalb, weil ich wohl kaum in der Lage sein werde, hier schnell rauszukommen, falls es nötig sein sollte.

In dem Moment kehrt Jacinda zurück. Sie verströmt eine solche Aura der Gelassenheit, dass ich mich tatsächlich entspanne.

»Wie findet ihr es?«, fragt sie und verreibt Matsch auf meinen Schultern.

»Es ist nett …« Abgesehen davon, dass ich nackt neben meinem Fake-Freund liege, aus sämtlichen Poren schwitze und die Angst, nicht von hier wegzukommen, falls die Natur ruft, ignoriere.

»Super. Dann rufe ich jetzt den Fotografen, damit er ein paar Aufnahmen macht. Aber ich achte darauf, dass er nicht zu lange bleibt, damit ihr genügend Zeit allein habt. Ist das nicht ein ganz besonderes Geschenk? Zeit wie diese, ohne Handy und Computer, im Schlamm ruhen, sich nicht bewegen und einander die ungeteilte Aufmerksamkeit schenken ...«

Sie öffnet die Tür, und Bill kommt mit einer riesigen Kamera um den Hals hereinspaziert.

»Seht einander liebevoll an«, fordert er uns auf und drückt ohne Unterlass auf den Auslöser.

Noch nie mussten wir den Schein so lange aufrechterhalten, aber endlich ist er mit seinen Aufnahmen zufrieden und verabschiedet sich. Jacinda folgt ihm.

»Woah, das ist ganz schön intensiv«, murmelt Luke. »Wie hält sich dein Magen?«

»Bisher friedlich.«

»Noch zehn Minuten.«

»Verdammt. Ich weiß nicht, ob ich so lange durchhalte.«

»Das schaffst du. Lass uns reden.«

»Super. *Jetzt* willst du reden. Warst du nicht derjenige, der sagte, der Vorteil unserer Beziehung bestehe darin, dass wir nicht reden müssen?«

»Möchtest du lieber die nächsten zehn Minuten an deinen Magen denken?«

»Nein.« Ich atme aus. »Worüber sollen wir sprechen?«

»Wie wäre es mit dem Footballspiel von heute? Reading hat gute Chancen.«

»Alles außer Football«, erwidere ich stöhnend. Da denke ich sogar lieber über meinen Magen nach.

»Okay. Was meinst du, sollte ich mir die Haare färben? Ein bisschen blonder?«

»Deine Haare sind schon ziemlich blond.«

»Nicht auf dem Kopf, sondern –«

»Halt die Klappe! Ich will lieber doch nicht reden.«

»Wie du meinst.«

Weitere dreißig Sekunden verstreichen, und ich halte diese Stille nicht aus.

»Wolltest du eigentlich schon immer Influencer sein?«, frage ich.

Seit dem Gespräch mit Marissa denke ich viel darüber nach, warum mir das so wichtig ist.

»Nein. Ich habe mich bei Instagram angemeldet, um Frauen kennenzulernen.«

»Du bist echt das Letzte.«

»Was hast du denn erwartet? Dass ich es getan habe, weil ich unsicher bin und auf Insta jemand sein kann, den die Leute wirklich mögen?«

Er sagt es so leise, dass ich mich frage, ob das gar nicht so weit von der Wahrheit entfernt ist. Ich bin zwar davon überzeugt, dass er oft mit seinem Schwanz denkt, aber hier und da erhasche ich einen Blick darauf, dass das nicht alles ist. In diesen kurzen Augenblicken, zum Beispiel, als er mir einen Waschlappen für meine Stirn reichte, weil ich mich schlecht fühlte, oder er sich für eine Stiftung engagiert, die mir wichtig ist, sehe ich noch etwas anderes aufblitzen.

»Natürlich nur wegen der Frauen und dem Ruhm«, sagt er nicht ganz so überheblich wie sonst.

»Könntest du dir vorstellen, irgendwann eine feste Beziehung einzugehen?«

»Keine Ahnung. Wenn mir die richtige Frau begegnet. So lautet doch das Klischee, oder?«

»Um einen Mann zu ändern, bedarf es nur einer Frau«, antworte ich. Aber in Lukes Fall muss es schon eine verdammt tolle Frau sein.

»Wenn man sich vorstellt, dass man für einen Menschen *alles* sein soll … Woher willst du wissen, dass der andere sich nicht langweilt oder dich durchschaut?«

Er sieht mich an, und ich habe das Gefühl, zum ersten Mal dem wahren Luke in die Augen zu blicken. In dem Moment wird die Tür aufgestoßen, und Jacinda kommt mit Handtüchern auf einem Tablett hereingefegt. Als ich wieder zu Luke schaue, ist die Verletzlichkeit aus seinem Gesicht verschwunden und der Moment der Ehrlichkeit wohl vorbei.

»Alles in Ordnung?«, fragt sie.

»Bestens«, murmeln wir beide.

»Gut«, antwortet sie und reibt uns mit einem Waschlappen durchs Gesicht. »Noch ein paar Minuten, dann könnt ihr rauskommen und duschen.«

»Kann ich jetzt schon raus?«, frage ich. Mir ist immer noch höllisch warm, und ich fühle mich nicht so gut. Außerdem will ich nicht zusammen mit Luke duschen.

»Aber natürlich.«

Sie hält ein großes Badetuch hoch und hilft mir beim Aussteigen. Unter meinen Füßen ist es rutschig. Jacinda wickelt mich ein wie eine Mumie und führt mich hinüber zur Dusche.

»Bleibst du noch drin, Luke?«, ruft Jacinda.

»Ja, mir geht's gut.«

»Okay, Izzy, dort liegen weitere Handtücher, und wenn du geduscht hast, gehst du links in den Ruheraum.«

Ich danke ihr und fange an, den Matsch abzurubbeln. Das fühlt sich beinahe therapeutisch an. An jedem anderen Tag würde ich mir dabei Zeit lassen, aber heute stehe ich unter Druck, weil ich bald aufs Klo muss.

Ich wasche so viel wie möglich ab und suche dann die nächste Toilette. Verdammte Frühlingsrollen. Als ich in den Ruheraum komme, liegt Luke ausgestreckt auf einer der Liegen und schläft tief und fest.

Jacinda folgt mir in den Raum.

»Er hat letzte Nacht nicht viel Schlaf bekommen«, sage ich und merke erst dann, wonach sich das anhört. Sie deutet ein Lächeln an.

»Dann lass ich euch beide mal allein. Heidi und Freda, eure Massagetherapeutinnen, kommen in etwa fünfzehn Minuten.«

»Massagetherapeutinnen?«

Ich will heute nicht geknetet und durchgewalkt werden.

»Ja, Grant hat für euch eine Paarmassage organisiert. Noch mehr besondere Zeit.«

»Großartig«, presse ich hervor und versuche, glücklich auszusehen.

Ich lege mich hin, und im gefühlt nächsten Moment beugen sich schon zwei Frauen mit langen blonden Pferdeschwänzen über mich.

»Hallo, bereit für die Massage?«

Ich schaue zu Luke, der zufrieden auf der Liege neben meiner schnarcht, strecke den Arm aus und stupse ihn.

Er schreckt hoch. »Was ist?«

»Grant hat für uns eine Massage gebucht.«

Er schaut die beiden Blondinen an und lächelt. »Nur zu, Ladys«, sagt er. »Nur zu.«

Ich dagegen befürchte, dass ich mich nach dieser Massage noch schlechter fühlen werde als vorher.

Kapitel 22

Ich brauche eine Weile, bis ich in Aidans Straße einen Parkplatz finde. Aber bei dem Fußmarsch zu seiner Haustür kann ich wenigstens einen Teil meiner nervösen Energie abbauen. Wir machen lediglich einen Spaziergang. Ich will mir heute beweisen, dass wir es schaffen, nur Freunde zu sein.

Das Haus mit der Nummer 26 ist so schmal, dass es wie zwischen die benachbarten Gebäude gequetscht wirkt. Aber es ist frisch gestrichen und gepflegt. Ich stoße das eiserne Tor auf und betrete den kleinsten Vorgarten der Welt, bestehend aus zwei winzigen Koniferen in Töpfen und zwei Mülltonnen.

Als ich die Klingel betätige, ertönt drinnen tiefes Hundebellen. Barney hatte ich mir als süßen, tranigen Labrador vorgestellt, aber seinem Bellen nach zu urteilen, ist er ein entschlossener Wachhund.

Aidan öffnet die Tür einen Spalt und späht hinaus. »Hey, pünktlich auf die Minute«, sagt er. »Bist du bereit, Barney kennenzulernen? Ich sollte dich vorwarnen, er ist ein bisschen überschwänglich. Das Tor ist doch zu, oder?«

»Ja«, versichere ich, schaue aber sicherheitshalber noch mal über die Schulter. Als ich mich wieder der Haustür zuwende, springt ein bestimmt 30 Kilogramm schwerer Labrador an mir hoch. »Oh, hallo!«

»Aus, Barney«, befiehlt Aidan mit strenger Stimme.

Barney gehorcht, stellt sich vor mich und wedelt begeistert mit dem Schwanz.

»Ist schon okay.« Ich lasse ihn erst an meiner Hand schnuppern und kraule ihn dann unterm Kinn.

»Na bitte, schon die besten Freunde.« Aidan hält mir die Tür auf, und ich gehe hinein.

»Klar!« Ich streichle Barney, und er legt sich sofort hin, rollt sich auf den Rücken und lässt sich von mir den Bauch kraulen.

»Eigentlich braucht ihr mich gar nicht, oder?«

»Nicht unbedingt.« Ich sehe zu, wie Barney sich mit den Vorderpfoten über die Ohren reibt, was unglaublich süß aussieht.

Aidan geht den schmalen Flur entlang zur Küche, und ich folge ihm. Das ist nicht gerade eine Küche, nach der man auf Pinterest schmachtet, aber sie ist geschmackvoll eingerichtet und nutzt den vorhandenen Platz bestmöglich.

»Es ist hübsch hier«, stelle ich fest.

»Ich weiß nicht, ob es schon einmal jemand als ›hübsch‹ bezeichnet hat. Funktional vielleicht«, erwidert er lachend.

»Zumindest groß genug, dass sich zwei Leute darin aufhalten können«, entgegne ich höflich.

»Ja, und Barney auch noch.«

»Wie könnte ich den vergessen?« Ich beuge mich hinunter und kraule ihn hinter dem Ohr.

»Sollen wir los?«, fragt Aidan.

»Klar.«

»Ich hole nur schnell meine Gummistiefel.«

Er schließt die Hintertür auf und verschwindet. Barney schießt an ihm vorbei und dreht schnell eine Runde durch den langen Garten.

Kurz darauf kehrt Aidan mit seinen Stiefeln zurück.

»Du hast einen ziemlich großen Garten.«

»Ja, er ist größer als das Haus. Nur deshalb hat mir die Hundenothilfe Barney anvertraut.«

»Wie alt war er, als du ihn bekommen hast?«

»Ein Jahr. Zum Glück hatte er keine schlechten Erfahrungen gemacht. Er gehörte einem alten Mann, für den er einfach zu lebhaft war. Es kommt wohl oft vor, dass jemand viele Jahre einen Hund hat und nach dessen Tod einen Welpen zu sich nimmt. Die Leute vergessen, wie viel Arbeit das ist, und der Besitzer war gesundheitlich nicht mehr ganz fit.«

»Wie traurig.«

Aidan nickt. »Anfangs haben Barney und ich den Vorbesitzer besucht, aber der alte Mann litt unter Demenz und wusste manchmal gar nicht, wer wir sind. Zum Glück wechselte Barney von ihm direkt zu mir, er hat sich also nie verlassen gefühlt.«

»Das ist gut.« Barney kommt angelaufen, und ich knuddele ihn besonders liebevoll.

»Gut, dann wollen wir mal.« Aidan legt Barney die Leine an, und der ist vor Freude kaum noch zu halten. Er zieht mit aller Kraft in Richtung Tür. Aidan ergreift meine Hand, und ich habe das Gefühl, dazuzugehören. Mein Herz schlägt so aufgeregt wie schon sehr lange nicht mehr.

»Barney, nein, Barney!« Ich will mich abwenden, aber es ist zu spät. Barney schüttelt sich, und Wassertropfen kommen in unglaublicher Geschwindigkeit angeflogen, sodass ich im Nu nass bin. Was aber eigentlich keine Rolle mehr spielt. Meine Jeans sind mit Schlammpfoten übersät – wir haben »Hol den Ball« gespielt.

»Bist du immer noch froh, dass du mitgekommen bist?«, fragt Aidan lachend.

»Absolut. Ich steh auf diesen Look.«

»Matsch-Style.« Er nickt. »Und dein Parfum gefällt mir auch.«

»Nasser Hund – das wird bestimmt ein Renner.«

»Tut mir leid, ich hätte daran denken müssen, dass der Boden nach dem vielen Regen überall aufgeweicht ist«, sagt er.

»Kein Problem, ehrlich. Jeans kann man waschen. Und sieh doch, wie viel Spaß er hat.«

Barney trottet hochzufrieden mit einem Stock im Maul hinter uns her. Sieht echt aus, als würde er lächeln.

Ich dagegen beginne zu frösteln.

»Dir ist kalt«, stellt Aidan fest. »Höchste Zeit, dass wir uns aufwärmen.«

»Wie wäre es, wenn wir irgendwo eine heiße Schokolade trinken?«, schlage ich vor.

Aidan wirft einen Blick auf Barney. »In dem Zustand ist er in keinem Café willkommen.«

Just in dem Moment rollt sich Barney in einer Schlammpfütze.

»Ich werde ihn baden müssen«, sagt Aidan wenig begeistert und fährt fort: »Hast du was dagegen, wenn wir zu mir gehen und ich uns eine heiße Schokolade mache? Ich könnte sogar schnell ein paar Marshmallows kaufen.«

»Klingt perfekt.« Ich nicke. Wir verbringen einen so schönen Tag miteinander – als platonische Freunde wohlgemerkt –, dass ich ihn noch nicht beenden will.

Eine halbe Stunde später sind wir wieder in Aidans Haus. Ich hatte nicht die geringste Ahnung, dass es einer militärischen Operation gleicht, einen nassen Hund in die Badewanne zu befördern. Ich muss draußen warten und Barney an der Leine festhalten, bis Aidan den Flur mit Handtüchern ausgekleidet hat. Dann wird Barney mit halsbrecherischer Geschwindigkeit durch den Flur befördert, damit er sich unterwegs nur ja nicht schüttelt und die Wände bespritzt.

Im Bad hebt Aidan ihn hoch und setzt ihn in die Wanne, wo sich Barney wie das personifizierte Selbstmitleid zusammenkauert. Nachdem er mit dem Duschkopf abgespritzt wurde, ist sein Umfang auf die Hälfte geschrumpft. Ich habe mich bereit erklärt, ihn zu schamponieren, was mir einen Riesenspaß macht, da das Hundeshampoo nach Kaugummi riecht.

»Okay, bist du bereit?«, fragt Aidan schließlich. »Ich hebe ihn jetzt raus. Schnapp dir bitte eins von diesen blauen Handtüchern und schau mal, ob die Tür wirklich zu ist.«

»Klar.«

Ich gehe zur Badezimmertür und drücke dagegen. Dann reiche ich Aidan eines von den großen Handtüchern, die er bereitgelegt hat, und schnappe mir ebenfalls eins.

»Okay. Er wird sich schütteln und ist jetzt noch nasser als im Park«, warnt Aidan mich mit hochgezogenen Brauen.

Ich nicke und verschanze mich hinter dem Handtuch, während Aidan Barney heraushebt.

Der Hund ist wild entschlossen, aus dem winzigen Bad zu fliehen, und während er nach einem Ausgang sucht, schüttelt er sich ohne Unterlass. Aidan hat Mühe, ihm ein Handtuch umzulegen, und ich versuche zu helfen. Im Nu sind wir durchnässt.

»Gassigehen mit dem Hund ist immer echt entspannend«, sagt Aidan.

Er rubbelt ihn mit dem Handtuch ab, und nachdem er möglichst viel von der Feuchtigkeit aufgesaugt hat, öffnet er die Tür, und Barney stürmt hinaus.

Wir können ihn über den Holzboden im Flur tapsen hören, und dann ist es auf einmal still.

»Jetzt hat er vermutlich die Decke vor der Heizung im Wohnzimmer gefunden.«

»Oh, das hört sich gut an«, sage ich und zittere schon wieder.

»Mensch, dir ist immer noch kalt! Lass uns die nassen Klamotten ausziehen. Ich meine, ähm, ich leihe dir ein paar trockene Sachen. Das sollte nicht heißen, dass ich will, dass du …«

Seine Wangen glühen plötzlich, und ich erlöse ihn aus seinem Elend. »Ich weiß, was du meinst.«

Erleichtert nickt er. »Von meinen Sachen wird dir nicht viel passen. Vielleicht eine Jogginghose oder ein Pyjama.«

»Weil du ja so viel dünner bist als ich«, erwidere ich gespielt beleidigt.

»Nein, ich meinte, dass meine Beine länger sind, und meine Hüfte ist –«

»So breit wie die eines Models. Schon gut, ich mache nur Spaß. Pyjama ist prima.«

»Du kannst hier warten, während ich ihn dir hole, oder du kommst mit und suchst dir selbst etwas aus.«

»Ich komme mit.«

Ich folge ihm in sein Schlafzimmer, wo Aidan in den Schubladen seiner Kommode nach etwas Passendem sucht. Derweil schaue ich mich um, und was ich sehe, gefällt mir. Das Bett ist nicht gemacht, die Jalousien sind noch unten, und etliche Klamotten auf dem Boden verteilt. Jede Wette, wenn Luke eine Frau zu sich einladen würde, hätte er das Schlafzimmer so ordentlich aufgeräumt wie ein Hotelzimmer, nur für den Fall, dass etwas mit ihr läuft.

»Okay, also ich habe das hier«, sagt Aidan, dreht sich um und hält mir ein paar Kleidungsstücke hin. Ihm entgeht nicht, dass ich auf den Klamottenstapel auf dem Boden starre. »Sorry, ich habe gestern lange gearbeitet, bin heute Morgen spät aufgestanden und habe deshalb nur die Zimmer aufgeräumt, von denen ich annahm, dass du sie sehen würdest. Ich bin nicht immer so chaotisch. Na ja, genau genommen doch, aber ich gebe mir zumindest immer Mühe …«

Bisher habe ich ihn noch nie so nervös erlebt. Dass er nicht so perfekt ist, dafür aber schüchtern und einfach nur er selbst, macht ihn irgendwie sexy.

Ich will die Sachen entgegennehmen, aber als sich unsere Hände berühren, rast ein Kribbeln durch meinen gesamten Körper. Abrupt lasse ich die Sachen fallen, schlinge die Arme um Aidans Nacken und küsse ihn mit solcher Leidenschaft, dass er rückwärts gegen die Kommode stößt. Das scheint ihm aber nichts auszumachen, denn er erwidert meinen Kuss. Seine Hände sind in meinen Haaren, an meiner Hüfte, und plötzlich zerren sie an meinen Klamotten.

Ich glaube, ich habe nie zuvor jemanden so gewollt wie ihn in diesem Moment. Unsere nassen Kleidungsstücke fallen auf den Boden. Und zum ersten Mal seit Langem scheint alles andere keine Rolle zu spielen. Weder mein alter Liebeskummer noch Luke und unsere Fake-Beziehung. Das Einzige, was für mich jetzt zählt, ist Aidan.

Kapitel 23

Es ist genau vierundzwanzig Stunden her, seit ich Aidans Haus verlassen habe, und seither konnte ich an nichts anderes denken. Weiß der Himmel, was mir heute im Büro bei den Verträgen alles durchgegangen ist. So unkonzentriert, wie ich war, hätte ich auch eine Reise zum Mars versichert.

Gerade bin ich durch die Tür in meine Wohnung, da klingelt es.

»Ich bin's, lass mich rein«, höre ich Marissas Stimme durch die Gegensprechanlage.

Ich schaffe es noch, in die Küche zu gehen und Teewasser aufzusetzen, als sie schon an die Wohnungstür klopft.

»Heiliger Strohsack, sieh sich einer diesen Bauch an! Er betritt Minuten vor dir den Raum«, begrüße ich sie.

»Ich weiß. Gestern habe ich viel gegessen, und seitdem scheint er seine Größe verdoppelt zu haben.«

»Und du bist sicher, was den errechneten Geburtstermin betrifft? Oder plumpst das Baby jeden Moment heraus?«

Panisch rechne ich noch einmal nach. Der Termin ist erst in einem Monat. Aber wir sind echt spät dran mit unserer Überraschungs-Babyparty, die gerade in die letzte Planungsphase geht.

»Absolut sicher. Sobald du verheiratet bist, hast du nur noch alle Jubeljahre Sex, das ist leicht nachzuhalten.«

Lachend gehe ich voran ins Wohnzimmer, wo sich Marissa auf das Sofa fallen lässt.

»Ich habe mich aber nicht den ganzen Weg zu dir geschleppt,

um über meinen Bauch zu reden. Erlöse mich aus meinem Elend und erzähl von Aidan.«

»Was möchtest du wissen?«

»Ähm, alles. Von Anfang an.«

Ich stelle ihren Tee auf den Couchtisch und setze mich ans andere Ende des Sofas.

»Okay, wir haben mit seinem Hund Barney einen Spaziergang durch den Basildon Park gemacht, kennst du diese Anlage? Sie steht unter Naturschutz.«

Marissa schüttelt den Kopf.

»Da kannst du auch gut mit dem Kinderwagen spazieren gehen. Barney war total begeistert und hat sich die ganze Zeit im Matsch gewälzt.«

»Hab verstanden, Natur, Matsch. Und jetzt endlich zum wichtigen Teil. Dieses Baby könnte jede Sekunde kommen, und dann liege ich mit nichts als ein paar Informationen über Bäume da. Ich muss das hören, denn da ich vielleicht nie wieder Sex haben werde, ist das alles, was mir bleibt.«

»Ich bin mir ziemlich sicher, dass Leute auch nach der Geburt eines Kindes noch Sex haben. Aus diesem Grund gibt es Geschwister.«

»Ja, aber frühestens in ein paar Monaten. Monate!«

»Okay«, lenke ich ein, da ich sie auf keinen Fall aufregen und an frühzeitigen Wehen schuld sein will. Die Planung ihrer Babyparty ist auch so schon ein Albtraum. »Also, Barney, der Hund, war völlig verdreckt.«

Marissa wirft mir einen tödlichen Blick zu.

»Die Geschichte hat eine Pointe!« Ich hebe abwehrend die Hände. »Er war total verdreckt, weil er sich im Matsch gewälzt hatte, und musste gebadet werden. Und dabei sind wir noch nasser geworden als beim Spaziergang. Wir wollten also trockene Sachen anziehen.«

Der grimmige Blick weicht einem Lächeln.

»Ich wollte mich also umziehen, und dann …«

»Brauchtest du plötzlich keine Klamotten mehr. Erzähl weiter.«

»Marissa! Bis dahin und nicht weiter.«

»Komm schon, ist doch klar, worauf diese Geschichte hinausläuft, und du hast all die guten Passagen weggelassen.«

»Und dabei bleibt es auch.«

»Also, wie war's?«

Ich schließe die Augen und bin beinahe wieder dort.

»Es war schön.«

»Ah, es war schön«, erwidert sie sarkastisch. »Jede Wette, dass er sich freuen würde, dass du es so beschreibst.« Sie schnappt sich den heißen Tee und pustet darauf, um ihn abzukühlen.

»Okay, es war sexy und heiß und dafür, dass es bei uns das erste Mal war, verdammt gut.«

»Verdammt gut klingt schon wesentlich besser als schön.«

»Egal wie ich es beschreibe, es wird immer lahm klingen, und außerdem ist es privat.«

Marissa hatte noch nie viel von Grenzen gehalten.

»Jedenfalls, danach hat er mir einen Pyjama und einen Bademantel geliehen, und wir haben den Rest des Sonntags unter einer Decke im Wohnzimmer gekuschelt und schnulzige Filme angeschaut.«

»Das klingt echt süß.« Tränen treten ihr in die Augen.

»Jetzt fang bloß nicht an zu heulen!«, warne ich sie.

»Tue ich nicht, tue ich nicht.« Sie stellt die Tasse ab und reibt sich rasch über die Augen.

»Tust du wohl. Du heulst.«

»Das sind diese verdammten Hormone. Die spielen verrückt. In der einen Minute bin ich geil wie Nachbars Lumpi und in der nächsten heule ich. Völlig irre.«

Ein Schlüssel wird ins Schloss gesteckt, und ich gehe in die Küche, um den Wasserkessel wieder aufzusetzen.

»Hey«, begrüßt uns Becca und zieht ihren Schal und den schweren Wollmantel aus. »Was habe ich verpasst?«

Sie setzt sich auf einen der Esszimmerstühle und streift ihre Stiefel ab.

»Die delikaten Einzelheiten will sie uns vorenthalten«, beschwert sich Marissa. »Sie hat an dem Punkt der Geschichte aufgehört, als die Klamotten fielen.«

Beccas Gesicht verzieht sich zu einem Grinsen. »Aber die Klamotten sind gefallen, also gibt es eine Geschichte. So viel zu ›wir sind nur Freunde‹.«

Sie und Marissa wechseln einen vielsagenden Blick. Ich ignoriere die beiden.

»Als die SMS kam, wir sollten einen Mädelsabend verbringen, wusste ich gleich, dass etwas im Busch ist«, frohlockt sie.

Becca ist die letzte Nacht bei Gareth geblieben, und ich habe ihr und Marissa nur eine kurze Nachricht geschickt, um nicht zu viel zu verraten.

»Wie schön, dass du jemanden gefunden hast, den du wirklich magst«, freut sich Becca. »Und wann beendest du die Sache mit Luke?«

»Daran habe ich noch gar nicht gedacht …« Marissa legt beide Hände um den Teebecher. »Natürlich musst du jetzt deine Trennung inszenieren. Und auf keinen Fall darf jemand herausfinden, dass du einen echten Freund hast.«

Ich lehne mich an die Rückenlehne des Sofas, und das Lächeln verschwindet aus meinem Gesicht. »Und was soll ich jetzt machen? Das mit Aidan war vielleicht eine einmalige Sache. Schließlich hat er mal gesagt, dass er momentan keine Beziehung will. Ich weiß auch nicht, ob ich eine will. Und dann das Timing – mit meinem Instagram-Account läuft es gerade so gut …«

»Izzy, kann es sein, dass du nach Ausreden suchst?«, fragt Marissa. »Nach dem, was du mir erzählt hast, scheint Aidan dich sehr zu mögen.«

Becca nickt zustimmend.

»Du hast nur Angst, verletzt zu werden, aber das Risiko musst du eingehen.«

»Leichter gesagt als getan.« Ich seufze.

»Izzy, wenn ich es geschafft habe, die Vergangenheit hinter mir zu lassen, und bereit bin für etwas Neues, dann kannst du das auch«, sagt Becca so streng, dass sich mir die Nackenhaare sträuben.

»Wenn du jemandem völlig vertraust und er dieses Vertrauen missbraucht – dann zweifelst du anschließend alles an«, erwidere ich.

»Jemanden zu verlieren, der dich liebt, ist auch nicht gerade einfach«, entgegnet sie.

»Das kann man doch nicht vergleichen!«, brause ich auf.

Becca und ich streiten nie, aber nun stehen wir kurz davor, und ich verstehe gar nicht, warum.

»Hör zu, Izzy«, schaltet sich Marissa ein. »Cameron hat sich echt mies verhalten, aber lass dir bitte von einem Arschloch wie ihm nicht etwas echt Besonderes kaputtmachen. Und was dieses Instagram-Zeug betrifft – ich weiß, warum dir das so wichtig ist, aber ist es denn wirklich mehr wert als jemand wie Aidan?«

»Ich habe auch schon darüber nachgedacht«, gestehe ich. »Unabhängig davon, wie sich die Sache mit Aidan entwickelt, werde ich mit Luke sprechen, um unsere Zusammenarbeit zu beenden. Höchste Zeit, dass ich es aus eigener Kraft schaffe, eine erfolgreiche Influencerin zu sein. Wir wussten immer, dass es nur vorübergehend ist. Ich werde also einen Termin festlegen.«

»Einen Termin festlegen? Das klingt für mich, als wolltest du es doch noch hinauszögern«, wendet Becca ein.

»Wir haben ein paar gesponserte Posts für Dezember, und Luke steht in Verhandlungen mit Heart2Heart wegen einer Benefizveranstaltung. Wir können die Leute nicht einfach hängen lassen.«

»Und wie wird sich Aidan angesichts deiner Fake-Beziehung zu Luke fühlen?«

Ich beiße mir auf die Lippe. »Wieso sollte ich ihm das überhaupt erzählen? Er lehnt Social Media kategorisch ab, und wenn ich es ihm erkläre, mache ich alles nur wichtiger, als es ist. Schließlich läuft nichts mit Luke.«

»Aidan in dem Punkt anzulügen, ist keine gute Basis für eine Beziehung«, gibt Becca zu bedenken.

»Ähm, in etwa so, wie du Gareth nicht von Ben erzählst?«, blaffe ich sie an.

»Das ist etwas anderes, und das weißt du auch.«

Ich atme tief durch, um die Situation nicht eskalieren zu lassen.

»Hör zu, es ist sinnlos, darüber nachzudenken, denn momentan gibt es kein ›Aidan und ich‹. Wir sind Freunde, die Sex miteinander hatten. Viele Freunde tun das.«

»Wir haben es nie getan«, wirft Marissa ein.

Ich schneide eine Grimasse. »Du weißt, was ich meine. Leute haben Sex miteinander, aber das heißt nicht zwangsläufig, dass sie zusammen sind. Ich warte einfach ab, was passiert.«

»Dafür ist das Leben zu kurz, Izzy.« Becca seufzt entnervt. »Ich glaube, du begehst einen Riesenfehler.«

Ich schlucke. Becca hat sich mit schwesterlichem Rat nie zurückgehalten, aber so deutlich wird sie normalerweise nicht.

Eine verlegene Stille tritt ein, und Marissa drückt sich langsam vom Sofa hoch.

»Dieses Baby ist echt anstrengend, es liegt nie still«, stöhnt sie.

»Geht es dir gut?«, frage ich und bin skeptisch, ob es wirklich das Kind ist, das ihr Unbehagen bereitet.

»Ja, alles bestens. Ich glaube, ich gehe nach Hause und nehme ein lauwarmes Bad. Was dagegen?«

»Natürlich nicht«, lüge ich und wünschte, sie würde bleiben und mich vor Beccas Zorn beschützen.

Nachdem Marissa es endlich in die Vertikale geschafft hat, reibt sie sich über den Bauch und geht dann strammen Schrittes zur Haustür. Jetzt bin ich endgültig überzeugt, dass das Kind nur eine Ausrede war, um von hier zu verschwinden. Ich gehe ihr nach, um mich zu verabschieden.

»Wir sehen uns nächste Woche«, sagt sie.

»Klar.«

Ich drücke sie kurz und würde nur zu gern mit ihr zusammen verschwinden, aber ich muss herausfinden, was wirklich mit Becca los ist. Ich hole tief Luft und begebe mich wieder ins Wohnzimmer.

Becca hat Marissas Platz auf dem Sofa eingenommen, und ich spüre, wie sich mein Körper verkrampft. Sie schaut zu mir hoch, ihre wütende Miene ist einem schwachen Lächeln gewichen.

»Tut mir leid, ich hätte das alles nicht sagen sollen.«

Ich setze mich und ziehe die Knie an die Brust hoch.

»Aber du hast vermutlich recht.«

»Trotzdem. Es ist dein Leben. Du darfst tun, was du willst.«

Becca beginnt zu weinen, und ich beuge mich zu ihr, um sie zu trösten.

»Hey, nicht doch, du hast es ja nur gesagt, weil du dich um mich sorgst.«

»Stimmt.« Sie schnieft. »Aber ich war gemein.«

»Ich hab's kapiert. Du glaubst, dass Aidan für mich so etwas Besonderes ist, wie Ben es für dich war, und deshalb möchtest du nicht, dass ich ihn verliere.«

Sie lächelt traurig und wischt sich eine Träne weg. »Ich weiß, wie es ist, jemanden zu verlieren, und du weißt es auch, aber das ist nicht der Grund, warum ich dich so angeblafft habe.«

»Sondern? Was ist los?«

Es geht also doch um etwas anderes als mein Liebesleben.

»Es ist wegen Gareth.«

Ich lege den Kopf schief, wappne mich, sie zu trösten. Eine Trennung würde sie völlig fertigmachen.

»Was ist mit ihm?«, frage ich und befürchte das Schlimmste.

»Gestern Abend hat er mir gesagt, dass er mich liebt.«

Für einen Moment bin ich so irritiert, dass es mir die Sprache verschlägt.

»Aber du fühlst für ihn doch genauso?«, hake ich schließlich nach.

Sie zieht den Ärmel ihrer Strickjacke über die Hand, reibt sich durchs Gesicht und nickt.

»O Bec!« Ich ziehe sie in meine Arme. »Das ist in Ordnung.«

Sie versucht, trotz der Tränen zu lachen. »Albern, oder? Ich rege mich darüber auf, dass ich jemanden liebe, der mich liebt.«

»Das ist nicht albern, sondern nachvollziehbar.«

Trauer ruft noch viele andere Emotionen hervor, aber was mich immer überrumpelt, sind die Schuldgefühle. An manchen Tagen fühle ich mich furchtbar schlecht wegen all der schlimmen Dinge, die ich zu Ben gesagt habe, als wir noch

Kinder waren, oder weil ich ihn damit aufgezogen habe, dass unsere Eltern mich mehr lieben würden als ihn. Aber vor allem fühle ich mich schuldig, wenn ich Spaß habe, statt immerzu traurig darüber zu sein, dass er nicht mehr da ist. Kaum vorstellbar, wie viel Schuld auf Beccas Schultern lasten muss.

»Ich habe Ben so sehr geliebt und dachte, ich würde den Rest meines Lebens mit ihm verbringen. Wir waren zwar noch nicht verheiratet, aber schon so lange verlobt, dass es sich für mich genauso angefühlt hat. Und dann Gareth … Er ist großartig. Ganz anders als Ben, aber genauso großzügig in seiner Art, und ich liebe ihn, wirklich, aber …«

»Aber?«

Sie holt tief Luft, und die Tränen fließen erneut.

»Ich habe ständig das Gefühl, Ben zu betrügen.«

Ich schlucke den Kloß in meinem Hals hinunter. Für mich ist es auch schwierig, mir Becca mit jemand anderem als meinem Bruder vorzustellen, aber sie kann schließlich nicht in der Vergangenheit leben. Sie muss nach vorn schauen.

»Er würde wollen, dass du dein Leben weiterlebst, das weißt du. Er wollte nichts mehr, als dass du glücklich bist, und hätte die Vorstellung, dass er dich davon abhält, schrecklich gefunden.«

Sie nickt. »Ich weiß. Im umgekehrten Fall würde ich auch wollen, dass er eine neue Beziehung eingeht.«

»Dann vergiss das nicht.« Ich drücke sie noch einmal.

»Ich dachte, es würde viele Jahre dauern, bis ich mich wieder verlieben kann. Dass es so schnell geht, überrascht mich.«

»Du allein spürst, ob es der richtige Zeitpunkt ist. Wir wissen, wie sehr du Ben geliebt hast. Aber er ist nicht mehr da, und niemand macht dir Vorwürfe, dass *dein* Leben weitergeht.«

»Aber deine Eltern waren in den vergangenen Jahren so wunderbar zu mir.«

»Und das werden sie auch weiterhin sein. Auch sie wollen nur, dass du glücklich bist.«

Sie legt den Kopf auf meine Schulter, wie sie es so viele Male getan hat, seit ich bei ihr eingezogen bin. Und genau aus dem Grund habe ich es ja getan. Ben hätte bestimmt gewollt, dass ich mich um sie kümmere, und genauso würde er jetzt wollen, dass ich sie ermutige, mit Gareth zusammen zu sein. Aber das macht es nicht leichter, damit umzugehen.

»Soll ich die *Gilmore Girls* einschalten?«, frage ich.

»Ja, bitte.«

Ich schnappe mir die Fernbedienung und gehe auf Netflix. Die *Gilmore Girls* sind unser Beruhigungsmittel in Notfällen. Ich weiß schon gar nicht mehr, wie oft wir alle sieben Staffeln gesehen haben.

Als der Vorspann läuft, brummt mein Handy. Ich habe sowohl von Aidan als auch von Luke eine Nachricht.

Aidans lese ich zuerst. Es ist ein Foto von Barney, der mit seinem traurigen Hundeblick in die Kamera schaut. Bildunterschrift:

Aidan: Barney würde irgendwann gern noch mal spazieren gehen. Hättest du Lust?

Und ob! Schon will ich zusagen, aber da lese ich die Nachricht von Luke:

Luke: Habe gerade eine E-Mail von Heart2Heart bekommen. Sie fragen, ob sie ein Abendessen mit uns als Preis für die Auktion bei dem Valentinsball anbieten dürfen! Schätze mal, dass wir denen jede Menge Geld einbringen werden!

In der Hitze des Augenblicks mit Aidan hat es sich so angefühlt, als spiele alles andere keine Rolle mehr. Aber ich würde
so viele Leute hängen lassen, wenn ich die Show-manze mit
Luke aufgebe! Nicht nur Luke, auch unsere Sponsoren, die
Stiftung – und Ben. Nie zuvor habe ich mich derart hin- und
hergerissen gefühlt.

Kapitel 24

Ich schließe die Autotür und atme tief durch. Ich schaffe das. Es ist lediglich das Beenden einer geschäftlichen Beziehung. Ich stehe auf dem Bürgersteig, fummele an meinen Haaren herum, versuche, ruhig zu atmen. *Reiß dich zusammen!*

Kaum habe ich die Türklingel gedrückt, da steht Luke schon vor mir, in einer absolut lächerlichen Aufmachung: in Küchenschürze und mit einem Holzlöffel in der Hand.

»Du bist früh«, stellt er fest und lässt mich auf der Eingangsstufe stehen.

Meine Zähne klappern in der Kälte. »Ich bin pünktlich. Lässt du mich nun rein? Es ist kalt hier draußen.«

»Ähm, sicher. Warum nicht.«

Ich folge ihm in die Küche, wo offenkundig schwer gearbeitet wird. Die Abzugshaube läuft auf Hochtouren, es brodelt in Töpfen und Pfannen auf dem Herd, und als Luke die Backofentür herunterklappt, schlägt mir aus dem Inneren eine Duftwolke entgegen: Knoblauch, Zitrone und Rosmarin. Meine Nasenflügel beben vor Verlangen.

»Du machst dir ganz schön viel Arbeit! Ich dachte, wir bestellen uns eine Pizza?« Ich spähe über seine Schulter, um zu sehen, was sich in den Töpfen auf dem Herd befindet. »Jetzt sag bitte nicht, du wolltest schnell ein paar Fotos von uns beim Essen schießen, und dann kommt deine echte Verabredung. Dann musst du mir nämlich etwas davon einpacken und mitgeben.«

»Ich habe das alles für dich gekocht.«

Ich beäuge die Soße, die er gerade anrührt. Er hat sich echt viel Mühe gemacht, was verrückt ist, denn zum Beispiel zerdrückte Avocado auf Toast wäre kinderleicht und so was von instagrammable gewesen …

»Mein Magen ist höchst erfreut. Ich habe gerade erst wieder angefangen, mich fürs Essen zu begeistern, nach … du weißt schon.«

Bei den wenigen Gelegenheiten, die ich Luke seit unserem Wochenendausflug gesehen habe, waren wir beide nicht in der Lage, die Lebensmittelvergiftung auch nur anzusprechen. Es grenzt an ein Wunder, dass wir einander noch in die Augen schauen können, nach dem, was wir ansonsten voneinander gesehen haben.

»Geht mir genauso, deshalb habe ich mich auch so hinreißen lassen. Aber es ist alles vegan. Nahrung, die ausschließlich auf Pflanzen basiert, kann nicht viel Schaden anrichten.«

»Sehr vernünftig. Und voll im Trend. Super für die Hashtags.«

»Absolut. Grant hat mir eine E-Mail geschickt, wie zufrieden er mit der Resonanz auf die Kampagne ist. Zu dem neuen Prospekt gibt es ebenfalls bereits positives Feedback.«

»Das ist ja toll!«

»Er möchte in Zukunft gern wieder mit uns zusammenarbeiten.«

»Ach, echt?« Ich knibbele an meinen Nägeln. Nun wäre der ideale Zeitpunkt, ihm zu sagen, dass ich aus unserer Zusammenarbeit aussteigen möchte.

»Die Heart2Heart-Leute haben sich ebenfalls gemeldet. Die Karten für unseren Tisch sind bereits ausverkauft.«

»Aber jede Karte kostet 200 Pfund!«

»Ich weiß, und alle acht Karten sind weg.«

»Wow.«

»Japp. Man kann noch ein Abendessen mit uns bei der Auktion ersteigern. Sie hoffen, dass die Gebote auf ein paar Tausend Pfund hochgehen.«

Feuchtkalter Schweiß bedeckt meine Hände. »Tausende?« Wer sollte so viel dafür zahlen – und wie könnte ich andererseits Heart2Heart so viel Geld vorenthalten?

Ich muss daran denken, wie vielen Familien ähnlich meiner das Leid erspart werden könnte, jemanden zu verlieren.

»Und das Dinner soll nach dem Valentinstag stattfinden?«

»Japp. Ich dachte, Ende Februar, Anfang März.«

Ich nicke. Das bedeutet, wir müssten noch eine ganze Weile weitermachen. Entweder sage ich Aidan die Wahrheit, oder ich kann erst etwas mit ihm anfangen, wenn das hier beendet ist. Im Internet Fremde anzulügen ist eine Sache, aber jemanden anzulügen, den ich wirklich mag, eine andere.

»Ist das Essen bald fertig?« Ich muss das Thema wechseln, um mich nicht länger so elend zu fühlen.

»Fast«, versichert Luke, probiert mit einem kleinen Löffel die Soße auf dem Herd und würzt mit einer Prise Pfeffer nach.

Ich setze mich an den Küchentisch, bis er die Teller füllt. Geduldig warte ich darauf, dass er meinen vor mich stellt, aber stattdessen fragt er: »Sollen wir rübergehen ins Esszimmer?«

»Ins Esszimmer?«, wiederhole ich so vornehm wie möglich. »Essen wir denn nicht hier?«

»Nicht heute Abend.«

Ich folge ihm aus der Küche und stoße die Tür zum Esszimmer auf, da er die Hände voll hat. Mit einem kleinen Aufschrei der Überraschung bleibe ich stehen. Er hat sich für das Instagram-Foto mächtig ins Zeug gelegt. Seine Lichterkette hat einen erneuten Auftritt, aber noch beeindruckender ist der Tisch mit dem Seidenläufer in der Mitte, mit edlen Kerzen und glänzendem Besteck.

»Wow, du hast richtig geschuftet«, lobe ich ihn, während er die Teller auf die Platzdeckchen stellt.

»Setz dich.«

Das tue ich, schnappe mir die Stoffserviette und breite sie auf meinem Schoß aus – was ich sonst nie mache, aber dieses Ambiente wirkt so förmlich, dass ich mich dazu genötigt fühle.

Luke setzt sich mir gegenüber.

»Oh, ich darf die Fotos nicht vergessen.«

»Auf keinen Fall.«

Er klemmt sein Handy an den Selfiestick und streckt den Arm aus, ehe wir ein »Cheeese«-Lächeln aufsetzen und auf die Köstlichkeiten zeigen.

»Okay.« Er zieht das Handy vom Selfiestick und postet das Bild.

»Ich wusste gar nicht, dass du so gut kochen kannst«, schwärme ich zwischen zwei Bissen. »Hat es dich denn nicht gereizt, beim Backwettbewerb im Büro mitzumachen?«

»Gütiger Himmel, nein. Ich kann nicht backen. Aber ich hege die stille Hoffnung, dass es irgendwann eine Büroversion vom *Kochduell* geben wird.«

»Beschwör es nicht herauf. Noch so einen Wettbewerb überstehe ich nicht. Mrs Harris ist das reinste Nervenbündel. In der einen Minute schreit sie uns an, in der nächsten bricht sie in Tränen aus.«

»Gut, dass sie das Finale erreicht hat. Ihr Konkurrent Miles ist nämlich unerträglich.«

Wir diskutieren die Höhen und Tiefen der vorherigen Runden, und ich schaufele Essen in mich hinein, bis mein Teller leer ist.

»Das war köstlich.«

Ich lege Messer und Gabel ab und reibe mir zufrieden den Bauch.

»Es gibt noch mehr. Ich habe ein Dessert zubereitet.«

»Ein Dessert? Was denn für eins?«

»Wirst du schon sehen«, erwidert er, schnappt sich unsere beiden Teller, und während er hinausgeht, breitet sich ein undefinierbares Lächeln auf seinem Gesicht aus.

»Dieser Witzbold«, murmele ich vor mich hin.

Er kommt mit einem Tablett zurück, das mit einer Plastikhaube abgedeckt ist. »Ich dachte, wir gehen live auf Instagram.«

»Die Enthüllung des Desserts?« Gefällt mir.

»Okay.« Er holt tief Luft, und seine Hände zittern, was merkwürdig ist, da Luke normalerweise nie nervös wird. Was in aller Welt verbirgt sich unter diesem Deckel?

Mit erhobenem Daumen signalisiert er mir, dass wir auf Sendung sind, und schlüpft dann in seine Rolle.

»Also, Izzy und ich genießen ein romantisches Abendessen zu Hause.«

»Luke hat ein fantastisches Essen zubereitet! Seht euch die Fotos auf Insta-Storys an.«

»Danke, Schatz. Aber das Beste kommt noch – hier ist das Dessert.«

Ich vollführe mit den Fingern auf der Tischplatte einen Trommelwirbel, und Luke hebt den Deckel.

»O mein Gott, ist das Schoko-Käsekuchen?« Mir fällt die Kinnlade herunter.

»Nutella-Käsekuchen.«

»Oh, Luke, heirate mich auf der Stelle«, säusele ich und versuche, nicht vor der Kamera zu sabbern.

»Witzig, dass du das sagst«, erwidert er und geht hinunter auf ein Knie.

Ich bin zu sehr damit beschäftigt, auf den Käsekuchen zu starren, sodass ich im ersten Moment gar nicht kapiere, was gerade passiert, aber dann fällt mein Blick auf etwas Schmales, Funkelndes, und erst jetzt registriere ich Lukes Kniefall.

»Izzy Brown, willst du mich heiraten?«

Ich bin kurz davor, einen hysterischen Anfall zu bekommen – er hat mich reingelegt, der Ring wirkt sogar richtig echt, aber dann sehe ich das Handy und erinnere mich daran, dass wir live senden.

»Also, Süße ...« Er wendet sich der Kamera zu. »Was glaubt ihr, Leute, wird sie Ja sagen?«

Er hält die Schatulle mit dem Ring etwas dichter vor mich, und zum ersten Mal in meinem Leben bin ich sprachlos, wie erschlagen von einem Wirrwarr der Gefühle: Überraschung, Entsetzen, Wut. Was zum Teufel macht er da?

»Izzy«, sagt er noch einmal.

Mir bleibt keine Zeit, darüber nachzudenken. Wenn ich ihm einen Korb gebe, stehe ich da wie ein herzloses Miststück und zerstöre das positive Bild, das alle von uns als Paar haben. Ich werde dann nicht mit einem Schulterzucken gehen und »Es hat nicht funktioniert, aber wir bleiben gute Freunde« faseln können. Zudem ist diese Veranstaltung von Heart2Heart eine verdammt große Sache, und wir könnten mit unserer Bekanntheit viel Gutes bewirken.

»Izzy?«

In seine Stimme mischt sich ein Hauch Verzweiflung, und ich schaue ein letztes Mal auf den Ring. Selbst wenn ich Ja sage, muss ich diese Hochzeit nicht durchziehen, oder? Ich meine, es ist doch besser, jetzt Ja zu sagen und sich dann hinter verschlossenen Türen zu trennen.

»Ja«, sage ich und versuche, Begeisterung vorzutäuschen, während Luke aufspringt und mich in die Arme schließt.

Er küsst mich auf den Scheitel, steckt mir den Ring an den Finger und hält ihn dann in die Kamera.

»Und jetzt werden wir unter vier Augen feiern«, sagt Luke. »Aber in diesem Moment bin ich der glücklichste Mann auf diesem Planeten. Sie hat Ja gesagt!«

Er boxt mit der Faust in die Luft, schaltet dann die Kamera aus und wendet sich mir mit einem erleichterten Seufzer zu.

»Was sollte dieser Scheiß!«, fahre ich ihn an. »So war das nicht geplant. Wir wollten für eine Weile ein Pärchen spielen und uns dann trennen.«

»Sei bitte nicht sauer.«

»Nicht sauer sein? *Nicht sauer sein?* Du hast mich soeben dazu gezwungen, dich zu heiraten!«

»Immer mit der Ruhe, wir sind nur verlobt, mehr nicht. Und jetzt hör zu. Grant hat gesagt, wenn wir uns verloben, richtet er uns die Hochzeit kostenlos in seinem Hotel aus. Wir müssen lediglich zum Aussuchen des Hochzeitsessens dort erscheinen und –«

»Und heiraten? Das ist kein Spaß mehr, Luke! Das ist das wahre Leben. Es gibt einen Mann, in den ich verknallt bin, aber … aber ich halte ihn die ganze Zeit auf Abstand und –«

»Du bist verliebt? Izzy! Verdammt. Du weißt doch, dass du momentan nichts anfangen darfst. Wenn dich jemand gesehen hat!«

»Ach, und du triffst dich natürlich mit niemandem, seit wir ›zusammen sind‹.« Ich male Gänsefüßchen in die Luft. »Du hast Meredith sogar zu unserer Verabredung mitgebracht!«

»Das war etwas anderes, erstens war ich mit ihr verabredet und du bist dazugekommen, und außerdem habe ich sie seither nicht mehr gesehen.«

»Warum wohl?«, zische ich sarkastisch.

»Weil ich nicht völlig verblödet bin und mir klar geworden ist, dass es falsch war. Jetzt ist nicht die Zeit, um herumzuflirten.«

»Aidan und ich haben uns bisher nur als Freunde getroffen. Aber ich kann nichts dagegen machen, es hat zwischen uns einfach gefunkt, und ich will sehen, wohin sich die Geschichte mit ihm entwickelt.«

»Es hat einfach gefunkt? Mensch, Izzy! Du weißt doch, dass wir an der Schwelle zu etwas ganz Großem stehen. Wir sind jetzt Influencer. Das ist nicht mehr nur ein Traum. Es ist Realität! Der Beginn eines neuen Lebens.«

»Aber zu welchem Preis? Das mit Aidan will ich nicht aufs Spiel setzen. Ich meine, wo soll *unsere* Geschichte denn aufhören? Wir verloben uns, dann heiraten wir und dann was – wir kriegen ein paar Kinder?«

»Hör mal, es ist nur eine Verlobung, und den schwierigen Teil hast du hinter dir. Du hast Ja gesagt. Alle werden vor Begeisterung ausflippen.«

Ich schnappe mir mein Handy. Allein mein letzter Post hat Tausende Likes und Hunderte Kommentare bekommen. Alle schreiben, wie viel Glück ich habe, und gratulieren zu unserer Verlobung.

»Grant bietet uns 10.000 Pfund! Weißt du, was das bedeutet? Dass es sich endlich finanziell lohnt. Wir können unsere Jobs kündigen. Wir können –«

»Luke, du verstehst es einfach nicht. Das ist nicht mehr nur Instagram. Es ist unser reales Leben.«

»Ich weiß!«, ruft er. »Es ist so was von real. Dieser Sponsor ist bereit, mir mein halbes Jahresfixgehalt zu zahlen. Wir können das doch nicht einfach ignorieren. Und jetzt sag bitte nicht, du kannst das Geld nicht gebrauchen.«

Ich schließe die Augen. Natürlich tue ich das. Ich hangele mich von Gehaltsabrechnung zu Gehaltsabrechnung in einem Job, den ich lieber heute als morgen kündigen möchte. Das hier wäre ein prima Ausweg, trotzdem ist es keine leichte Entscheidung.

»Wirst du wenigstens darüber nachdenken? Zwischen uns hat sich nichts geändert, es ist nur ein Ring, den du bei unseren Verabredungen trägst. Aber wir bekommen mehr Geld. Fertig.«

Ich denke an Ben und warum ich Influencerin sein möchte und wie viel Leben Heart2Heart retten könnte mit dem Geld, das sie mit unserer Hilfe sammeln. Dann starre ich auf den unechten Diamanten und sterbe innerlich ein kleines bisschen, als ich nicke.

»Okay, ich ziehe diese Sache unter der Bedingung durch, dass dann aber auch Schluss ist. Wir bleiben verlobt bis kurz nach dem Wohltätigkeitsball am Valentinstag. Und dann trennen wir uns einvernehmlich. Okay? Bis dahin sollten wir genügend Follower haben, dass jeder von uns allein als Influencer besteht.«

»Okay.«

»Und ich weigere mich kategorisch, irgendwelche Hochzeitskleider anzuprobieren, hast du verstanden?«

Er nickt und grinst von einem Ohr zum anderen.

»Isst du jetzt den Käsekuchen?«, fragt er und schneidet ein Stück ab.

»Ich bin gerade so furchtbar wütend auf dich!«

»Heißt das, du willst ein Stück?«

»Und ob ich das will. Und danach gehe ich.«

»Aber wir müssen die nächste Zeit planen und auch ein Foto nach unserer angeblichen Verlobungsfeier zu zweit schießen.«

Während ich mir ein Stück Kuchen in den Mund schiebe, werfe ich ihm giftige Blicke zu. Der Kuchen ist zum Niederknien, aber das lasse ich mir auf keinen Fall anmerken.

»Also gut, die Dezember-Posts können wir auch ein anderes Mal planen, aber ein Foto für unsere Feeds brauchen wir. Wir können diese Gelegenheit nicht ungenutzt verstreichen lassen.«

Ich seufze laut und lege die Gabel auf den leeren Teller.

»Wir machen ein Foto, aber dafür nehme ich den restlichen Kuchen mit nach Hause.«

»Deal.«

»Und es ist definitiv nur bis nach dem Valentinstag?«

»Nur bis sich der Rummel gelegt hat, März spätestens.«

»Ende Februar«, stoße ich zwischen zusammengebissenen Zähnen hervor.

Drei Monate. So lange ist das ja gar nicht. Ich muss Aidan beichten, dass ich Influencerin bin. Vielleicht zeigt er Verständnis, wenn ich ihm die ganze Wahrheit sage.

Kapitel 25

Ich marschiere hinter der Wohnungstür auf und ab, schaue abwechselnd auf das Klemmbrett und meine Armbanduhr.

»Wer fehlt noch?«, fragt Becca, einen Ausdruck von Panik im Gesicht.

»Carla und die Mütter.«

Becca nickt. »Ich rufe Carla an. Und hast du es bei deiner Mum probiert?«

»Ja, aber wenn sie am Steuer sitzt, geht sie nicht ran, das ist ihrer Meinung nach viel zu gefährlich.«

»Selbst mit Freisprechanlage?«

»Hör bloß auf!« Ich hole tief Luft. »Marissa muss jeden Moment hier sein.«

»Keine Sorge, die anderen kommen bestimmt jeden Moment.«

Ich schaue zum millionsten Mal auf die Uhr. »Besser wär's.«

Wer hätte gedacht, dass es so stressig ist, eine Babyparty zu planen? Ich fand es schon nervtötend, einen Termin zu finden, an dem alle können, und zwar bevor das Baby seinen Uni-Abschluss macht. Aber nun verspäten sich auch noch einige, und Marissa leidet seit Tagen unter Vorwehen. Ich hatte schon Angst, dass das Kind früher kommt und meine ganze Arbeit umsonst gewesen wäre.

Ein kurzer Blick ins Wohnzimmer zeigt mir, dass sich zumindest die bisher Anwesenden prächtig amüsieren. Sobald Marissa da ist, kann ich mich entspannen und unter die Leute mischen.

Es klingelt. Nervös renne ich zur Gegensprechanlage.

»Hallo?«, frage ich.

»Hier ist Carla.«

»Gott sei Dank!« Ich seufze erleichtert. »Komm schnell rauf.«

Ich hake sie auf meiner Liste ab und kringele die Namen von meiner und Marissas Mutter ein. Hätte ich die beiden doch selbst abgeholt! Marissas Mutter Karen ist ein bisschen anstrengend und kann nichts für sich behalten, deshalb sollte meine Mutter sie abholen, um mit ihr »Kaffee trinken« zu gehen – während sie dann in Wahrheit hierher zur Party kommen. Aber ich habe die beiden schon vor einer halben Stunde erwartet.

Es klopft an der Tür, und ich öffne Carla, einer unserer alten Freundinnen aus Schulzeiten. Sie drückt mich zur Begrüßung.

»Wie geht es dir?«, fragt sie.

»Gut.« Ich nicke bestätigend. Mir ist klar, dass sie im Grunde wissen will, wie ich mit Bens Tod zurechtkomme. Das passiert eben, wenn man jemanden nach langer Zeit zum ersten Mal wiedersieht.

»Das freut mich.« Dann geht sie zu Becca, um sie ebenfalls zu begrüßen.

Es klingelt schon wieder, und ich bete innerlich, dass ich jetzt die Stimme meiner Mutter hören werde.

»Hallo, Izzy?«, sagt sie.

»Kommt schnell rauf!«

Ich hake die letzten Nachzüglerinnen auf meiner Liste ab und lege das Klemmbrett beiseite. Sieht so aus, als hätte ich es geschafft.

Es klopft, und sobald ich geöffnet habe, tänzelt Marissas Mum Karen auch schon herein, begibt sich direkt ins Wohnzimmer und schlägt die Hände vor den Mund, als sie die Partyvorbereitungen sieht.

»Du meine Güte, das ist ja wunderbar! Eine Babyparty für uns«, sagt sie, dreht sich um und zieht mich in ihre Arme.

Eigentlich möchte ich klarstellen, dass diese Party für Marissa ist, verkneife es mir jedoch. Karen hatte schon immer ein kleines Problem damit, angeblich nicht genügend Aufmerksamkeit zu bekommen. Zu Marissas Hochzeit erschien sie in einem weißen Kleid, das verdächtig nach einem dezenten Brautkleid aussah.

Sie gibt mich wieder frei, und erst jetzt sehe ich, dass sie ein Pailletten-Shirt trägt, mit der Aufschrift: NUR DIE RUHE, ICH WERDE OMA. Irgendetwas sagt mir, dass sie geahnt hat, was hier abläuft.

»Was für eine Überraschung«, trällert sie und wendet sich den anderen zu. »Ich hatte ja keine Ahnung! Wie schön, dass ihr es alle einrichten konntet.«

Schon wieder klingelt es, und das kann jetzt nur eine Person sein.

»Ruhig, alle miteinander, das muss sie sein!«, rufe ich und kann Karen dadurch wenigstens vorübergehend davon abhalten, sich in den Mittelpunkt zu drängen. Angespanntes Schweigen hängt plötzlich über dem Raum, und alle Blicke ruhen auf mir, während ich zur Sprechanlage gehe. »Hallo«, melde ich mich und versuche, mir meine Nervosität nicht anhören zu lassen.

»Hi, Izzy? Hier ist Aidan.«

Hinter mir wird Gemurmel laut wegen der Männerstimme.

»Oh, hi«, antworte ich und wünschte, dass nicht so viele Leute zuhören würden. Zwei Wochen sind vergangen, seit wir miteinander geschlafen haben, und genauso lange ist es her, dass ich ihn zum letzten Mal gesehen habe. Es ist nicht so, dass ich ihn nicht treffen *wollte*. Mir war einfach nur klar, dass ich ihm dann von Luke erzählen müsste, und dazu fehlte mir bisher der Mumm. Zur großen Freude meines Chefs Howard ergriff ich deshalb die Gelegenheit, am Abend und an den Wochenenden Überstunden zu machen. So verschaffte ich mir eine Ausrede, um Aidan nicht treffen zu müssen.

»Kann ich hochkommen? Ich will mit dir reden.«

Ich nehme vorübergehend den Finger von der Taste der Sprechanlage und seufze. Ich will auch dringend mit ihm reden, aber jetzt passt es gerade gar nicht. In spätestens fünf Minuten wird Marissa hier auftauchen, und meine Wohnung ist voller Frauen, ganz zu schweigen von meiner Mutter, die zweifellos jetzt schon an jedem Wort von Aidan klebt.

»Jetzt ist kein guter Zeitpunkt«, sage ich, drehe mich um und sehe meine Mutter strahlen, als seien Weihnachten und Ostern auf einen Tag gefallen.

»Das ist es offenbar nie. Aber ich muss dich sehen.«

»Ich will dich auch sehen«, flüstere ich verlegen. »Aber es geht gerade wirklich nicht.«

»Na schön.« Ich höre seiner Stimme an, dass seine Geduld zur Neige geht. »Ich hätte dir wohl glauben sollen, als du gesagt hast, dass du nicht an einer Beziehung interessiert bist. Es war nur so, dass der Sex –«

»Komm hoch!«, brülle ich in die Sprechanlage, drücke die Taste für den Haustüröffner und verharre in gebeugter Haltung, um niemandem hinter mir in die Augen sehen zu müssen.

»Izzy Brown, du hast Geheimnisse«, höre ich die Stimme meiner Mutter, die gleich darauf mit einem erleichterten Lächeln im Gesicht neben mich tritt. Jede Wette, dass sie schon überlegt, was für einen Hut sie bei der Hochzeit trägt.

»Es ist noch ganz frisch«, versuche ich, mich herauszureden.

»So hat es sich aber nicht angehört«, erwidert sie. »Ich möchte alles darüber wissen.«

Ich spähe zu den anderen Frauen, die mich anstarren.

»Klar, Mum, aber wie ich schon zu Aidan sagte, ist jetzt nicht der richtige Zeitpunkt.«

Es klopft an der Tür, und ich beeile mich, zu öffnen.

Trotz unseres Publikums geht mir das Herz über, als ich Aidan erblicke.

»Tut mir leid, dass ich einfach so hereinschneie, aber ich musste dich einfach sehen«, entschuldigt er sich.

»Es geht mir doch genauso«, sage ich, und mir wird plötzlich klar, dass ich eine komplette Idiotin bin, meine Fake-Beziehung mit Luke an die erste Stelle zu setzen.

Er beugt sich vor, um mich zu küssen, da höre ich hinter uns ein Hüsteln.

Aidan richtet sich auf, und Entsetzen breitet sich auf seinem Gesicht aus, als er die vielen Frauen sieht.

»Oh, stimmt, du … du sagtest, es sei kein guter Zeitpunkt«, stammelt er und lässt den Blick über die Luftballons und die Babyparty-Requisiten schweifen.

»Ja, und ich habe nicht gelogen.« Ich ergreife seine Hand und drücke sie behutsam. »Das ist Marissas Babyparty.«

»Ähm, ich verstehe …«

»Möchtest du bleiben?«

»So gern ich schon immer mal Schnuller angeln wollte«, sagt er und zeigt auf das Schild neben der mit Wasser gefüllten Babywanne, »überlasse ich euch doch lieber eurem Spaß. Ich bin sowieso unterwegs nach Southampton zu meinem Freund, bei dem ich das Wochenende verbringen werde. Als ich das Schild Basingstoke las, bin ich spontan ausgestiegen. Können wir uns denn nächste Woche abends oder nächstes Wochenende mal sehen?«

»Komm nächstes Wochenende einfach vorbei«, schlage ich vor und bin erleichtert, dass er nicht allzu sauer auf mich zu sein scheint. »Dann haben wir Zeit, um in Ruhe zu reden. Ich rufe dich an wegen der Uhrzeit.«

Er zieht die Brauen hoch.

»Versprochen.«

Jetzt lächelt er und wendet sich zum Gehen. In dem Moment klingelt es unten an der Haustür.

»Hallo«, melde ich mich über die Gegensprechanlage.

»Nun mach schon auf, ich muss pinkeln und kann gleich nicht mehr einhalten!«, ruft Marissa.

Ich fahre zusammen und merke, dass ich sie für einen Moment ganz vergessen habe. Rasch drücke ich den Türöffner. Dann wende ich mich Aidan zu und sehe, dass er ganz blass geworden ist.

»Haben alle gehört, was ich vorhin unten gesagt habe?«, flüstert er mir zu.

»Japp, einschließlich meiner Mum.«

Er späht über seine Schulter, und sie winkt ihm strahlend zu. Und obwohl ich am liebsten im Boden versinken würde, ist es schön, sie so glücklich zu sehen.

Er winkt zaghaft zurück und wünscht uns allen noch viel Spaß, dann eilt er davon. Aber jetzt bleibt keine Zeit, um über ihn nachzudenken.

»Los, alle verstecken!«, rufe ich. »Sie ist jeden Moment hier!«

Einige Gäste quetschen sich hinters Sofa, andere hinter den Esstisch. Und schon steht Marissa vor der Tür.

Sie verschwendet keine Zeit mit Höflichkeiten und steuert direkt auf das Bad zu.

»Du glaubst nicht, was für eine Woche ich hinter mir habe!«, ruft sie durch die geschlossene Badezimmertür. »Meine Mum treibt mich in den Wahnsinn. Wusstest du, dass sie bei der Geburt dabei sein will? Sie würde garantiert die Hebamme wegschubsen und sich das Baby schnappen, wenn es rauskommt, damit sich wieder mal alles um sie dreht und darum, wie sie das Kind allein auf die Welt gebracht hat.«

Entsetzt schaue ich hinüber zur Stehlampe, die auch nicht ansatzweise breit genug ist, um Karen zu verbergen. Sie schürzt die grell geschminkten Lippen.

»Es wird bestimmt schön, sie dabeizuhaben. Eine liebevolle Unterstützung!«, rufe ich zurück. Ich höre, dass Marissa sich die Hände wäscht.

»Hast du dir den Kopf gestoßen?«, fragt sie und kommt aus dem Bad geschlurft. »Wir reden über *meine* Mum, nicht über deine. Kannst du dir vorstellen, dass sie mich gebeten hat, das Kind nicht in der zweiten Dezemberwoche zu bekommen, weil dann in der Firma die Weihnachtsfeier ist und sie die auf keinen Fall verpassen will?«

»Überraschung!«, ruft Karen und springt in den Raum. Marissa dreht sich um. Und ich dachte, niemand könnte entsetzter aussehen als Aidan vorhin.

Alle anderen tauchen nun ebenfalls aus ihren Verstecken auf und rufen halbherzig »Überraschung«. So hatte ich das nicht geplant.

Marissa atmet mühsam ein und aus, und ich frage mich, ob es wirklich eine gute Idee ist, für eine Hochschwangere eine Überraschungsparty zu organisieren. Wenn durch diesen Schreck nun ihre Wehen einsetzen?

»O mein Gott!«, stößt Marissa hervor und starrt mich an. »Eine Babyparty. Wow! Habe ich nicht ein Glück? Alle, die ich liebe, in einem Raum. Und sogar meine Mutter ist hier.«

Sie blickt von einer zur anderen und zum Schluss mit hochgezogenen Brauen zu mir.

»Danke, Izzy.« Sie umarmt mich und flüstert mir ins Ohr: »Mist, denkst du, Mum hat das gehört?«

»Japp«, flüstere ich zurück.

»Shit, und ich kann nicht einmal was trinken.«

»Niemand kann heute was trinken«, erwidere ich und bedaure, dass es aus Solidarität zu Marissa keinen Alkohol gibt.

Sie setzt ein tapferes Lächeln auf und wendet sich den anderen zu.

Karen legt einen Arm um ihre Tochter, und ich sehe, wie Marissa sich verkrampft. »Darling, ist das nicht wunderbar? Eine Babyparty für unsere Kleine?«, sagt Karen.

»Ja, großartig«, versichert Marissa, entzieht sich ihr und begrüßt sämtliche Gäste.

»Aidan wirkt sehr nett.« Mum hat sich neben mich gestellt.

»Ja, das ist er auch. Also, wir haben jede Menge Spiele geplant und sollten loslegen!«, rufe ich, schnappe mir mein Klemmbrett und überfliege den Plan.

»Echt jetzt? Haben wir keine Zeit zum Plaudern?«

»Nein, zuerst der Eisbrecher. Also …«, übertöne ich das aufgeregte Geplapper. »Lasst uns damit anfangen, Babyfotos zu raten.«

Die anderen treten folgsam zu den Fotos, die mit Wäscheklammern an einer Leine hängen.

Willkommen im Dezember
This_Izzy_Loves IGTV
Anzahl Follower: 20.300

Ist Weihnachten nicht die magischste Zeit des Jahres? Die Menschen laufen mit glücklichen Gesichtern herum, und überall funkeln Lichter. Ganz zu schweigen von der Weihnachtsmusik, mit der ich mich volldröhne.

Kommen wir zu unserem monatlichen Überblick. Von dieser funkelnden Bereicherung an meinem Finger gibt es kein Entkommen. Nach einem romantischen Wochenende im

Ingleford Manor Hotel, wo wir uns in unserem wunderbaren Zimmer eingemummelt und im luxuriösen Spa entspannt haben, gefolgt von einem achtgängigen Menü (jawohl, acht!), waren wir noch verliebter als vorher schon. Ein paar Wochen später hat Luke mich dann gefragt, und ich habe natürlich Ja! gesagt. Ich möchte mich ganz herzlich bei allen bedanken, die uns gratuliert haben, und auch bei den Firmen, die uns Produkte geschenkt haben. Wir planen eine lange Verlobungszeit, aber was auch immer passieren wird, ich nehme euch mit auf die Reise!

Kapitel 26

Aidan klingelt an meiner Haustür, und ich freue mich so darauf, ihn zu sehen. Ich streiche über meine Locken, um sie zu glätten, und werfe im Flur rasch einen prüfenden Blick in den Spiegel, ehe ich den Drücker betätige. Als Nervenbündel in Reinform warte ich dann, bis es an der Wohnungstür klopft.

»Na, du«, begrüße ich ihn.

Er späht über meine Schulter. »Heute versteckt sich keine Horde Frauen in deinem Wohnzimmer?«

Dann tritt er einen Schritt näher an mich heran, beugt sich vor und küsst mich. Meine Entschlossenheit, ihm die Wahrheit zu sagen, schwindet, als er mit der Hand meinen Rücken hinabfährt.

Schließlich schaffe ich es, mich lange genug von ihm zu lösen, um ihn ins Wohnzimmer zu ziehen. Ich muss ihm alles erzählen, bevor noch mehr passiert.

»Und, hast du Geschenke gekauft?«, frage ich. Aidan war in der Stadt, um Weihnachtsgeschenke zu besorgen.

»Ja, meine Mum wird sich sehr freuen. Es ist schwierig, etwas für sie zu finden, aber es gibt eine Handcreme, die sie liebt und die man nur schwer bekommt, doch in einem Geschäft hatten sie sie tatsächlich vorrätig.«

Ich setze mich aufs Sofa, und Aidan lässt sich neben mir nieder. Er legt die Hand auf meinen Oberschenkel, und es fühlt sich sehr natürlich an.

»Verbringst du Weihnachten mit deinen Eltern?«, frage ich.

»Ja, mein Bruder und seine Freundin kommen auch. Und mein Opa.«

Ich bin neidisch, dass er Weihnachten ein richtiges Familienfest hat, unseres ist so ruhig, seit es nur noch mich, Mum und Dad gibt.

»Wie ist es Weihnachten bei euch?«, will ich wissen.

»Ziemlich verrückt. An Heiligabend vertritt Mum die Politik der offenen Tür, also schauen sämtliche Nachbarn irgendwann vorbei. Und am Abend kommen meine Tanten und Onkel und alle Cousins und Cousinen. Und jedes Mal, wenn jemand Neues durch die Tür tritt, müssen wir wieder etwas essen und trinken.«

»Klingt ziemlich … intensiv.«

»Ist es auch. Am Tag danach liegen wir nur faul herum und müssen uns von dem Trubel erholen. Und wie ist es bei dir?«

»Es war auch immer lustig und laut und …« Ich schlucke. »Nun, die letzten Male waren …«

»Entschuldige«, sagt Aidan, ergreift meine Hand und drückt sie. »Ich habe nicht nachgedacht.«

»Nein, ist schon okay. An Weihnachten habe ich immer das Bild vor Augen, wie Ben und ich uns um die Fernbedienung streiten oder wie wir zu viert *Trivial Pursuit* spielen. Das erste Jahr ohne ihn war schrecklich. Keiner konnte den Gedanken ertragen, zu Hause zu feiern, also hat Dad für uns einen Pauschalurlaub in Portugal gebucht. Es war seltsam, viel zu warm für die Jahreszeit und fühlte sich überhaupt nicht nach Weihnachten an. Letztes Jahr sind wir dann zu Hause geblieben, aber es war sehr still. Nur wir drei, und ständig haben wir zu dem Stuhl geschaut, auf dem Ben eigentlich sitzen müsste, bis Becca dann am Nachmittag vorbeigekommen ist.«

»Fährst du dieses Jahr wieder weg?«

Ich schüttle den Kopf.

»Nein, Dad hat es zwar vorgeschlagen, aber uns ist klar geworden, dass wir nicht davonlaufen können. Mir graut es davor, aber ich werde einfach versuchen, mich an die schönen Zeiten zu erinnern. Zum Beispiel daran, dass es immer einen Stern *und* einen Engel oben auf dem Christbaum gab, weil Ben auf einem Stern bestand und ich unbedingt einen Engel wollte. Und seit er nicht mehr bei uns wohnte, hat er immer etwas Selbstgemachtes mitgebracht, Karamellbonbons oder Weihnachtsplätzchen. Keine Ahnung, wann das anfing. Das passte gar nicht zu ihm, weil er Kochen und Backen hasste, aber er hat es trotzdem gemacht.«

Ich habe nicht einmal gemerkt, dass ich angefangen habe zu weinen, bis Aidan mich in seine Arme zieht.

»Das ist albern, oder? Schließlich war mir immer klar, dass wir nicht unser Leben lang zusammen Weihnachten feiern würden. Manchmal war er an Weihnachten auch bei Beccas Eltern, aber irgendwann im Laufe des Tages hat er immer vorbeigeschaut.«

»Siehst du Becca dieses Jahr?«

»Nein. Sie fährt erst zu ihren Eltern und trifft sich abends mit Gareth. Ich freue mich für sie, dass sie eine neue Beziehung hat und ihr Leben lebt, aber ich werde sie vermissen.« Ich wische die Tränen weg und versuche zu lächeln. »So viel dazu, in Weihnachtsstimmung zu kommen.«

Aidan streicht mir übers Haar. »Am ersten Feiertag wäre ich verfügbar. Ich spiele ziemlich hinterlistig Monopoly und bin Spezialist für seltsamen Filmgeschmack. *Gesprengte Ketten* gegen *Mary Poppins* – *Gesprengte Ketten* gewinnt jedes Mal.«

Ich rümpfe die Nase und schüttle den Kopf.

»Du hast mich in den letzten Monaten davon überzeugen können, dass dein Filmgeschmack genauso schlecht ist wie meiner. Aber *Gesprengte Ketten?* Im Ernst?«

»O ja. Er kommt gleich nach *Die Kanonen von Navarone* und *Der Adler ist gelandet.*«

Ich verziehe das Gesicht noch mehr. »Und ich dachte, ich kenne dich«, sage ich lachend.

»Jetzt mal im Ernst. Ich könnte zu euch kommen, du weißt schon, damit es genug Leute sind für ein Brettspiel. Falls es dir nicht unangenehm ist.«

»Ähm, würde deine Familie dich denn nicht vermissen?«

»Nach all dem Kommen und Gehen fällt es vermutlich gar nicht auf, wenn ich mich für ein paar Stunden davonschleiche.«

»Okay, aber du weißt schon, dass du dann meine Eltern kennenlernen wirst?«

Er nickt langsam. »Deiner Mum bin ich doch schon begegnet, und sie schien erfreut zu sein.«

»Ja, aber wenn sie dich richtig kennenlernen, werden sie dich mögen und wollen, dass du wiederkommst.«

»Wäre das so schlimm?« Fragend zieht er die Brauen hoch.

»Ich denke nicht. Bringst du Barney mit?«

»Soll ich?«

»Klar.« Jetzt ist er derjenige, der unentschlossen wirkt. »Du weißt, dass er gern Chaos stiftet.«

»Genau deshalb sollst du ihn mitbringen.«

»Okay, aber auf deine Verantwortung.«

Ich lache, und Aidan lächelt zurück. Jetzt ist der Moment gekommen, ehrlich zu sein.

»Es gibt etwas, worüber ich mit dir reden muss.«

Er lächelt zufrieden, und ich kann nur hoffen, dass er das auch noch tut, wenn ich ihm alles erzählt habe.

»Klingt unheilvoll.«

»Nicht unbedingt«, erwidere ich und hole tief Luft. »Es ist nur –« Mein Handy klingelt, und ich schaue hin. Es liegt auf der anderen Tischseite. Ich kann nicht zählen, wie oft es seit dem Tag von Bens Tod geklingelt hat, und trotzdem versetzt mich dieses Geräusch noch jedes Mal kurz in Panik.

»Das ist Marissa, ich müsste mal drangehen«, sage ich und greife nach dem Handy.

»Natürlich.«

»Hallo!«, sage ich.

»Wo steckst du? Bist du zu Hause?« Sie klingt außer Atem.

»Bin ich. Was ist denn los?«

»Es geht los! Das Baby kommt, und ich kann Tim nicht erreichen! Er ist zu einem verdammten Football-Spiel gegangen, und ich habe ihm gesagt, er soll sein Handy nicht aus der Hand legen, aber er geht nicht ran!«

»Beruhige dich. Alles wird gut. Du hast bestimmt noch jede Menge Zeit. In welchen Abständen kommen die Wehen?«

»Alle zwölf Minuten. Aber es tut so verdammt weh! Ich meine, richtig scheiß-weh. Und wo ist Tim? Ich sollte ihm die Hände brechen oder ihn zumindest anschreien, weil er mich in diese Lage gebracht hat.«

»Soll ich dich ins Krankenhaus bringen?«

»Nein, da habe ich schon angerufen, und sie meinten, ich solle erst fahren, wenn die Wehen alle fünf Minuten kommen.«

»Okay, okay, Tim hat also noch Zeit. Hör zu, Aidan ist bei mir. Wir springen in den Wagen und sind in zehn Minuten bei dir. Okay? Ich stelle auf Freisprechen, dann kann ich die ganze Zeit am Apparat bleiben.«

»Komm einfach her und mach dir keine Gedanken wegen des Freisprechens. Ich versuche weiter, Tim zu erreichen, und hinterlasse ihm noch mehr beleidigende Voicemails. Bitte komm schnell! Ich will das nicht allein durchstehen.«

»Natürlich«, versichere ich, stehe auf, schiebe das Handy in meine Tasche und klatsche aufgeregt in die Hände. »Marissas Baby kommt!«

»Habe ich gehört«, antwortet Aidan. »Und wir fahren hin? Ich kenne sie doch noch gar nicht. Meinst du nicht, du solltest allein fahren?«

»Nein, nein, wir brauchen dich. Oder zumindest brauche *ich* dich. Es muss doch jemand da sein, der uns Tee zubereitet, Wasser abkocht und Handtücher holt oder was man auch immer bei einer Geburt macht.«

»Sie bekommt es doch nicht zu Hause, oder?« Die Panik steht ihm ins Gesicht geschrieben. Ich versuche, ihn aus meiner Wohnung zu zerren, aber er stemmt sich dagegen.

»Nein, im Krankenhaus, und es hört sich auch nicht so an, als würde es sofort losgehen. Wir sollen ihr nur Gesellschaft leisten, bis Tim auftaucht.«

»Und du willst wirklich nicht allein fahren?«

»Nein! Und jetzt komm endlich.« Ich ziehe ihn hinter mir her. »Du bist bestimmt genau die richtige Ablenkung, damit sie nicht ständig an ihren abwesenden Mann denkt. Möglicherweise freut sie sich so sehr, dich kennenzulernen, dass sie sogar die Wehen vergisst.«

Wohl kaum, aber zumindest setzt sich Aidan in Bewegung.

Ich fahre, so schnell ich kann, zu Marissa, und wir haben es kaum in die Einfahrt geschafft, da wird auch schon die Haustür aufgerissen.

»Marissa, das ist Aidan.«

»Aidan!« Sie strahlt ihn an. Er streckt die Hand aus wie ein echter Gentleman. Marissa ergreift sie, um sie zu schütteln, aber in dem Moment verschwindet das Lächeln aus ihrem Gesicht, sie klammert sich mit der freien Hand an den Türrahmen und krümmt sich vor Schmerzen.

»Heilige Scheiße«, murmelt Aidan. Ich sehe, dass Marissa immer noch seine Hand gepackt hält und sie fast zerquetscht.

Ich frage mich, ob es überhaupt sinnvoll ist, ins Haus zu gehen, oder ob wir sie nicht besser ins Auto packen und direkt in die Klinik fahren.

Nachdem die Wehe abgeebbt ist, lässt Marissa Aidans Hand los und atmet keuchend aus.

»Du lieber Himmel. Entschuldige, Aidan. Alles in Ordnung mit deiner Hand?«

»Die wird schon wieder.« Vorsichtig spreizt er die Finger.

»Ich bin so froh, dass ihr hier seid!« Marissa geht langsam den Flur entlang.

»Wie kannst du plötzlich wieder so normal sein?«, frage ich entsetzt, während wir ihr ins Haus folgen. Nie zuvor war ich im echten Leben dabei, wenn eine Frau Wehen hat. Das waren zwei Minuten purer Horror.

Sie wedelt mit der Hand vor ihrem Gesicht herum. »Das sind die schlimmsten Schmerzen, die ich je hatte, aber dann sind sie wieder weg, und bis die nächste Welle kommt, geht es mir gut. Möchtet ihr einen Tee?«

Sie betritt die Küche, und ich starre sie fassungslos an.

»*Einen Tee?* Sollen wir dich nicht besser ins Krankenhaus bringen?«

»Es ist noch Zeit, bis wir losmüssen. Ich habe eine App auf meinem Handy«, sagt sie und winkt damit.

»Na gut. Und Tim?«

»Immer noch verschollen. Aber die gute Nachricht lautet, dass jetzt Halbzeit ist und er hoffentlich seine Nachrichten checkt. Ich bin so froh, dass ihr hier seid! Allein hatte ich fürchterliche Angst.«

Tränen treten ihr in die Augen, und ich eile zu ihr, nehme sie in die Arme. Ihre letzte Wehe ist zwar erst drei Minuten her, trotzdem drücke ich sie nur kurz, um nicht das gleiche Schicksal wie Aidans Hand zu erleiden.

»Wie wäre es, wenn ihr beide euch ins Wohnzimmer setzt, und ich bringe euch den Tee?«, schlägt Aidan vor. Er beugt sich hinunter und streichelt Marissas Hund Bowser. »Ich kann auch mit ihm Gassi gehen, wenn du willst.«

»Darüber würde er sich bestimmt sehr freuen, vielleicht im Park hinter dem Wohnblock? Wenn wir ins Krankenhaus fahren, lassen wir ihn bei den Nachbarn, aber die sind sicher froh, wenn er vorher schon draußen war.«

Sie wuselt herum auf der Suche nach Leine und Kackbeuteln und dann noch nach dem Ball, der anscheinend unbedingt mitmuss. Ich helfe Aidan derweil, die Teebecher und Beutel vorzubereiten, und als alles fertig ist, scheucht er uns ins Wohnzimmer.

»Ein echter Schatz«, sagt Marissa.

Ich nicke, weil er das tatsächlich ist, aber vermutlich will er auch sich und seine Hände in Sicherheit bringen, bevor die nächste Wehe anrollt.

»Tut mir leid, dass ich euren romantischen Nachmittag verdorben habe«, sagt sie.

»Hast du nicht, wir haben geredet.«

»Echt jetzt, geredet?« Sie kichert.

»Ja. Ich wollte ihm gerade von Luke erzählen«, antworte ich leise.

»Du wolltest *was?*«, entfährt es ihr. Ich zucke zusammen und spähe zur Tür, hoffe, dass Aidan sie nicht gehört hat.

Marissa steht vom Sofa auf und hockt sich auf alle viere auf den Boden, weil die nächste Wehe einsetzt. Ich massiere ihr den Rücken, streiche ihr das Haar aus dem Gesicht. Da mir nichts Besseres einfällt, mache ich einfach das, was ich in all den Jahren getan habe, wenn wir zu viel getrunken hatten.

»Mist«, sagt sie, rutscht auf den Knien zum Beistelltisch und legt den Kopf darauf ab. »Das ist so anstrengend.«

»Und die Abstände werden kürzer. Hast du deine App gecheckt?«

Sie schaut auf ihr Handy.

»Hilfe! Das waren weniger als zehn Minuten. Wo zum Teufel bleibt Tim?«

Sie versucht noch einmal, ihn anzurufen, landet aber direkt auf der Sprachbox.

»Schalte dein Scheiß-Handy ein!«, brüllt sie und knallt ihres auf den Tisch.

Aidan kommt mit zwei Tassen dampfenden Tees herein.

»Alles in Ordnung?«

»Ihre Wehen werden stärker und kommen in kürzeren Abständen«, antworte ich.

»Dann gehe ich schnell zehn Minuten mit dem Hund raus«, sagt er hastig und verschwindet durch die Tür.

»Hast du deine Tasche gepackt?«, frage ich.

»Ja. Sie steht in der Küche.«

»Okay. Soll ich deine Mum anrufen?«

»Nein! Sie würde mich wahnsinnig machen. Dann ziehe ich es lieber allein durch.«

»Du wirst nicht allein sein. Ich bin da.«

»Danke«, sagt sie und klammert sich an mich. Für einen Moment befällt mich Panik, aber dann merke ich, dass sie mich nur kurz drücken will. »Beinahe wünschte ich mir sogar, du wärest dabei statt Tim. Wir beide haben uns immer geholfen, stimmt's?«

»Ja, allerdings.«

»Und das bleibt auch so«, fährt sie fort. »Deshalb rate ich dir, Aidan vorerst nichts von Luke zu erzählen. So wie er dich ansieht, Izzy, hat Tim mich in all den dreizehn Jahren nie angesehen.«

»Genau deshalb will ich es ihm ja erzählen. Becca hatte recht, ich sollte keine Geheimnisse vor ihm haben.«

»Iz, setz eine echte Beziehung nicht für eine vorgetäuschte aufs Spiel! Ich halte es für besser, die Sache mit Luke erst zu beenden und Aidan dann davon zu erzählen. Stell dir vor, du würdest herausfinden, dass Aidan Kuschelfotos mit einer anderen Frau macht. Würdest du wirklich glauben, dass nicht mehr dahintersteckt?«

Ihr Handy vibriert, und sie schnappt es sich sofort.

»Hallo?«, meldet sie sich. »Was zur Hölle meinst du damit, dass dir dein Handy ins Klo gefallen ist? Wer zum Teufel macht so etwas, während seine Frau in den Wehen liegt? Äh, ja, das Baby kommt! Und jetzt beweg deinen Arsch nach Hause und bring mich ins Krankenhaus!«

Sie legt auf und betrachtet ihr Handy.

»Hast du das gehört? Er hat es in ein verdammtes Klo fallen lassen. Dann ist er zu dem Asia-Supermarkt, hat einen großen Beutel Reis gekauft und es reingesteckt.«

Marissa muss lachen, und ich schließe mich an. Es dauert nicht lange, da kommen uns vor Lachen die Tränen.

»O Shit, es geht wieder los.« Sie rutscht wieder in den Vierfüßlerstand.

»Du schaffst das. Du bist eine starke, unabhängige Frau«, sage ich und reibe ihr über den Rücken. »Du schaffst das.«

»Verdammt …«, keucht sie zwischen zwei Atemzügen.

Ich massiere weiter und bin echt froh, dass Tim im Anflug ist, denn vermutlich wird alles noch schlimmer werden.

Sobald der Schmerz nachgelassen hat, setzt Marissa sich hin.

»Und wenn ich das mit der Geburt nicht schaffe?«

»Du schaffst das.«

»Und wenn nicht?«

»Dann bin ich da und helfe dir.«

Ich nehme sie in die Arme, und sie klammert sich an mich. Und zum millionsten Mal in den vergangenen zweieinhalb Jahren denke ich, was für ein Glück ich habe, dass sie zu meinem Leben gehört.

Kapitel 27

Ich betrachte mich im Spiegel des Hotelzimmers. Mein Paillettenkleid funkelt nur so im Licht. Das perfekte Outfit für Weihnachten. Normalerweise hätte ich etwas weniger Auffälliges angezogen, aber als mir ein teures Geschäft, an dessen Schaufenster ich mir sonst nur die Nase platt drücke, das Kleid gratis zuschickte, konnte ich die Gelegenheit einfach nicht ungenutzt verstreichen lassen.

»Dieses Rot steht dir echt gut«, sagt Luke und reicht mir ein Glas Champagner.

Er hat ein Zimmer in dem schicken Hotel gebucht, in dem unsere Firmen-Weihnachtsfeier stattfindet, und mir angeboten, dass ich mich dort umziehen kann und wir ein paar Fotos für Instagram schießen.

Ich beneide ihn um dieses prachtvolle Zimmer. Claire und ich fahren nach der Feier mit einem Taxi zu ihr, wo ich dann auf einer Luftmatratze kampiere.

»Danke, ich fühle mich wie Rudolph mit der roten Nase.«

»Es ist Weihnachten, da sollst du funkeln.«

»Kaum zu glauben, dass nächste Woche schon Weihnachten ist«, sage ich mit einer Spur Trauer in der Stimme. Das Fest hat sich an mich herangeschlichen, ohne dass ich mich darauf vorbereiten konnte. Wenigstens kommt Aidan dieses Jahr vorbei, was die Stimmung hoffentlich ein wenig heben wird.

Offiziell haben wir uns immer noch nicht zum Paar erklärt, und er weiß nach wie vor nichts von meiner Fake-Beziehung. Diese Heimlichtuerei ist alles andere als leicht, sie frisst mich innerlich auf. Im Gegensatz zu Marissa bin ich der Meinung, dass ich es ihm sagen sollte. Aber jedes Mal, wenn ich es mir vornehme, denke ich an die Wohltätigkeitsveranstaltung, die ich damit in Gefahr bringe. Der einzige Trost besteht darin, dass die Zeit rennt, und bevor ich michs versehe, schon der Valentinstag gekommen sein wird. Dann hat all das endlich ein Ende.

»Da hast du recht. Ich habe immer noch nicht alle Geschenke zusammen. Auch deins nicht. Wann genau willst du Samstagvormittag zum großen Auspacken vorbeikommen?«

Luke und ich wollen Weihnachten mit Menschen verbringen, die wir wirklich lieben, deshalb zeichnen wir unsere Auspackaktion schon vorher auf. Wir posten das Video dann an Weihnachten, damit es so aussieht, als würden wir zusammen feiern.

»Gegen zehn?«

»Super, passt mir gut.«

Hoffentlich bleibt mir danach noch genug Zeit, um zu Aidan zu fahren und mit ihm und Barney spazieren zu gehen.

Ich nippe an meinem Champagner und frage mich prompt, ob das eine gute Idee ist, da ich seit dem Mittag nichts mehr gegessen habe. »Oh, der ist gut. Schmeckt ganz anders als ein Lidl Spezial.«

»Das ist ein Taittinger Spezial Reserva. Wurde uns zusammen mit Glückwünschen zu unserer Verlobung von Makayto übersandt.«

»Na dann Prost!« Wir haben echt tolle Geschenke bekommen. Zusammenpassende Bademäntel für ihn und mich, eine handgearbeitete Ringschatulle, die vermutlich mehr wert ist als mein Fake-Ring, Briefpapier mit Gravur und genügend Champagner, um in Marbella eine Poolparty zu feiern.

»Makayto hat angeboten, uns für die Hochzeit einzukleiden.«

»Falls wir uns für das Motto ›Weltraum‹ entscheiden, könnte das nützlich sein. Himmel, kannst du dir das vorstellen? Sie würden uns in Partnerlook-Outfits stecken.«

Luke füllt mein Glas auf. Mir war gar nicht aufgefallen, dass ich es bereits geleert habe.

»Lass uns jetzt die Fotos machen«, sagt er und schiebt mich vom Spiegel weg, damit er seine Frisur kontrollieren kann.

»Wozu die Eile?«

»Wir sollten fotografieren, solange wir noch gut aussehen und du nicht betrunken bist.«

»Ich betrinke mich nicht«, erwidere ich und nehme mein erneut fast leeres Glas in Augenschein. »Wann war ich je in deinem Beisein betrunken?«

»Ähm, der Gin-Tag? Und der Abend, an dem wir Gin-Cocktails gemixt haben?«

»Das waren Ausnahmen. Ich kann Alkohol sehr gut in meiner Nähe haben, ohne mich zu betrinken. Denk doch an unseren Wochenendausflug letzten Monat. Da habe ich keinen Tropfen angerührt.«

»Weil er dir sofort wieder hochgekommen wäre. Komm schon, es sind ja nur ein paar Fotos.«

»Wo sollen wir posieren?«

»Auf dem Bett?« Fragend zieht er eine Braue hoch.

»Netter Versuch. Lass uns in die Lobby runtergehen. Wir sind doch sowieso fertig mit Umziehen.«

»Okay.« Luke schnappt sich seine Smokingjacke und schlüpft hinein, bevor wir das Zimmer verlassen.

An der Bar ist sehr viel mehr Betrieb als bei meiner Ankunft vor einer Stunde. Einige Leute aus dem Büro kenne ich vom Sehen.

Firmenpartys finde ich immer seltsam. Sobald die Mitarbeiter piekfeine Klamotten anziehen, werfen sie ihre Hemmungen aus dem Fenster. Für wenige Stunden scheinen alle zu vergessen, dass sie die Kolleginnen und Kollegen am Montagmorgen wiedersehen werden.

»Der Ring«, zischt Luke mir zu und deutet auf meinen Finger. »Du musst ihn tragen, die Leute werden auf den Fotos darauf achten.«

»Klar.« Ich seufze. »Denkst du nicht, dass sie Besseres zu tun haben?«

»Nein! Verfolgst du nicht den Klatsch auf Tattle Life?«

»Hab ich noch nie gemacht. Reden die über uns?«

»Vermutlich, ich habe noch nicht reingeschaut, aber sie fallen über jeden her.«

Mich schaudert's. Ich halte viel davon, übers Internet Leute miteinander zu verbinden, die ähnliche Meinungen teilen, aber ich hasse diese Gehässigkeit, die Foren oft ausbrüten.

Ich hole den Ring aus meinem Portemonnaie und stecke ihn an den Finger.

»Möchtest du etwas trinken?«, fragt Luke.

»Nein danke.« Dieser Champagner ist mir bereits zu Kopf gestiegen.

Luke bestellt sich ein Bier und trägt es zu einer Ecke, wo es einen Spiegel und einen tief hängenden Kerzenleuchter gibt. Ich bin sicher, dass er die Welt durch eine Instagram-Linse sieht, denn er spürt immer die besten Stellen für Fotos auf.

Er holt den Selfiestick aus der Hosentasche, befestigt sein Handy daran und zieht den Stick aus. Das ist bereits Routine, und ich zucke nicht einmal mit der Wimper.

Wir schießen etwa zehn Fotos in unterschiedlichen Posen, sehen sie dann durch und überlegen, was wir modifizieren müssen. In der Regel machen wir dann noch einmal zehn Aufnahmen. Wir funktionieren wie eine gut geölte Maschine.

»O mein Gott, ihr seid es wirklich!«, ruft eine junge Blondine. Sie trägt ein umwerfendes bodenlanges Kleid in Aquamarinblau. »Luke und Izzy. O-M-G! Darf ich ein Selfie mit euch machen?«

Ich bin so perplex, dass mir die Worte fehlen. Jemand erkennt uns tatsächlich.

Sie holt ihr Handy aus dem winzigen Abendtäschchen und quetscht sich zwischen uns. Luke bietet ihr seinen Selfiestick an, den sie strahlend ergreift.

»Das ist so cool! Seid ihr wegen der McKinley-Veranstaltung hier?«

»Japp«, bestätigt Luke, der das Ganze sichtlich genießt.

»Unglaublich, dass sie jemand so Cooles gebucht haben. Überreicht ihr die Preise vom Backwettbewerb oder haltet ihr die Rede nach dem Essen? Es gab Gerüchte, dass sie Tim Peake holen, aber ihr beide seid eine viel bessere Wahl.«

»Na ja …« Luke hüstelt. »Genau genommen haben wir das mit der Rede abgelehnt und fanden, es macht sehr viel mehr Spaß, Selfies mit Fans zu schießen. Du weißt schon …«

»Und ob. Ich kann es kaum erwarten, das hier zu posten.« Sie bestaunt das Foto. »Ihr habt meinen Abend gerettet.«

Sie stöckelt zurück zu ihren Freundinnen, und ich sehe Luke an. »Im Job sollte uns niemand erkennen, lautete der Plan.«

»Aber das ist doch toll! Bis zum Ende der Feier sind wir auf den Fotos von allen möglichen Leuten markiert. Und das ist erst der Anfang.«

»Aber das sind unsere Kollegen, Luke! Ich wollte nicht, dass jemand von uns weiß – von unserer Verlobung.« Ich hebe die Hand und wackele mit dem Ringfinger. »Jetzt darf ich ihn nicht mehr abnehmen, weil diese Frau es mitbekommen könnte, aber wenn ich ihn anlasse, werden sich meine direkten Kollegen natürlich wundern. Das Ganze ist schon viel zu weit gegangen.«

Plötzlich dreht sich alles um mich herum, und ich glaube nicht, dass es an dem Schampus liegt. »Im Internet etwas vorzuspielen ist eine Sache, aber im wahren Leben bin ich mit jemandem zusammen.«

»Und habe ich dir davon nicht dringend abgeraten?«, flüstert er. »Wieso regst du dich so auf? Unser Plan funktioniert, und wir können unsere Jobs bald kündigen. Was spielt es also noch für eine Rolle?«

Der Knoten in meinem Magen zieht sich immer fester zusammen. Ängstlich schaue ich mich um, ob uns noch jemand erkennt. Trotz der Wärme läuft mir eine Gänsehaut über die Arme.

»Wichtig ist, dass wir uns jetzt entspannen. Ich hole dir etwas zu trinken«, fügt er hinzu und verschwindet in Richtung Bar.

Ich zücke mein Handy, aber statt auf Instagram zu gehen, öffne ich die Galerie und sehe mir Fotos an. Ich finde ein Bild von Aidan, wie er Marissas Baby im Arm hält. Die kleine Leah kam vierundzwanzig Stunden nach Tims Rückkehr vom Football-Spiel auf die Welt und ist unglaublich süß.

Als Marissa anrief und darauf bestand, dass wir sie besuchen, war Aidan noch bei mir, also sind wir zusammen hingefahren. Und als ich ihn mit dem Säugling im Arm sah, hat es bei mir Klick gemacht. Möglicherweise liegt das an der Gehirnwäsche durch das Schwarz-Weiß-Poster – »Mann mit Baby« – in meinen prägenden Jahren, oder an meinen Eierstöcken, die mich daran erinnern wollen, dass sie auch noch da sind. Jedenfalls habe ich innerlich akzeptiert, dass Aidan und ich mehr miteinander haben als nur eine »Freundschaft«. Ich will eine Beziehung mit ihm. Sobald ich dieses Chaos mit Luke beseitigt habe.

Luke kommt zurück und reicht mir ein Getränk. Rasch schiebe ich mein Handy zurück in die Tasche.

»Prost, auf uns.« Er hebt sein Glas. »Nächstes Jahr um diese Zeit müssen wir vielleicht nicht mehr auf einer albernen Weihnachtsfeier abhängen.«

Mir wird elend. Ich bekomme die Chance, mein langweiliges Leben gegen das einer Influencerin einzutauschen, was ich mir schon so lange gewünscht habe, aber plötzlich frage ich mich, ob es wirklich das ist, was ich will.

»Hallo, Vögelchen, huhu!« Ich höre Mrs Harris, bevor ich sie sehe, und wirbele herum. Wenn sie nichts gesagt hätte, hätte ich sie vermutlich nicht erkannt. Sie trägt ein wadenlanges Kleid, das die richtigen Stellen betont, und sieht umwerfend aus. Ihr Haar durchziehen dezente Strähnchen, und an den Spitzen ist es zu üppigen Wellen geföhnt.

»Mrs Harris!« Ich stoße einen leisen Pfiff aus. »Sie haben sich ja ganz schön in Schale geworfen.«

»Nur die Ruhe, Tiger, du musst dich hinten anstellen. Die Warteschlange zu mir reicht schon um den ganzen Block. Und wer ist dieser charmante Bursche? Er darf vorrücken zum Anfang der Schlange.«

»Das ist Luke. Er arbeitet im Vertrieb. Luke, das ist Mrs Harris.«

Ihr Lächeln verblasst zu einer neutralen Miene.

»Du arbeitest doch nicht mit Miles zusammen, oder?« Sie zischt den Namen förmlich.

»Bedauerlicherweise doch, Mrs Harris.«

»Ich verbrüdere mich nicht mit dem Feind, Izzy.«

»Aber wurde der Gewinner nicht schon ermittelt – heute wird er doch nur noch verkündet?«, erwidert Luke.

Mrs Harris verschränkt die Arme vor der Brust und starrt ihn so grimmig an, dass er zurückweicht. »Wir sehen uns später, Izzy. Viel Glück, Mrs Harris.«

Sie räuspert sich missfallend und schaut dann zu mir.

»Er sieht nicht schlecht aus«, stellt sie fest. Dann hakt sie sich bei mir ein, und wir bewegen uns in Richtung Speisesaal. »Aber du solltest vorsichtig sein. Er mag attraktiv sein, ist aber womöglich nur auf eine Sache aus.«

»Keine Sorge, Mrs H, ich laufe schon lange nicht mehr Gefahr, ihm die zu geben.«

»Ich rede nicht von dir, sondern von mir! Möglicherweise versucht er, für Miles Backgeheimnisse zu stehlen.«

»Okay, ich werde vorsichtig sein.«

»Das rate ich dir. Achte auf jede Frage, die er dir nach mir und meinen Brötchen stellt, okay?«

»Klar. Aber Sie wissen schon, dass Ihre Brötchen ziemlich oft Gesprächsthema sind?«

»Natürlich«, versichert sie stolz. »Und jetzt brauche ich einen Drink. Möchtest du auch einen?«

Ich schüttle den Kopf und hebe das Glas in meiner Hand. Sie spaziert davon, und ich schaue mich um, ob ich jemand Bekanntes entdecke. Da sehe ich Cleo und Colin hereinkommen. Ich winke ihnen zu, und sie winken zurück.

»Hallo«, begrüßt mich Cleo, umarmt mich und lehnt sich gegen meine Schulter.

»Ich nehme an, ihr wart schon an der Bar«, stelle ich fest und schaue zu Colin, der vor sich hin lächelt. »Da sieh sich einer Mrs Harris an«, sagt er, die mit einem Cocktail in der Hand zurückgeschwebt kommt.

»Glaubst du etwa, du könntest dir deinen Weg zurück in meine Gunst erschmeicheln?«, sagt sie und bemüht sich, nicht zu lächeln.

»Habe ich nicht versucht«, erwidert er. »Teufel auch, Izzy, bist du verlobt?«

Ich schaue auf meine Hand.

»Was, ähm, nein, natürlich nicht«, versichere ich schnell und sehe aus den Augenwinkeln, dass mich die Frau in Aquamarin beobachtet.

»So trägt man neuerdings Ringe«, eilt Cleo mir nichts ahnend zu Hilfe und zeigt ihre Hand, an die sie einen Ring von der anderen gesteckt hat.

Ich seufze erleichtert.

»Du weißt aber, dass das Pech bringt?«, wirft Mrs Harris ein.

»Ach, ich bitte Sie. Mit solchen Ammenmärchen hat uns das Patriarchat jahrelang kontrolliert«, erwidert Cleo.

Mrs Harris lacht herzhaft. »Das Beste, was ich je gehört habe.«

»Wer möchte noch etwas trinken?«, fragt Colin.

»Ich«, antwortet Mrs Harris und hebt ihr halb leeres Glas.

»Meinen Sie nicht, Sie sollten es langsamer angehen?«, frage ich vorsichtig. Mrs Harris lässt sich normalerweise nicht gern vorschreiben, was sie zu tun oder zu lassen hat.

»Ich beruhige nur meine Nerven.«

»Okay, aber denken Sie daran, dass Sie auf die Bühne steigen und möglicherweise eine Rede halten müssen, falls Sie gewinnen.«

»Was meinst du mit ›falls‹?«, erwidert sie entsetzt.

»Sorry, *wenn* Sie auf die Bühne gehen, um Ihre Rede zu halten.«

»Ich beruhige wirklich nur meine Nerven. Es geht mir gut. Vielleicht sollte ich rasch mein Make-up noch mal auffrischen. Sie können uns jetzt jeden Moment nach vorn bitten.«

Vermutlich ist es gut, dass die Krönung des Siegers vom Backwettbewerb vor dem Essen stattfindet, andernfalls würde Mrs Harris mit der Weinration für den ganzen Tisch ihre Nerven beruhigen.

Die Türen zum Speisesaal gehen auf, und wir werden gebeten, unsere Plätze einzunehmen. Aufgeregtes Gemurmel überall im Raum, wer wohl gewonnen hat, und plötzlich wird mir klar, dass alle dieses ganze Drama um den Wettbewerb vermissen werden.

»Kommst du?«, fragt Cleo.

»Ich warte auf Mrs Harris.«

»Dann bis gleich«, erwidert sie und geht gemeinsam mit Colin hinein.

»Wartest du auf mich?« Luke ist an meiner Seite aufgetaucht.

»Nur in deinen Träumen«, erwidere ich lachend.

»Wenn du ahnen würdest, welche Starbesetzung du in meinen Träumen einnimmst.« Er zwinkert mir zu.

»Ihr beide seid mit Abstand am süßesten«, sagt die Frau in dem aquamarinblauen Kleid, als sie an uns vorbeigeht. »Kann es kaum erwarten, eure Hochzeitsfotos zu sehen.«

Sie stöckelt davon, und ich bemerke, wie Luke strahlt. Mir war klar, dass er schon immer davon geträumt hat, erkannt zu werden, aber ich habe mir nie vorstellen können, wie es sein würde. Es fühlt sich seltsam an, dass mein virtuelles und mein reales Leben miteinander verschmelzen und ich mich nicht länger hinter meinem Handy verstecken kann.

»Du solltest gehen, Mrs Harris naht.« Ich schubse ihn an.

Er küsst mich zum Abschied auf die Lippen, und ich erstarre zur Salzsäule.

»Mistelzweig«, sagt er und zeigt nach oben. Panisch trete ich einen Schritt zur Seite und eile dann zu Mrs Harris.

»Die Preisverleihung muss jeden Moment losgehen«, sage ich zu ihr und klatsche in die Hände.

Sie streicht ihr Kleid glatt und fährt sich durchs Haar.

»Geht es Ihnen gut, Mrs H?«

»Es ging mir nie besser«, versichert sie.

Den Eindruck habe ich nicht.

»Aber was ist, wenn ich nicht gewinne? Wie soll ich den Kollegen je wieder unter die Augen treten?«

»Aber Mrs Harris, zu gewinnen ist doch nicht das Wichtigste. Sie haben Ihre Sache gut gemacht und sind sehr weit gekommen.«

»Izzy, sei bitte nicht so naiv. Es geht *nur* ums Gewinnen.«

Und ich dachte, ich hätte für einen Moment eine verletzliche Seite von Mrs Harris gesehen.

»Jetzt ist es sowieso zu spät«, ändere ich meine Strategie. »Sie haben Ihre letzte Backkreation abgeliefert und können sich nicht mehr umentscheiden. Und Sie sehen fantastisch aus. Nur schön den Kopf hochhalten, was auch passiert.«

»Du hast recht. Na los, komm.« Sie hakt sich wieder bei mir ein.

Wir finden unseren Tisch, an dem Cleo, Colin und ein paar andere aus unserer Abteilung sitzen. Der Moderator des heutigen Abends betritt die Bühne.

»Und nun kommt das, worauf Sie alle warten«, verkündet er. »Ich bitte um Applaus für Paul Hollywood und Mary Berry.«

Aufgeregtes Flüstern geht durch den Raum, ob sich die langjährigen Juroren der Great British Baking Show etwa versöhnt haben, bis eine Frau und ein Mann mit Fotomasken die Bühne betreten. Leises Lachen ertönt, denn die Zuschauer erkennen die beiden als unseren CEO und die Personalleiterin.

»Also dann«, imitiert Roland, der CEO, den bekannten Back-Juror so gut wie möglich. »Wir sind hier, um den Gewinner des großen Backwettbewerbs zu ermitteln. Wenn ich die beiden Finalisten zu uns bitten dürfte …«

Ich drücke Mrs Harris kurz, bevor sie auf die Bühne stöckelt und Miles einen tödlichen Blick zuwirft.

»Der Gewinner des großen Backwettbewerbs ist …«, ruft Mary, unsere Personalleiterin.

Ich sehe, wie Mrs Harris den Atem anhält, und hoffe, dass sie aus ihrem Elend erlöst wird, bevor sie in Ohnmacht fällt.

»Petunia!«

Wir brauchen alle einen Moment, um zu kapieren, dass Mrs Harris gemeint ist, da wir ihren Vornamen noch nie gehört haben. Nach einem kurzen, überraschten Schweigen stehen alle an unserem Tisch auf und jubeln.

Der CEO überreicht die Trophäe, und Mrs Harris ist so happy, dass sie ihn vor Freude abküsst – zum Glück trägt er die Maske.

Mit der Trophäe in der Hand tänzelt sie zum Mikrofon.

»Ich kann es nicht glauben. Ich habe tatsächlich gewonnen! Zuerst möchte ich meinen Konkurrenten mein Mitgefühl aussprechen, ihr wart alle außergewöhnlich«, sagt sie und schaut dabei Miles an. »Und dann möchte ich meinem Team in der Vertragsabteilung danken.«

Wir jubeln so laut, dass alle denken müssen, wir hätten den Preis gewonnen.

»Ich wusste immer, dass ich über ein herausragendes Talent verfüge, und es ist ein schönes Gefühl, hierfür die angemessene Anerkennung zu erhalten. Vielen Dank.«

Sie hält die Trophäe hoch über den Kopf, und mir entgeht nicht das spöttische Grinsen, das sie ihrem Rivalen Miles zuwirft.

»Nun, der Backwettbewerb hat uns dieses Jahr ganz sicher ein paar Höhepunkte beschert«, sagt die Personalleiterin. »Hier nun, wie sie im Fernsehen sagen würden, die Highlights.«

Auf einem großen Bildschirm erscheint eine Montage von Fotos zu allen Runden des Wettbewerbs, und ich werde wehmütig. Mir fallen Lukes Worte ein, dass es vielleicht meine letzte Weihnachtsfeier in dieser Firma ist, und plötzlich merke ich, dass ich die Kollegen vermissen würde. Sie mögen zwar alle bescheuert sein, aber ich mag sie.

Kapitel 28

Früher habe ich es geliebt, am Weihnachtsmorgen aufzuwachen. Ich bin immer als Erste aufgestanden, habe mich zu Bens Zimmer geschlichen, und gemeinsam haben wir dann meine Eltern im Schlafzimmer überfallen, sie vor Tagesanbruch aus dem Bett geholt. Sogar als Ben nur zehn Minuten die Straße hinunter mit Becca zusammengewohnt hat, blieb er Heiligabend über Nacht bei uns, damit wir diese Tradition fortsetzen konnten.

Als ich jetzt aufwache, ist es bereits hell. Kein aufgeregtes Gedränge nach unten zu den Geschenken. Niemand da, mit dem man sich um die Fernbedienung streitet oder darum, wer das letzte grüne Dreieck aus der Quality-Street-Dose genascht hat. Stattdessen liege ich im Bett und poste die vorab geschossenen Fotos von Luke und mir auf Instagram.

Sofort ertönen Benachrichtigungs-Pings. Früher fand ich es traurig, wie viele Leute zu Weihnachten an ihrem Handy hängen und Kommentare schreiben, aber jetzt bin ich froh über diese Ablenkung.

Ich höre Mum in der Küche wirken und weiß, wie schwierig dieser Tag für sie ist. Seufzend stehe ich auf, ziehe den Bademantel über und gehe nach unten.

Als ich die Küche betrete, schlägt mir Zimtduft entgegen.

»Guten Morgen«, begrüßt mich Mum, öffnet den Backofen und holt Zimtbrötchen heraus.

»Guten Morgen. Das duftet köstlich. Tut mir leid, dass ich so lange geschlafen habe, ich hätte dir helfen sollen.«

»Sei nicht albern. Du weißt doch, dass ich koche, um mich abzulenken. Ich will die Brötchen noch schnell glasieren, dann kannst du eins essen.«

»Die sehen lecker aus.« Ich lasse mich auf einen Küchenstuhl fallen.

»Ich wollte mal etwas Neues ausprobieren. Vor allem, da Aidan kommt.«

Dieses Lächeln in ihrem Gesicht habe ich schon lange nicht mehr gesehen.

»Du weißt aber schon, dass er erst nach dem Mittagessen auftaucht?«

»Ja, doch. Aber ich war nicht sicher, was er mag. Also habe ich auch noch Lebkuchenmänner gebacken, Mince Pies und eine Biskuitrolle.«

»Mum!«, erwidere ich lachend.

Aber sie hätte in jedem Fall so viel gebacken, um nicht an Ben denken zu müssen. Jedenfalls bin ich froh, dass es heute auch noch einen anderen Grund gab.

»Guten Morgen, mein Schatz.« Dad kommt in die Küche spaziert, in der Hand eine Flasche Champagner. »Frohe Weihnachten.«

»Ebenfalls frohe Weihnachten. Wann packen wir die Geschenke aus?«, frage ich.

In den Jahren seit Bens Tod haben wir noch nicht unseren Rhythmus als dreiköpfige Familie gefunden. Während wir die Geschenke früher gleich bei Tagesanbruch öffneten, haben wir es in den vergangenen Jahren immer vor uns hergeschoben, weil es sich so falsch anfühlte.

»Da Becca nicht kommt, gibt es keinen Grund zu warten. Für Aidan habe ich zwar auch eine Kleinigkeit, aber er will bestimmt nicht die ganze Zeit beim Auspacken dabeisitzen.«

»Okay«, stimme ich zu, springe auf und nehme Dad die Flasche aus der Hand. »Wie wäre es mit einem Glas Schampus, das wir dann im Wohnzimmer trinken?«

»Klingt gut«, stimmt Dad zu.

Wir beladen ein Tablett mit Gläsern und Zimtbrötchen, nehmen alles mit rüber und stellen es auf den Sofatisch.

Mum legt die Weihnachts-CD von Michael Bublé in den Player, und wir betrachten den Berg Geschenke unter dem Weihnachtsbaum. Mir wird klar, dass ich nicht nur Ben, sondern auch Becca vermisse. Sie gehörte viele Jahre zu Weihnachten dazu.

Aus den Augenwinkeln sehe ich, dass Mum zu dem Foto auf dem Kaminsims schaut, das uns alle zusammen vor ein paar Jahren zeigt, in glücklicheren Zeiten. Und obwohl wir alle ein tapferes Gesicht aufsetzen, frage ich mich, ob wir es jemals schaffen werden, dass unsere Treffen an Festtagen fröhlicher verlaufen werden.

Ich schaue hinüber zur Uhr und wünschte, es wäre bereits drei und Aidan würde jeden Moment kommen.

Mein Bauch ist schwer wie ein Bleigewicht. Offensichtlich habe ich es mit dem Mittagessen übertrieben und mindestens das Doppelte meines Körpergewichts verdrückt. Mum hat die Unbehaglichkeit dieses Tages überkompensiert, indem sie so ziemlich jede Beilage zubereitet hat, die man sich nur vorstellen kann. Und da ich nicht unhöflich erscheinen wollte, habe ich alles probiert.

Mein Handy auf dem Sofatisch leuchtet auf, und obwohl es nur einen Meter entfernt liegt, brauche ich eine Ewigkeit, um mich hinüberzubeugen und es mir zu schnappen. Erschöpft von der Anstrengung, lasse ich mich zurück aufs Sofa fallen.

Marissa hat mir ein Foto von Leah geschickt, die angezogen ist wie ein Christmas Pudding. Die Kleine ist so süß! Ich hätte nie gedacht, dass ich so vernarrt in sie sein würde. Marissa geht es gut, oder so gut, wie es einem eben geht, wenn man seit Wochen kaum geschlafen hat. In der einen Minute weint sie Glückstränen und in der nächsten heult sie frustriert, dass die Mutterschaft nicht so einfach ist, wie es auf Instagram aussieht.

Ich: Mein Patenkind ist so süß xxx

Obwohl die Kleine bisher nicht getauft wurde, nenne ich mich bereits offiziell Patentante. Diese Aufgabe nehme ich sehr ernst.

Marissa: Sie war etwa 30 Sekunden lang so süß, dann hat sie alles vollgespuckt mit der Milch, die sie vorher getrunken hat. Jetzt verstehe ich, warum die Leute ihre Babys so oft umziehen – nicht nur, um sämtliche Outfits vorzuführen, sondern weil ständig alles vollgespuckt und vollgeschissen ist.
PS: Fröhliche Weihnachten – ist Aidan schon da?

Ich: Halt durch. Es heißt, das geht schnell vorbei. Bevor du dichs versiehst, ist sie achtzehn ☺ Dir auch frohe Weihnachten – und nein, bisher ist er noch nicht aufgetaucht. Ich bin ein bisschen nervös!!!

Marissa: Das klappt schon. Muss Schluss machen. Ihre Majestät verlangt Nahrung x

Es klingelt an der Haustür, und ich bin mit einem Satz auf den Beinen.

»Ich geh schon!«, rufe ich. Mein Herz schlägt laut. Nach Cameron habe ich meinen Eltern keinen Mann mehr vorgestellt und ganz vergessen, wie schrecklich das ist. Ich wünschte, das Schlimmste, was passieren könnte, wäre, dass Mum Nacktfotos von mir als Baby zeigt, aber sie findet immer eine Steigerung und kramt vermutlich die Videos mit den Aufzeichnungen meiner eigenen Fernsehshows hervor – ihre Rache dafür, dass sie diese Veranstaltungen live erdulden musste.

Mum und Dad wagen sich nicht in den Flur, um auf keinen Fall neugierig zu wirken, während ich die Tür öffne – und erschrecke. Vor mir steht Becca.

»Frohe Weihnachten«, sagt sie und streckt mir die mit Geschenken voll beladenen Arme entgegen.

Für einen Moment stehe ich wie festgewachsen da, dann breitet sich ein Lächeln in meinem Gesicht aus.

»Frohe Weihnachten«, erwidere ich und versuche, sie trotz der Päckchen zu drücken. »Was machst du denn hier?«

»Das ist Tradition, ich komme doch immer vorbei.« Sie zuckt mit den Schultern und löst sich von mir. »Ich war bei Mum, und es fühlte sich nicht richtig an. Ich musste einfach herkommen.«

Tränen brennen mir in den Augen.

»Becca«, sagt Mum und tritt zu uns. Sie umarmt Becca, und ich sehe, dass sie ebenfalls Tränen in den Augen hat. »Bleibst du zum Tee? Vielleicht machen wir erst ein Spiel und essen danach.«

»Mum, noch mehr Essen?« Es ist mir unbegreiflich, wie sie nach der Mittagsvöllerei schon wieder an die nächste Nahrungsaufnahme denken kann. »Aidan wird vermutlich auch gegessen haben.«

»Ach, nur ein bisschen Bratenaufschnitt und Pastetchen, bevor wir zum Kuchen übergehen.«

»Was wäre Weihnachten im Haus der Browns ohne Pasteten?«, sagt Becca lachend. »Ich schaffe bestimmt ein paar.«

Dad umarmt sie ebenfalls. »Ich hole den Baileys raus«, sagt er augenzwinkernd.

»Ich muss noch fahren, Simon, aber eine der speziellen heißen Schokoladen würde ich schon trinken!«, ruft sie ihm nach.

»Okay. Und du, Izzy?«

»Einen Baileys, bitte.«

Becca hätte gar keine Geschenke mitbringen müssen. Ich habe meine Eltern den ganzen Tag noch nicht so strahlen sehen wie jetzt.

Als ich die Haustür gerade geschlossen habe, höre ich ein Hüsteln, öffne sie wieder, und Barney springt an mir hoch.

»Hey. Wie wunderschön!« Ich beuge mich zu ihm hinunter, und er leckt mir über die Nase.

»Du hast mir meinen Text geklaut«, sagt Aidan und gibt mir einen Kuss.

»Du musst eben schneller sein«, erwidere ich. »Komm rein, es ist eisig draußen.«

Barney braucht keine Einladung, er ist bereits an mir vorbeigeschossen. Das Kreischen aus dem Wohnzimmer verrät, dass er schon alle gefunden hat. Ich höre lautes Krachen, und Aidan schließt die Augen.

»Alles gut«, beruhige ich ihn, ergreife seine Hände und ziehe ihn ins Haus.

»Wird deine Mum mich auch noch mögen, wenn Barney eine antike Uhr zerdeppert hat?«

»Sie wäre begeistert, denn unsere einzigen Erbstücke stammen von der Oma väterlicherseits.«

Wir betreten das Wohnzimmer.

Barney liegt auf dem Rücken, Beine angewinkelt, während

Mum und Becca seinen Bauch massieren. Sein Maul ist leicht geöffnet, und von der Seite sieht es aus, als würde er lächeln.

»Barney habt ihr also schon kennengelernt«, stelle ich fest.

»Und ob«, antwortet Mum mit Baby-Talk-Stimme. »Aidan«, sagt sie dann und steht auf, »ich bin Dawn.«

»Freut mich sehr, und Entschuldigung, falls Barney etwas kaputt gemacht hat«, sagt er und sucht mit den Augen den Raum nach Schäden ab.

»Nein, er hat nur einen alten Bilderrahmen umgestoßen. Ist nicht kaputt. Alles gut. Und er ist so süß! Wir freuen uns, dass du ihn mitgebracht hast. Und natürlich freuen wir uns auch über dich.«

»Ich werde noch richtig eingebildet.«

»Ein echter Charmeur«, sagt Becca und erhebt sich, um ihn zu begrüßen.

»Aidan, das ist Becca. Sie ist gerade auf einen Sprung vorbeigekommen.«

»Freut mich. Einer mehr zum Monopoly spielen.« Aidan strahlt.

Mum und Becca prusten los.

»O Aidan, mit Izzy willst du nicht Monopoly spielen«, klärt Mum ihn auf.

Er sieht mich an, und ich verdrehe die Augen. »Ich schummle schon seit Jahren nicht mehr, okay?«

»Was?« Aidan verzieht das Gesicht. »Ich könnte damit umgehen, dass du unbedingt gewinnen willst oder eine schlechte Verliererin bist, aber schummeln?«

»Einmal Betrüger, immer Betrüger«, sagt Becca, und dann wird ihr offenbar erst klar, was sie da sagt, denn die Verlegenheit ist ihr anzusehen. »Nur bei Brettspielen natürlich«, fügt sie verunsichert hinzu.

»Damit du es weißt: Es ist mindestens zwölf Jahre her, dass ich beim Spielen geschummelt habe«, betone ich, werde aber trotzdem rot, weil ich natürlich auch an Luke denken muss.

»Echt jetzt?«, hakt Becca nach. »Und was war bei Trivial Pursuit? So lange ist das noch nicht her.«

»Da habe ich nicht geschummelt. Ich habe nur die Karten in das falsche Fach gelegt. Das war ein Versehen. Ehrlich, Aidan, du kannst beruhigt mit mir Monopoly spielen. Ich übernehme auch nicht die Bank.«

»Also, ich weiß nicht …« Aidan lacht.

Dad kommt mit einem Tablett voller Getränke herein.

»Ach, hallo«, sagt er und will das Tablett auf den Tisch stellen, aber Aidan nimmt es ihm ab.

»Da ist es nicht sicher vor Barneys Schwanz«, erklärt er.

»Verstehe«, sagt Dad, beugt sich vor und krault Barney hinter dem Ohr. Ich schnappe mir das Tablett und bringe es zum Esstisch am anderen Ende des Zimmers.

»Ich bin übrigens Simon«, sagt Dad und erhebt sich wieder.

»Entschuldige, Dad. Das ist Aidan. Aidan, das ist mein Vater.«

»Freut mich.«

»Ebenfalls«, versichert Dad und beugt sich dann wieder über Barney. »Schön, dich auch kennenzulernen. Du bist ein lebhafter Bursche, stimmt's?«

»Ach, ähm, ich habe eine Kleinigkeit mitgebracht«, sagt Aidan. »Ein Sauerteigbrot.«

Er reicht es Mum, die ihn erfreut anlächelt. »Danke, Aidan.«

»Hast du das gebacken?« Unbeabsichtigt ziehe ich die Brauen hoch, weil ich so überrascht bin.

»Ja, ich bin ganz begeistert von diesem Sauerteig. Vor ein paar Monaten habe ich ihn angesetzt und füttere ihn regelmäßig. Ich dachte, es wäre schön, etwas Selbstgemachtes mitzubringen.«

»Das ist wirklich aufmerksam. Also, Simon, wir haben gerade überlegt, ob wir mit Izzy Monopoly spielen sollen oder nicht«, bringt Mum ihn auf den aktuellen Stand.

Dad runzelt die Stirn. »Hat sie nicht lebenslanges Spielverbot?«

»Bekomme ich denn keine Bewährung? Ich bin geläutert!«

»Das behaupten sie alle«, hält Aidan dagegen.

»Hey!« Ich schubse ihn zum Spaß. »Du solltest auf meiner Seite sein.«

»Ähm, ich dachte, du hättest dich für Barney entschieden.«

»Also ...«

»Wie wäre es mit Cluedo?«, schlägt Mum vor. »Ich glaube, das ist noch vollständig.«

Wir zucken alle mit den Schultern. Dabei können sie mich wenigstens nicht des Schummelns bezichtigen.

»Okay, also ich glaube, es war Professor Bloom, im Gewächshaus ...« Ich mache eine längere Pause als Dermot bei *The X Factor*, um die Spannung zu erhöhen. »... mit dem Seil.«

Ich schaue mich um und warte darauf, dass mir jemand eine Karte zeigt, aber nichts passiert. Ich boxe triumphierend in die Luft und schnappe mir dann den zerknitterten schwarzen Umschlag, der die Karten enthält.

»Professor Bloom, im Gewächshaus«, sage ich und ziehe eine Karte nach der anderen aus dem Umschlag, »mit dem Seil.« Alle anderen saugen hörbar die Luft ein.

»Ähm, Bleirohr«, korrigiert Becca und zeigt auf eine der Karten, die ich gerade hingelegt habe.

»Aber niemand hat das Seil«, erwidere ich verwirrt. »Ich habe gefragt, und niemand hat die Karte.«

Alle gehen noch einmal ihre Karten durch.

»Vielleicht sind doch nicht mehr alle Karten da.«

»Mum, du hast es doch überprüft!«

»Womöglich habe ich mich verzählt. Mach mir keinen Vorwurf, die Wechseljahre wirken sich auf die Konzentration aus.«

»Diese Entschuldigung benutzt du schon seit Jahren.«

»Das wirst du eines Tages auch tun«, erwidert sie. »Jemand Lust, noch mal zu spielen? Das Seil können wir ja von vornherein streichen.«

»Hm, oder wir spielen etwas anderes«, entgegne ich.

»Gute Idee«, stimmt Dad zu. »Aber wann trinken wir Tee?«

Ich starre ihn an und bin fest davon überzeugt, bereits beim Mittagessen genügend Kalorien aufgenommen zu haben, um den Winterschlaf zu überstehen – wie kann er nur hungrig sein?

»O ja, wir haben jede Menge Kuchen und Pasteten. Soll ich eine Platte fertig machen? Aidan, du kannst doch bestimmt etwas vertragen, oder?«

»Ähm, aber nur ein kleines bisschen. Ich habe ziemlich viel zu Mittag gegessen.«

»Die Bedeutung von ›ein kleines bisschen‹ kennt meine Mum nicht. Ich gehe mit und behalte sie im Auge.«

Auf dem Weg aus dem Wohnzimmer entdecke ich auf dem Boden eine Spielkarte.

»Schaut mal, was ich gefunden habe.« Ich halte den Übeltäter von Seil-Karte hoch. Sie muss aus der Schachtel gefallen sein.

»Dawn, sieh dir das an!«, ruft Dad.

Mum kommt zurück, und ich halte ihr die Karte hin.

»Wo war sie?«

»Sie lag auf dem Boden.«

»Komisch, ich habe beim Rausgehen nichts gesehen. Bist du sicher, dass du sie nicht bei dir hattest?«

»Hast du etwa wieder geschummelt?« Dad sieht mich streng an.

»Wozu in aller Welt sollte ich sie einstecken? *Ich* bin diejenige, die verloren hat, weil das Spiel unvollständig war. Ich hätte sie doch wohl in den Umschlag geschoben, oder?«

»Ja, das stimmt, Liebes.«

»Mir reicht's, lasst uns Monopoly spielen. Mit diesen Schummelvorwürfen muss ein für alle Mal Schluss sein.«

Ich krempele die Ärmel hoch und hoffe, dass mich niemand beschuldigen wird, darin etwas zu verstecken.

Aidan schaut sich suchend um. »Hat jemand Barney gesehen?«

»Er ist eben mit mir in die Küche gegangen«, antwortet Mum.

Aidan reißt entsetzt die Augen auf. »Stand irgendwo Essen?«

»Ich wollte die Pasteten aus dem Kühlschrank holen und musste dafür den Braten rausstellen.«

Mit einem Satz ist Aidan auf den Beinen und läuft, gefolgt von uns, in die Küche. Als Nächstes ertönt ein »Neeeeiiiiiin!«.

Barney hat die Vorderpfoten auf die Arbeitsplatte gestützt und verschlingt genüsslich den kalten Braten. Beim Klang von Aidans Stimme lässt er sich sofort auf den Boden runter und steht mit schuldbewusst gesenktem Kopf da. Er hat die Ohren angelegt und wedelt vorsichtig mit dem Schwanz. Diesem Hund kann man einfach nicht böse sein.

Aidan ist kreidebleich. Mum schlägt die Hand vor den Mund und starrt auf die fast leere Platte, auf der sich vor wenigen Minuten noch ein riesiger Truthahnbraten und ein Schinken befanden, mit denen man die ganze Straße satt bekommen hätte – oder aber einen hungrigen Labrador.

Schließlich bricht Dad das Schweigen, indem er in schallendes Gelächter ausbricht. Er hört gar nicht mehr auf und hat Tränen in den Augen.

Barney wirkt erleichtert und kommt auf allen vieren zu uns geschlichen.

Aus den Augenwinkeln spähe ich zu Mum und frage mich, ob sie ausrasten wird, aber sie steht offenbar unter Schock.

»Es tut mir so leid«, sagt Aidan. »So unendlich leid. Barney!«, ruft er mit strenger Stimme, und der setzt sich gehorsam vor die Füße seines Herrchens.

»Das muss es nicht«, sagt Dad, klopft Aidan auf den Rücken und wischt seine Tränen fort. »So herzhaft habe ich seit Jahren nicht gelacht. Außerdem muss ich jetzt nicht die nächsten zwei Wochen Truthahn essen. Danke, Barney.«

»Nur damit ihr es wisst, ich wollte dieses Jahr neue Rezepte ausprobieren«, verteidigt sich Mum. »Ein mexikanisches Gericht und eine Tajine.«

Das lässt Dad erneut auflachen.

»Ich ersetze natürlich den Truthahn«, bietet Aidan an. »Oder ich hole schnell etwas von meiner Mum, die hatte dieses Mal einen Bio-Truthahn von Waitrose.«

»Mach dir darüber keine Gedanken, Aidan. Offenbar mag mein Mann keinen Truthahn.«

Ich befürchte, dass Barney womöglich den Kalten Krieg zwischen meinen Eltern wieder hat aufflammen lassen, aber dann muss Mum ebenfalls lachen. Dad legt den Arm um sie und zieht sie an sich.

Aidans Wangen glühen. Ich drücke rasch seine Hand, dann bücke ich mich und kraule Barney.

»Wenigstens hat er die Pasteten nicht angerührt!«, ruft Becca erfreut und schnappt sich die immer noch mit Folie abgedeckte Platte.

»Das wäre echt eine Katastrophe gewesen.« Ich nicke. »Spielen wir jetzt Monopoly, oder was?«

»Ja, auf geht's«, stimmt Dad zu.

»Vielleicht sollte ich mit Barney lieber nach Hause gehen«, sagt Aidan.

»Du gehst nirgendwohin, sondern sorgst dafür, dass Izzy nicht schummelt«, erwidert Mum, holt eine weitere Platte aus dem Kühlschrank und spaziert zusammen mit Becca aus der Küche. »Bringst du bitte noch die Grissini mit, Izzy?«

»Klar.« Sofort mache ich mich im Küchenschrank auf die Suche.

»Ich fühle mich schrecklich«, sagt Aidan. »So etwas wird nie wieder vergessen. Es wird immer das Weihnachtsfest sein, bei dem der Hund den Truthahnbraten gefressen hat.«

»Und deshalb ist es so toll«, sagt Dad. »Du hast uns eine wunderbare Weihnachtserinnerung geschenkt, über die wir noch viele Jahre lachen werden. Ich hätte das nicht für möglich gehalten, seit wir Weihnachten ohne Ben feiern müssen.«

Tränen stechen in meinen Augen. Er hat recht.

Dad verlässt die Küche, und ich umarme Aidan.

»Meint er das ernst, dass er es niemals vergessen wird? Verdammt, nächstes Jahr muss ich als Entschädigung ein größeres Sauerteigbrot backen.«

»Nächstes Jahr?« Ich schlucke, und mein Herz droht zu zerspringen.

»Das hoffe ich doch«, sagt Aidan und nimmt meine Hand. »Vielleicht ist dir das entgangen, aber ich denke, wir sind zusammen.«

»Richtig.« Ich nicke. Und zum ersten Mal ängstigt es mich nicht. »Ich habe mich schon gefragt, was das mit uns beiden eigentlich ist, und jetzt weiß ich es.«

Er zieht mich in seine Arme und küsst mich.

Als wir uns endlich wieder voneinander lösen, weiß ich, dass es sich absolut richtig anfühlt. Und in diesem Moment in der Küche, mit Aidan und Barney und mit einer Packung Grissini in der Hand, wird mir klar, dass ich dabei bin, mich ernsthaft zu verlieben.

Kapitel 29

*A*lle an den Tisch setzen!«, rufe ich aus der Küche. Ich öffne den Backofen, um die Kartoffeln herauszuholen, und Dampf wabert mir entgegen.

»Brauchst du Hilfe?« Aidan schaut um die Ecke.

»Könntest du den Wein mitnehmen und öffnen? Ein Flaschenöffner ist in der obersten Schublade.«

»Hab ihn!«, ruft er.

Ich muss dagegen ankämpfen, von einem Ohr zum andern zu grinsen. Wir benehmen uns wie ein Ehepaar, das zur Dinnerparty geladen hat.

Ich fülle die Kartoffeln in eine Schüssel und fange an, alles rüberzubringen.

»Das duftet köstlich«, sagt Marissa. Sie sitzt am Tisch und schaukelt den Kinderwagen, damit Baby Leah schön weiterschläft.

»Hoffentlich schmeckt es so gut, wie es aussieht.«

»Bestimmt«, versichert Tim. »Also, Aidan, bist du beim Football auch ein Reading-Fan?«

»Ich stehe mehr auf Rugby. Jede Saison fahre ich ein paar Mal zu den Spielen der London Irish.«

Marissa zeigt mir unauffällig den erhobenen Daumen, und ich zwinkere ihr zu. Dann gehe ich wieder in die Küche, um die noch fehlenden Platten zu holen.

Als ich endlich am Tisch sitze, beugt sich Marissa zu mir. »Die beiden verstehen sich gut.«

»Ja, nicht wahr?«

Nur schade, dass Becca und Gareth nicht dabei sein können. Angeblich waren sie schon mit Freunden von ihm verabredet, ich frage mich jedoch, ob sie ein Treffen mit uns vermeidet, da sie ihm immer noch nicht alles über Ben erzählt hat und fürchtet, einem von uns könnte etwas herausrutschen.

Marissa wippt weiter den Kinderwagen, und Tim beugt sich über ihren Teller, um für sie alles klein zu schneiden. Sie isst dann mit einer Hand. Die beiden funktionieren prima zusammen, und man käme nie auf die Idee, dass sie erst seit einem Monat Eltern sind.

»Das ist köstlich!«, schwärmt Tim.

»Allerdings«, stimmt Aidan zu. »Wir sollten darauf trinken.«

Er hebt das Glas, und wir tun es ihm nach. »Auf Izzy und ihre erstaunlichen Kochkünste.«

»Auf Izzy«, wiederholen die anderen. Dann stoßen wir an und trinken und essen weiter.

»Und? Irgendwelche guten Vorsätze oder Wünsche fürs neue Jahr?«, fragt Aidan.

»Mehr schlafen«, antwortet Marissa.

»Ich auch«, stimmt Tim zu. »Was ist mit dir, Izzy?«

Ich habe mehrere gute Vorsätze, und dazu gehört, mich noch mehr in Aidan zu verlieben und ihm nicht länger die Sache mit Luke zu verheimlichen. Aber beides kann ich hier nicht laut aussprechen.

»Ähm, öfter ins Sportstudio gehen.«

Marissa hüstelt vernehmlich.

»Oder überhaupt mal hingehen.«

»Verdammt, was ist nur aus uns geworden?«, stöhnt Marissa. »Ich erinnere mich noch an Vorsätze wie: öfter mal durchmachen und uns den Sonnenaufgang ansehen.«

»Fairerweise muss man aber sagen, dass wir uns das zwar vorgenommen, aber nie durchgezogen haben«, wendet Tim ein.

Marissa zieht eine Schnute, und Aidan lacht.

»Lasst uns als Gruppe etwas vornehmen«, sagt Marissa. »Zum Beispiel, dass wir versuchen, solche Abende öfter zu organisieren.«

»Das finde ich super«, sagt Aidan, und ich freue mich riesig. Es bedeutet mir viel, dass er sich so gut mit meinen Freunden versteht.

Wir sind fast mit dem Essen fertig, als es an der Wohnungstür klopft. Verwirrt schaue ich hin. Es kommt selten vor, dass jemand klopft, ohne dass vorher unten geklingelt wurde. Deshalb vermute ich, dass es ein Nachbar ist.

Ich entschuldige mich bei den anderen, gehe zur Tür, spähe durch den Spion – und sehe Luke draußen stehen. Was will der denn hier?

Mein Herz hämmert in meiner Brust. Man hört das Plaudern der anderen bis hierher, und es wäre zwecklos, so zu tun, als sei ich nicht da.

Ich öffne die Tür einen Spalt.

»Was willst du?«, flüstere ich.

»Schlechter Zeitpunkt?«, fragt Luke und zieht eine Braue hoch. Er wusste genau, dass ich Besuch erwarte.

Ich höre hinter mir jemanden kommen, drehe mich um und sehe, dass es Aidan ist.

»Ich wollte für Marissa Wasser holen«, sagt er und schaut zu Luke. »Alles okay?«

»Aidan, das ist mein Arbeitskollege, Luke. Luke, das ist Aidan.«

Luke schiebt die Tür weiter auf und hält Aidan die Hand hin.

»Ich bin nur kurz vorbeigekommen, um Fotos von Izzy für unsere Mitarbeiterzeitung zu machen, aber anscheinend ist jetzt kein guter Moment«, sagt er und hebt seine große Spiegelreflexkamera hoch.

»Mitarbeiterzeitung – wirst du jetzt berühmt, Izzy?«, fragt Aidan lächelnd.

»Ha, ha«, sage ich, angestrengt lachend. »Das fehlt noch.«

»Eigentlich hatte ich gehofft, die Sache schnell über die Bühne bringen zu können«, sagt Luke.

»Und wieso können wir die Fotos nicht im Büro machen?«, presse ich zwischen zusammengebissenen Zähnen hervor.

»Das tut man nicht mehr. Mary möchte, dass wir über das Leben der Mitarbeiter außerhalb des Büros berichten. Das wirkt echter.« Ich frage mich, ob er sich diese Ausrede vorher überlegt hat oder aus dem Stegreif lügt.

»Lass dich doch kurz fotografieren, sonst hat er den ganzen Weg umsonst gemacht«, sagt Aidan. »Ich bringe Marissa ihr Wasser.«

Er verschwindet in die Küche, und Luke grinst. Ich könnte ihn erwürgen, aber Aidan wird jeden Moment aus der Küche zurückkehren.

Luke zeigt auf die Kamera, die an seinem Hals hängt. »Wo sollen wir die Fotos machen?«

»Was soll das eigentlich?«, flüstere ich genervt.

»Ich dachte, wenn du eine Dinnerparty schmeißt, könnte ich ein paar Fotos für meinen Feed schießen und so tun, als sei ich dabei gewesen.«

»Das ist unfair, Luke. Aidan ist hier.«

»Hm, genau das ist der Punkt. Er darf eigentlich nicht hier sein, weil du keine Beziehung anfangen solltest.«

»Izzy, warum lässt du ihn nicht endlich rein?« Aidan taucht mit der Wasserkaraffe auf.

»Ich habe meine Haare nicht gemacht«, sage ich und zupfe an meinen Locken herum.

»Du siehst wunderschön aus«, versichert Aidan und küsst mich im Vorbeigehen auf den Scheitel. Jetzt fühle ich mich noch schlechter.

»Er scheint nett zu sein«, sagt Luke und zieht schon wieder die Braue hoch. »Lässt du mich jetzt rein, oder muss ich noch länger hier draußen stehen und laut über uns beide reden?«

Ich seufze genervt und lass ihn rein.

Wir gehen in die Küche, die zwar vom Wohnzimmer abgetrennt ist, aber eine große Durchreiche hat. Ich kann die anderen am Tisch also gut verstehen und muss umso mehr aufpassen, dass sie nichts von meinem Gespräch mit Luke mitbekommen.

»Also, ich habe eine E-Mail erhalten –«, beginnt er.

»Schscht!« Ich zeige zum Wohnzimmer. »Man kann uns hören.«

»Okay«, flüstert er zurück. »Ich habe eine E-Mail von einem Softdrink-Unternehmen erhalten, die wollen, dass wir im Januar ein paar Fotos machen. Du hast zwar gesagt, wir sollen nichts Neues mehr annehmen, aber es wird echt gut bezahlt.«

»Kein Interesse.«

»Ist er das tatsächlich wert?«

Ich spähe in Richtung Wohnzimmer. »Allerdings.«

Luke nickt, und ich frage mich, ob er nun, da er mich mit Aidan zusammen gesehen hat, realisiert, dass es Zeit ist, unsere Fake-Beziehung zu beenden.

»Also gut. Lass uns die Fotos machen.«

»Ist das dein Ernst?«

»Es wäre schon seltsam, wenn ich dafür vorbeikomme und dann doch keine Fotos schieße. Wie willst du deinem Lover-Boy das erklären?«

Grummelnd schnappe ich mir einen Kochlöffel und tue so, als würde ich durch die Soße rühren. In Wahrheit denke ich an das viele Geld, das wir Heart2Heart einbringen. Luke knipst unablässig, und ich kann es kaum erwarten, dass er endlich wieder verschwindet.

»Hast du's jetzt?«, frage ich kurz darauf sarkastisch.

»Hm, noch ein paar mehr wären nicht schlecht«, sagt er und spaziert aus der Küche ins Wohnzimmer. »Hallo zusammen, entschuldigt, dass ich beim Essen störe.«

Sofort hänge ich mich an seine Fersen und sehe, dass Marissa fast die Augen aus dem Kopf fallen.

»Ich mache nur ein paar Fotos von Izzy für unsere Mitarbeiterzeitung. Ich könnte dich doch auch mit deinem Freund fotografieren! Wie war noch gleich dein Name – Andrew?«

»Aidan«, antwortet der Angesprochene.

»Ja, Aidan. Vielleicht setzt ihr beide euch aufs Sofa?«

»Ich wüsste nicht, warum er mit aufs Bild muss«, zische ich.

»Komm schon, die Bilder sollen dich zu Hause zeigen«, erwidert Luke.

»Wie wäre es stattdessen mit ihrer besten Freundin?«, schlägt Marissa vor.

»Freund ist interessanter.«

»Ich habe kein Problem damit.« Aidan zuckt mit den Schultern.

Er geht zum Sofa und setzt sich. Zögernd folge ich ihm. Aidan legt den Arm um mich, aber ich schmiege mich nicht wie sonst an ihn.

»Sehr hübsch«, schwärmt Luke und drückt ein paar Mal auf den Auslöser. »Wie wäre es mit einem Kuss?«

Ich wende mich Aidan zu, um ihm zu sagen, dass wir das nicht tun müssen, da spüre ich bereits seine Lippen auf meinen.

»Wow, ihr zwei seid echt ein tolles Paar.« Endlich lässt Luke die Kamera sinken. »Entschuldige noch mal, Izzy, dass ich einfach so reingeplatzt bin. Und Aidan, danke für deine Unterstützung. Wir sehen uns dann im Büro.«

»Danke«, murmele ich und kann immer noch nicht fassen, dass er sich getraut hat, hier aufzukreuzen.

Luke winkt Marissa und Tim kurz zu, und dann ist er durch die Tür. Erleichtert atme ich auf.

»Du erzählst doch immer, deine Kollegen seien besonders lustig«, sagt Aidan verwundert.

»Sind sie auch. Er gehört nicht zu unserer Abteilung.«

»Izzys Arbeitskollegen sind total durchgeknallt«, weiht Marissa Tim ein. »Du hättest die Geschichten über den Backwettbewerb hören sollen! Hat sich Mrs Harris nach ihrem Sieg schon wieder eingekriegt?«

»Noch nicht. Sie spaziert mit ihrer Trophäe überall im Gebäude herum, um sie jedem zu zeigen.«

Langsam beruhigt sich mein Herzschlag wieder, und ich höre auf, Angstschweiß zu produzieren.

»Gibt es eigentlich eine neue Idee, nachdem der Wettbewerb nun vorbei ist?«, fragt Aidan.

»Die Personalabteilung hat entschieden, einen weiteren Wettbewerb auszurichten.«

»Wieder backen?«, fragt Marissa.

»Nein, diesmal soll es für jedermann sein. Deshalb startet nächstes Jahr ein Talentwettbewerb.«

»Und womit präsentierst du dich, Izzy?« Marissa kichert.

»Hör bloß auf.« Ich stöhne genervt. »Mrs Harris will, dass wir etwas mit ihr zusammen machen. Sie will singen, und Cleo und ich sollen ihre Backgroundsängerinnen sein.«

»Kann sie denn singen?«

»Weiß der Himmel. Wir haben alle abgelehnt, aber der erste

Durchgang ist erst in einem Monat, und bis dahin wird sie versuchen, uns weichzukochen.«

Alle lachen ein bisschen zu laut, woraufhin sich Baby Leah regt.

»Vermutlich Zeit für die nächste Mahlzeit«, sagt Marissa, hebt Leah aus dem Kinderwagen und geht mit ihr zum Sofa.

»Ich räume in der Zeit ab und bereite das Dessert vor«, sage ich.

»Ich helfe dir«, bietet Aidan sofort an, und gemeinsam bringen wir das Geschirr in die Küche.

Wir stellen alles in die Spülmaschine, und als wir damit fertig sind, nimmt Aidan meine Hände.

»Danke für heute Abend«, sagt er. »Ich weiß, dass du die Sache lieber langsam angehst, deshalb freut es mich besonders, dass ich deine Freunde kennenlernen darf. Sie sind genauso nett wie du.«

Ich küsse ihn, innig und nicht so gekünstelt wie vorhin in Lukes Anwesenheit.

Aidan zu belügen, fühlt sich schrecklich an. Zum Glück sind es nur noch ein paar Wochen bis zum Wohltätigkeitsball mit der Auktion. Dann kann ich die Fake-Beziehung mit Luke endlich beenden und mich ganz auf Aidan konzentrieren.

Als wir uns nach einer ganzen Weile wieder voneinander lösen, kümmert sich Aidan um den Kaffee, und ich bereite den Nachtisch vor. Hoffentlich hat Luke es jetzt endlich kapiert, denn je schneller er aus meinem Leben verschwindet, desto besser.

Willkommen im Januar
This_Izzy_Loves IGTV
Anzahl Follower: 21.400

Frohes neues Jahr, ihr Lieben! Dieses Jahr wird ein gutes, das spüre ich instinktiv. Mit Blick auf die anstehende Hochzeit und das Brautkleid sollte man meinen, dass ich jede Menge Vorsätze habe, Diät zu halten und Sport zu treiben, aber mein einziger Vorsatz lautet, mein Leben so zu leben, wie ich es momentan möchte.

Eine kurze Rekapitulation des vergangenen Monats: Luke und ich hatten viel Spaß bei seiner Weihnachtsfeier, es gab leckeres Essen, es wurde getanzt, und die Deko war umwerfend. Dann sind wir zum Winter Wonderland im Hyde Park gepilgert, wo wir vom Glühwein einen Schwips bekamen, übers Eis geglitten sind (ich hauptsächlich auf meinem Hintern) und so ziemlich alles probiert haben, was es an Leckereien gab. Am Morgen des ersten Feiertags haben wir Croissants und Champagner gefrühstückt, bis wir losmussten zu unseren Familien. Silvester haben wir mit guten Freunden in kleinem Kreis gefeiert. Dabei ist mir klar geworden, wie glücklich ich mich schätzen kann, im echten Leben so wunderbare Freunde und dazu all diese treuen Follower zu haben! Ich liebe euch alle – dicker Schmatz!

Kapitel 30

J anuar ist normalerweise der schlimmste Monat des Jahres: Ich bin pleite, erschöpft, und meine Leber betreibt ihren eigenen Wahlkampf für einen alkoholfreien Monat. Aber dank unserer Anzeige und gesponserten Posts habe ich es bereits geschafft, meine Kreditkartenschulden zu bezahlen. Es ist schon das letzte Wochenende im Januar, und in den vergangenen Jahren habe ich in etwa um diese Zeit die Geldautomaten geküsst, weil mein nächster Gehaltsscheck auf dem Konto eingegangen war. Aber dieses Jahr mache ich mir nicht einmal die Mühe, nachzusehen, ob das Geld schon da ist.

Luke hatte recht – diese Fake-Beziehung hat das Potenzial, unser Leben zu verändern. Aber obwohl mein Kontostand nun immer im Plus statt im Minus ist, merke ich immer deutlicher, dass ich das alles nicht mehr will. Oder zumindest nicht, wenn es nur zu dem Preis geht, die Hälfte eines Z-Promipärchens zu sein. Wäre nicht diese Wohltätigkeitsveranstaltung, hätte ich schon vor einer ganzen Weile damit aufgehört. Aber nun sind es nur noch ganz wenige Wochen, und unsere einvernehmliche Trennung rückt in greifbare Nähe.

Aber nicht nur der Kontostand vertreibt meinen üblichen Januar-Blues – ich verbringe zudem immer mehr Zeit mit Aidan. Heute zum Beispiel holt er mich ab zu einem Wochenendausflug.

Meine Gegensprechanlage summt, und ich bin ganz aufgeregt, weil ich weiß, dass er es ist.

»Halloooo.«

»Hi, bist du fertig?«, fragt Aidan.

»Ja, ich komme runter.«

»Super, und vergiss nicht deinen Bikini.«

»Ich dachte, das war ein Scherz?«, erwidere ich stöhnend.

»Im Gegenteil – todernst. Hol ihn schnell. Ich warte im Auto auf dich, es ist kalt.«

Ich versuche, meine Fantasie darüber, wozu ich einen Bikini brauchen könnte, wenn wir im Januar wandern gehen, zu bremsen. Aber ich stopfe ihn schnell in meine gepackte Reisetasche und eile nach unten zum Auto.

»Hey, du«, begrüßt er mich, als ich in den Ford Focus steige.

»Selber hey.«

Ich beuge mich zu ihm, gebe ihm einen Kuss und drehe mich dann nach hinten, um Barney durch das Schutzgitter zu streicheln. Aber er ist nicht da.

»Nehmen wir Barney nicht mit?«

»Nein, er ist bei meinen Eltern.«

»Oh, schade!« Ich verziehe das Gesicht.

»Allmählich bekomme ich Komplexe. Ist es so schlimm, dass du nur mit mir vorliebnehmen musst?«

»Nein, ich dachte nur, wenn Barney dabei ist, können wir nicht so furchtbare Dinge tun wie Höhlenklettern oder Kanupaddeln.«

»Im Januar?« Er lacht. »Bist du verrückt?«

»Wozu brauche ich dann einen Bikini?«

»Wir verbringen ein romantisches Wochenende. Nur wir beide.«

»Nur wir beide?«

»Ja. Wir waren noch nicht oft woanders, entweder sind wir zu Hause, oder wir gehen mit Barney spazieren, deshalb dachte ich, es sei nun überfällig.«

Das ist echt süß von ihm, und obwohl ich mich nicht gern in der Öffentlichkeit mit ihm zeige, bis die Sache mit Luke ausgestanden ist, spricht nichts dagegen, sich in einem Hotelzimmer zu verkriechen und den Room Service zu nutzen. Genau genommen klingt das perfekt.

»Dann mal los«, sage ich. Aidan grinst und startet den Motor.

Vor Lachen laufen mir Tränen übers Gesicht. Aidan hat mir gerade ausführlich davon erzählt, wie er mal mit Barney beim Tierarzt war.

»Und von dem Trockensex hast du ihm nichts gesagt?«, frage ich und wische mir über die Wangen.

»Habe mich nicht getraut. Witzigerweise sind wir seither nie wieder bei diesem Tierarzt gewesen.«

Vom vielen Lachen tun mir die Bauchmuskeln weh.

»Ich glaube, wir sind fast da«, sagt Aidan.

Ich schaue aus dem Fenster – bisher habe ich unserer Route nicht sonderlich viel Aufmerksamkeit geschenkt. Wir sind vor einer Ewigkeit von der Hauptstraße abgebogen und fahren seither über baumgesäumte Straßen.

»Verrätst du mir, wo wir sind?«

»Nein«, erwidert Aidan und schaut nach vorn.

Wir biegen erneut ab und passieren ein idyllisches Cottage ein wenig abseits der Straße. Es kommt mir irgendwie bekannt vor, aber mir fällt nicht ein, wann ich es schon mal gesehen habe. Wir nähern uns einem dichten Wald. Meine Nackenhaare stellen sich auf, und ich hoffe, mich zu irren, aber dieser Weg erinnert mich plötzlich sehr an die Strecke, die Luke und ich nach Ingleford Manor gefahren sind.

Mir wird warm, und ich ziehe den Schal aus.

»Alles okay?«, fragt Aidan und dreht die Heizung runter.

»Alles gut, bloß eine Hitzewallung oder so. Sind wir bald da?« Verzweifelt schaue ich aus dem Fenster, in der Hoffnung, ein mir unbekanntes Hotel zu entdecken, in dem wir wohnen werden.

Doch dann sehe ich das Schild nach Ingleford Manor, und mir wird schlecht. Da können wir auf keinen Fall hin.

Aidan verlangsamt bereits das Tempo und setzt den Blinker, um in die Einfahrt zu biegen.

»Dort wollen wir hin?«, kreische ich. »Das wirkt sehr teuer – sollen wir uns nicht etwas Preiswerteres suchen?«

Aidan lacht.

»Es spielt zwar keine Rolle, aber ich habe ein Superangebot für dieses Hotel erhalten. Mein Bruder hat mir den Tipp gegeben. Er hatte online die Werbung gesehen. Du musst dir also keine Sorgen machen, dass ich mich verschulde.«

Mühsam schlucke ich. Mein Mund ist trocken, und ich fühle mich so elend wie bei meinem letzten Besuch hier. Aber dieses Mal liegt es nicht an einer Lebensmittelvergiftung.

Panik steigt in mir hoch. Irgendjemand wird mich bestimmt wiedererkennen. Das Hotel wirbt mit Fotos von Luke und mir, und Grant likt ständig meine Posts und verfolgt meine Storys.

Aidan fährt um den Wendekreis bis zum Parkplatz.

»Da wären wir«, sagt er, öffnet die Tür und steigt aus.

Ich klappe die Sonnenblende herunter, öffne den Spiegel und inspiziere mein Gesicht. Zum Glück habe ich die Haare an der Luft trocknen lassen, sodass sie sehr lockig sind, und ich habe nur wenig Make-up aufgelegt, da ich dachte, wir würden spazieren gehen.

»Kommst du?«, fragt Aidan und öffnet meine Tür.

Er hat bereits die Taschen ausgeladen.

»Klar.« Ich steige aus, wickle mir den Schal fest um den Hals und versuche, so viel wie möglich von meinem Gesicht zu verbergen. »Eine Sekunde.«

Dann beuge ich mich zu meiner Reisetasche und ziehe eine Wollmütze aus dem Seitenfach.

»Fertig«, verkünde ich, nachdem ich sie übergestülpt habe.

»War dir nicht gerade noch fürchterlich warm?«, fragt Aidan irritiert.

»Ja, und jetzt friere ich. Das sind die Leiden der Frauen«, lamentiere ich, während wir auf den Eingang zumarschieren.

Wir betreten die Lobby, und ich entdecke die Rezeptionistin von damals. Sie schaut konzentriert auf ihren Computerbildschirm und redet mit einem Paar am Empfangstresen. »Ich verschwinde mal rasch auf die Toilette, während du uns eincheckst.«

»Natürlich«, antwortet Aidan.

Ich schaue mich betont suchend um, zeige dann auf die Toilette, als hätte ich sie gerade erst erspäht, und stürme los.

In der Sicherheit einer Toilettenkabine seufze ich vor Erleichterung, dass ich es immerhin schon bis über die Türschwelle geschafft habe. Nach wenigen Minuten öffne ich die Tür zur Lobby einen Spalt und beobachte Aidans Fortschritte. Sobald er fertig ist, komme ich heraus.

»Gutes Timing«, sagt er. »Unser Zimmer ist in der dritten Etage.«

Ich sehe, dass eine Bürotür aufgeht – die, aus der Grant immer gekommen ist –, und rase die Treppe hinauf, zwei Stufen auf einmal nehmend.

»Wozu die Eile?«, ruft Aidan mir nach.

»Ich freue mich so darauf, mit dir allein zu sein«, antworte ich über die Schulter hinweg.

Aidan legt einen Zahn zu, und kurz darauf stehen wir vor unserer Zimmertür.

Er öffnet sie und will mich küssen, aber ich schiebe ihn zu dem Bett, das nicht weit entfernt steht. Unser Raum ist zwar genauso geschmackvoll eingerichtet wie die Flitterwochensuite, aber wesentlich kleiner. Typisch: An diesem Wochenende will ich mich mal freiwillig im Zimmer verschanzen, und dann hat es die Größe eines Schuhkartons. Aber wenigstens gibt es eine solide Wand zwischen Schlafzimmer und Bad.

Während ich Augenkontakt zu Aidan halte, knöpfe ich meinen Mantel auf.

»Für heute Nachmittag habe ich eine Überraschung organisiert, aber bis dahin haben wir noch ein bisschen Zeit«, sagt Aidan.

»Was für ein Glück, ich bin nämlich nicht in der Stimmung, mich zu beeilen.«

Ich streife meinen Fleecepulli über den Kopf, gefolgt von dem langärmeligen T-Shirt, dann will ich die Wanderstiefel aufbinden und verknote prompt den ersten Schnürsenkel. Schließlich gelingt es mir, die Schuhe loszuwerden, hüpfe auf einem Bein und ziehe an meiner Wollsocke. Jetzt noch das Unterhemd. Als ich endlich bei meinen sexy Dessous angelangt bin, fürchte ich schon, dass Aidan mittlerweile eingeschlafen ist. Winterlicher Zwiebellook ist einem erotischen Striptease nicht zuträglich.

Doch ihm scheint es zu reichen, denn er zieht mich aufs Bett.

»Als ich sagte, wir hätten noch Zeit, meinte ich nicht *so* viel Zeit«, betont er und dreht mich auf den Rücken.

Hier in diesem Zimmer plagt mich nicht die Sorge, erkannt zu werden, ich kann es also genießen und muss lediglich meinen weiblichen Charme einsetzen, um Aidan für das restliche Wochenende in diesem Zimmer festzuhalten.

Ich hebe den Kopf von Aidans Brust und lange nach der Wasserflasche auf dem Nachttisch.

Er nutzt die Gelegenheit, um sich aufzusetzen.

»Hey, nicht bewegen, ich komme zurück«, befehle ich und trinke rasch etwas.

»Wir können nicht den ganzen Tag hierbleiben«, erwidert Aidan.

Ich könnte mir – auch unabhängig von dem Hotelpersonal, das mich womöglich erkennt – keinen besseren Ort für einen Samstagnachmittag vorstellen.

»Wirklich nicht?«

»Nein, das wäre dann ja wie zu Hause. Ich habe eine Überraschung für dich. Wir gehen ins Spa.«

»Klingt …« – mein Herz rast, bis ich mir all die Orte in Erinnerung gerufen habe, an denen ich mich verstecken kann: Dampfraum, Sauna, unter den großen Wasserfalldüsen rund um den Pool – »wunderbar.«

»Komm schon, zieh deinen Bikini an.«

Wenige Minuten später stecken wir in den kuscheligen Hotel-Bademänteln und bewegen uns in Richtung Spa. Aidan hat den Arm um mich gelegt, und als ich Grants laute Stimme durch den Flur hallen höre, presse ich mich noch fester an ihn. Ich verkrieche mich praktisch unter seiner Achsel. Er drückt mich fest und scheint mein Verhalten zum Glück nicht seltsam zu finden.

Wir gehen an Grant vorbei und schaffen es bis zum Spa, aber trotz der chilligen Delfinmusik kann ich mich nicht entspannen. Schließlich muss ich auch allen anderen vom Personal aus dem Weg gehen.

»Du wirkst so angespannt«, sagt Aidan und reibt mir über die Arme. »Gut, dass ich für uns dieses Schlammbad gebucht habe. Das Hotel ist berühmt dafür.«

Ich erstarre. »Schlammbad?« Meine Stimme ist nur noch ein Fiepen.

»Ja, klingt das nicht toll?«

Er zwinkert mir zu und zieht mich in Richtung Spa-Empfang. Die Rezeptionistin überprüft unseren Termin und führt uns dann in einen Raum, in dem die Mitarbeiterin mit dem Rücken zu uns steht. Erleichtert seufze ich, als ich ihr langes, platinblondes Haar sehe, denn das bedeutet, dass es nicht Jacinda sein kann. Aber dann dreht die Frau sich um, und vor mir steht Heidi, die schwedische Masseuse.

»Hallo, willkommen zum Schlammbad. Hat einer von euch das schon einmal gemacht?«

»Nein«, antwortet Aidan.

»Nein, nie.« Energisch schüttle ich den Kopf.

»Okay.« Heidi schaut mich intensiv an, und ich frage mich, ob sie das tut, weil sie mich erkennt, oder weil ich mich seltsam benehme. Sie leiert die gleiche Einführung herunter wie Jacinda im November. »Hast du ein Band für deine Haare dabei?«

»Leider nicht.«

Sie zieht eines aus ihrer Tasche und reicht es mir. Dann lächelt sie und verlässt den Raum. Sobald sie weg ist, binde ich meine Haare zu einem Knoten hoch.

Ich lasse den Bademantel fallen und streife den Bikini ab. Die Situation ist völlig anders als damals mit Luke – sobald wir nackt sind, knistert es nur so zwischen uns.

»Und wie kommen wir jetzt am besten da rein?«, fragt Aidan.

»Am besten auf den Rand setzen und einfach reinrutschen«, sage ich und führe es ihm gekonnt vor. Ich lasse mich in den Schlamm gleiten, und dieses Mal bin ich darauf vorbereitet, wie sich das anfühlt.

Aidan stolpert beim Einsteigen, und ich halte ihm die Hand hin.

»Verdammt, ist das ein merkwürdiges Zeug«, sagt er.

Ich schmiere mir zur Tarnung Schlamm ins Gesicht, damit Heidi mich nicht erkennt, wenn sie zurückkommt.

»Verdammt, meine Nase juckt, aber ich will mich nicht kratzen, womöglich bekomme ich dann Schlamm ins Auge. Könntest du mal?«, fragt Aidan.

»Ähm, ich habe genauso viel Schlamm an den Händen wie du.«

Unruhig rutscht Aidan auf der Stelle herum. Anscheinend ist das hier für keinen von uns so entspannend, wie es sein sollte.

»Shit, das macht mich wahnsinnig!«, flucht er ein paar Minuten später. »Beug dich rüber, dann kannst du mich mit deiner Nase kratzen.«

»Das funktioniert doch nicht!«

»Versuch es bitte, alles ist besser als dieses Jucken.«

Ich reibe meine Nase behutsam an seiner. In dem Moment kommt Heidi herein.

»Oh, ähm, soll ich später wiederkommen?«, fragt sie.

»Nein, es ist nicht so, wie es aussieht.« Aidan lacht. »Mir hat die Nase gejuckt, und Izzy hat geholfen.«

»Super, dann trage ich jetzt ein bisschen Schlamm auf eure Gesichter auf.«

»Danke.« Aidan seufzt.

»Wie ich sehe, hast du deines bereits eingeschmiert«, sagt sie mit Blick auf mich.

»Ich konnte nicht widerstehen«, flöte ich.

»Na gut. Ihr bleibt jetzt noch fünfzehn Minuten drin, und dann komme ich mit den heißen Handtüchern«, sagt sie und geht wieder.

»Meine Nase juckt schon wieder.« Aidan sieht mich an.

»Tatsächlich?« Ich beuge mich zu ihm, reibe unsere Nasen aneinander und küsse ihn rasch.

»Und, fängst du an, dich zu entspannen?«, fragt Aidan.

Solange Heidi nicht im Zimmer ist, gelingt mir das tatsächlich. »Ein bisschen. Vielleicht könntest du mir noch eine Geschichte von Barney und dem Tierarzt erzählen.«

»Davon gibt es jede Menge.« Sofort legt er los.

Eine Viertelstunde später kommt Heidi zurück und legt uns ein feuchtheißes Handtuch aufs Gesicht. »Braucht ihr meine Hilfe beim Aussteigen?«

»Das schaffen wir schon«, versichert Aidan zu meiner großen Erleichterung. »Durch meinen Labrador bin ich ein Experte für Schlamm.«

»Bestens«, erwidert sie. »Die Duschen sind direkt hinter euch und einfach zu bedienen. In den Ruheraum geht es dann nach rechts.«

»Super, danke!«, rufe ich ihr nach, als sie wieder hinausgeht.

»Ich habe definitiv genug«, sagt Aidan und versucht auszusteigen. Er schafft es tatsächlich und stützt sich auf dem Rand der Wanne ab.

Ich bin überrascht, dass es mir auch gelingt, und drehe mich souverän zu ihm um, sobald mein zweiter Fuß leicht den Boden berührt. Sofort rutsche ich weg.

Aidan versucht, mich festzuhalten, aber wir sind beide so glitschig, dass wir uns nur aneinanderklammern und zurück in die Wanne rutschen.

»Das lief wohl nicht nach Plan«, stelle ich lachend fest.

Er hat einen Schlammklumpen auf dem Kopf, und als ich ihn mit meinen Matschhänden wegwischen will, mache ich alles nur noch schlimmer.

»Wir werden wohl für immer hier drin festsitzen«, sagt er und küsst mich.

»Zumindest, bis Heidi zurückkommt. Ich dachte, du bist ein Schlamm-Experte?«

»Bin ich auch. Dieses Zeug wird mich nicht kleinkriegen.« Er klettert über den Rand und stellt vorsichtig einen Fuß auf den Boden.

»Geschafft«, triumphiert er, beugt sich dann zu mir und hilft mir beim Aussteigen.

»Komme mir vor wie in Glastonbury«, murmele ich und klammere mich an Aidan, als hinge mein Leben davon ab. Vorsichtig arbeiten wir uns über den rutschigen Boden vorwärts.

»Hurra!« Jubelnd boxe ich in die Luft, als wir die Dusche erreichen.

Das kühle Wasser ist eine Wohltat nach dem heißen Schlamm. Doch dann merke ich, dass Aidan mit dem Rücken zu mir duscht.

»Was ist los mit dir? Seit wann bist du so schüchtern?«

»Seit wir nackt in einer Dusche stehen und du schlammverschmiert bist. Hast du eine Ahnung, wie sexy das ist?«

»Und du siehst mich nicht an, weil ...?«

»Wir sind in einem Spa, und Heidi kann jeden Moment hereinkommen.«

»Hm. Wie wäre es, wenn wir uns den Ruheraum schenken und sofort in unser Zimmer zurückgehen?«

»Klingt verdammt verlockend«, antwortet er und stellt die Dusche ab. Wir ziehen rasch unsere Bademäntel über.

Kurz darauf klopft Heidi an die Tür. Ich jammere etwas von Bauchschmerzen und sage, dass wir lieber ins Zimmer gehen.

Sie deutet ein Lächeln an, wünscht mir gute Besserung und eilt wieder hinaus.

»Ich freue mich echt, dass wir diesen Wochenendtrip machen«, sagt Aidan und schiebt die Schlüsselkarte ins Türschloss.

»Ich mich auch«, antworte ich ehrlich.

»Und heute Abend haben wir noch das schicke Abendessen im Restaurant.«

Sofort kommt die Anspannung zurück. Aber ich will bestimmt nicht darüber nachdenken. Kaum hat Aidan die Zimmertür geöffnet, da zieht er schon am Gürtel meines Bademantels und führt mich in die Dusche. Ich sollte mir eine kleine Atempause gönnen und vorübergehend nicht an mein anderes Leben denken.

Kapitel 31

Als ich aufwache und mich herumdrehe, ist das Bett neben mir leer.

»Hey, Schlafmütze, ich wollte dich gerade wecken, damit wir frühstücken gehen können«, sagt Aidan und zieht sein T-Shirt an. »Es ist schon halb elf, wir sollten uns also ein bisschen beeilen. Frühstück servieren sie nur bis elf.«

Er ergreift meine Hände, um mir aus dem Bett zu helfen, aber stattdessen ziehe ich ihn zu mir.

»Hey, das geht jetzt nicht«, murmelt er und entwindet sich mir. »Wenn wir damit anfangen, verpassen wir das Frühstück, und ich liebe Kartoffelpuffer.«

»Können wir nicht den Zimmerservice kommen lassen?« Ich setze mich auf, um ihn daran zu erinnern, dass ich nackt bin.

»Das Frühstück ist inklusive, also …«

»Okay, ich ziehe mich an«, gebe ich seufzend nach.

Ich steige aus dem Bett und fange an, mich fertig zu machen. Meine Locken stehen in sämtliche Richtungen ab, als hätte ich einen Stromschlag bekommen. Normalerweise binde ich sie zu einem straffen Knoten zurück, damit sie so glatt wie möglich sind, aber momentan sind die Locken meine beste Verkleidung. Ich zupfe ein paar Strähnen heraus und binde nur die zusammen. Jetzt sehe ich aus, als würde ich zu einer Achtzigerjahre-Party gehen.

»Fertig?«, fragt Aidan.

»Japp.«

Der Frühstücksraum ist voller, als ich erwartet hätte, immerhin wird in zwanzig Minuten das Buffet abgeräumt.

Wir setzen uns an einen freien Tisch, und ich halte gerade nach einer Kellnerin Ausschau, damit sie unsere Getränkebestellungen aufnimmt, da sehe ich Grant mit dem Küchenchef hereinspazieren. Als ich mit Luke hier war, hat sich der Küchenchef persönlich bei uns erkundigt, wie uns das Abendessen geschmeckt hat. Ich schüttele mich jetzt noch bei der Erinnerung daran. Mit einer Lebensmittelvergiftung ist ein Acht-Gänge-Gourmet-Menü so ziemlich das Letzte, was man braucht.

»Alles okay?«, fragt Aidan.

»Ja, bestens.« Ich schnappe mir die Getränkekarte und verschanze mich dahinter. »Ich kann mich nur nicht entscheiden, was ich bestellen soll.«

Ich tue so, als würde ich das Angebot sorgfältig studieren. Zum Glück haben sie jede Menge Teesorten, Kaffeezubereitungen, Säfte und Smoothies zur Auswahl, sodass ich mich damit beschäftigen kann, bis Grant und der Koch den Raum wieder verlassen haben.

»Und? Was nimmst du?«, fragt Aidan.

»Kaffee.«

»Wow, da hat sich das lange Überlegen ja gelohnt.«

»Nun ja, ich hatte kurz mit einem Tuttifrutti-Smoothie geliebäugelt, aber ich bevorzuge doch einen Koffein-Schuss. Du hast mich letzte Nacht verdammt lange wach gehalten.«

»Aber es hat sich gelohnt, oder?«

»Absolut.« Bei der Erinnerung schießt mir das Blut in die Wangen.

Die Kellnerin kommt endlich an unseren Tisch, um die Bestellungen aufzunehmen, und anschließend gehen wir zum Buffet. Aidan hat nicht gescherzt, was seine Begeisterung für

Kartoffelpuffer angeht. Er reiht sie wie Blütenblätter rund um seinen Tellerrand und packt alles Übrige in die Mitte.

»Was möchtest du heute unternehmen? Sollen wir noch bleiben, nachdem wir ausgecheckt haben?«, fragt er, als wir anfangen zu essen.

»Wie wäre es, wenn wir fahren und unterwegs irgendwo anhalten, um spazieren zu gehen und Scones zu essen?«

»Guter Plan. Aber ich möchte vorher sichergehen, dass du keiner dieser Ketzer bist, die erst Sahne auf ihren Scone schmieren und dann Marmelade.«

»Machst du es etwa umgekehrt? Nun, es war schön mit dir, aber das war's dann wohl mit uns.«

Er verzieht das Gesicht. »Und wenn wir schummeln und Schokoladenkuchen essen?«

Ich atme theatralisch auf. »Diese Lösung bleibt natürlich immer. Allerdings teile ich meinen Kuchen nicht, wir müssen also jeder ein Stück bestellen.«

»Wer gibt schon was von seinem Kuchen ab?« Er runzelt die Stirn und sieht einem Kellner nach, der zum Buffet geht. »Ich sollte mir noch ein paar Kartoffelpuffer holen.«

Als wir mit Frühstück fertig sind, oder besser gesagt, als alles abgeräumt wird, eilen wir nach oben in unser Zimmer, um noch rasch zu duschen, bevor wir auschecken. Natürlich duschen wir zusammen und checken nicht ganz so früh aus wie geplant.

Händchen haltend gehen wir zur Rezeption, und ich denke gerührt, was für ein wunderbarer Kurztrip das doch war.

Die Rezeptionistin kenne ich nicht, möchte aber kein Risiko eingehen und drücke mich an dem Tisch mit den Prospekten herum, während Aidan den Schlüssel abgibt. Gerade habe ich den Flyer einer Teestube ganz in der Nähe entdeckt, als ich merke, dass jemand neben mir steht.

Lächelnd schaue ich hoch, weil ich annehme, dass es Aidan ist, und schaue direkt in das Gesicht von Grant.

»Habe ich also doch richtig gesehen«, sagt er, beugt sich vor und küsst mich auf beide Wangen. Ich stehe wie angewurzelt da, und mir wird abwechselnd heiß und kalt. »Izzy, wie schön, Sie zu sehen.«

Mein Herz rast, und ich zermartere mir das Hirn, was ich jetzt sagen soll. Ich spähe über die Schulter zur Rezeption, und es sieht so aus, als sei Aidan dort gerade fertig. Jeden Moment wird er hier sein. Ich könnte so tun, als würde Grant mich mit jemandem verwechseln, aber mein Gesicht spricht Bände.

»Ist Luke auch hier?«

»Ähm …« Ich suche nach Worten.

Aidan kommt und legt den Arm um mich. »Können wir los, Iz?«, fragt er.

»Izzy?« Grant sieht Aidan überrascht an.

Ich schließe die Augen. Dies ist der Moment, in dem mein Leben den Bach heruntergeht.

»Ähm, Grant, wie schön. Sorry, dass ich meinen Besuch nicht angekündigt habe, aber es war eine Überraschung. Von Aidan.«

Ich winde mich aus seiner Umarmung und gehe ein Stück auf Distanz. Er sieht mich verständnislos an.

»*Er* hat das organisiert?« Grant sieht Aidan immer noch an. »Und was sagt Ihr Verlobter Luke dazu, dass Sie mit einem anderen Mann herkommen?«

»Izzy«, sagt Aidan leise. »Wovon redet er? Dein Verlobter?«

Ich weiß, dass ich mein Insta-Leben riskiere, aber Aidan ist wichtiger. Um Luke kümmere ich mich später.

»Ich bin nicht verlobt. Luke ist ein Freund, ein Instagram-Kollege, wir haben so getan, als wären wir zusammen, um mehr

Sponsoren zu finden«, sage ich zu Grant. »Aber in Wahrheit sind wir nicht zusammen. *Aidan* ist mein Freund.«

Zaghaft blicke ich zu Aidan und hoffe, dass er das tatsächlich noch ist.

»Aber euer romantisches Wochenende? Die Bilder von euch in der Badewanne? Ihr habt in der Flitterwochensuite übernachtet, wart nackt im Schlammbad!« Grants Stimme wird mit jedem Wort schriller.

Aus den Augenwinkeln sehe ich, wie Aidan die Zähne zusammenbeißt.

»Das war alles vorgetäuscht. Wir haben es inszeniert.«

»Das ist Vertragsbruch. Ich muss Sie bitten zu gehen«, knurrt er.

»Wenn ich es erklären darf ...«

»Ihr beide hört von unseren Anwälten«, sagt Grant und macht auf dem Absatz kehrt.

Plötzlich stehen wir draußen vor dem Hoteleingang. Aidan ist erschreckend still.

»Aidan ... das klingt viel schlimmer, als es ist.«

Er sieht mich an, und mein Herz zerspringt in tausend Scherben.

»Luke ist doch der Typ, der bei unserem Abendessen aufgetaucht ist, um die Fotos zu schießen. Gibt es überhaupt eine Mitarbeiterzeitung, oder war das auch gelogen?«

»Lass es mich dir erklären.« Ich berühre seinen Arm, aber er zieht ihn weg.

»Willst du etwa behaupten, du hättest nicht mit ihm hier in der Flitterwochensuite übernachtet und nackt ein Schlammbad genommen? So wie wir?«, blafft er mich an.

Ich denke an den Vortag, und eine Träne läuft mir über die Wange. Wie soll ich ihm klarmachen, dass unser Erlebnis nichts mit dem von Luke und mir gemein hat?

Aidan schüttelt den Kopf und geht in Richtung seines Autos davon.

»Aidan, bitte!«

Er dreht sich zu mir um und sieht mich enttäuscht an.

»Ich kann das jetzt nicht, Izzy. Ich will nur noch nach Hause.«

»Aber ich habe dir doch noch gar nicht erzählt, wie es war.«

»Es interessiert mich nicht. Ich erkenne dich nicht wieder. Du bist wie Zoe.« Er geht ein paar Schritte, bleibt dann aber stehen, und ich atme auf, dass er offenbar seine Meinung geändert hat. »Kommst du klar? Kannst du dir ein Taxi rufen?«, fragt er über die Schulter.

Er mag zwar doch nicht seine Meinung geändert haben, aber selbst jetzt beweist er mir, wie fürsorglich er ist. Das schmerzt umso mehr.

Ich nicke. Ihn jetzt in Ruhe zu lassen ist das Mindeste, was ich für ihn tun kann.

Er geht weiter, und ich stehe wie angewurzelt da, schaue ihm nach, als er ins Auto steigt und davonfährt. Weinend bestelle ich mir ein Taxi, und als kurz darauf mein Handy klingelt, gehe ich ran, ohne vorher auf die Nummer zu schauen.

»Hallo?«

»Was zum Teufel hast du getan, Izzy?«, brüllt Luke in den Hörer.

»Ich habe mein Leben zerstört«, antworte ich, schließe die Augen und blende die wütende Schimpftirade am anderen Ende der Leitung einfach aus.

Willkommen im Februar
This_Izzy_Loves IGTV
Anzahl Follower: 15.300

Heute muss ich mich kurzfassen, denn diesen Monat geht es total hektisch zu, im Gegensatz zum Januar, der sich eine Ewigkeit hinzuziehen schien. Findet ihr nicht auch? Luke und ich haben einen relativ ruhigen Monat verbracht, den #alkoholfreienjanuar haben wir aber nicht geschafft, weil noch so viel von dem leckeren Gin da war und unsere wunderbaren Sponsoren uns zur Verlobung eine Auswahl Tonic Water geschickt haben.

Entschuldigt, dass es in den letzten Tagen ein bisschen ruhig bei uns war, aber wir haben uns vor dem schrecklichen Wetter zu Hause verkrochen und auf dem Sofa gekuschelt. Ich liebe euch alle.

Kapitel 32

Ich starre jetzt schon so lange auf den Computerbildschirm, dass die Wörter mir entgegenfliegen und ich mich frage, ob die IT-Abteilung meinen Computer aufgerüstet hat zu einer 3-D-Version. Vier Tage sind vergangen, seit Aidan das über Luke und mich herausgefunden hat.

»Glaubst du, sie kann uns hören?«, fragt Colin.

»Ich bin nicht sicher. Vielleicht, wenn ich laut genug über meine Brötchen rede oder sie mal schnuppern lasse ... Nein, nichts«, sagt Mrs Harris enttäuscht und stellt die Tupperwaredose auf den Tisch. »Was bringt es, Brötchen zu backen, wenn mich niemand mit zweideutigen Bemerkungen aufzieht? Eine Verschwendung von Zutaten. Denkt ihr, dass ich es mit der Nummer für die Talentshow übertrieben habe?«

»Ich glaube nicht, dass sie die Idee, als B*Witched aufzutreten, in diesen Zustand versetzt hat«, sagt Cleo. »Izzy, möchtest du eine Tasse Tee?«

Ich kann sie alle hören, fühle mich aber ganz weit weg, als würden sie durch einen Fernsehbildschirm zu mir sprechen. Ich schaffe es einfach nicht, ihnen zu erzählen, was passiert ist, aber Cleo vermutet richtig, dass ich in meinen beiden Liebesleben Ärger habe – im realen und im virtuellen. Ich weiß, dass ich ihnen antworten sollte, aber ich habe in den Selbsterhaltungsmodus geschaltet, bei dem alles bis auf die Vitalfunktionen heruntergefahren wird.

Genauso habe ich es nach Bens Tod getan. Bisher war mir nie klar, wie sehr eine Trennung einem solchen Verlust ähnelt.

Aber natürlich ähnelt es sich: Beide Male verliert man von jetzt auf gleich einen geliebten Menschen.

Der einzige Unterschied besteht darin, dass ich für Bens Tod nicht verantwortlich war, für die Trennung von Aidan aber sehr wohl. Im Laufe der Jahre lernte ich zu akzeptieren, dass ich Bens Tod nicht hätte verhindern können. Dafür hätte ich schon eine Kristallkugel gebraucht und ihn dazu bringen müssen, sein Herz untersuchen zu lassen. Aber Aidan … Dieser Ausdruck in seinem Gesicht hat sich für immer in meine Erinnerung eingebrannt, und ich werde nie vergessen, wie viel Schmerz ich ihm bereitet habe.

Während der vergangenen Tage habe ich x-mal bei ihm angerufen und ihm Nachrichten geschickt, aber er reagiert nicht. Ich bin zu seinem Haus gefahren, aber egal, wann ich dort vorbeischaue, er ist nicht da, genauso wenig wie Barney – den würde ich sonst bellen hören. Ich war sogar in seinem Café, aber Saskia hat mich gebeten, wieder zu gehen.

»Izzy«, sagt Cleo laut und stupst mich an.

Ich wende ihr den Kopf zu und konzentriere mich auf ihr Gesicht.

»Izzy, möchtest du eine Tasse Tee?«, fragt sie. »Du hast den ganzen Vormittag ohne Pause durchgearbeitet.«

»Ich habe zu tun.«

»Aber du arbeitest mehr als alle anderen. Wenn du nicht mal eine Pause machst, wirft das auf uns andere ein schlechtes Licht.«

Ich bemerke Mrs Harris' besorgten Blick.

»Ein Kaffee wäre nicht schlecht«, sage ich schließlich.

Ich gehe eigentlich davon aus, dass sich alle freuen, weil ich endlich etwas gesagt habe, aber just in dem Moment betritt jemand unser Büro, und alle wirken alarmiert. Mrs Harris springt von ihrem Stuhl hoch und bedeutet Colin und Cleo, sich ebenfalls zu erheben.

Sie bilden um mich herum eine menschliche Mauer, und ich versuche zu entdecken, wovor sie mich beschützen.

»Izzy«, höre ich Lukes Stimme. »Irgendwann musst du mit mir reden. Mir ist klar, dass hier nicht der beste Ort dafür ist, aber da du nicht an dein Telefon gehst, lässt du mir keine andere Wahl. Es gibt so viele Brände zu löschen, das schaffe ich nicht allein.«

Ich ducke mich unter den Armen von Colin und Cleo durch, um Luke sehen zu können. Er hat dunkle Ränder unter den Augen, blasse Haut, und seine Tolle hängt schlaff herab.

»Ich komme, und wir reden jetzt«, antworte ich.

»Izzy, du musst nirgendwo hingehen«, mischt sich Mrs Haris ein. Es ist süß von ihr, dass sie mich unterstützt, obwohl sie gar nicht weiß, worum es geht.

»Sie haben selbst gesagt, dass ich eine Pause brauche. Ich muss mit Luke reden.«

Ich stehe auf, und die drei rücken noch enger um mich zusammen.

»Ehrlich, es geht mir gut.«

»Ich weiß, wo du sitzt, Jüngelchen«, sagt Mrs Harris und zeigt drohend mit dem Finger auf Lukes Brust.

Falls er sich vor ihr fürchtet, lässt er es sich nicht anmerken.

Ich schnappe mir meinen Mantel und folge ihm in die Kantine.

»Ich konnte Grant beruhigen, er wird die Klappe halten«, sagt Luke. Wir setzen uns an einen Tisch, holen uns jedoch nichts zu essen. »Unsere Verpflichtung aus dem ersten Vertrag haben wir eingehalten, wenn wir also schön weiter auf Instagram das Pärchen spielen, hat er keinen Grund, jemandem etwas zu verraten. Du darfst dich natürlich nicht mehr mit Aidan treffen. Wir können nicht riskieren, dass so etwas noch mal passiert. Bald findet der Valentinsball statt, und ich weiß, wie viel dir das bedeutet –«

374

»Luke, ich mache das nicht mehr. Ich bin raus.«

»Wovon redest du? Grant verrät niemandem etwas. Wir können unseren Plan weiterverfolgen.«

»Hör zu, Ende des Monats wollten wir uns sowieso trennen – weshalb dann nicht sofort? Ich kann das nicht länger vorspielen, Luke, das ist mein echtes Leben. Menschen wurden verletzt.«

»Wenn wir jetzt aufhören, werden noch wesentlich mehr Menschen verletzt. Was ist mit der Stiftung?«

»Denen schreibe ich und erkläre ihnen, dass wir uns getrennt haben. Wenn es eine einvernehmliche Trennung ist, können wir immer noch als Freunde an dem Ball teilnehmen.«

»Das wird Grant nicht gefallen. Ich habe ihm versprochen, dass wir noch ein paar Monate lang ein Paar sind, damit das Werbematerial, das er für den Sommer erstellt hat, nicht hinfällig ist.«

»Glaubst du allen Ernstes, ich würde das nur für ihn weiterspielen? Was erwartest du denn von mir? Ein Hochzeitskleid anzuprobieren? Wir sind zu weit gegangen, Luke. Das ist kein Spiel mehr.«

»Ist es wegen Aidan?«

»Natürlich ist es wegen Aidan! Ich liebe ihn und ich habe ihn verloren. Wegen dieser albernen Fantasie, Influencerin zu werden.«

»Das ist keine Fantasie, es ist real! Wir sind so dicht dran, Izzy. So verdammt dicht.«

Ich lege die Hände auf den Kopf und fahre mir mit den Fingern durchs Haar. Er versteht mich einfach nicht.

»Ich habe mich zu sehr auf den kurzfristigen Erfolg konzentriert. Die Werbegeschenke, das Geld, der ganze Rummel. Aber was wird in Zukunft sein? Du schiebst unsere Trennung immer weiter hinaus, und ich stecke bis in alle Ewigkeit mit dir in dieser Fake-Beziehung fest. Ich möchte aber mein eigenes Leben haben, heiraten, Kinder bekommen.«

»Ich würde dich heiraten.«

Ich schlage mit den flachen Händen auf die Tischplatte. »Um Himmels willen, Luke, hör dir doch mal selbst zu! Du willst mich heiraten, um berühmt zu werden.«

»Vielleicht liebe ich dich ja«, blafft er mich an.

Ich pruste vor Lachen. Er sieht mich ernst an, aber ich weiß, dass er es unmöglich ernst meinen kann.

»Nenn mir eine einzige Sache, die du an mir liebst«, verlange ich genervt. Er öffnet den Mund, schließt ihn dann jedoch wieder.

»Soll ich dir sagen, was ich an Aidan liebe?« Meine Stimme ist ganz ruhig, denn ich kann nicht fassen, dass er die Frechheit besessen hat, so etwas zu sagen. »Ich liebe es, dass er mehr an andere Menschen als an sich selbst denkt. Ich liebe es, dass er mit seinem Hund wie mit seinem besten Freund redet. Ich liebe es, dass er für die Menschen, die ihm nahestehen, immer Zeit hat. Ich liebe es, dass er alles dafür tun würde, dass es jemandem gut geht, selbst wenn es ihm das Herz bricht. Ich liebe … einfach alles an ihm.«

»Und was willst du mir damit sagen?«

»Dass du mich nicht liebst. Du liebst die Vorstellung von der Marke, die wir repräsentieren. Ich war dumm genug, so lange dabei mitzumachen. Aber damit ist jetzt Schluss, Luke. Wir beenden das Ganze auf die platonische Art und Weise, wie wir es immer vorhatten. Wir können uns gern heute nach der Arbeit treffen und die Details planen.«

Ich sehe die Verzweiflung in seinen Augen und rechne fast damit, dass er anfängt zu betteln.

»Du wirst es schaffen, Luke. Dein Stern steigt, und mich brauchst du gar nicht.«

Er schaut mir in die Augen und nickt dann. »Du hast recht. Ich brauche dich nicht. Na schön, beenden wir es also.«

»Danke.« Ich atme aus.

»Nein, Izzy, ich danke *dir* für alles, was du für mich getan hast.« Ich schaue auf meine Hände. Sie zittern. Ich habe es tatsächlich geschafft. Zumindest muss ich jetzt nicht länger eine Lüge leben.

Ich schaue zu dem Kantinenpersonal, die sich alle ruckartig abwenden und schwer beschäftigt geben. Offenbar haben sie jedes Wort mit angehört.

»Kann ich bitte drei Flat White und einen Skinny Mocha haben?«, rufe ich und gehe auf die Bedientheke zu. Eine der Frauen nickt und huscht zur Kaffeemaschine. Zum ersten Mal seit Tagen lächle ich. Mir war gar nicht klar, wie sehr ich mich vor diesem Gespräch mit Luke gefürchtet habe. Ich danke der Frau, als sie die Kaffeebecher auf ein Tablett stellt, und nachdem sie meine Mitarbeiterkarte zum Bezahlen gescannt hat, gehe ich zurück ins Büro.

»Heiliger Strohsack!«, entfährt es Mrs Harris. »Du siehst viel glücklicher aus.«

»Bin ich auch, denn ich habe es geklärt.«

»Gut. Und er hat nicht versucht, dich für die Talentshow abzuwerben? Miles würde alles tun, um zu gewinnen.«

»Nein, und glauben Sie mir, niemand wird sich die Mühe machen, mich abzuwerben. Ich bin absolut talentfrei.«

Ich verteile die Kaffeebecher und setze mich an meinen Schreibtisch. In der leisen Hoffnung, Aidan hätte mir eine Nachricht geschickt oder in den wenigen Minuten meiner Abwesenheit auf meine Anrufe reagiert, greife ich nach meinem Handy. Natürlich hat er das nicht. Das Lächeln verschwindet aus meinem Gesicht. Auch wenn ich mich »von Luke getrennt habe« – ich habe Aidan trotzdem verloren.

Ich öffne Instagram und wünschte, ich hätte nie mit diesem verdammten Zeug angefangen. Überrascht stelle ich fest, dass ich jede Menge Benachrichtigungen habe, obwohl ich seit Tagen nichts mehr poste. Ich klicke auf das Herzsymbol und sehe, dass es Kommentare sind, und zwar nicht unbedingt nette: »Herzloses Miststück«, »Gemeine Kuh« und »Dreckige Schlampe« sind fast noch die höflichsten. Aber das Verstörende sind gar nicht die Kommentare, sondern das dazugehörige Foto: Es ist winzig, aber ich kann immerhin erkennen, dass es Aidan und mich zeigt, wie wir uns küssen.

Mir gefriert das Blut in den Adern, als ich es anklicke und größer sehe. Es ist das Foto, das Luke von Aidan und mir bei dem vorgetäuschten Fotoshooting in meiner Wohnung gemacht hat. Mein Blick fällt auf die Bildunterschrift: das Emoji »gebrochenes Herz« und die Worte: »Ich kann nicht glauben, dass Izzy mir das angetan hat.« Dieser Bastard. Luke muss es in der Sekunde gepostet haben, als er aus der Kantine raus war. Jede Wette, dass er es schon in seinen Entwürfen vorbereitet hatte. Das war sein Plan B – und der Grund, warum er ohne viel Gezeter gegangen ist.

Zorn pulsiert durch meine Adern, und ich stürme los, mache mir nicht die Mühe, weitere Kommentare zu lesen. Ich bekomme kaum mit, dass meine Kollegen mir etwas hinterherrufen. Nichts kann mich jetzt noch aufhalten. Ich stampfe hinunter in den Vertrieb und finde Lukes Stuhl leer vor.

»Wo ist Luke?« Meine Stimme zittert vor Wut.

»Er ist gegangen. Kann ich stattdessen helfen?«, fragt ein Typ.

»Was meinst du mit ›gegangen‹?«

»Hat gekündigt. Direkt heute Morgen.«

»Was?«

»Der Teuflische Ted ist nicht gerade erfreut. Luke hat nicht mal die Kündigungsfrist eingehalten. Ist einfach gegangen.«

Ich schüttle den Kopf. Er hatte das alles geplant. Er hat ständig gesagt, er würde sparen, um diesen Job irgendwann kündigen zu können, aber mir war nicht klar, wie dicht er daran war, sein Sicherheitsnetz wegzuziehen.

Ich rufe ihn an, aber sein Handy ist ausgeschaltet. Dieser Mistkerl! Ich kann das Foto nicht löschen, da es sich auf seinem Feed befindet, und ich habe keine Möglichkeit, die Wellen von Hass zu stoppen, die mir entgegenschlagen. Ironischerweise ruiniert ausgerechnet jenes Foto meine Instagram-Karriere, das als einziges in den vergangenen Monaten, wenn nicht gar Jahren, der Wahrheit entspricht.

»Kann ich irgendetwas für dich tun?«, fragt der Typ noch einmal. »Der Teuflische Ted guckt schon rüber, und er ist heute auf dem Kriegspfad.«

»Nein danke«, presse ich zwischen zusammengebissenen Zähnen hervor. Es gelingt mir, mich zusammenzureißen, bis ich im Treppenhaus bin. Dann lehne ich mich an das Treppengeländer und breche in Tränen aus. Gerade dachte ich noch, mein Leben könne nicht noch mehr auseinanderfallen. Und das Schlimmste daran ist, dass ich selbst schuld bin.

Kapitel 33

Ich öffne die Tür, und vor mir steht Mum mit einem Berg Reiseprospekten und einem breiten Grinsen. Als sie mein tränenverschmiertes Gesicht sieht, löst sich ihr Grinsen in Luft auf.

»Izzy, was ist los?«

»Aidan und ich haben uns getrennt.«

Sie zieht mich in ihre Arme, schließt die Tür und führt mich zum Sofa.

»Was ist passiert? Ihr wart doch so glücklich!«

»Waren wir auch. Er hat mit mir einen romantischen Wochenendausflug gemacht, und es war wunderbar und dann …«

Mum zieht Mantel und Schal aus und sieht mich die ganze Zeit stirnrunzelnd an.

»Und dann?« Sie nimmt meine Hand.

»War es aus.« Ich zucke mit den Schultern. Ich kann die Geschichte unmöglich erzählen. Mum wird so enttäuscht von mir sein.

»Es war meine Schuld, Mum.«

»Bestimmt sieht es schlimmer aus, als es ist. Wenn du mit ihm redest –«

»Das wollte ich ja, aber ich komme gar nicht an ihn ran. Er antwortet nicht auf meine Nachrichten und wohnt anscheinend momentan nicht zu Hause. Seine Geschäftspartnerin verrät mir nicht, wo er steckt. Ich weiß nicht, was ich noch tun soll.«

»O Liebes! Ich bin sicher, dass er sich wieder beruhigt.«

»Wirklich?« Hoffentlich hat sie recht. Bei der Erinnerung an das Wochenende mit Aidan spüre ich sofort wieder, wie glücklich und zufrieden ich war. Das habe ich jetzt für immer verloren.

Ich zeige auf die Prospekte. »Hat Dad dich endlich überredet?«

»Ja, aber wir müssen jetzt nicht darüber reden.«

»Wollt ihr vor mir verheimlichen, dass ihr eine Reise plant? Habe ich vielleicht irgendetwas nicht mitbekommen?«

»Es geht darum, woher wir das Geld für diese Reise nehmen«, sagt sie und zupft am Ärmel ihrer Strickjacke herum.

»Ihr verkauft das Haus?«

»Wir müssen wirklich nicht heute darüber reden.«

»Mum, es ist in Ordnung.«

Sie holt tief Luft. »Letzte Woche war ein Makler da, um den Wert zu schätzen, und wir haben entschieden, dass es klug ist, uns zu verkleinern. Wir wollen uns etwas suchen, das näher an der Stadt liegt«, sagt sie. »Und dein Dad lässt nicht locker wegen dieser Reise, er will los, bevor wir zu alt sind.«

»So alt seid ihr nun auch noch nicht.«

»Nein, aber wir wollen etwas unternehmen, solange wir fit sind und die Energie dazu haben. Ich würde gern nach Neuseeland und dein Dad nach Peru, und wir beide wollten schon immer nach Mauritius.«

»Wie lange werdet ihr weg sein?«, frage ich und denke daran, dass ich es gewohnt bin, sie immer in meiner Nähe zu wissen.

»Keine Sorge, wir sind nicht ewig unterwegs. Wir haben überlegt, jedes Jahr ein paar Wochen zu reisen. Dann werden wir es auch nicht leid.«

Ich versuche zu verbergen, wie erleichtert ich bin. Wenn sie ein ganzes Jahr fort wären, käme ich nur schwer damit klar.

»Das hört sich toll an, ich freue mich für euch.«

»Wirklich?« Sie schaut mir in die Augen. »Du bist nicht zu traurig, weil wir das Haus verkaufen? Ich habe mir Sorgen deswegen gemacht.«

»Natürlich bin ich ein bisschen traurig, aber manchmal fällt es mir auch schwer, euch immer noch dort zu sehen. Ich mag mir kaum vorstellen, wie es sein muss, in dem Haus zu leben, mit all den Erinnerungen.«

»Bis dein Dad anfing, vom Verkauf zu reden, habe ich gar nicht darüber nachgedacht, aber dann wurde mir klar, dass es schon vor langer Zeit aufgehört hat, sich wie unser Zuhause anzufühlen«, gesteht sie.

Ich schlage einen Prospekt über Südafrika auf. »Ich bin echt froh, dass ihr jetzt eurer Leben weiterlebt.«

»Ja, und du solltest das auch tun. Hast du schon mal überlegt, Aidan zu schreiben?«

»Schreiben? Nein. Was da zwischen uns passiert ist ... es ist kompliziert.«

»Hast du ihn betrogen?«

»Nicht im konventionellen Sinne, aber gewissermaßen.«

Mum steht vom Sofa auf. »Ich setze den Wasserkessel auf, und dann erzählst du mir alles. Okay?«

Ich komme mir wieder vor wie ein kleines Mädchen und wage nicht zu widersprechen.

»Einverstanden, Mum«, stimme ich zu, und als sie mit dampfendem heißem Tee zurückkommt, erzähle ich ihr die ganze Geschichte.

Als ich fertig bin, folgt eine Pause. Die Miene meiner Mutter ist so neutral, als würde sie für die Schweiz werben.

»Nun«, sagt sie schließlich, »mit so etwas habe ich nicht gerechnet. Ich wusste, dass du diese Instagram-Sache machst, aber dich mit Luke zusammenzutun?«

»Keine Ahnung, wie ich zulassen konnte, dass es so außer Kontrolle geriet. Ich kann das nicht nur auf Bens Tod schieben. Alle anderen kommen schließlich zurecht. Beccas Beziehung mit Gareth wird immer ernster, du und Dad wollt das Haus verkaufen und aufregende Reisen unternehmen. Ihr seid nicht einfach zusammengebrochen.«

Mum stellt ihre leere Teetasse auf den Tisch. »Nun, wir kämpfen immer noch, das weißt du, oder?«

»Ich meinte damit nicht, dass ihr nicht mehr trauert«, versichere ich schnell, weil ich sie nicht kränken wollte.

»Das weiß ich. Und der Grund, warum wir nicht zusammengebrochen sind, ist, weil du dich um uns gekümmert hast. An schlechten Tagen warst du diejenige, die ich angerufen habe, und mir ist klar, dass Becca es genauso getan hat. Deshalb bist du auch zu ihr gezogen. Siehst du denn nicht, dass du uns durch unseren Kummer geholfen hast, aber wir dir nicht durch deinen? Keine Ahnung, wie mir das entgehen konnte, aber du wirktest immer so gefasst.«

»Das war ich aber nicht.« Erst jetzt wird mir klar, wie viel ich in mich hineingefressen habe. »Ich habe einfach versucht, auf andere Weise damit umzugehen.«

»Indem du dir zum Beispiel im Internet ein Fantasieleben aufbaust.«

»Das klingt verrückt«, erwidere ich und grinse schief.

»Ich finde es genial. Ich wäre in den vergangenen Jahren auch so gern irgendwohin geflohen, und du hast einen Weg gefunden.«

»Aber letztlich hat es nicht funktioniert.«

»Ich würde sagen, es ist ein bisschen aus dem Ruder gelaufen.«

»Ein bisschen?«

»Ich wünschte, du hättest uns gesagt, wie du dich fühlst und was los ist. Ich habe dich immer angerufen, wenn es mir schlecht ging, und du hättest das Gleiche tun sollen.«

»Aber bei dir ist es etwas anderes. Alle haben Verständnis für deinen Kummer. Du bist die Mutter, die ihren Sohn verloren hat. Und Becca ihren Verlobten.«

»Ist das hier etwa ein kleiner Wettkampf? Ich bekomme keine Extrapunkte, nur weil ich ihn geboren habe. Er war dein Bruder, Izzy, du hast deine gesamte Kindheit mit ihm verbracht. Möglicherweise warst du mehr Zeit mit ihm zusammen als ich.«

Tränen laufen mir übers Gesicht.

Mum nimmt mich in die Arme, und ich lasse den Tränen freien Lauf.

»Ich habe alles kaputtgemacht«, schluchze ich.

»Nichts, was nicht repariert werden könnte. Komm schon, Izzy. Du stehst das durch. Und falls es sich nicht klärt, habe ich von dem Abend beim Eishockey immer noch Roger Davenports Telefonnummer. Kürzlich bin ich seiner Mutter im Supermarkt begegnet, er ist immer noch Single.«

»Mum«, stöhne ich.

»Zu früh für Witze? Na los, du bekommst das hin, so wie du alles immer schaffst.«

»Ich weiß nicht, ob ich stark genug bin«, flüstere ich.

»Dann unterstützen wir dich. Du stehst das durch.«

Ich kann nur hoffen, dass sie recht hat, denn mit einem gebrochenen Herzen halte ich die Situation nicht mehr lange aus.

Willkommen im März
This_Izzy_Loves IGTV
Anzahl Follower: 16.400
Instagram Post:

Ich poste das auf all meinen Kanälen, um euch mitzuteilen, dass ich mit Social Media aufhöre, weil die Trolle überhandnehmen. Auf Instagram habe ich mich immer sicher gefühlt und den Kontakt zu meinen Followern geliebt. Es tut mir ehrlich leid, wenn ich jemanden getäuscht oder verletzt habe, bitte glaubt mir, dass das nie meine Absicht war. Und glaubt zudem nicht alles, was ihr seht oder lest: Denkt daran, jede Geschichte hat immer zwei Seiten. Ich möchte mich bei all meinen ehrlichen und loyalen Followern bedanken. Es war eine unglaubliche Reise, aber im Moment bin ich nicht sicher, ob ich je zurückkommen werde. Danke, und es tut mir leid, Izzy x x x

April

Tattle Life Forum:
Wer vermisst This_Izzy_Loves??????

Karen1982DT: Vermisst noch jemand Izzy? Ich habe ihre Geschichten und ihren Lebenshunger geliebt. Sie war nie von sich eingenommen, und ihre Shoppingtouren waren super. Niemand führt einen Raubzug bei H&M durch wie sie. Bitte komm zurück, Izzy, wir vermissen dich, Süße!!!

GeriBestBath: Ich vermisse sie auch. Bin aber immer noch sauer wegen dem, was sie Luke angetan hat. Würde allerdings gern ihre Seite der Geschichte hören, denn möglicherweise steckt mehr dahinter? Jedenfalls fände ich es cool, sie wieder hier zu sehen. Mein Feed ist trostloser ohne sie.

Kapitel 34

Jemand klopft an die Wohnungstür, und ich erhebe mich vom Sofa. Solange ich gehofft habe, dass es Aidan sein könnte, bin ich immer mit einem Satz aufgesprungen. Aber diese Hoffnung habe ich längst begraben. Ich habe ihm einen langen Brief geschrieben und alles erklärt, aber sein anhaltendes Schweigen nehme ich als Zeichen, dass es endgültig aus ist.

Vermutlich ist es Marissa. Sie und Leah wollen heute Nachmittag kommen, und unten stand vermutlich die Haustür auf.

Ich blicke durch den Spion und trete überrascht einen Schritt zurück.

»Hallo«, sage ich und öffne Gareth die Tür. »Becca ist nicht hier. Ich dachte, sie ist noch bei dir?«

»War sie auch, aber ich bin wegen dir gekommen«, erwidert er und drückt mich fest. »Ich wollte dir nur Bescheid geben, dass Becca mir von Ben erzählt hat.«

»Oh.« Ich löse mich aus der Umarmung. »Ist alles okay mit euch beiden? Geht es ihr gut?«

»Aber ja. Sie wartet im Auto. Aber bevor sie hochkommt, wollte ich mit dir allein sprechen.«

»Okay …« Ich führe ihn ins Wohnzimmer, wo wir uns an die entgegengesetzten Enden des Sofas setzen.

»Du weißt, dass ich Becca gebeten habe, zu mir zu ziehen?«

Ich nicke. Sie hat mir vor ein paar Wochen anvertraut, dass sie nicht wisse, ob sie das tun soll.

»Gestern Abend hat sie mir gestanden, dass sie sich bisher nicht dazu durchringen konnte, weil sie mir erst die Wahrheit über Ben sagen müsse. In dem Moment hab ich echt Panik bekommen! Nachdem sie mir dann alles erzählt hat, war ich im ersten Moment verletzt, weil sie dachte, mir so etwas nicht sagen zu können, aber je länger wir darüber geredet haben, desto besser verstand ich es. Und dann hat sie mir von dir erzählt und was du seither für sie getan hast. Ich glaube, sie hat Angst, sie könnte dich verlieren, wenn sie auszieht. Deshalb wollte ich dich wissen lassen, dass du bei uns immer herzlich willkommen bist. Du magst mit Becca nicht blutsverwandt sein, aber für sie bist du ein Familienmitglied, und ich möchte mich keinesfalls zwischen euch drängen. Das Gleiche gilt natürlich auch für deine Eltern, sie sind ebenfalls jederzeit willkommen.«

Ich freue mich so für Becca. Sie hätte sich in keinen besseren Mann verlieben können.

»Danke, Gareth, das bedeutet mir viel.«

»Und das ist nicht nur leeres Gerede. Wenn wir zusammenziehen, wirst du nicht zu einer Fremden, okay?«

»Okay.« Ich nicke.

Er drückt mich wieder. Es ist keine lockere Umarmung, sondern fühlt sich ein bisschen steif und seltsam an – so wie der Eindruck, den ich bisher von ihm hatte. Aber ich erkenne langsam, dass er sehr viel mehr zu bieten hat.

»Dann verschwinde ich jetzt mal und überlasse euch eurem Mädels-Nachmittag.«

Ich lächle ihn dankbar an, und er geht allein zur Tür.

Ein paar Minuten später geht sie wieder auf, und Becca kommt mit Baby Leah auf dem Arm herein.

»Sieh mal, wen ich unten auf der Türschwelle gefunden habe.«

»Bevor du an meinen mütterlichen Qualifikationen zweifelst – sie hat sie natürlich nicht auf der Türschwelle gefunden, sondern ich hatte sie auf dem Arm«, korrigiert Marissa, die hinter den beiden hereinspaziert kommt.

Ich gehe zu den dreien, küsse Leah auf den Kopf und umarme dann meine beiden Freundinnen.

»Lief dein Gespräch mit Gareth gut?«, fragt Becca. »Sorry, er hat mich nicht vorgewarnt, sondern sprang einfach aus dem Auto.«

»Keine Sorge. Das war echt nett von ihm. Ich kann nachvollziehen, was du an ihm schätzt.«

Strahlend dreht sie sich mit Leah im Kreis.

»Und du?« Marissa zeigt auf mich. »Du siehst toll aus!«

Ich trage so eine Art Hybrid-Look. Außerdem hat die Industrie für Haarpflegeprodukte in den vergangenen Jahren erstaunliche Fortschritte gemacht, denn ich habe ein bisschen herumexperimentiert und ein Produkt gefunden, mit dem ich meine Locken bändigen kann.

»Danke, es geht mir diese Woche auch sehr viel besser.«

»Was wollen wir trinken? Tee oder etwas Stärkeres?«, fragt Marissa und reicht mir Leah.

»Vielleicht etwas Spritziges, um zu feiern, dass ich mich ein bisschen wieder wie die Alte fühle.« Ich ziehe für Leah eine lustige Grimasse. »Unglaublich, wie groß sie schon ist.«

»Stimmt, sie hat gar nicht mehr viel von einem Neugeborenen. Zum Glück. Versteh mich nicht falsch, es ist nicht so, als hätte ich den permanenten Schlafmangel nicht genossen. Und sieh nur – wie sie lächelt und schon richtig mit dir interagiert!«

Marissa liebkost ihre Tochter auf meinem Arm und setzt sich dann aufs Sofa.

»Und? Wie läuft's auf Insta?«, frage ich sie.

»Ehrlich gesagt habe ich mein Instagram-Profil auf privat gestellt und jede Menge Nutzer entfernt.«

»Wie bitte?« Ich erschrecke Leah und muss sie ein bisschen wippen, damit sie wieder lächelt.

»Nach Leahs Geburt wollte ich auf einmal nicht mehr, dass Leute, die sie nicht kennen, Kommentare zu ihr abgeben. Ich habe mich gefragt, ob es nötig ist, dass Fremde mein Leben bewerten, also habe ich Kahlschlag betrieben.«

»Wow.« Mir fehlen die Worte.

»Tja, das Ende einer Ära.«

Wir hören das Ploppen des Korkens aus der Prosecco-Flasche, und kurz darauf kommt Becca mit einem Tablett voller Gläser, die sie uns reicht.

Ich versuche, Leah auf dem einen Arm zu halten und mit der anderen Hand mein Glas zu jonglieren. Schmunzelnd nimmt Marissa mir die Kleine ab und handhabt beides völlig problemlos.

»Ich bin mittlerweile extrem gut darin, alles mit einer Hand zu machen«, erklärt sie, als sie meinen bewundernden Blick sieht.

»Und, warum bist du heute so gut drauf?«, fragt mich Marissa.

Ich trinke noch einen Schluck und lasse die Kohlensäurebläschen auf meiner Zunge prickeln.

»Vor ein paar Tagen habe ich im Job eine Leistungsbeurteilung bekommen, und dabei ist mir etwas klar geworden.«

Becca sieht mich stirnrunzelnd an. »Nämlich?«

»Zum Beispiel, dass ich im Grunde gern bei McKinley arbeite. Und dass du recht hattest, Marissa: Arbeitgeber schätzen meine Instagram-Erfahrung. Nachdem ich mich mit einem der Chefs, Howard, unterhalten habe, hat er für mich einen Termin mit der Marketingabteilung arrangiert. Die haben zwar momentan keine freie Stelle, wollen mich aber schulen, und sobald etwas frei wird, kann ich hoffentlich wechseln.«

»Das ist super!«, freut sich Marissa.

»Ja, und das Beste daran ist, dass ich auch nach einem Wechsel in eine andere Abteilung noch mein Jeans-Outfit bei dem B*witched-Auftritt vorführen werde.«

»Dass du dich dazu hast breitschlagen lassen«, kichert Becca.

»Nun ja, so viel dazu, ohne Instagram mehr Freizeit zu haben. Mrs Harris hat für uns Proben mit Gesangscoach und Choreografen organisiert, und zwar fast jeden Tag nach der Arbeit.«

»Hat sie dich schon singen gehört?«, fragt Becca.

»Noch nicht – du musst mir vorher Unterricht geben.«

»Gern. Ich bin echt stolz auf dich, dass du nach alldem so gut klarkommst.«

»Ich bin auch stolz. Es fühlt sich an, als würde es aus den richtigen Gründen gut laufen.«

»Und vermutlich ist es auch hilfreich, dass du Sackgesicht bei der Arbeit nicht mehr sehen musst.«

»Das hilft in der Tat sehr.«

»Was macht er eigentlich?«, fragt Becca.

»Keine Ahnung. Ich habe Instagram auf meinem Handy gelöscht und auch nichts mehr von ihm gehört.«

Marissa wirkt plötzlich verlegen.

»Du weißt es also?«, frage ich.

»Ich poste zwar kaum noch, aber ich schaue oft bei Instagram rein und folge Luke nach wie vor.«

»Und? Was macht er?«

»Mehr oder weniger immer noch dasselbe. Postet Fotos mit seltsamen Bildunterschriften, sodass du dich über den Zusammenhang wunderst, bis du zu der Hashtag-Werbung am Ende kommst.«

»Ich hasse diese Art von Werbung. Natürlich verdienen Influencer ihr Geld damit, aber dieser unnatürliche Sinnzusammenhang! Wenigstens hat es sich für einen von uns ausgezahlt.« Ich hole tief Luft.

Ich leere mein Glas und greife nach der Flasche, um uns nachzufüllen, da sehe ich, dass die Mädels ihre Gläser kaum angerührt haben.

»Lasst uns seinen Feed anschauen«, schlage ich vor und schnappe mir Marissas Handy.

»Ich halte das für keine gute Idee«, widerspricht Becca.

»Komm schon, ich will seine seltsamen Fotos sehen. Ich verspreche auch, sie nicht zu kommentieren.«

»Ich wünschte, du würdest es doch tun«, entgegnet Marissa. »Aber von deinem Handy aus, nicht von meinem. Er sollte nicht so einfach mit dem, was er getan hat, durchkommen.«

Ich zucke mit den Schultern. »Er hat gekündigt und verdient damit jetzt seinen Lebensunterhalt.«

»Aber er hat deine Chance, Influencerin zu werden, ruiniert.«

»Und mir vermutlich einen Gefallen getan.«

Ich halte Marissa ihr Handy hin, und sie tippt zögernd ihren Code ein. Meine Finger verschwenden keine Zeit, navigieren mich auf Instagram und zu Lukes Profil.

Ein Bild zeigt ihn im Fitnessstudio beim Gewichtheben, und die Bildunterschrift interessiert mich nicht. Ich scrolle durch die Bilder. Die Fotos wirken glatter und stärker bearbeitet, aber vermutlich ist er jetzt ein Profi und verbringt mehr Zeit damit.

Ich scrolle weiter bis zu dem Foto von Aidan und mir und kann mich nicht zurückhalten, es mir größer anzusehen.

»Izzy, tu dir das nicht an«, drängt Marissa.

»Sieh nur, wie glücklich wir waren.« Ich zeige ihr das Bild, und sie sieht mich mitfühlend an.

Ich scrolle weiter und stoße auf ein Bild von Aidan und mir, das ich noch nie gesehen habe. Aidans Gesicht ist dicht vor meinem, und es sieht aus, als würden wir uns jeden Moment küssen. Es ist wunderschön, zeigt so viel Liebe … Eine Träne läuft mir über die Wange.

»Ein wunderschönes Foto«, sagt Marissa. »Ihr beide wirkt total verliebt. Wann hat Luke das aufgenommen?«

Ich schaue erst sie und dann wieder das Bild an. »Das ist eine gute Frage.«

Ich suche an der Kleidung nach Anhaltspunkten. Erkenne die pastellfarbene Strickjacke, die ich in Ted's Restaurant anhatte. Plötzlich verstehe ich – Luke muss mir gefolgt sein.

»O mein Gott!« Mein Herz rast wie verrückt. Ich lege das Handy aufs Sofa, stehe auf und weiche langsam zurück.

»Was ist?«, fragt Marissa, schnappt sich das Gerät und starrt auf das Foto.

»Das wurde an dem Abend aufgenommen, als ich mit Aidan essen war. Bevor wir ein Paar wurden, noch bevor ich Luke überhaupt von ihm erzählt habe.«

»Was? Ist das dein Ernst?«

Ich nicke, und mein Gehirn schaltet in den Turbogang.

Das Kuss-Foto von Aidan und mir zu verwenden, war ja schon niederträchtig, aber offenbar hat Luke mir bereits Monate vorher nachspioniert – das ist ein ganz neues Niveau von Vorsatz.

»Und wenn er das alles schon lange geplant hat?«, frage ich und koche vor Wut. »Wenn er wollte, dass ich mich in jemanden verliebe, damit er diese Trennung inszenieren konnte?«

»Das hätte Luke doch nicht getan, oder?«, fragt Marissa.

»Es gibt nur eine Möglichkeit, es herauszufinden.«

Ich schnappe mir meine Handtasche und suche nach dem Autoschlüssel.

»Du fährst nirgendwohin!« Becca entreißt mir den Schlüssel.

»*Ich* fahre«, sagt Marissa. »In meinem Wagen ist Leahs Sitz schon drin.«

»Das würdest du tun?«

»Natürlich. Jemand muss dich doch unterstützen.«

Ich lächle erleichtert, und wir eilen alle hinunter zum Auto. Marissa gurtet Leah in ihrem Sitz an, und die Kleine schläft nach wenigen Minuten ein. Wir fahren aus der Stadt hinaus auf der Reading Road.

»Was wirst du ihm sagen?«, fragt Becca.

»Keine Ahnung«, erwidere ich mit zitternder Stimme. »Aber mir fällt schon das Richtige ein.«

Es gelingt mir, Marissa und Becca zu überreden, im Wagen zu bleiben. Sie lassen den Motor laufen – nicht, damit wir schnell fliehen können, sondern damit Leah nicht aufwacht.

»Ich fühle mich wie Charlies Engel«, sagt Marissa, als ich aussteige.

»Ich wünschte, das wären wir und könnten ihn in den Hintern treten«, sagt Becca. »Welches Haus ist es? Nur für den Fall, dass du Hilfe brauchst.«

»Das da vorn, mit den grauen Fensterrahmen.«

Ich stampfe den Bürgersteig entlang und hämmere gegen die Haustür, bis einer seiner Mitbewohner öffnet.

»Wo ist Luke?«

»O Gott, hast du es etwa auch? Diese Woche waren schon so viele hier! Nur als Tipp, die Klinik an der Redlands Road ist diskreter als die anderen Krankenhäuser.«

»Wo ist er?« Nicht einmal der Gedanke, dass Luke eine ansteckende Geschlechtskrankheit hat, kann mich besänftigen.

»Luke!«, ruft er und beäugt mich wie ein Habicht. »Besuch für dich.«

Luke ist auf halbem Weg die Treppe herunter, als er mich sieht. Er verharrt und klammert sich am Geländer fest.

»Was willst du hier? Mich anflehen, zu dir zurückzukommen, da du deinen Instagram-Abgang bedauerst?«

»Als würde mich das kümmern! Du hast die ganze Zeit geplant, diese Fotos von Aidan und mir zu posten! Du hast mich die ganze Zeit benutzt!«

Seine Augen blitzen auf, und ich vermute, dass er wütend ist.

»Und was wirst du deswegen unternehmen?«

Ich will mich der Treppe nähern, aber sein Mitbewohner versperrt mir den Weg.

»Langsam, sei vorsichtig. Ich bin angehender Rechtsanwalt, und du möchtest bestimmt keinen Eintrag in deinem Führungszeugnis.«

Wütend starre ich ihn an.

»Das ist er nicht wert, was immer er auch angestellt hat«, fügt der Bursche hinzu.

Ich wende mich wieder Luke zu, der mich aus sicherer Entfernung beobachtet.

»Ich hatte nicht von Anfang an vor, es zu veröffentlichen. Es sollte wie eine Versicherung sein, für den Fall, dass die Sache schiefgeht – was dann ja auch prompt passierte. Ich hatte eine einvernehmliche Trennung für uns geplant.«

»Das glaube ich dir nicht.«

Er trägt ein süffisantes Grinsen im Gesicht, das ich ihm am liebsten herausschlagen würde, aber das wage ich nicht, denn der angehende Anwalt filmt jetzt alles – als Beweis oder in der Hoffnung, dass ich etwas tue, was dann viral geht. Was auch immer der Grund ist, ich strecke die Hand aus und halte sie vor die Kamera. Diese Befriedigung werde ich ihm nicht verschaffen.

»Du hast mit meinem und Aidans Leben gespielt.«

»Du auch mit meinem. Du solltest dich nicht in jemanden verlieben. Das gehörte nicht zum Plan.«

»Wenn ich eines im Leben gelernt habe, dann, dass es für gewöhnlich nicht nach Plan läuft«, blaffe ich ihn an und wende mich um. Es gibt so viele Dinge, die ich ihm ins Gesicht schreien möchte, aber er ist tatsächlich die Mühe nicht wert.

So schnell meine wackeligen Beine mich tragen, eile ich zurück zum Auto.

»Shit, Izzy, alles okay?«, fragt Marissa.

»Nein, fahr einfach los, bitte.«

Sie gibt Gas. Leah öffnet ihre großen, blauen Augen und lächelt mich an. Ich lächle zurück, dann beginne ich zu schluchzen und sie auch, und wir heulen zusammen auf dem Rücksitz.

Wir fahren nach Basingstoke und passieren die Abzweigung zu Aidans Haus. Mir war gar nicht bewusst, dass die beiden so nah beieinanderwohnen. Für eine Sekunde bin ich versucht, zu ihm zu gehen und zu versuchen, mit ihm zu reden. Aber was würde das bringen? Er würde bestimmt etwas sagen, was ich nicht hören will. Am besten schaue ich nur noch nach vorn und vergesse alles, was hinter mir liegt.

Willkommen im Mai
This_Izzy_Loves IGTV
Anzahl Follower: 15.200

Hallo, ihr alle. Ich bin zurück, um euch meine Seite der Geschichte mit Luke zu erzählen. Es ist höchste Zeit, dass ihr die ungefilterte Version dessen erfahrt, was sich außerhalb der Instagram-Welt abspielt.

Luke und ich waren nie ein Paar. Jedenfalls nicht in der Form, wie wir es vorgegeben haben. Ja, wir haben uns getroffen, zusammen gekocht, waren jedoch nie mehr als Freunde, falls überhaupt. Wir waren Arbeitskollegen, die denselben Traum hegten. Wir wollten beide Influencer werden, damit wir unseren Job kündigen konnten – und Luke hatte dazu eine Idee. Er schlug vor, dass wir eine Beziehung vortäuschen, um unsere Profile anzukurbeln. In dem Moment, als er das erste Foto von uns gepostet hat und die Likes in die Höhe schossen, habe ich mich hinreißen lassen und mitgemacht, was ich sehr bedaure. Unsere ganze Romanze war eine Lüge, aber um ehrlich zu sein, habe ich schon lange vorher auf meinem Instagram Feed gelogen. Die Hälfte der Klamotten, die ich auf meinen #OutfitDesTages trage, habe ich anschließend sofort in den Laden zurückgebracht, weil ich es mir nicht leisten konnte, sie zu behalten. Das Zeug, das mir später Designer geschickt haben, war oft zu groß, und ich musste es mit Sicherheitsnadeln für die Fotos in Form bringen. Ich hasse Gin und bin trotzdem einen Sponsoren-Deal mit einem Gin-Hersteller eingegangen. Ich reagiere allergisch auf Sport, und wenn ich einen Fitnesstracker bewerte, müssen meine Kollegen ihn tragen, damit ich ein beeindruckendes Aktivitätslevel vorweisen kann. Ich besitze keine Louboutins, und jedes Mal, wenn ihr mich darin gesehen habt, waren das nicht meine Füße, sondern die von Freundinnen. An den meisten Tagen esse ich in der Firmenkantine und koche selten. Jede selbst zubereitete Mahlzeit war gekauft und dann so auf dem Teller arrangiert, dass es aussah, als sei ich eine gute Köchin. Nie habe ich ein ungefiltertes Foto meines Gesichts auf Instagram hochgeladen. Nicht ein einziges Mal. Diejenigen mit Hashtag #ohneFilter hatte ich in Wahrheit vorher mit Photoshop bearbeitet.

Jetzt wisst ihr, was für eine Lügnerin ich bin. Oder einfach eine ganz normale Social-Media-Nutzerin. Ich glaube, dass wir alle der Manipulation und des Filterns unseres Lebens schuldig sind, um ihm einen Hauch von Perfektion zu verleihen. Aber ich bin einen Schritt zu weit gegangen. Ich bitte alle Firmen, mit denen wir zusammengearbeitet haben, um Entschuldigung. Ich habe in meinem wirklichen Job während der vergangenen Monate hart gearbeitet und viele Überstunden gemacht. Die Markenhersteller werde ich kontaktieren und ihnen anbieten, ihnen ihre Produkte zurückzugeben oder sie zu spenden. Das Gleiche gilt für erhaltenes Geld: Ich gebe es zurück oder spende es in ihrem Namen.

Ich habe auch an Heart2Heart gespendet, denn ich wollte nicht, dass denen das dringend benötigte Geld entgeht, weil Luke und ich doch nicht zum Wohltätigkeitsball erschienen sind. Meine besten Freunde und ich werden beim Reading-Halbmarathon mitlaufen, um Geld für diese Stiftung zu sammeln – zum ersten Mal werde ich also tatsächlich die 5-Kilometer-Run-App nutzen und nicht sofort wieder aufgeben.

Für all jene, die unsere Geschichte mochten und kommentiert haben: Es tut mir leid, wenn ihr euch getäuscht fühlt. Wir hatten gehofft, eine nette Unterhaltung in einer düsteren Welt zu sein – wie sehr wir uns doch getäuscht haben!

Ich will keine Insta-Berühmtheit mehr sein, denn ich mag den Menschen nicht, den Insta aus mir gemacht hat. Ich will mein wahres Ich wieder kennenlernen – das ohne Filter, das nicht jeden Moment seines Lebens bewertet haben muss.

Ich sende euch meine besten Wünsche, dies ist This_Izzy_ Loves zum allerletzten Mal.

Kapitel 35

Ich warte gerade darauf, dass der Computer runterfährt, als mein Handy piept. Es ist eine Erinnerung von Google Kalender, dass ich eine Karte für *Ghostbusters* im Kult-Kino reserviert habe. Als ob ich das vergessen würde. Es ist der erste Film in der neuen Saison, und ich hadere mit mir, hinzugehen, seit ich vor einem Monat die Ankündigung per E-Mail bekommen habe. In diesem Kino zu sitzen, wird mich sehr an Aidan erinnern. Ich habe zwar eine Karte reserviert, bin aber immer noch unentschlossen.

Endlich verstummt mein Computer. Ich hänge mir die Handtasche über die Schulter und schiebe meinen Stuhl unter den Schreibtisch.

»Für manche scheint es ja in Ordnung zu sein, mitten am Tag Feierabend zu machen.«

»Das nennt sich flexible Arbeitszeit, Mrs Harris. Die haben Sie auch, Sie nutzen sie offenbar nur nie.«

»Hmmmpf«, murrt sie vor sich hin und arbeitet weiter.

»Ich wünsche euch allen ein schönes Wochenende!«, rufe ich.

»Dir auch!«, ruft Cleo zurück, und Colin winkt, weil er gerade telefoniert.

Keine Ahnung, warum ich bisher so wenig Gebrauch von meiner flexiblen Arbeitszeit gemacht habe, aber seit ich freitagnachmittags zur Therapie gehe, genieße ich es, nur viereinhalb Tage in der Woche im Büro zu sein. Dass ich an den anderen Tagen länger bleibe, merke ich gar nicht.

Mit federnden Schritten eile ich die Treppe hinunter. Die Wahrheit auf Instagram zu posten, war befreiend. Ja, ich bleibe dabei. Eine Menge Leute waren sauer auf mich, als ihnen klar wurde, dass Luke und ich nur ein Fake waren, aber viele haben mir auch zu meiner Ehrlichkeit gratuliert.

Falls es überhaupt etwas bewirkt, so hoffe ich, dass es dazu beträgt, dass die Leute ein bisschen sorgfältiger darüber nachdenken, wem sie folgen. Die Grenzen zwischen den Werbetreibenden und den »normalen« Menschen sind mittlerweile so fließend, dass man kaum noch weiß, was real ist und was nicht. Natürlich haben Luke und ich es auf die Spitze getrieben, aber es beunruhigt mich, wie einfach das war.

Ich denke immer noch an ihn, wenn ich um den Treppenabsatz biege und an seiner ehemaligen Etage vorbeikomme. Die Tür geht auf, und er tritt heraus. Äh … halluziniere ich jetzt schon? Aber er ist es wirklich.

Abrupt bleibe ich stehen. Seit jenem Tag in seinem Haus habe ich ihn nicht mehr gesehen. Ein wenig habe ich allerdings damit gerechnet, von ihm zu hören, nachdem ich die Wahrheit über unsere Beziehung auf Instagram gepostet habe.

»Luke …« Ich verharre mitten auf den Stufen. »Was willst du hier?«

Er kommt einen Schritt auf die Treppe zu und verengt die Augen. »Hast du auch nur eine Ahnung, was du mit deiner kleinen Showeinlage angerichtet hast?«

Seine Stimme hat einen unangenehmen Unterton, und ich wünschte, sein Anwaltsfreund wäre hier.

»Kleine Showeinlage?«, erwidere ich betont ruhig.

»Ja! Weißt du, wie viele Follower ich seit deinem Post verloren habe? Marken haben mich fallen lassen. Dabei bin ich jetzt Vollzeit-Influencer – es ist mein Job.«

Er fährt sich mit den Fingern durchs Haar, legt seine Tolle schief.

»Du hättest die Fotos von Aidan und mir niemals posten dürfen. Ich wollte die Sache lediglich richtigstellen.«

»Besten Dank auch, Izzy.«

Er fixiert mich mit eiskaltem Blick, und mir schlägt das Herz bis zum Hals.

Luke wendet sich ab und stampft die Treppe hinunter in Richtung Ausgang. Ich umklammere das Geländer und atme ein paar Mal tief durch, warte, bis meine zitternden Beine wieder stabil genug sind, um mich zu tragen. Leute auf dem Weg zur Mittagspause gehen an mir vorbei, und schließlich reiße ich mich zusammen. Als ich an der Tür zum Vertrieb vorbeikomme, geht die Tür erneut auf, und der Kollege von Luke, der mir von seiner Kündigung erzählt hatte, erscheint. Er lächelt mich an. Ich versuche, zurückzulächeln, und wir gehen gemeinsam die Treppe hinunter.

»Hey, kann es sein, dass ich Luke heute hier gesehen habe?«, frage ich mit harmloser Stimme.

»Ja, stell dir vor, er hat tatsächlich gefragt, ob er seinen Job wiederhaben kann.«

Mein Magen krampft sich zusammen. Ich würde es nicht ertragen, ihm jeden Tag über den Weg zu laufen.

»Und hat er ihn bekommen?«

»Den Teufel hat er! Mein Chef kocht immer noch vor Wut, weil Luke von jetzt auf gleich nicht mehr zur Arbeit erschienen ist – er stellt ihm auch kein besonders gutes Zeugnis aus.«

»Oje.«

»Er würde mir ja auch leidtun, aber wegen ihm mussten wir alle mehr arbeiten, bis Ersatz gefunden war.«

»Und was hat er jetzt vor?«

»Ich glaube, er will den Immobilienmakler fragen, für den er früher gearbeitet hat.«

Ich kann ein Grinsen nicht unterdrücken, denn das ist das Beste, was ich seit einer Ewigkeit gehört habe. Natürlich hatte ich nie vor, die Karriere eines Menschen zu ruinieren, egal was er mir angetan hat, aber ein bisschen Schadenfreude verspüre ich schon. Luke hat bekommen, was er verdient.

Ich freue mich, dass dieser Teil meines Lebens den passenden Abschluss gefunden hat – nun muss ich nur noch die anderen Probleme lösen.

»Ich weiß, dass ich schon viel früher hätte herkommen sollen«, sage ich und hole tief Luft. Ein kalter Luftzug weht mir um die Schultern, und ich wünschte, ich hätte einen Mantel angezogen. Als ich den blauen Himmel und die Sonne sah, habe ich mich von der Vorstellung in die Irre führen lassen, wir hätten Frühling. »Wegen dir habe ich mit einer Therapie angefangen. Ehrlich gesagt hätte ich auch das schon viel früher machen sollen. Tut irgendwie gut, mit einem Fremden über sich selbst zu sprechen. Die Wahrheit darüber zu sagen, was einem wirklich durch den Kopf geht, und nicht solche Lügen, wie ich sie auf Instagram verbreitet habe. Ich vermisse dich. Ich vermisse dich so schrecklich, und es tut furchtbar weh. Jeden Tag. Ich habe dir nie gesagt, dass ich dich liebe. Aber ich habe dich geliebt. Und das wusstest du auch, oder?«

Tränen brennen mir in den Augen, und ich atme tief durch. Ich habe mir versprochen, nicht zu weinen.

»Alles um mich herum verändert sich. Mum und Dad haben ein Angebot für ihr Haus akzeptiert. Becca wird bei Gareth einziehen, und ich suche mir irgendeinen fremden Mitbewohner. Das Leben geht weiter und verändert sich, und ich muss aufhören, Angst zu haben. Ich darf nicht auf der

Stelle treten und wünschen, dass ich die Zeit zurückdrehen könnte. Ich würde alles dafür tun, aber es geht nicht. Deshalb muss ich nach vorn schauen und mir Mühe geben, dich stolz zu machen. Mir ist klar geworden, dass das nichts mit Instagram zu tun hat. Du wärst immer stolz auf mich, egal, was ich tue. Solange ich selbst stolz auf mich bin. Ich liebe dich, Ben, für immer.«

Es fühlt sich seltsam an, das laut auszusprechen, doch gleichzeitig fällt dadurch eine schwere Last von meinen Schultern. Ich lege den Strauß Narzissen neben den Baum und lasse den Blick durch den Park schweifen. Als wir Kinder waren, hat Ben diesen Ort geliebt. Wir haben Stunden unter diesem Baum verbracht, gepicknickt, versucht hochzuklettern, mit heruntergefallenen Zweigen die Fechtszenen aus *Die Braut des Prinzen* nachgespielt. Keine Ahnung, warum ich nicht schon früher daran gedacht habe, herzukommen.

Ich setze mich hin, lehne den Rücken gegen den Stamm und beobachte, wie die Welt an mir vorbeizieht. Mütter schieben Kinderwagen. Hundehalter werden mit ausgestrecktem Arm an der Leine mitgezogen. Hier ist so viel Leben, dass ich mir keinen besseren Platz vorstellen kann, um an Ben zu denken.

Ich lerne langsam zu akzeptieren, dass es mir lange Zeit nicht gut ging, ich aber endlich anfange, mit diesem Gefühl der Leere umzugehen, auch wenn ich ihn nie vergessen werde.

Ein großer, beigefarbener Labrador tobt durch den Park, und für einen Moment dachte ich schon, es sei Barney, bis ich die Frau entdecke, die zu ihm gehört. Ich versuche, meine Enttäuschung zu ignorieren.

Um mich abzulenken, hole ich ein Buch hervor. Ich habe es zur Hälfte durch und liebe es. Seit ich nicht mehr auf Social

Media unterwegs bin, habe ich so viel Zeit und das Lesen wiederentdeckt. Das ist die perfekte Beschäftigung, um mir nach einer emotional anstrengenden Therapiesitzung etwas Gutes zu tun.

»Bist du sicher, dass wir dich nicht begleiten sollen?«, fragt Becca.

Ich sehe zu ihr und Gareth. Die beiden haben es sich auf dem Sofa gemütlich gemacht.

»Danke, ich komme schon klar. Ist vermutlich eh nicht euer Geschmack. Außerdem ist er bestimmt ausverkauft.«

»Dann bis nachher«, sagt sie. »Ruf an, falls du uns brauchst.«

»Danke. Bis nachher.«

Ich schließe die Wohnungstür hinter mir und eile hinunter zu meinem Wagen. Seit ich die Karte für *Ghostbusters* reserviert habe – auch einer von Bens und meinen Lieblingsfilmen –, denke ich ständig an Aidan. Ich verbinde diesen Ort so sehr mit ihm, und es gibt nur einen Weg, um darüber hinwegzukommen – ich muss hingehen. Ich bin schon zu einem großen Teil zu dem neuen und verbesserten Ich geworden und weiß, dass ich stark genug bin, um die meisten Dinge zu schaffen, und ganz sicher fürchte ich mich nicht vor Geistern: seien sie Ex-Freunde oder ektoplasmische Wesen.

Als ich durch den Eingang des Kinos trete, schwindet meine Tapferkeit. Der Duft von Popcorn wabert herüber, und die Erinnerungen an den vergangenen Sommer überwältigen mich.

Ich beiße die Zähne zusammen, kaufe Schokolade und eile in den Vorführraum. Es ist bereits ziemlich voll, und ich suche mir einen Platz weiter hinten, halte den Kopf gesenkt, damit der unfreundliche Platzanweiser mich nicht bemerkt.

Als die Tür aufgeht und noch mehr Leute hereinströmen,

zucke ich zusammen, aber keiner von ihnen ist Aidan. Schließlich gehen die Lichter aus, die Trailer laufen an, und ich höre auf, die Tür zu beobachten.

Der Abspann läuft, und ich bin stolz darauf, dass ich den ganzen Film durchgehalten habe. Ich schnappe mir die leere Schokoladenschachtel und eile an dem Platzanweiser vorbei, der mich angiftet. Am liebsten würde ich ihm versichern, dass ich mein Handy nicht dabeihabe, sondern dass es im Auto liegt. Aber er schüchtert mich derartig ein, dass ich schnell hinaus in den Vorraum stürme.

»Izzy?«

Mir stockt der Atem. Ich drehe mich um und sehe Aidan mit einer blau-weißen Tüte gemischte Süßwaren in der Hand.

»Du hast nicht in der Mitte gesessen, deshalb dachte ich, du bist nicht da«, sagt er.

»Ich fand es an der Zeit für eine Veränderung.«

Er lächelt, und mein Herz schmilzt dahin.

»Du siehst gut aus«, sagt er.

»Du auch. Warst du verreist?«

»Ja, in Schottland. Ich habe für ein Museum dort eine App entwickelt, und da ich dazu nicht unbedingt hier sein musste, dachte ich, dass mir ein Tapetenwechsel für ein paar Monate ganz guttut. Was mit uns passiert ist ... hat mich an die Geschichte mit Zoe erinnert.«

Der Vorraum um uns herum leert sich, und der Platzanweiser kommt auf uns zu.

»Sie zwei wieder! Haben Sie denn kein Zuhause?«, fragt er und stemmt die Hände in die Hüften.

»Ich sollte jetzt gehen«, sagt Aidan.

»Ich auch.«

Ich folge ihm hinaus auf die Straße, und wir bleiben auf dem Bürgersteig stehen.

»Es tut mir so leid, wie alles gelaufen ist«, sage ich. Nicht die originellste Einleitung zu einer Entschuldigung. »Aber falls es ein bisschen hilft – das mit uns war echt.«

Ich erwarte, dass er wütend oder verletzt dreinschaut, aber er nickt nur. »Wir müssen nicht darüber sprechen. Ich habe ja deinen Brief bekommen, in dem du alles erklärst.«

»Du hast ihn bekommen?« Es enttäuscht mich, dass ich ihm mein Herz ausgeschüttet und nicht einmal eine Antwort erhalten habe.

»Ja, aber erst, als ich neulich zurückkam. Ich hatte überlegt, dich zu besuchen, aber dann dachte ich, dass ich dich vielleicht hier treffen würde. Ich … ich habe dir etwas mitgebracht.«

Er zieht ein Taschenbuch aus seinem Hoodie und reicht es mir.

Es ist eine zerlesene Ausgabe von *Die Braut des Prinzen*. Ich schlage das Buch auf und lese die Widmung auf der Innenseite. In geschwungener Handschrift steht dort: *Lieber Aidan. Alles Gute zum 12. Geburtstag. In Liebe, Mum und Dad.*

»Ich dachte, du magst es vielleicht lesen.«

Er reicht es mir, und Tränen stechen mir in den Augen. Nach allem, was passiert ist, kommen von ihm immer noch so nette Gesten.

»Tut mir leid, Aidan. Ich hätte dich in das alles nicht mit hineinziehen dürfen. Aber ich konnte nichts dagegen tun. Es … es war so leicht, sich in dich zu verlieben.«

Shit. Ausgerechnet jetzt muss ich mit der Wahrheit rausrücken.

»Du hast dich in mich verliebt?« Er sieht mich überrascht an.

Aus den Augenwinkeln bekomme ich mit, dass einige Leute in unserer Nähe herumstehen, aber das ist mir egal.

Aidan tritt einen Schritt näher auf mich zu, und mir schlägt das Herz bis zum Hals.

»Ich habe deinen Post auf Instagram gelesen, in dem du alles richtigstellst. Die Leute waren ziemlich gemein zu dir.«

»Ich hatte es verdient.«

»Ein bisschen, aber es war trotzdem grausam.«

»Mag sein. Aber das interessiert mich nicht mehr. Diesen Teil meines Lebens habe ich hinter mir gelassen.«

Er sieht mir in die Augen, geht dann wieder einen Schritt zurück.

»Also«, er zeigt auf das Filmposter an der Wand, »*Der Weiße Hai* nächsten Monat?«

Ich verziehe das Gesicht. »Den habe ich nie gesehen.«

»Wie kann das sein?«

Ich zucke mit den Schultern.

»Vermutlich zu beschäftigt damit, mir *Die Braut des Prinzen* anzuschauen.«

Er lacht, und das versetzt mir einen Stich. Wie sehr ich dieses Lachen vermisse.

»Vielleicht sehen wir uns dann«, sagt er auf eine Weise, die mir das Gefühl gibt, ihn womöglich doch nicht ganz verloren zu haben. Unter Umständen können wir zumindest unsere Freundschaft retten.

»Gern.« Ich lächle ihn an.

Er lächelt zurück, dreht sich um und geht.

Ich schaue ihm nach und hasse mich selbst. Ich will keine Freundschaft. Wieso kann ich ihm nicht einfach sagen, was ich wirklich fühle? Wieso fürchte ich mich immer noch so sehr davor, es wenigstens zu versuchen?

Schleppend bewege ich mich in Richtung Parkplatz, aber dann bleibe ich stehen. Ich bin stärker, als ich mich gerade gebe. Ich darf nicht immer davonlaufen, nur weil ich fürchte, verletzt zu werden. Was kann denn schlimmstenfalls passieren? Mein Herz ist sowieso schon gebrochen.

Aidan hat einen ziemlichen Vorsprung, und ich entdecke ihn erst, als ich mich dem Bahnhof nähere. Ich rufe ein paar Mal, aber er trägt Ohrhörer. War ja klar, dass er es mir nicht leicht macht.

Ich erreiche ihn, als er bereits durch die Ticketschranke geht. Ich rufe ihn immerzu, aber er kann mich nicht hören. Ich renne los, werde aber von der Schranke ausgebremst.

»Entschuldigung, Miss, Sie brauchen eine Fahrkarte«, sagt ein Kontrolleur.

»Ich brauche keine. Ich will nicht mit dem Zug fahren. Ich muss nur dem Mann dort sagen, dass ich ihn liebe.«

Der Kontrolleur blickt über seine Schulter zu Aidan.

»Schön, aber ohne gültige Fahrkarte kann ich Sie nicht auf den Bahnsteig lassen.«

»Aber ich will doch gar nicht wegfahren!« Ich beiße mir auf die Lippe und versuche, ruhig zu bleiben. Ein Blick auf die Anzeigentafel sagt mir, dass der Zug in zwei Minuten fährt.

»Könnten Sie eine Durchsage machen, damit er wieder herkommt?«

»Das ist nicht meine Aufgabe. Also, wenn Sie keine Fahrkarte kaufen möchten …«

Eine Karte kaufen! Das ist die Lösung. »Eine Erwachsene nach Reading, bitte.« Ich zücke mein Portemonnaie.

»Okay. Sind Sie sicher, dass Sie keine Rückfahrkarte wollen?«

»Ganz sicher«, antworte ich. In dem Moment ertönt eine Ansage durch den Lautsprecher.

»Auf Bahnsteig 3 fährt der 22:39-Uhr-Zug nach Reading ein. Er hat Halt in …«

Ich erspare mir das Zuhören. Hauptsache, der Kontrolleur beeilt sich.

»Das macht 6 Pfund 70, bitte.«

Ich reiche ihm meine Karte.

»Ähm, die Mitgliedskarte von Tesco akzeptieren wir nicht.«

»Was?« Hektisch suche ich nach der richtigen.

»Kontaktlos oder mit PIN?«

Ich höre, wie der Zug einfährt.

»Kontaktlos!«, schreie ich.

Er nickt, und nachdem er meine Karte über das Lesegerät gehalten hat, reicht er sie mir zurück. Das Ticket wird automatisch ausgedruckt. Ich schnappe es mir, verzichte auf die Quittung und schiebe es in den Schlitz für die Schranke. Dann rase ich los, suche Bahnsteig 3. Ich renne zu der Fußgängerüberführung und dann wieder zurück. In dem Moment ertönt ein Pfeifen.

Ich bin zu spät.

Enttäuscht taumele ich rückwärts, schlage die Hände vors Gesicht, während der Zug aus dem Bahnhof fährt.

»Izzy?«

Ich schaue hoch und sehe Aidan vor mir stehen.

»Was tust du denn hier?«, frage ich fassungslos.

»Ich habe beschlossen, nicht zu fahren.«

»Aber wieso?«

»Ich saß im Zug und sah dich auf dem Bahnsteig herumlaufen, und da dachte ich – oder hoffte –, dass du mich suchst. Ist das so?«

»Ja.« Ich hole tief Luft.

»Gut, denn ich wollte eigentlich gar nicht gehen.«

»Nicht?«, erwidere ich verwirrt. Für mich hatte es ganz so ausgesehen.

»Nein, ich wollte etwas bemerken zu dem Brief und dem, was passiert ist, aber dann hast du gesagt … was du eben gesagt hast.«

»Ja, zum ersten Mal habe ich die Wahrheit gesagt.«

Er lächelt und nickt. »Und das hat mir eine Heidenangst gemacht.«

»Klar.«

»Warum bist du zum Bahnhof gekommen?«, fragt er dann.

»Ähm ...«

Er sieht mich so eindringlich an! Vorhin schien es noch eine gute Idee zu sein, aber nun bin ich ein Nervenbündel und platze heraus: »Es war so wunderschön mit uns, bevor alles schiefging ... Deshalb habe ich ... habe ich mich gefragt, ob wir es noch mal versuchen wollen.«

»Nein. Ich will keine halben Sachen mehr.« Er schüttelt den Kopf.

Ich fühle mich wie nach einem Schlag in den Magen. Was für eine Idiotin ich doch bin.

»Das ist mir zu wenig. Dieses Mal will ich es ganz oder gar nicht.«

»Ganz?« Mein Herz rast, weil ich verzweifelt hoffe, dass er das meint, was ich denke.

»Japp.«

»Okay.« Ich hole tief Luft, meine Hände zittern. »Willst du für immer mit mir zusammen sein?«

Ich halte den Atem an, warte auf seine Antwort.

»Ja.« Er grinst. »Ich will.«

»Ich habe eine Beziehung«, sage ich, und es ängstigt mich kein bisschen. Ich ergreife seine Hände, ziehe ihn zu mir, um ihn zu küssen. Da räuspert sich der Kontrolleur vernehmlich.

»Körperliche Liebesbekundungen sind auf dem Bahnsteig nicht erwünscht«, sagt er und wendet sich von uns ab. Wir müssen lachen.

»Hast du ernst gemeint, was du vorhin über das Verlieben gesagt hast?«, fragt Aidan.

»Ich wollte nicht so damit herausplatzen. Wir waren ja nicht lange zusammen, aber ich habe es die ganze Zeit gespürt, und irgendwann weiß man es einfach.«

Er strahlt mich an. »Ja, manchmal weiß man es einfach.« Er zieht mich ein Stück näher zu sich. »Ich liebe dich auch.«

»Echt?«

Er nickt.

Nicht einmal ein knurriger Kontrolleur hält mich davon ab, ihn jetzt zu küssen, aber Aidan kommt mir zuvor und küsst mich mit solcher Leidenschaft, dass es mich fast aus den Schuhen haut.

»In einer halben Stunde kommt der nächste Zug«, sagt er, als wir uns schließlich voneinander lösen.

»Mein Wagen steht auf dem Parkplatz beim Kino. Wir könnten in einer halben Stunde schon bei dir sein.«

Aidan nimmt meine Hand, und wir gehen Richtung Schranke, als er plötzlich stehen bleibt. »Wenn wir jetzt zu mir fahren, wird Barney über dich herfallen vor Freude, und dann dauert es ewig, bis ich dich wieder für mich habe.«

»Na und? Du weißt doch, dass eigentlich Barney der Grund ist, warum ich wieder mit dir zusammen sein will, oder?«

»Verdammt, ich hätte es wissen müssen.« Er schüttelt den Kopf.

»Na los, je früher ich ihn knuddeln kann, desto schneller können wir –«

Mir bleibt keine Zeit, den Satz zu beenden, denn Aidan schiebt uns durch die Schranke, und wir rennen los.

»Langsam«, keuche ich. Schließlich bin ich vorhin schon gelaufen, als ich versuchte, ihn einzuholen.

»Komm schon, sonst schaffen wir es nie.«

Er nimmt meine Hand und zieht mich mit. Ich kann nicht aufhören zu lachen.

Als Ben starb, hätte ich nicht gedacht, dass ich je wieder so glücklich sein kann. Oder sogar noch glücklicher, denn genau so fühle ich mich jetzt. Es ist erschreckend, aufregend und wunderbar, und das macht es so real. Es mag Zufall gewesen sein, dass ich Aidan begegnet bin und mich in ihn verliebte, und wir hatten vielleicht nicht den besten Start, aber irgendetwas sagt mir, dass dies erst der Anfang ist.

Danksagung

Zunächst einmal danke ich vor allem dir – liebe Leserin und lieber Leser – dafür, dass du dieses Buch gelesen hast. Ich hoffe wirklich, du hattest Spaß dabei! Ohne dich wäre ich nicht an diesen Punkt gelangt, deshalb danke ich dir dafür, dass ich einer Arbeit nachgehen kann, die ich so liebe (abgesehen vom ersten Entwurf zwischen 40.000 und 60.000 Wörtern, bei dem ich für gewöhnlich lieber meinen eigenen Arm essen als schreiben möchte).

Falls du eine Bewertung für dieses Buch abgibst, schicke ich dir ein extragroßes Dankeschön. Das trägt so viel dazu bei, dass ein Buch wahrgenommen wird, also danke!

Ich danke allen Rezensenten und Bloggern, dass sie aus den ständig höher werdenden Stapeln lesenswerter Bücher meines ausgesucht und sich die Zeit genommen haben, es zu besprechen – ihr seid alle Superstars.

Ich danke meiner Agentin Hannah Ferguson, dass sie immer für mich da ist, um Ideen auszutauschen und um mich aufzumuntern, wenn ich eine Durststrecke habe (hüstel, die gefürchteten 40–60.000). Mein Dank gilt auch dem übrigen Team von Hardman and Swainson – Jo, Caroline, Thérèse und Nicole für ihre Unterstützung bei all meinen Büchern.

Ich freue mich sehr, bei HQ Publishing ein Zuhause gefunden zu haben. Ich danke meiner Lektorin Emily Kitchin, dass sie mich dazu gebracht hat, tiefer zu graben und auf diese Weise Izzys Geschichte zum Leben zu erwecken. Danke auch dem übrigen Team von HQ, ich freue mich jetzt schon sehr darauf, alle besser kennenzulernen!

Ein großes Dankeschön an Julia und Frederike bei Droemer Knaur für ihre unentwegte Unterstützung und ihre Begeisterung für *Gib mir ein Herz*.

Dieses Buch zu schreiben hat mir in vieler Hinsicht Freude bereitet. Meine Instagram-Recherche habe ich sehr ernst genommen, und jedes Mal, wenn mein Mann mit mir geschimpft hat wegen des ständigen Scrollens, konnte ich sagen, dass ich arbeite – und mich nicht nur so auf Instagram tummle. In manchen Punkten war das Schreiben auch herzzerreißend, und ich kann den Schmerz, einen Bruder oder eine Schwester zu verlieren, nur erahnen. Die Heart2Heart-Stiftung ist zwar fiktiv, aber es gibt ähnliche wie The British Heart Foundation und CRY (Cardiac Risk in the Young), die Unterstützung und Informationen anbieten bezüglich des Plötzlichen Herztods (SCD).

Beim Schreiben der Szenen in der McKinley-Versicherung hatte ich einen Riesenspaß. Diese fiktive Firma ist angelehnt an ein Unternehmen, in dem ich so manchen glücklichen Sommer während meines Studiums gejobbt habe, obwohl dort nie ein Backwettbewerb veranstaltet wurde. Aber man hat sich ständig witzige Sachen ausgedacht, damit die Arbeit mehr Spaß macht. Die echte Mrs Harris, vor der ich mich immer noch ein bisschen fürchte, bat mich, sie in das Buch aufzunehmen, also tat ich es. Hoffentlich hat es euch zum Schmunzeln gebracht. Dank auch meiner Freundin Kaf, die mir, basierend auf ihrer früheren Tätigkeit, Einblick in die Arbeit bei einer Versicherung geben konnte. Jegliche Fehler gehen auf mein Konto.

Ich danke meinen Freunden, dass sie dafür sorgten, dass ich während des Schreibens nicht durchdrehte: Ken und Janine

Nicholson, Jon und Deb Stoelker, Heather Mason, die Kollegenautorinnen romantischer Komödien Lorraine Wilson, Marie Amsler, Catherine de Courcy und (die schmerzlich vermisste) Diane Barcelli. Auch meinen weit verstreut lebenden Freundinnen und Freunden danke ich, wo immer sie sein mögen: Christie, Sarah, Sonia, Ali, Laura, Kaf, Hannah, Jo, Sam, Ross und Zeenat.

Meiner Familie danke ich wie immer dafür, es mit mir ausgehalten zu haben, während ich schrieb – Evan und Jess –, entschuldigt, dass ich so viel Zeit an meiner Tastatur verbracht habe. Ich danke John und Mum, Heather und Harold und Jane, dass sie mich so sehr unterstützt haben. Und zu guter Letzt danke ich meinem Mann Steve, dass er immer für mich da ist und mit dringend benötigtem Baileys/Gin/Schokokonfekt versorgt.

ANNA BELL

Auf dich war ich nicht vorbereitet

Roman

Daisy liebt ihr Londoner Single-Großstadtleben, das sie auf allen Social-Media-Kanälen in perfektem Glanz erstrahlen lässt. Sie ist in jeder freien Sekunde online – privat und beruflich. Als ein kleiner, unbedachter Klick ihr sorgfältig arrangiertes Leben zusammenstürzen lässt, verfrachtet ihre Schwester Rosie sie kurzerhand aufs Land. Dort soll Daisy fernab von WLAN und Handynetz einen Digital-Entzug machen. Da Daisy wenig Lust auf den »kalten Entzug« hat, versucht sie alles, um trotzdem online zu gehen. Dabei stolpert sie nicht nur auf Berge und über Maulwurfshügel, sondern auch über den schweigsamen Nachbarn Jack. Als dieser beginnt, ihr kurze Briefe anstatt E-Mails zu schreiben, ist das fast schon romantisch … Darauf war Daisy wirklich nicht vorbereitet.

ANNA BELL

Perfekt ist nur halb so schön

Roman

Seit sieben Jahren sind Lexi und Will nun schon zusammen, und alles könnte perfekt sein, würden nur endlich die Hochzeitsglocken läuten. Dummerweise ist Will aber praktisch schon mit seinem Lieblings-Fußballverein verheiratet. Lexi tröstet sich damit, dass seine Sportbegeisterung ihr immerhin genügend Zeit für ihr eigenes Hobby, das Schreiben, lässt. Doch dann findet sie heraus, dass Will gelogen hat, um sie nicht zur Hochzeit ihrer besten Freundin begleiten zu müssen: Statt, wie behauptet, krank im Bett zu liegen, war er bei einem Fußballspiel! Lexi sinnt auf Rache und sabotiert heimlich Wills Sportleidenschaft – mit ganz und gar unerwarteten Nebeneffekten für ihre Beziehung …

»Witzig und lebensnah –
Anna Bell schreibt einfach fabelhaft.«

Daily Express